Act of LOVE

Jane Christo

SIEBEN VERLAG

FSC
www.fsc.org
MIX
Papier aus verantwortungsvollen Quellen
Paper from responsible sources
FSC® C105338

Act of Love
Jane Christo

ISBN Taschenbuch: 9783864434495
ISBN eBook-PDF: 9783864434501
ISBN eBook-epub: 9783864434518

www.sieben-verlag.de

Für
Amanda Todd

1

Obwohl die Trennung von Avery drei Monate her ist, kommt es mir vor, als wäre es gestern gewesen. Klingt abgeschmackt, ich weiß, doch ich muss nur an ihn denken, schon tut mir alles weh. Man sollte annehmen, dies sei ein gutes Argument, ihn mir aus dem Kopf zu schlagen, doch Pustekuchen. Sobald ich die Augen schließe, sehe ich ihn vor mir, an diesem unglücksseligen Tag in seinem Büro. Wie er über den Schreibtisch gebeugt saß, das Haar zerzaust, eine Flasche Scotch in der Hand, die Augen blutunterlaufen … Ein Bild des Jammers.

Ich beiße die Zähne zusammen und lege einen Zahn zu – fliege geradezu über den Kiesweg. Ich bin gerade aus Europa zurückgekommen, doch Carter gönnt mir keine Pause. Wir haben das Training wieder aufgenommen, was bedeutet, dass er mich morgens aus dem Bett wirft und durch die Bostoner Parks scheucht.

Hab ich ein Glück. In Carters Fall ist das nicht mal ironisch gemeint, der Mann ist ein Schatz. Nach der Trennung von Avery war er mein Fels in der Brandung. Er hat mich auf Trab gehalten und nicht zugelassen, dass ich in Selbstmitleid ersaufe. Morgen für Morgen stand er auf der Matte, hat mich in Laufklamotten gesteckt und mir Dampf gemacht. Als ich nicht mehr konnte und völlig ausgepowert war, hat er mich gehalten, während ich mich an seiner Schulter ausgeweint habe. Ihm habe ich es zu verdanken, dass mein Kopf über Wasser geblieben ist. Eine merkwürdige Therapie, doch sie hat funktioniert.

Er war es auch, der Logan veranlasst hat, den Europatrip vorzuverlegen. Statt im Januar sind wir kurz nach Weihnachten geflogen und vor zwei Wochen zurückgekommen.

Heute ist ein wichtiger Tag für mich, möglicherweise ist das der Grund, warum ich wie eine Besessene durch den Madison Park renne. Carter hat ein Treffen mit meinem

Vater arrangiert, Allister Franklin. Kurz vor Weihnachten hat er mir die Tatsache präsentiert, dass ich sehr wohl einen Vater habe. Einen, der aus allen Wolken gefallen ist, nachdem er von meiner Existenz erfahren hat. Da waren wir zu zweit. Ich hatte keine Ahnung, dass mein Vater lebt, schon gar nicht, dass er ein hohes Tier in der Politik ist und bis vor Kurzem kinderlos.

Carter zufolge brennt er darauf, mich kennenzulernen. Ich auch, dennoch habe ich gezögert. Zu viel ist in den letzten Wochen und Monaten geschehen, ich komme kaum mit meinen Gefühlen hinterher, geschweige denn mit dem Verstand.

Erst taucht Henry auf, die Inkarnation meines Albtraums, es folgen Senator Edwards Drohungen, mein ausgebranntes Appartement, der Anschlag und dann die Trennung von Avery. Ein Mensch kann nur eine bestimmte Menge Schocks verarbeiten, danach sollte das Hirn automatisch abschalten. Dachte ich zumindest, bis ich erfuhr, dass mein Vater in Washington D.C. lebt und mich lieber heute als morgen treffen möchte.

Was mich zu meiner aktuellen Raserei zurückbringt. Die South End Buttery fliegt an mir vorbei, mein Lieblings-Coffeeshop, ich befinde mich auf der Zielgeraden. Der Duft von Kaffee und Chocolate Chip Cookies kitzelt meine Nase und es braucht meine ganze Selbstbeherrschung, nicht in den Laden zu traben und den Barista anzuspringen. Stattdessen atme ich tief durch und gebe noch mal richtig Gas. Wenn ich jetzt stehenbleibe, falle ich um und komme nicht mehr auf die Beine.

Mit einem Grunzen sprinte ich los, Carter dicht auf den Fersen. Im Gegensatz zu mir keucht er nicht, noch trampelt er wie ein Nilpferd – vermutlich schwitzt er nicht mal. Der Mann ist eine Maschine. Obwohl er wie ein Linebacker gebaut ist und praktisch nur aus Muskeln besteht, höre und sehe ich ihn nicht. Ohne Rückenwind wüsste ich nicht mal, dass er da ist. Allein der Hauch von

Bourbon und der Duft von, nun ja, Carter, verrät mir, dass er sich in meinem Kielwasser befindet.

Um nicht an meine schmerzenden Muskeln zu denken, versuche ich mich abzulenken und überlege wohl zum hundertsten Mal, was ich nachher anziehen soll. Zum Treffen mit meinem Vater, um präzise zu sein.

Nach langem hin- und her musste Allister akzeptieren, dass ich noch nicht bereit für ein Treffen war, und hat mir Zeit gegeben. Doch nachdem Wochen verstrichen, bat er darum, mir schreiben zu dürfen. Danach kamen die Telefonate, schließlich haben wir geskypt. Wie er aussieht wusste ich schon vorher. Da er in der Politik so etwas wie ein Schwergewicht zu sein scheint, habe ich nicht weniger als 7,8 Millionen Einträge über ihn gefunden, darunter zahllose Bilder.

Mein Vater ist ein gutaussehender Endfünfziger mit kurzem, graumeliertem Haar und klugen Augen. Er ist schlank mit einem schmalen Gesicht, hohen Wangenknochen und Adlernase. Um ehrlich zu sein, sehe ich ihm überhaupt nicht ähnlich. Einzig unsere Augen haben den gleichen Haselnusston.

Keine Ahnung, warum mich die Aussicht auf das Treffen so nervös macht. Ich meine, in den letzten Wochen haben wir uns kennengelernt und irgendwie auch gesehen. Wir fangen nicht bei null an. Und doch …

Ich renne auf den Parkplatz vor meinem Appartementkomplex, schaffe es bis zur Treppe, dann lasse ich mich fallen und japse wie ein Fisch auf dem Trockenen.

„Aufstehen, Prinzessin! Es ist zu kalt und du bist klatschnass.“

Carter zieht mich auf die Beine, dann macht er kurzen Prozess. Er wirft mich über die Schulter, als würde ich nichts wiegen, und joggt mit mir in die zweite Etage. Unter anderen Umständen hätte ich protestiert. Da ich jedoch keinen Schimmer habe, wie ich es ohne seine Hilfe in meine Wohnung schaffe, halte ich den Mund.

Er gibt die PIN meines super-duper Sicherheitssystems ein, stößt die Tür zu meinem Reich auf und küsst meine Schläfe.

„Grüß Allister, und das nächste Mal power dich nicht so aus."

Er hat gut Reden. Ist ja nicht sein Vater, den er zum ersten Mal trifft.

Ich überspringe die Stretching-Übungen und halte direkt aufs Bad zu. Alles was ich will ist eine heiße Dusche und ein Bett.

Unter dem heißen Strahl gebe ich einen wohligen Seufzer von mir. Lächelnd schließe ich die Lider und lasse meine Nervosität mit dem Wasser im Ausguss verschwinden.

Ich hab Wochen gebraucht mich an den Gedanken zu gewöhnen einen Vater zu haben. Noch dazu einen, der mich in seinem Leben will. Jahrelang hab ich geglaubt, dass er nichts mit mir zu tun haben will. Dass er meine Mutter wegen der Schwangerschaft sitzen gelassen und mitten im Winter auf die Straße gesetzt hat. Tatsächlich wusste er weder warum sie ihn verlassen hatte, noch dass sie schwanger war. Eines Tages war sie fort.

Wie sich herausstellte, hatte Allisters Frau die Liebschaft entdeckt und meine Mutter rausgeworfen, während er auf Geschäftsreise war.

Er hat mir gesagt, dass er jung und ein Idiot war. Statt sie zu suchen, leckte er seine Wunden und zog sich zurück. Er glaubte sich verlassen, nahm an, dass seine Frau ihr Geld gegeben hatte, damit sie verschwand. Das zumindest hatte sie ihm erzählt – also, dass meine Mutter Bares für ihr Schweigen wollte. Doch wir hatten kein Geld. Wir waren allein in einer Welt, die keine Fehler verzieh. Während Dad Karriere machte, kämpften Mom und ich ums Überleben.

Innerlich schüttle ich den Kopf. Das lag alles zurück und gehörte der Vergangenheit an.

Allister ist kein Monster, also wovor habe ich Angst? Von seiner Frau ist er seit Jahren geschieden, der werde ich also nicht begegnen. Schon seltsam, dass er danach nicht mehr geheiratet und außer mir keine Kinder hat. In seiner Position spielt die Familie und ein geordnetes Zuhause eine wichtige Rolle. Sollte er ein höheres Amt anstreben, wäre ich ein Faktor, der ihm schaden könnte. Umso erstaunlicher, dass er mich sehen möchte. Wie würde er mich seinen Parteifreunden auf den Spendenpartys vorstellen? „Habt ihr schon meine Tochter Maya kennengelernt, das Nacktmodell, von dem ich euch erzählt habe? Ihr letztes Shooting war in Europa, dort wurde sie bei ihrem sexuellen Höhepunkt fotografiert, ist das nicht faszinierend?"

Warum will er mich sehen?

Ich stehe fast eine halbe Stunde unter der Dusche, darum wird das mit dem Schlafen nichts. Stattdessen verbringe ich eine volle Stunde in meinem Kleiderschrank. Ich meine, es ist ein Mittagessen mit meinem Vater. Ich möchte gut aussehen, elegant, aber nicht so, dass es aussieht, als hätte ich mir stundenlang über mein Erscheinungsbild Gedanken gemacht. Was im Grunde zutrifft, aber das muss ich ihm ja nicht auf die Nase binden.

Draußen ist es ein frostiger Februartag, darum entscheide ich mich für einen dunkelbraunen Rock aus Tweet, der mir bis zum Knie reicht, eine bordeauxfarbene Bluse und einen langen, schwarzen Cashmeremantel, den Avery mir geschenkt hat. Er ist eines der wenigen Teile, das nicht dem Feuer in meiner Wohnung zum Opfer gefallen ist. Dazu passen die hautengen Wildlederstiefel, die sind nicht nur todschick, sondern auch superbequem. Mein Gesicht bleibt wir üblich Make-up frei. Ein bisschen Mascara, ein dezenter Lippenstift, das ist alles. Das Haar trage ich offen, auf Parfum verzichte ich. Ich möchte, dass er mich sieht. Mich, Maya, so wie ich bin.

Draußen wartet eine Limo auf mich. Ich grüße den

Fahrer, steige in den Fond und nehme einen tiefen Atemzug. Der Wagen riecht nach Leder und Politur. Das Innere wirkt männlich: dunkel, organisiert, pragmatisch. Minibar zur Rechten, ein Kommunikationszentrum in der Mittelkonsole, Ablagemöglichkeit auf der linken Seite. Kein Schnickschnack, nicht mal ein Kuli, der rumfliegt oder eine verlorene Büroklammer.

Während wir durch den geschäftigen Bostoner Tag fahren, blicke ich aus dem Seitenfenster und lasse die letzten Wochen Revue passieren.

Europa war wundervoll, das Shooting trotz der Kälte aufregend. Logan hat gute Settings gewählt, die Mauer von Dubrovnik, der Strand von Sardinien und die Ruinen der Akropolis. Er hat sich bewusst für diese Orte – und damit Aufnahmen im Winter entschieden. Wir hätten die Bilder auch in der Karibik schießen können, das wäre schön warm und zudem nicht so weit gewesen. Doch er wollte, dass ich das einzig Heiße auf den Bildern bin – seine Worte, nicht meine.

In den Aufnahmepausen hat ein Zuber mit warmem Wasser für mich bereitgestanden. Kein Scherz. Dort bin ich halb erfroren reingestiegen und habe mich auftauen lassen. Es war nicht mal besonders kalt draußen, aber der Wind hat mir zugesetzt, zumal ich ständig mit Wasser besprüht wurde.

Doch am Ende hat sich die Tortur gelohnt. Obwohl das Thema selbst für Logans Verhältnisse gewagt ist, sind die Bilder fantastisch geworden. Ich liebe seine Werke. Fotografie gepaart mit Malerei – erotische Kunst meets Mystik. Jedes Bild ist ein Geheimnis, das der Betrachter entschlüsseln, sich regelrecht erobern muss. Ein Logan Cooper eben.

An den freien Tagen sind wir in die großen Kapitale geflogen: Budapest, Paris, Rom. In Italien hat Carter mich besucht und ist sage und schreibe zwei volle Wochen geblieben. Als wir ihn am Flughafen abgeholt haben, war ich so glücklich ihn zu sehen, dass ich ihm um den Hals gefallen bin, und wie ein Schlosshund geheult habe.

Carter hat einen besonderen Platz in meinem Leben eingenommen. Er ist mein Freund, Vertrauter, Trainer, mein Aufpasser, manchmal Koch. Und eine Schulter, an die ich mich anlehnen kann. Ich vertraue ihm und habe ihm Dinge offenbart, die ich nicht mal Amy sagen konnte – und sie ist meine beste Freundin. Vor dem Hintergrund, dass wir uns erst wenige Monate kennen, ist das erstaunlich. Dennoch kann ich mir ein Leben ohne Carter nicht mehr vorstellen. Das sollte mich beunruhigen, tatsächlich ist der Gedanke an Carter wie ein Sonnenstrahl, der meine innere Kälte verdrängt.

Als der Wagen hält, stehen wir vor der eleganten Sandsteinfassade des Fairmont Plaza. Hier hat mein Vater eine Suite auf unbestimmte Zeit gemietet, bis er ein passendes Haus gefunden hat. Er möchte in meiner Nähe sein, aber vielleicht überlegt er es sich ja anders, nachdem er mich gesehen hat. Also, live und in Farbe. Ob ich eine Enttäuschung für ihn bin? Und warum interessiert mich das, im Grunde ist der Mann ein Fremder.

Meine Hände sind feucht, darum wische ich sie am Mantel ab, bevor der Fahrer die Tür öffnet und mir aus dem Wagen hilft.

Das Hotel ist ein Protzbau im Barockstil. Die Eingangshalle besteht komplett aus Marmor, Säulen säumen den Weg zur Rezeption und ich sehe überall Gold. Goldene Tische, goldene Bilderrahmen, goldverzierte Kristalllüster – selbst das Holz der Polstermöbel ist mit Blattgold überzogen. Nicht mein Stil, aber ich muss hier ja nicht wohnen.

Ich hätte ihn lieber in einem Restaurant getroffen, doch mein Vater hat ein Essen in seiner Suite arrangiert, um uns mehr Privatsphäre zu geben. Dazu kann ich schwerlich Nein sagen, immerhin haben wir knapp fünfundzwanzig Jahre nachzuholen.

Auf dem Weg zur Suite klopft mein Herz bis zum Hals. Was, wenn er mich nicht mag? Wenn ich nicht das bin, was er erwartet hat? Oder ich schlechte Erinnerungen in ihm wachrufe? Und was, wenn ich ihn nicht mag? Das nehme ich zurück. Ich mochte ihn auf Anhieb. Seine Mails waren einfühlsam, seine Fragen klangen ernsthaft interessiert. Obwohl er Logans Bilder von mir gesehen haben muss, hatte ich nie den Eindruck, dass er mich verurteilt. Allerdings bin ich nicht sicher, ob ich in seinem Fall nur das sehe, was ich sehen will. Ich meine, ich wünsche mir einen Vater, seit ich denken kann. Und plötzlich ist er da, als hätte ihn ein Zauberer aus dem Hut gezaubert. Klingt zu gut, um wahr zu sein, oder was soll ich davon halten?

Vor der Doppeltür seiner Suite nehme ich einen tiefen Atemzug. Noch kann ich umkehren, ich muss das nicht tun. Allerdings habe ich eines in meinem Leben gelernt: Wenn man sich seiner Vergangenheit nicht stellt, holt sie einen irgendwann ein. Henry Eastbrook war das Schlechte, das mich eingeholt hat, vielleicht ist mein Vater ja etwas Gutes. Der Ausgleich zu Henry und der Verletzung, die noch immer blutet.

Ich schüttle den Kopf, um die Gedanken zu verscheuchen, hebe die Hand, um zu klopfen, doch die Tür öffnet sich, bevor meine Fingerknöchel das Holz berühren. Er hat auf mich gewartet.

Ein letztes Mal hole ich tief Luft. Dann knipse ich ein Lächeln an und strecke dem Fremden, der mein Vater ist, die Hand entgegen.

~ * ~

Carters Brauen zogen sich zusammen, während er dem Bericht seines Mitarbeiters lauschte. Er hatte das Gespräch auf den Lautsprecher gestellt, stand am Fenster und starrte in den Bostoner Winterhimmel.

„… werde es später noch mal im Strip-Club versuchen, aber da ist er seit drei Wochen nicht aufgekreuzt.“

„Wie schwer kann es sein, einen Junkie zu finden?“, unterbrach er ihn.

„Hast du eine Ahnung, wie groß Miami ist und wie viele Fixer es hier gibt?“

Carter schloss die Augen und massierte die Schläfe. Hank war kein Anfänger, dennoch hatte er seit Tagen nichts erreicht, als ihm zu sagen, wo sich sein Mann nicht befand.

„Wir reden nicht über irgendeinen User, Hank, der Junge ist kein Niemand.“

„Ich weiß, Boss. Gib mir ein paar Tage, irgendwann braucht er Nachschub, dann finde ich ihn.“

„Ruf mich an, wenn du ihn hast.

„Geht klar.“

Damit war die Leitung tot und Carter ließ sich in den Sessel hinter seinem Schreibtisch fallen.

Brad zu finden war eine Frage von Minuten gewesen. Sein Bruder Zac dagegen war untergetaucht. Während Brad Karriere gemacht hatte, war Zac in die andere Richtung gegangen, geradewegs in die Gosse.

Carters Sekretärin unterbrach seine düsteren Gedanken. Sie klopfte kurz, dann trat sie ein und reichte ihm einen roten DIN A4 Umschlag.

„Der ist gerade abgegeben worden.“

„Danke Jessica“, sagte er und nahm ihn entgegen. Rote Umschläge waren unverzüglich an ihn weiterzureichen, egal ob er in einem Kundenmeeting steckte oder in einer Telefonkonferenz.

„Ich gehe jetzt essen, kann ich dir etwas mitbringen?“

Sie fragte jedes Mal, und wie immer lehnte er ab.

„Danke, ich werde später essen, lass dir Zeit.“

„Okay.“ Damit schloss sie die Tür und ließ ihn allein.

Der Umschlag kam von Allister Franklin, mit dem hatte er vor einer halben Stunde telefoniert. Dann hatte der

Portier Maya gemeldet, danach konnte der alte Knabe ihn nicht schnell genug loswerden. Bei der Erinnerung, dass Allister mindestens so nervös war wie Maya, zuckten seine Mundwinkel. Dann fiel sein Blick auf den Umschlag und das Lächeln erlosch.

Er wusste, was sich darin befand: Kopien, Fotos, Grundrisse und Blaupausen. Alles, was er brauchte, um ihren gemeinsamen Feind zu jagen.

Senator Edwards war an der Ostküste so bekannt wie der amerikanische Präsident und mindestens so umstritten. Das tat seiner Popularität jedoch keinen Abbruch. In zwei Jahren stand die Präsidentschaftswahl an und Edwards hatte vor, sich als Kandidat aufstellen zu lassen. Dazu setzte er seine Leute in Position, Avery war einer davon.

Um sich die Unterstützung des alten Eastbrook zu sichern, musste Avery dessen Sohn Henry vor dem Gefängnis bewahren. Selbst für einen erfahrenen Strafverteidiger wie Avery war das keine leichte Aufgabe, aber so, wie er die Sache anging, würde er scheitern, so viel stand fest.

Doch zurück zu Edwards. Der Senator hatte seine Spuren gut verwischt und seine Partner hielten dicht. Allister suchte nach Wegen, diesen windigen Gauner auf frischer Tat zu ertappen, ansonsten wäre er nicht zu stoppen.

Und da kam er ins Spiel. Während der Gouverneur Edwards auf politischer Ebene einheizte, suchte er nach anderen Wegen – nicht legalen. Dazu brauchte er so viel Material, wie er zusammenbekommen konnte, denn Edwards hatte weitreichenden Einfluss und ein Bestechungsnetz aufgebaut, das seinesgleichen suchte: Anwälte, Cops, Richter und Kongressabgeordnete steckten in seiner Tasche. Manche bezahlte er, andere erpresste er.

Niemand war perfekt. Selbst Edwards, der zwei Jahrzehnte damit verbracht hatte, Menschen auf die eine oder andere Art an sich zu binden, machte Fehler. Bisher fehlten ihnen jedoch handfeste Beweise.

Zwei Mal war er in Edwards New Yorker Büro eingestiegen, und war mit leeren Händen zurückgekommen. Er musste an seinen PC in D.C., doch Avery war der Einzige, der dort ein- und ausgehen konnte. Und Blake, Edwards Sohn.

Seufzend fuhr er sich mit einer Hand durchs Haar. Er musste sich mit Avery treffen. Zum einen wegen Edwards, aber auch um Mayas Willen. Seit seinem Ausbruch hatte sich sein Bruder nicht bei ihr gemeldet. Weder um sich zu entschuldigen noch um sonst wie die Wogen zu glätten. Maya litt unter der Situation und Avery wusste das.

Carter schloss die Augen und lehnte sich in seinem Bürostuhl zurück.

Maya. Er wusste, dass sie ihn wollte, doch mehr als freundschaftliche Gefühle ließ sie nicht zu. Sie hatte Schuldgefühle, weil sie der Meinung war, dass sie zwischen ihm und Avery stand, doch das war Bullshit. Sie hatten das unter sich geregelt und Avery hatte den Kürzeren gezogen. Sein Bruder hatte seine Chance gehabt und es verbockt. Dafür hat er Avery bluten lassen – buchstäblich, jetzt war er am Zug.

Maya hatte keine Ahnung, wie sehr er sie brauchte. Ihr mochte der Gedanke nicht gefallen zwischen zwei Brüdern zu stehen, doch das war ihm egal.

Der Einzige, der ihm gefährlich werden konnte, war Logan Cooper, ihr Boss. Bisher war Carter geduldig gewesen, hatte Maya das Tempo bestimmen lassen, doch Logan besaß einen Heimvorteil. Er kannte sie länger und kam viel näher an sie ran, da sie für ihn arbeitete und ihm vertraute. In Europa waren sie sich nähergekommen, das hatte er aus den Telefonaten rausgehört. Daraufhin hatte er alles stehen und liegen gelassen, sich in den nächsten Flieger gesetzt und war nach Rom geflogen.

Er würde sich sein Mädchen nicht von diesem arroganten Bastard wegschnappen lassen.

Sie gehörte ihm, das hatte er Logan unmissverständlich klargemacht. Jetzt musste er es nur noch Maya beibringen und zwar so, dass sie ihm am Ende nicht davonlief.

2

Statt meine ausgestreckte Hand zu nehmen, zieht Allister mich an sich und hüllt mich in eine innige Umarmung. Zuerst erstarre ich. Dann löst sich meine Anspannung ein wenig, ich schließe die Augen und lehne mich an ihn. Da ich keine Ahnung habe, was ich mit meinen Händen anstellen soll, lege ich sie vorsichtig auf seinen Rücken.

„Maya", flüstert er mir heiserer Stimme an mein Ohr. „Endlich."

„Hallo …" Wie soll ich ihn nennen? Kongressabgeordneter Franklin? Eher nicht. Daddy? Auf keinen Fall.

„… Allister", bringe ich schließlich heraus.

Noch einmal drückt er mich fest, dann küsst er meine Stirn, ergreift meine Oberarme und schiebt mich gerade so weit von sich, dass er mich betrachten kann. Er hat Tränen in den Augen, die er fortblinzelt, bis sich sein Blick klärt.

„Du bist das Abbild deiner Mutter", sagt er leise und ich sehe, wie er schluckt.

„Aber deine Augen …" Er umrahmt mein Gesicht mit den Händen und betrachtet mich eindringlich.

Er ist größer als ich erwartet habe und strahlt enorme Kraft aus. Autorität umhüllt ihn wie eine Aura und lässt schon von Weitem seine Führungspersönlichkeit erkennen. Ich habe jemanden vor mir, der es gewohnt ist, täglich folgenreiche Entscheidungen zu treffen, und der sich darauf verlässt, dass seine Untergebenen seinen Anweisungen folgen. Mein Vater ist ein Anführer, das steht mal fest.

Das Salz- und Pfeffer-Haar trägt er kurz, seine wachen Augen strahlen Entschlossenheit aus.

„Die hast du von mir", beendet er den Satz und drückt mich abermals an sich. Diesmal schmelze ich gegen ihn und erwidere den Druck seiner Hände. Er riecht gut, nach Rasierwasser und Seife. Als er sich diesmal von mir löst, wischt er sich mit einer schnellen Bewegung eine Träne aus dem Augenwinkel. Sein Lächeln wirkt melancholisch.

„Entschuldige meine Manieren, mein Kind. Ich bin ein sentimentaler, alter Mann und habe mich für einen Augenblick vergessen."

Mit Ende fünfzig kann man ihn schwerlich als alt bezeichnen, zumal er deutlich jünger aussieht, doch das behalte ich für mich.

„Es ist schön, dich kennenzulernen." Zugegeben, nicht besonders einfallsreich, aber mein Kopf ist ein einziges Vakuum.

Er nimmt mir den Mantel ab, und führt mich in den Salon. Erfreulicherweise wurde in der Suite auf den pompösen Neuschwanstein-Stil der Eingangshalle verzichtet. Die Räume sind in unterschiedlichen Grautönen gehalten und modern eingerichtet. Der Salon ist in dezentrales Licht getaucht und strahlt Wärme aus. Kissen stapeln sich auf der breiten Couch, sodass ich Anlauf nehmen und mit dem Kopf voran darauf springen möchte.

Mein Vater fängt sich schnell und gibt sich alle Mühe, das Eis zu brechen. Er bietet mir einen Platz an, serviert einen Aperitif und plaudert über dies und das. Es dauert nicht lang und ich gehe auf seinen Small Talk ein. Er füllt mein Glas ein zweites Mal und ich lasse ihn. Der Alkohol entspannt mich und das kann ich im Moment gebrauchen. Ich spüre die Hitze in meinen Wangen, während ich mehr und mehr in die Kissen in meinem Rücken sinke.

Er ist gut, das muss ich ihm lassen, und hat die Situation im Griff. Obwohl er mich keine Sekunde aus den Augen lässt, fühle ich mich nicht angestarrt. Er nimmt mich auf, inhaliert jedes Wort, während er mir gleichzeitig das Gefühl gibt, willkommen zu sein.

Als das Essen serviert wird, nimmt er meine Hand und führt mich ins Speisezimmer. Er hat etwas Leichtes bestellt, Spargel aus Südamerika, Wildlachs und Kartoffelgratin. Während des Lunchs hält er das Gespräch am Laufen, obwohl ich mich jetzt viel lebhafter daran beteilige. Zum Essen reicht er einen leichten Weißwein, den ich gut vertrage. Danach räumen zwei Kellner den Tisch ab, bringen einen Espresso für ihn und einen Karamell-Latte für mich.

Wir gehen zurück in den Salon und dann reden wir, diesmal richtig. Es fängt damit an, dass er meine Hand ergreift und von meiner Mutter erzählt. Wie klug sie war und was für eine atemberaubende Ausstrahlung sie hatte. Jetzt bin ich diejenige, die gegen Tränen kämpft. Auch seine Augen werden feucht und diesmal blinzelt er sie nicht fort.

„Deine Mutter war die gütigste Frau, der ich je begegnet bin. Sie war ein gebender Mensch und sie liebte ihre Arbeit."

So wie er es beschreibt, klingt es, als wäre sie Herzchirurgin gewesen.

„Sie war ein Dienstmädchen."

Er nickt. „Sie hat für Ordnung gesorgt und Struktur ins Chaos gebracht. Und das tat sie stets mit einem Lächeln."

Ich lasse zu, dass meine Augen überquellen und beschreibe, wie es uns ergangen ist. Wir hatten nie viel, doch das brauchten wir nicht. Wir hatten einander und ich habe meine Mutter geliebt. Und sie mich. Meine Mom hat mich ermuntert zu zeichnen, sie war die Erste, die mich eine Künstlerin genannt hat.

Die Sache mit Henry spare ich aus, erzähle nur, dass wir nach Boston gezogen sind, um noch einmal neu zu starten. Ich vermute, er weiß, was damals geschehen ist.

Die Zeit der Chemo zu beschreiben fällt mir schwer. Meine Mutter hat die Therapie nicht vertragen, sie musste immer wieder abgebrochen und geändert werden. Es ist bedrückend darüber zu reden, darum versuche ich mich an die kalten Fakten zu halten und lasse die Dramen aus.

Mamas Leid, die schlaflosen Nächte, mein eigener Schmerz. Damit muss ich allein klarkommen.

Doch er überrascht mich. Er stellt die Tasse ab, rückt zu mir und nimmt mich vorsichtig in den Arm, wiegt mich, während ich an seiner Schulter weine.

„Möchtest du sie sehen?“, frage ich nach einem tiefen Atemzug.

Das scheint ihn aus dem Konzept zu bringen. Als seine Brauen fragend in die Höhe wandern, greife ich nach dem Medaillon um meinen Hals und öffne es.

Carter hat mir die Kette mit den kleinen goldenen Herzen geschenkt. Darin ist ein Bild meiner Mutter aus besseren Zeiten und eines meiner Einschulung.

„Ich hätte Fotos mitgebracht, aber alle meine Bilder wurden bei einem Brand zerstört.“

Ich nehme die Kette ab, damit er die Fotos besser betrachten kann. Er schweigt, den Blick auf die Aufnahmen gerichtet.

„Gefallen sie dir?“

Abermals sieht er mich mit einem fragenden Ausdruck an.

„Ich meine …“ Verlegen reibe ich meine Nacken. „Ich wusste nicht, ob dich die Fotos runterziehen oder ob du dich darüber freuen würdest.“

„Eindeutig Letzteres“, antwortet er mit belegter Stimme.

Ich nicke, greife nach meiner Handtasche und ziehe ein schmales Päckchen hervor.

„Dann ist das hier für dich“, sage ich und reiche es ihm.

Die Idee ist mir in Europa gekommen. An der Uni habe ich mich noch nicht auf ein Hauptfach festgelegt, da ich mich nicht zwischen Malerei, Fotografie und Neue Medien entscheiden kann. Psychologie habe ich als Nebenfach belegt. Der Psycho-Kram hilft mir, meine Vergangenheit aufzuarbeiten. Mehr über Gewaltverbrecher und ihre Motivation zu erfahren. Über die Täter und irgendwie auch über mich. Das hänge ich allerdings nicht an die große Glocke, das ist etwas, das ich nur für mich tue.

Natürlich möchte Logan mich in die Foto-Richtung drängen und hat ein gemeinsames Projekt angeregt. Ich habe ihn beim Wort genommen und letzte Woche die Fotos aus dem Medaillon abfotografiert, vergrößert, mit Schärfe versehen und neu aufgezogen.

Es hat ein paar Anläufe gebraucht, da ich die Bilder selbst entwickelt und anschließend nachkoloriert habe, aber das Resultat kann sich sehen lassen. Zum Schluss habe ich die Bilder rahmen lassen, das Ergebnis hält Allister gerade in Händen.

„Ich hoffe, das sind Freudentränen", sage ich leise und bedecke seine Hand mit meiner. Er nickt, wie es aussieht traut er seiner Stimme nicht. Also plappere ich drauf los, um ihn nicht in Verlegenheit zu bringen. Ich rubble mit der freien Hand über seinen Rücken, während ich das Entwicklungsverfahren beschreibe, die Trocknungszeit und den Prozess des Kolorierens. Als er wieder Herr seiner Stimme ist, zieht er mich an sich und wiegt mich abermals im Arm.

„Ich bedauere jede Minute, die ich nicht mit dir und deiner Mutter verbrachte habe. Trauere um jeden verpassten Geburtstag …"

„Allister, ich …"

„… deine Einschulung und deinen ersten Homecoming Ball."

„Ich wollte nicht …"

„Ich weine um deine Tränen, die ich nicht getrocknet habe, um die Pflaster, die ich nicht auf deine Knie geheftet habe."

„Bitte nicht …", flüstere ich. Es war nicht meine Absicht, dass er sich schlecht fühlt.

„Um deinen Schmerz und die Kraft, die dich dieses Leben gekostet hat, allein und ohne Unterstützung. Ich werde mir das niemals verzeihen."

„Dad!“, sage ich schließlich und diesmal habe ich seine Aufmerksamkeit. Er nimmt mein Gesicht in seine Hände, küsst meine Stirn, dann blickt er mir in die Augen.

„Das werden meine letzten Tränen sein, mein Kind, denn all das gehört der Vergangenheit an. Heute beginnt die Zukunft. Ab heute wirst du nie wieder allein sein, hast du verstanden?“

Ich schlucke und nicke. Mein Brustkorb zieht sich zusammen und meine Augen schwimmen. Wie oft habe ich mir gewünscht diese Worte zu hören, wie viele Male habe ich mir diesen Moment in meinen dunkelsten Stunden ausgemalt? Und jetzt, da es so weit ist, bin ich sprachlos.

Ich möchte nicht weinen, darum dränge ich die dummen Tränen zurück. Er hat recht, die Vergangenheit wurde genug beweint. Vor uns liegt eine unbekannte Zukunft. Was immer sie bringt, heute ist ein Tag der Freude, denn ich habe meinen Vater wieder und entgegen all meiner Befürchtungen ist er kein Monster. Und er mag mich.

„Ich werde nicht zulassen, dass dir etwas geschieht“, fährt er fort und streicht über mein Haar. „Und um Geld musst du dir nie wieder Sorgen machen.“

Ich öffne den Mund, um zu widersprechen, doch er schüttelt den Kopf.

„Das musst du mir lassen, mein Kind, das ist das Mindeste, das ich für dich tun kann. Ich werde nicht über die verlorenen Jahre klagen und ich werde dir niemals vorschreiben, wie du leben sollst. Dafür bitte ich dich, mir in ein paar Punkten meinen Willen zu lassen, und dazu gehört die Absicherung deiner Zukunft.“ Er drückt mich wieder an sich, sodass ich sein Zittern spüren kann.

„Diese Seite kannte ich bisher nicht an mir, also erlaube einem sentimentalen Narren, sie auszuleben. Ich habe nur ein Kind, das ich verwöhnen kann, und es hat lange genug darauf warten müssen.“

Darauf muss ich lächeln. Es fühlt sich gut an, also lasse

ich mich von ihm halten, während er Zukunftspläne schmiedet.

Danach ist es anders, als wären wir urplötzlich Vertraute, obwohl wir uns noch immer kaum kennen. Er möchte alles über mein Studium wissen und über meine Fotojobs. Ein paarmal werden wir vom Klingeln seines Telefons unterbrochen, doch er wimmelt die Anrufer jedes Mal ab. Am Nachmittag lässt er uns einen Snack bringen und als ich verkünde, dass ich gehen muss, besteht er darauf, mit mir nach Hause zu fahren.

Nachdem er seinen Chauffeur über seine Pläne informiert hat, schlendern wir zum Lift, während er über seine Pläne in Boston redet. Der Fahrer wartet in der Halle und begleitet uns zum Wagen. Dort führen wir unser Gespräch fort. Als wir vor meinem Appartementkomplex halten, steigt er mit aus und bringt mich bis zur Wohnungstür. Dort verabschiedet er sich mit einem Kuss auf meiner Stirn und ich verspreche, mich bald bei ihm zu melden.

Als ich an diesem Abend schlafen gehe, fühle ich mich zum ersten Mal seit vielen Jahren wieder wie ein Kind. Und das ist ein verdammt gutes Gefühl.

Montagmorgen der darauffolgenden Woche sitze ich im Jerry's und skizziere Menschen. Eigentlich müsste ich unterwegs sein und Fotos schießen, Logan liegt mir damit seit Wochen in den Ohren. Wenn ich seinen Kurs bestehen will, brauche ich Fotos, am Besten welche, die ich selbst entwickelt habe. Leider besitze ich weder ein Entwicklungslabor noch eine Kamera. Und der Ramsch, den man sich an der Uni ausleihen kann, gehört auf den Schrottplatz. Ich werde auf meinen nächsten Scheck warten müssen, dann kann ich mich zumindest nach einer gebrauchten Spiegelreflex umsehen.

Ich liebe das Jerry's. Es ist ein gemütliches Café mit weichen Kuschelsofas und einem fantastischen Blick auf den Pier. Carter hat mich letzten Herbst hierher zum Frühstück eingeladen, da hatte es gerade eröffnet. Der Coffeeshop ist in warmen Erdtönen gehalten, mit riesigen Fenstern und dunklem Dielenboden.

Für einen Moment hält mein Stift inne und ich schließe die Augen, um die Atmosphäre einzuatmen. Ein Countrysong läuft im Hintergrund, in dem ein Mann den Tod seines Hundes und die Kekse seiner Mutter besingt, während sich der Duft nach frisch gebackenen Muffins mit Kaffeearoma mischt. Yummi! Da es hier das beste Frühstück der Stadt gibt, gehöre ich mittlerweile zu den Stammgästen.

Vor dem Pirelli Shooting konnte ich mir solche Extravaganzen nicht leisten, doch der Job hat Kohle in meine leere Kasse gespült, und ich fange an, das zu genießen. Dazu gehören regelmäßige Besuche im Spa. Carter hat mich darauf aufmerksam gemacht, dass ich diesen Kram von der Steuer absetzen kann. Als Fotomodell muss ich auf mein äußeres Erscheinungsbild achten, also kann ich mich nach Herzenslust pampern lassen, ohne dass es mich unterm Strich etwas kostet.

Als ich die Augen wieder öffne, steht Logan mit einem breiten Lächeln vor mir. Logan Cooper ist nicht nur mein Boss und ein bekannter Fotokünstler in den Staaten, sondern auch Gastdozent an meiner Uni. Er ist etwas größer als ich, so um die eins achtzig, hat dunkle Augen und ist wie ein Marathonläufer gebaut. In Europa hat er sein dunkles Haar wachsen lassen, seitdem bindet er es zu einem kurzen Zopf zusammen. Das sieht ziemlich cool aus, zumal sein Nacken ausrasiert ist. Ein Großteil seines Gesichts ist von einem Dreitagebart verdeckt, wahrscheinlich weil die Haut darunter pockennarbig ist.

„Ich kann nicht fassen, dass ich die Kamera im Auto gelassen habe“, begrüßt er mich und setzt sich zu mir auf die Couch. „Deine Versunkenheit ist anbetungswürdig. Vielleicht starte ich als Nächstes ein Kirchenprojekt und projiziere dich auf Ikonen."

Beinah verschlucke ich mich an meinem Latte. Vom Aktmodel zum Heiligenbild, was für eine Karriere! Logan zwinkert mir zu und winkt die Kellnerin heran. Nachdem er einen Kaffee bestellt hat, wendet er sich mir zu und legt einen Arm auf den Couchrücken.

„Ich habe unsere Bilder dem Vorstand präsentiert, die Jungs sind begeistert. Bis auf den April haben sie alle Bilder abgenommen."

„Und jetzt?"

Er macht eine wegwischende Handbewegung. „Das ist keine große Sache. Es war ohnehin eines der Studiobilder, also setze ich ein Postshooting an. Hast du deinen Terminkalender dabei?"

Ich fische das Smartphone aus meiner Tasche und öffne iCal. Während ich durch meine Termine scrolle, tappt Logan ungeduldig mit den Fingern auf dem Tisch. Schließlich beugt er sich vor und nimmt mir das Handy ab.

„Was zur …", beginnt er und stutzt. „Seit wann bist du so ausgebucht?" Er klingt nicht glücklich.

Es stimmt, in letzter Zeit bin ich gefragt. Dank Carters Kontakten drehe ich demnächst einen Werbespot für Gilette Ladyshave in L.A.. Jessica, seine Sekretärin, hat mir gestern die Flugtickets zugeschickt – First-Class! Im Moment teilt Carter seine Sekretärin mit mir, aber wenn das so weitergeht, muss ich mir jemanden suchen, der sich um den ganzen Orga-Kram kümmert.

Logan deutet auf einen Termin nächste Woche.

„Estée Lauder will dich als ihr neues Gesicht?" Er lässt mein Phone sinken und sieht mich mit hochgezogenen Brauen an.

„Der Vertrag ist noch nicht unterzeichnet", murmle ich und nehme einen Schluck Latte.

„Und John Frieda?"

Ich räuspere mich. „Weiß du, die haben so ein neuartiges Shampoo entwickelt."

„Und?"

Ich zucke mit den Schultern. „Sie lieben mein Haar", ist alles was ich sage. Äußerlich wirke ich gelassen, aber in meinem Innersten jubiliere ich. Bisher habe ich bei jedem neuen Angebot einen Freudentanz aufgeführt und bin kreischend durch die Wohnung gehüpft. Jeder Job bedeutet ein Stück Unabhängigkeit für mich – mehr Freiheit. Doch das werde ich Logan nicht auf die Nase binden.

Kopfschüttelnd geht er meine Termine durch.

„Levi's, Gilette, Maybelline … Moment mal, haben die keinen Ausschlussvertrag gemacht? Du kannst doch nicht für verschiedene Kosmetikkonzerne gleichzeitig arbeiten."

„Die Verträge hat Carters Kanzlei aufgesetzt." Also Avery, aber das sage ich nicht laut. „Solange ich nicht für die gleichen Produkte werbe, geht das in Ordnung. Lauder bekommt meine Augen, Frieda die Haare, Maybelline meine Lippen …"

Abermals schüttelt er den Kopf. „Und was bekomme ich?"

Bei seinen Worten durchflutet mich Wärme. Ich schenke ihm ein Lächeln, ergreife seine Hand und drücke sie.

„Du bekommst mich mit Haut und Haaren." Wir drücken uns, er gibt mir einen Kuss auf die Wange.

„Ich habe immer gewusst, dass du groß rauskommst, Liebes. Ich freue mich für dich."

Er gibt sich Mühe überzeugend zu klingen, doch aus Erfahrung weiß ich, dass Logan nicht gern teilt. Was Seins ist, ist Seins, und irgendwie scheint er zu glauben, dass ich ihm gehöre.

Das ist einer der Hauptunterschiede zwischen Logan und Carter. Beide sind meine Freunde, doch während mich mein Boss am liebsten einsperren würde, öffnet mir Carter Türen. Logan will mich in einen goldenen Käfig stecken, Carter möchte, dass ich die Flügel ausbreite und fliege. Erfahrungen machen, nennt er das. Ich nenne es Glück. Noch nie habe ich mich so frei gefühlt wie in den letzten Wochen. An manchen Tagen kommt es mir vor, als würde mich das Leben für den ganzen Mist, der hinter mir liegt, entschädigen wollen.

Dazu passt der Brief, den ich gestern von der Klinik bekommen habe. Meine du-kommst-aus-dem-Gefängnis-Karte. Darin bestätigt das Krankenhaus, dass der Kredit getilgt sei und ich ihnen nichts mehr schulde. Das kann nur Allisters Werk gewesen sein, genau wie die Überweisung an die Uni. Die Administration hat den Gebühreneingang von zwei Semestern bestätigt, und sich gleichzeitig für die Spende bedankt. Wie heißt noch mal das Sprichwort? Wenn es regnet, dann richtig. Bei mir gießt es derzeit aus Eimern, und zur Abwechslung ist das mal was Gutes.

Ich bin jetzt offiziell schuldenfrei, studiere an meiner Traumuni und habe Jobs, die mich ernähren, und mir ein gutes Leben ermöglichen. Ich habe wieder eine Zukunft vor mir.

Jetzt muss ich nur noch Henrys Prozess überleben und mein Liebesleben auf die Reihe bekommen. Und das bedeutet Avery abhaken.

Wie das gehen soll, ist mir ein Rätsel. Avery hat mein Herz so gründlich gebrochen, dass ich noch immer nicht alle Teile gefunden habe. Dass er Henry vor Gericht vertritt, macht es nicht besser. Ich dachte, ich würde ihn kennen, doch das war ein Irrtum. Obwohl er weiß, was Henry mir angetan hat – was er den anderen Frauen angetan hat, inklusive Alisha Jones, seinem letzten Opfer – verteidigt er diesen Sadisten und kämpft für seine Freiheit. Ich verstehe das nicht, ich meine … wie kann er das tun?

Logans Räuspern holt mich zurück in die Gegenwart und ich schenke ihm ein schwaches Lächeln. Nachdem wir einen Termin gefunden haben, frühstücken wir, danach muss Logan los.

Um drei Uhr habe ich eine Vorlesung in Angewandter Psychologie bei Professor Garret, einer anerkannten Kinderpsychologin. Sie ist eine Koryphäe auf dem Gebiet des sexuellen Missbrauchs und steht an erster Stelle einer sehr kurzen Beraterliste der Bostoner Polizei. Ihre Seminare helfen mir, besser mit dem Schmerz umzugehen, der seit Jahren an mir nagt, nicht zu vergessen die Wut, die mich innerlich aushöhlt. Professor Garret wirft Fragen auf, die ich mir oft gestellt und auf die ich keine Antworten gefunden habe. Eine ist das Warum. Obwohl mir klar ist, dass die Antworten nichts an den Tatsachen ändern, kann ich nicht aufhören mich zu fragen, warum Henry und seine Cousins mir das angetan haben. Warum ich? Ich habe denen nie etwas getan, habe sie nie provoziert oder ihnen Signale geschickt, dass ich an einem Date interessiert bin.

Die Seminare helfen mir, Fakten gegen Gefühle zu tauschen und den Verstand das Ruder übernehmen zu lassen, statt den Schmerz.

„Sexuelle Verbrechen haben nichts mit Sex zu tun, sondern mit Gewalt", führt Garret aus.

Ich schreibe den Satz auf und setze ein Ausrufungszeichen dahinter. Dass sich mein Magen dabei zusammenzieht, versuche ich zu ignorieren.

„Im Vordergrund steht die Absicht des Täters sein Opfer zu dominieren und zu demütigen. Dabei wird dem Opfer das Recht auf Selbstbestimmung genommen mit gravierenden psychischen Folgen."

Ich versuche, den Knoten im Magen zu ignorieren, mache Notizen, bis ich feststelle, dass meine Hände zittern. Angst schnürt mir die Kehle zu und mir bricht kalter Schweiß aus. Als es mich am ganzen Körper schüttelt, wird mir klar, dass ich nicht länger bleiben kann.

Auf Gummibeinen wanke ich zum Waschraum und

spritze mir kaltes Wasser ins Gesicht. Was zu Hölle ist mit mir los? Ich fühle mich zum Heulen, doch das darf ich nicht, denn wenn ich einmal anfange, werde ich nicht mehr aufhören können. Jahrelang stark zu sein hat seinen Preis. Wie hoch der ist, spüre ich in diesem Augenblick.

Da mein Blutzucker im Keller ist, ziehe ich in der Cafeteria einen Schokoriegel aus dem Automaten. Danach setze ich mich auf eine Bank im Außenbereich und lasse mich von der milden Wintersonne wärmen. Mit geschlossenen Augen nehme ich tiefe Atemzüge und spüre nach einer Weile wie das Blut zurück in meine Wangen strömt.

Das Klick-Klack von Absätzen reißt mich aus meiner Wohlfühl-Blase, bis sich jemand in die Sonne stellt und mir die Wärme nimmt. Blinzelnd öffne ich die Augen und blicke in das strenge Gesicht von Professor Garret. Na toll, ich bin so was von aufgeflogen.

Für Mitte fünfzig sieht sie deutlich jünger aus. Nach dem ersten Seminar habe ich sie auf Anfang vierzig geschätzt. Sie hat ein schmales Gesicht, kastanienfarbenes Haar mit Kupferschattierungen, und wache, graue Augen. Mit ihrem Pagenschnitt und dem supergeraden Pony über den Augen erinnert sie mich immer ein bisschen an Anna Wintour. Obwohl sie bevorzugt Kostüme trägt, wirkt sie mit ihren langen, farbenfrohen Schals eher sportlich als elegant. Heute trägt sie einen roten, den sie sich ein Mal um den Hals geschlungen hat.

„Haben Sie es hier bequem, Miss Alverez?“, fragt sie und hebt die Brauen. Trotz der Strenge ist ihre Stimme tief und melodisch.

„Entschuldigung, Professor, mein Blutzucker ist abgestützt.“

„Das ist mir aufgefallen. Sie waren weiß wie ein Gespenst als Sie aus meiner Vorlesung geflohen sind.“

Da ich nicht weiß was ich sagen soll, senke ich den Blick auf meine ineinander verschränkten Hände. Die Übelkeit ist noch immer da, aber der Knoten hat sich ein wenig gelöst.

„Sie sind nicht die erste Studentin, der der Stoff zu nahe geht." Zu meiner Überraschung legt sie ihre warme Hand auf meine eisigen. Als ich aufsehe, treffen sich unsere Blicke und die Strenge ist aus ihren Zügen gewichen.

„Wie lange ist es her?" Die Frage könnte alles Mögliche bedeuten. Wann habe ich das letzte Mal gegessen? Wie lang ist es her, dass mir der Blutzucker abgestürzt ist? Wie oft passiert mir so was? Doch das interessiert sie nicht. Intuitiv weiß ich genau, worauf sie abzielt und mein Herz geht auf Tauchstation. Einen Wimpernschlag überlege ich die Ahnungslose zu spielen, aber etwas in Garrets Blick lässt mich zögern.

„Sieben Jahre", sage ich schließlich. Darauf nickt sie.

„Es könnten auch sieben Tage sein." Ihre freie Hand tätschelt meine Schulter. „Es wird nie aufhören, bis Sie beschließen, kein Opfer mehr zu sein. Wenn Sie dazu bereit sind, kommen Sie zu mir, meine Tür steht immer offen, Maya." Sie drückt meine Hand und steht auf.

„Und das nächste Mal nehmen Sie einen Energieriegel mit in den Vorlesungssaal. Ich sehe es nicht gerne, wenn meine Studenten aus dem Seminar stürmen."

Ohne meine Antwort abzuwarten, macht sie auf dem Absatz kehrt und stöckelt Richtung Parkplatz. Ich sehe ihr nach wie sie zwischen den Autos verschwindet und bin überrascht, dass sie etwas Schweres von meiner Brust mitgenommen hat. Es kommt mir vor, als könnte ich besser atmen, und das ist ein verdammt gutes Gefühl.

Den Rest des Nachmittags verbringe ich im Uni-Atelier, das ich mir mit Bühnenbildnern teile. Dort arbeite ich meine Skizzen aus, zumindest versuche ich es. Mein Kunst-Professor möchte, dass wir uns auf Bewegungen konzentrieren und den Augenblick einfangen, doch ich bin abgelenkt. Immer wieder wandern meine Gedanken zu Professor Garret. Es wird nie aufhören, bis Sie beschließen, kein Opfer mehr zu sein. Sie sagt das, als hätte ich eine Wahl. Kann ich mich dagegen entscheiden? Ich meine, Henry hat mir die Entscheidung vor Jahren abgenommen, oder?

Es könnten auch sieben Tage sein. Ich muss nur an Henry denken, schon fühle ich mich wie gelähmt. Die Angst zieht mich runter, sie kriecht wie Blei in meine Glieder und meine Hände fangen an zu zittern.

Frustriert klappe ich die Skizzenmappe zu. Sieben Jahre, sieben Tage – sie hat Recht. Die Erinnerung an das Verbrechen ist so frisch wie die Trennung von Avery, ein weiteres Kapitel, das ich nicht abgeschlossen habe. Mein Hals wird eng und zu allem Überfluss gesellt sich zu meiner Furcht nun auch noch Schmerz und ich kämpfe einmal mehr gegen Tränen.

Verdammt, das hat mir gerade noch gefehlt. Ich bedecke das Gesicht mit den Händen und atme tief durch. Mit dem Ausatmen lasse ich meine Ängste und den Schmerz aus meinem Körper fließen. Henry ist wie Gift, das mich innerlich zersetzt, darum stelle ich mir vor, wie ich auch das ausatme. Nach einer Weile beruhigt sich mein Herzschlag und ich kann wieder klar denken.

Ich hab Avery seit unserer letzten Begegnung nicht mehr gesehen, nicht mal in den Nachrichten. Bis vor Kurzem liefen täglich Berichte über ihn, denn obwohl er Anwalt ist, liebt die Presse ihn. Kein Wunder. Der Mann kann sich nicht nur ausdrücken und hat Charisma - er sieht zudem wie ein Model aus. Dunkles Haar, blau-graue Augen und ein sinnlicher Mund, der darum bettelt, geküsst zu werden. Unter seinem Designeranzug steckt ein Körper, der … Verdammt, das ist nicht gerade hilfreich.

Nach einer weiteren unproduktiven Stunde packe ich meinen Kram zusammen und gehe nach Hause. Egal was mein Herz mir sagt, ich muss endlich über Avery hinwegkommen.

Zwei Tage später treffe ich mich nach der Vorlesung mit

Amy im Tagesspa zur Pediküre. Obwohl wir während meiner Abwesenheit regelmäßig telefoniert haben, quasseln wir in einer Tour. Sie will alles über Europa wissen und ich, wie es ihr in der Zwischenzeit ergangen ist.

Amy sieht gut aus. Sie wirkt frisch und strahlt wie ein Honigkuchenpferd. Das Pixiehaar hat sie zu einem Bob wachsen lassen, mit superkurzem Pony. Am auffälligsten sind jedoch ihre Augen. Sie haben einen verträumten Ausdruck, den ich noch nie an ihr gesehen habe. Sie ist verliebt.

„Wie heißt er?“, frage ich und reiße sie aus ihrem Bericht über das Parkers und Heathers neueste Eroberung.

Für einen Moment wirkt sie verdutzt, dann steigt Farbe in ihre Wangen und sie sieht zur Seite. Das ist neu – seit wann ist Amy schüchtern?

„Kenne ich ihn?“, hake ich nach. So schnell lasse ich sie nicht vom Haken. Hat sie etwa was mit den Aushilfskellnern angefangen – oder Gary, ihrem Boss?

„Ich, also … lass uns über was anderes reden, okay?“

Das kann eigentlich nur bedeuten, dass es sie schwer erwischt hat, sie aber nicht weiß, ob der Typ genauso empfindet. Ich nicke, doch bevor ich das Thema wechseln kann, trippelt Mary-Ann in den Salon und wird von der Managerin überschwänglich begrüßt.

„Miss Edwards, wie schön Sie wieder begrüßen zu dürfen.“

„Tut mir leid, Cindy, ich bin nur auf der Durchreise.“ Sie schenkt ihr ein strahlendes Lächeln, dann hält sie auf uns zu.

„Hi, Maya!“, ruft sie und winkt. Mary-Ann sieht wie die kleine Schwester von Audrey Hepburn aus. Sie ist gertenschlank und hat die helle Haut einer Elfe. Von ihrem seelenvollen Blick sollte man sich nicht täuschen lassen, denn tief in ihr steckt eine freche Göre.

Eine Mitarbeiterin zaubert einen Stuhl aus dem Hut, damit sie sich zu uns setzen kann, doch sie lehnt dankend ab.

„Mädels, ich habe im Dalton einen Tisch reserviert. Trocknet eure Füße und folgt mir, ich habe Hunger!"

Typisch Annie. Amy grinst, ich schüttle lächelnd den Kopf. Unsere Kosmetikerin versteht den Wink und schraubt die Nagellack Fläschchen zu. Lackierte Fußnägel werden ohnehin überbewertet.

Das Dalton ist ein schickes Bistro in West Fens, mit Blick auf die Victory Gardens. Hier war ich ein paarmal Joggen. In der Regel ist mir der Lauf zu weit, obwohl es sich lohnt. Die zusammenhängenden Gärten bilden die Nordspitze eines Grüngürtels, der sich durch zahlreiche Stadtteile zieht und im Jamaica Pond, im Süden der Stadt, endet.

„Also", beginnt Annie, nachdem wir unsere Bestellung aufgegeben haben. „Was ist jetzt mit dir und Carter?"

Mein Herz setzt einen Schlag aus, beinah rutscht mir das Glas aus der Hand.

„Mir und … Carter?", frage ich perplex. „Wie kommst du denn darauf?"

Annie verzieht den Mund. „Lass mich mal überlegen. Der Mann trägt dich auf Händen", sagt sie und hält einen Finger in die Höhe. „liest dir jeden Wunsch von den Augen ab", ein zweiter Finger folgt, „kümmert sich um dich als wärst du der wichtigste Mensch in seinem Leben …" Sie legt die Unterarme auf den Tisch und beugt sich vor. „Du und Carter, was ist jetzt mit euch?"

Keine Ahnung, warum ich plötzlich einen Kloß im Hals habe.

~ * ~

Carter saß im Wagen und blickte auf seine Armbanduhr. Wenn Logan sich an seine Abläufe hielt, müssten sich jeden Augenblick die Fahrstuhltüren öffnen und er würde mit einer Mappe unterm Arm die Tiefgarage betreten.

Wie auf ein Stichwort leuchtete die Anzeige über dem Aufzug auf und die Kabine öffnete sich mit dem fahrstuhltypischen Signalton.

Für einen Künstler war dieser Typ ziemlich berechenbar, er tickte wie ein Uhrwerk. Logan Cooper war ein hagerer Mann Anfang vierzig. Er hatte dunkles Haar und wache Augen, mit denen er die Parkebene scannte, bevor er zu seinem Wagen ging. Wie immer trug er von Kopf bis Fuß schwarz. Schwarze Jeans, schwarzes Sakko, schwarzer Rolli, schwarze Schuhe. Nicht zum ersten Mal fragte er sich, ob der Typ das für cool hielt oder einfach keine Farben mochte. Die unvermeidliche Fotomappe klemmte unter einem Arm, in der anderen Hand hielt er ein Handy und redete auf jemanden ein.

Nicht mehr lange, dachte Carter und griff in die Mittelkonsole, in der ein Jammer lag. Das rechteckige Kästchen war so groß wie eine Streichholzschachtel. Wenn man es einschaltete, sandte es elektromagnetische Wellen aus, die Funksequenzen blockierten. Radios, Handys und Überwachungskameras fielen für einige Minuten aus – wie lang genau hing von der Größe des Jammers ab. Seiner hatte eine Reichweite von fünfundzwanzig Metern und würde die Frequenz der Funkkameras ungefähr drei Minuten blockieren. Mehr Zeit brauchte er nicht.

Abermals blickte er auf die Uhr. Dann drückte er den Knopf in der Mitte des Kästchens und hörte Logan fluchen.

„Megan? Verdammt nochmal, was ist das wieder für ein Scheiß!“

Showtime. Bevor Logan ihn kommen sah, packte er ihn am Hals und hielt ihn in die Höhe. Logans Augen weiteten sich, Mappe und Handy fielen zu Boden.

„Ich denke es ist Zeit, dass wir ein paar Dinge klären“, begann Carter im Plauderton. „Ich war geduldig, habe mich rausgehalten und beobachtet. Damit ist jetzt Schluss.“

„Luft!“ röchelte Logan. Er lockerte den Griff gerade so weit, dass er besser atmen konnte.

„Hast du den Verstand verloren? Was willst du von mir?“

„Gut, dass du das fragst.“ Carter warf Logan gegen die Betonwand, sodass dieser ein heiseres Uhhmpfft von sich gab.

„Du hattest Jahre Zeit, dir Maya zu schnappen. Stattdessen hast du ihre finanzielle Notlage für deine Nacktfotos ausgenutzt. Hast ihr gerade genug zum Überleben gezahlt, bis du sie nach und nach von dir abhängig gemacht hast.“

Logan öffnete den Mund, doch Carter presste ihn mit Knie und Unterarm gegen den feuchten Beton, bis er abermals nach Atem rang.

„Du hattest deine Chance und bist grandios gescheitert, weil du ein beschissener Narzisst bist, der nur an sich selbst denkt. Sollte ich deine Drecksgriffel noch einmal auf Maya sehen, schneide ich sie dir ab.“ Wie um seine Drohung zu bekräftigen, zog er ein Combat Messer hervor und rammte es in die Wand neben Logans Kopf.

Logan keuchte auf. Schweiß lief über seine Stirn und er gab einen erstickten Schrei von sich. Das Messer hatte den Jackettärmel durchbohrt und seinen rechten Arm fixiert.

Carter beugte sich vor und flüsterte:

„Keine Küsschen, kein Randrücken und vor allem kein Händchenhalten. Haben wir uns verstanden?“

Logan nickte, doch seine dunklen Augen brannten vor hilfloser Wut.

„Dann sag es!“

„I-ich werd Maya in Ruhe lassen“, brachte er schließlich hervor, die Stimme mit kaltem Hass belegt.

Carter hielt seinen Blick einen Moment gefangen, ein finsteres Versprechen in den Augen. Anscheinend kam die Botschaft an. Logan nickte knapp, woraufhin Carter das Messer aus der Wand zog und so leise verschwand, wie er gekommen war.

Wieder im Wagen sah er auf die Uhr. Gerade mal zweieinhalb Minuten waren vergangen. Er wurde immer besser. Stellte sich die Frage, ob das was Gutes war.

3

Ich habe das Gefühl nackt auf einer Bühne zu stehen. Passend dazu liegt Annies Blick wie ein Tausend Watt Scheinwerfer auf mir. Insgeheim frage ich mich, warum sich mein Herzschlag allein bei der Erwähnung von Carters Namen verdoppelt. Als würde mein Puls in meinem Hals stecken muss ich mich ein paarmal Räuspern, um den Kloß loszuwerden.

„Er, ich … das ist unmöglich."

„Warum?", fragt Annie und nippt an ihrem Martini ohne mich aus den Augen zu lassen. Amy neben ihr wird ganz still.

„Warum?", wiederhole ich und schüttle den Kopf. „Er ist Averys Bruder!"

Annie zuckt die Schultern als wäre das keine große Sache. Die Richtung des Gesprächs irritiert mich. Sollten wir uns nicht über die letzten Wochen austauschen, statt mein nicht vorhandenes Liebesleben zu diskutieren?

„Carter kann nichts dazu, dass Avery sein Halbbruder ist. Er liebt dich, das ist offensichtlich. Und was machst du?"

„Er … was?"

Ihre Worte haben eine erschreckende Wirkung auf mich. Wo eben noch ein Loch in meiner Brust war, breitet sich mit einem Mal Wärme aus. Eine Armada Schmetterlinge erhebt sich in meinem Bauch. Im Stillen versuche ich mich zur Ordnung zu rufen, schließlich ist Carter mein Freund. Er empfindet nicht so für mich … oder doch?

Andererseits, das hier ist Annie. Sie kennt die Brüder viel besser als ich und würde so etwas niemals sagen, wenn sie es nicht wirklich meint.

Langsam lehne ich mich in meinem Sitz zurück und stoße den Atem aus, von dem ich nicht wusste, dass ich ihn angehalten habe.

„Wie kommst du nur darauf, Carter und ich sind Freunde."

„Ich bitte dich! Er hat Herzchen in den Augen, wenn ihr im selben Raum seid. Ich muss nur von dir reden, schon wird sein Gesicht weich und er setzt dieses dämliche Grinsen auf."

Mein Herz flattert bei ihren Worten. Das klingt zu schön um wahr zu sein.

„Vielleicht kannst du dich mal entscheiden. Bei unserem letzten Mädelsabend hast du Averys Qualitäten als Ehemann gepriesen."

„Das bedeutet, dass wir uns zu wenig sehen", wirft Annie ein. „Außerdem wusste ich damals noch nicht, wie es um Carter bestellt ist. Davon abgesehen …" Sie zögert einen Moment. „Könntest du ernsthaft mit einem Mann zusammen sein, der dich geschlagen hat?"

Die Erinnerung an Averys Aussetzer versetzt mir einen Stich. Doch wie so oft hat Annie ins Schwarze getroffen. Zugegeben, Avery war betrunken und Edwards hatte ihn getäuscht. Aber sie hat Recht. Er und ich sind Geschichte, ich könnte ihm nie wieder vertrauen.

Seufzend verberge ich das Gesicht in den Händen. Obwohl es Monate her ist, schmerzt es wie am ersten Tag. Die Tatsache, dass Avery mir nicht vertraut hat. Dass er Edwards Wort über meins gestellt – dass er mir nicht mal die Chance gegeben hat, mich zu erklären.

„Empfindest du nichts für Carter?", unterbricht Amy meine wirren Gedanken. Sie rutscht zu mir und legt mir einen Arm um die Schultern.

„Carter ist alles, was sich eine Frau wünschen kann", gebe ich leise zurück. „Aber wir sind Freunde, mehr nicht."

Annie täuscht ein Gähnen vor. „Bla, bla, bla!"

Ich sehe auf und unsere Blicke treffen sich.

„Letzten November wollte ich seinen Bruder heiraten!"

„Und jetzt ist Februar und Avery hat sich disqualifiziert.

Neues Spiel, neues Glück."

Am liebsten würde ich lachen, doch die Situation ist alles andere als komisch. Wie kann ich Annie erklären, dass Carter in wenigen Wochen der wichtigste Mensch in meinem Leben geworden ist? Mein Anker, der Fels in der Brandung. Ohne ihn bin ich verloren, und wenn ich ihn als Freund verliere … keine Ahnung, was dann aus mir wird. Doch das kann ich ihr nicht sagen, sie würde es nicht verstehen. Ich begreife es ja selbst kaum.

„Wenn es so einfach wäre", sage ich schließlich.

„Maya, es ist so einfach, du willst es nur nicht sehen."

„Aber sie sind Brüder, verstehst du das nicht? Ich kann froh sein, wenn sie wieder miteinander reden. Was glaubst du passiert, wenn Carter und ich auf Dates gehen?"

Abermals hebt Annie die Schultern. „Wie gesagt, Avery hatte seine Chance und wir wissen beide, dass er es gründlich vermasselt hat. Ich weiß das so genau, weil ich damals dabei war, als er sich wie ein Tier aufgeführt hat. Und du, meine Liebe, saßt in der ersten Reihe. Jetzt bist du am Zug."

Das Essen wird serviert, doch niemand rührt es an. Annie steht auf und quetscht sich zu uns auf die Bank.

„Maya", sagt sie leise und nimmt meine Hand. „Avery ist mein Freund, das weißt du."

Das stimmt. Möglicherweise ist sie sein einziger Freund, da Avery den falschen Leuten vertraut hat. Die beiden kennen sich, seit ihre Windeln von derselben Nanny gewechselt wurden, sie sind wie Bruder und Schwester.

„Ich sage es nicht gern, aber er hat es verbockt. Deswegen kann ich dir nicht guten Gewissens raten, es noch einmal mit ihm zu versuchen." Ihre Nähe hat etwas Beruhigendes. Die Tränen, die eben noch überlaufen wollten, ziehen sich zurück und ich schlucke den Kloß, der mir den Hals zuschnürt, runter. Ich habe ganz vergessen, wie gut es ist, meine Freundinnen um mich zu haben.

Vertraute. Ich kann praktisch spüren, wie der Druck, der sich in mir aufgebaut hat, nachlässt. Mit Amy und Annie kann ich über so ziemlich alles reden, vor allem aber über Themen, die ich mit Carter nicht berühren möchte. Und das sind Avery und, nun ja, er.

„Davon abgesehen weiß ich sicher, dass sich Avery und Carter versöhnt haben. Du würdest ihrer Beziehung nicht im Weg stehen, das kannst du mir glauben."

Sie deutet meinen verwirrten Blick richtig.

„Es ist wahr, sie arbeiten sogar wieder zusammen."

„Woher weißt du das?", frage ich und arbeite an einem Pokerface.

„Wir waren essen, da habe ich ein Gespräch zwischen Avery und Carter mit angehört. Sie haben irgendwas in Connecticut geplant, da fliegen sie zusammen hin."

Das sind ja mal Neuigkeiten. Erleichterung überflutet mich, und meine Schultern, die bis eben angespannt waren, lockern sich. Dass ich der Grund für die Entzweiung der Brüder bin, hat mich wochenlang verfolgt. Es hat lange gedauert, bis sich die beiden gefunden hatten. Sollten sie meinetwegen den Kontakt abbrechen, könnte ich mir das nie verzeihen. Obwohl Averys Mutter noch lebt, hat weder er noch sein Bruder eine echte Familie. Sie haben nur einander, das möchte ich nicht zerstören.

„Warum geht Avery mir dann aus dem Weg?" Warum nimmt er meine Anrufe nicht entgegen?

„Er ist am Boden zerstört. Für das, was er dir angetan hat, gibt es keine Entschuldigung. Ich glaube, er meldet sich nicht, weil er sich für sein Verhalten zu sehr schämt."

„Dazu hat er auch allen Grund." Das kommt von Amy.

Annie seufzt. „Wie ich ihn kenne, wird er mit einer Entschuldigung warten, bis er es gutmachen kann." Sie zuckt mit den Schultern. „So ist er eben."

Gutmachen? Vertritt er deswegen immer noch Henry Eastbrook?

~ * ~

Carter zog die Sesam-öffne-dich-Karte durch den Schlitz und betrat den Hochsicherheitstrakt seiner Firma, Internetsecurity und Kryptologie. Vor der Tür seines Chefhackers blieb er stehen und starrte auf das Namensschild. Mr Blake? Schmunzelnd stieß er die Tür auf und betrat die Nerd-Abteilung. Als Blake den Vorschlag machte, dachte er, das wäre ein Scherz. Es war kein Geheimnis, dass Blake seinen Vater verabscheute. Wer wollte schon in einen Topf mit einem verlogenen Drecksack wie Senator Edwards geworfen werden?

Im Gegensatz zu Mary-Ann, die regelmäßig in der Regenbogenpresse auftauchte, hielt sich ihr Bruder bewusst im Hintergrund. Wüsste sein Vater, dass Blake für Lawson Security arbeitete, würde er ihn wie einen tollwütigen Hund erschießen, zumal sich seine aktuelle Tätigkeit gezielt gegen Edwards richtete.

Blake war nicht der Loser, für den ihn alle Welt hielt. Er hatte ein abgeschlossenes Studium am MIT in Cambridge in etwas, das sich Computer Science & Artificial Intelligence nannte, kurz: CSAIL. Im Klartext hieß das, dass der Code, den Blake nicht knacken konnte, erst erfunden werden musste. Für ein Unternehmen, das sich auf Sicherheit spezialisiert hat, waren Mitarbeiter wie Blake unbezahlbar. Um ihn zu halten, hatte er ihm eine eigene Abteilung gegeben, plus ein Team, das ihm direkt unterstellt war.

Blake leitete den Bereich Kryptologie, also die Verschlüsselung von Codes. Bevor der Senator mit Carter die Klinge gekreuzt hatte, steckte Blakes Abteilung in der Entwicklung eines bombensicheren Security Systems, das man in Autos einsetzen konnte, in private Haushalte und in modifizierter Form sogar in Kraftwerken.

Blake spielte seit Jahren den Blindgänger, damit sein Vater ihn in Ruhe ließ. Als Carter ihm die Gelegenheit bot, sich an Edwards zu rächen, zögerte er keine Sekunde. Vergessen war das Projekt, an dem er seit zwei Jahren tüftelte. Er speicherte die Daten ab, schloss die Blaupausen in den Safe und räumte seinen Platz auf, um sich ganz auf den Untergang seines Vaters zu konzentrieren.

Mit Blakes Hilfe würde Carter in Edwards Rechner einsteigen und hoffentlich die dringend benötigten Beweise bekommen, den Hurenbock festzunageln. Zugegeben, in die privaten PCs kam er auch selbst, aber mit Blakes Hilfe ging es schneller. Die Computer in D.C. waren eine andere Nummer. Dafür reichte sein Wissen nicht, das war Blakes Terrain.

Seine Finger flogen über die Tastatur des Rechners und er murmelte etwas, dass Carter nicht verstand. Vermutlich eine Art Geek-Sprache – Geekisch.

Carter räusperte sich, um seine Aufmerksamkeit zu bekommen.

„Und? Wie weit bist du?“, fragte er, als er nicht reagierte.

„Hau ab!“, rief Blake und warf einen zerknüllten Papierball nach ihm. „Ich will nichts hören, schwirr einfach ab.“

„Dir auch einen schönen Tag.“

„Halt die Klappe und verpiss dich. Wenn du aufhören würdest, mir auf den Sack zu gehen, wäre ich schneller fertig.“

„Würdest du dich beeilen, müsste ich dir nicht auf die Eier gehen.“

Carter fuhr sich mit einer Hand durchs Haar und seufzte. „Kannst du mir wenigstens sagen, ob du schon eine Spur hast?“

Blake lehnte sich in seinem Bürostuhl zurück und warf Carter einen pointierten Blick zu. Der hob defensiv beide Hände.

„Okay, okay, also keine Spur.“ Er fluchte leise. Das war das Problem, wenn man mehr als zwanzig Jahre Zeit hatte, ein Schmiergeldsystem zu installieren. Es war so gut und tief versteckt, dass es praktisch unauffindbar war.

Auf der anderen Seite machte man Fehler, wenn man sich zu sicher war. Edwards war ein überheblicher Drecksack, er musste Spuren hinterlassen haben, immerhin konnte er diese Nummer nicht allein durchziehen. Es gab Helfer, Partner, Komplizen. Sie hatten Indizien gefunden, dass er und Walther Eastbrook gemeinsame Sache gegen die vielversprechendsten Präsidentschaftskandidaten ihrer eigenen Partei machten. Denen flog der Dreck nur so um die Ohren, und immer war es ein Journalist der Washington Post, der auf eine Goldader gestoßen war. Was für ein Zufall.

Es musste eine Verbindung zwischen den beiden geben, sie hatten sie nur noch nicht gefunden. Dummerweise fanden sie die Antworten nicht auf Edwards privatem Rechner. Das bedeutete, dass sie nach Washington mussten.

An dieser Stelle wurde die Sache allerdings heikel. Anders als in Edwards Stadthaus wurde Datenschutz hier großgeschrieben, und die Security war nicht ohne. Aus diesem Grund würde er es vorher bei Eastbrook versuchen. Möglicherweise fanden sie bei ihm brauchbares Material, das sie auf die richtige Spur brachte. Und die Spur waren Schmiergelder.

Edwards hatte ein kompliziertes Buchungssystem installiert mit Bankkonten in steuerfreundlichen Oasen wie Delaware, die Caymans und Curaçao. Zudem unterhielt er ein Außenbüro in Hongkong. Das war kein Steuerparadies, aber Hongkong hat ein territoriales Steuersystem. Wenn man dort nichts verkaufte, keine Dienstleistung anbot und keine Verträge unterschrieb, bezahlte man keine Steuern, so einfach war das.

Warum unterhielt ein amerikanischer Senator auf Kosten der Steuerzahler ein Büro in Hongkong? Edwards rechtfertigte die Kosten mit seinen Kontakten zum Außenhandelsbüro, und dass diese Verbindung der amerikanischen Wirtschaft zugutekam.

Ja, klar.

Ihm war es egal, wie sie es anstellten. Und wenn sie ihn wie Al Capone wegen Steuerhinterziehung in den Knast brachten, irgendwas würden sie finden.

Er klopfte Blake auf die Schulter, der wieder in sein Geek-Gemurmel gefallen war und auf einem Gel-Pen kaute.

„Finde das Geld, dann haben wir ihn."

Blake grunzte, beachtete ihn ansonsten nicht.

Da er hier nichts ausrichten konnte, beschloss er, sich um sein Mädchen zu kümmern. Es wurde Zeit, das Tempo zu ändern.

~ * ~

Ich versuche verzweifelt, ein gerahmtes Foto meiner Mutter aufzuhängen, und verbiege jedes Mal den Nagel. Wieder und wieder setze ich an, doch was ich auch anstelle, das Teil wird krumm und schief. Irgendwann reißt mir der Geduldsfaden und ich dresche wie eine Besessene auf den schiefen Nagel ein, den Hammer in beiden Händen. Immer tiefer treibe ich ihn in die Wand, bis ich Stücke aus dem Putz schlage. Mein Frust schlägt in Wut um, Wut in Hass. Der Hass ist wie ein Krebsgeschwür, das mich antreibt und mich gleichzeitig auffrisst. Aushöhlt, bis ich eine leblose Hülle bin, tot. Das ist, was Henry aus mir gemacht hat, einen Zombie.

Als ich schwer atmend den Hammer fallenlasse und das Bild betrachte, sehe ich nicht in die Augen meiner Mutter, sondern in Henrys kaltes Antlitz. Keuchend weiche ich zurück, als wäre es ein giftiges Insekt. Mein Hass gefriert, zerspringt in tausend Stücke. Angst nimmt seinen Platz ein und lähmt mich, bis ich mich nicht mehr bewegen kann.

Dann fällt mir auf, dass das Klopfen nicht aufgehört hat, obwohl ich den Hammer nicht mehr in Händen halte. Durch meine kurze Unachtsamkeit bemerke ich nicht, dass sich das Foto bewegt. Henrys Arm schießt vor und er ergreift mein Fußgelenk. Ich mache einen Satz zurück, schreie, dann falle ich.

Als ich aufwache, liege ich neben dem Bett, die Beine im Laken verheddert. Es klopft, aber nicht an der Haustür, sondern an meiner Schlafzimmertür. Wie spät ist es? Verwirrt taste ich nach meinem Handy auf dem Nachttisch. Dann legen sich zwei Hände um meine Hüfte und ich werde zurück aufs Bett gehoben.

Carter hockt vor mir, die goldgelben Augen auf mich gerichtet. Wie immer, wenn er mich mit diesem Wolfsblick ansieht, schmilzt etwas Kaltes in mir und ich werde ganz weich. Carter hat diese Art, mir allein mit seinem Blick Sicherheit zu vermitteln, etwas, das ich vorher nicht kannte.

Im Gegensatz zu Averys Modellook gibt Carter keinen Pfifferling darum, wie er aussieht – was ihn umso anziehender macht. Alles an ihm wirkt wild, wie ein Kriegergott auf Rachefeldzug.

Noch mehr als sein Raubtierblick zieht mich jedoch der herbe Duft nach Bourbon und Kaffee in den Bann. Letzterer kommt aus der Küche. Ich blinzle den Schlaf aus den Augen und Carters verschwommenes Gesicht schärft sich. Himmel, der Mann sieht gut für diese Uhrzeit aus, denn dass es früh ist, sagt mir der Stand der Sonne. Oder besser, ihre Abwesenheit.

Seine goldenen Augen betrachten mich mit einer Mischung aus Faszination und Schalk. Er hat einen sinnlichen Mund, mit einer Unterlippe, die darum bettelt, dass man an ihr knabbert. Sie hat eine kleine Delle in der Mitte, in die ich meinen Finger legen möchte, allein um zu wissen, wie sich das anfühlt. Das schwarze Haar ist gerade lang genug, dass er es hinter die Ohren streifen kann.

Heute hat er es in einem kurzen Zopf zusammengebunden, sieht aus, als wollte er trainieren. Echt jetzt?

Mein Blick wandert seinen skulpturierten Arm entlang, der kaum in den Ärmel seines Shirts passt, übers Handgelenk bis zu seiner Uhr.

Halb acht? „Hast du sie noch alle?“, frage ich und sinke stöhnend zurück in die Kissen.

Ich hatte eine grauenhafte Nacht, in der sich ein Albtraum an den nächsten gereiht hat. In den meisten war ich unter einer Eisdecke begraben, während meine Peiniger mit Hacke und Beil auf mich einschlugen. Das war der erste Traum dieser Art seit Monaten und kam vollkommen unerwartet. Normalerweise gab es einen Anlass, aber diesmal kam er wie aus dem Nichts und hat mich mehrfach schreiend aus dem Bett geworfen. Ich kann nicht mehr als zwei Stunden Schlaf abbekommen haben, darum bin ich nicht gerade glücklich über Carters Überfall. Heute ist Freitag, wo ist meine Woche geblieben?

„Schwing deinen süßen Zuckerhintern aus dem Bett, wir gehen laufen.“

„Du kannst mich mal“, murmle ich und ziehe die Decke bis zum Kinn.

„Wie du willst.“

Das Bett bewegt sich, dann werde ich in kräftige Arme gezogen und Carters Mund landet auf meinem.

Zuerst bin ich geschockt, dann wird mir klar, dass er mich aufzieht, und gebe ihm einen Klaps auf den Hinterkopf. Er grinst gegen meine Lippen, küsst mich sanft und lehnt sich mit halb geschlossenen Augen zurück um mich zu betrachten.

Hitze schießt in meine Wangen und ich kann nicht verhindern, dass sich mein Herzschlag vervielfacht. Carter duftet himmlisch, seine Lippen sind unfassbar zart. Am liebsten würde ich die Augen schließen und die Wange gegen seine Bartstoppeln streichen. Ob sie weich sind oder eher kratzig? Ich möchte meine Hände über seinen

Körper gleiten lassen, will jeden Zentimeter Haut mit meinem Mund erkunden. Ob er nach Sonne und Meer schmeckt? Bei der Vorstellung wird mir ganz warm und ich unterdrücke ein Seufzen.

Es sind Momente wie diese, in denen ich die Grenze überschreiten, mich fallenlassen und meinen Gefühlen feien Lauf lassen möchte. Meinem Verlangen. Einmal schwach sein und nicht nachdenken. Springen ohne Netz und doppelten Boden, in der Hoffnung aufgefangen zu werden. Mein Körper schreit nach Carter und es gibt nichts, das ich dagegen tun kann.

„Gefällt dir, was du siehst?", fragt er schmunzelnd.

O Mann, ich bin so was von aufgeflogen. Im Geiste verpasse ich mir eine Ohrfeige – das hier ist Carter, verdammt nochmal, kein Lover. Ich würde gern behaupten, dass ich ihm mit einer schlagfertigen Retoure das selbstgefällige Grinsen aus dem Gesicht gewischt hätte, aber das wäre gelogen.

Carter ist Sex auf zwei Beinen und ich bin eine Frau mit einem Puls. So wie er aussieht könnte er es mir nicht übel nehmen, wenn ich hier und jetzt über ihn herfallen würde. Während mein Verstand gegen den Nebel ankämpft, verrät mir das Pochen zwischen meinen Schenkeln, dass mein Körper eine eigene Agenda hat. Ausgerechnet mein Herz stemmt sich dagegen.

Carter ist mein Freund, das darf ich nicht vergessen. Ich kann ihn nicht verlieren, wie ich Avery verloren habe. Wenn wir diese Grenze überschreiten, gibt es kein Zurück. Davon abgesehen fühlt es sich nicht richtig an mit Averys Bruder ins Bett zu gehen.

Keine Ahnung, wie lange wir uns anstarren, noch habe ich einen Schimmer, was sich hinter Carters Wolfsaugen abspielt. In jedem Fall erholt er sich als Erster und gibt mir erneut einen Klaps auf den Po.

„Steh auf, Prinzessin, der Kaffee wird kalt." Mit diesen Worten schwingt er sich aus dem Bett und lässt mich mit wild pochendem Herzen zurück.

Woher er weiß, dass ich heute nichts vorhabe, ist mir ein Rätsel. Würde mich nicht wundern, wenn er mein iCal gehackt hat. Nach einem leichten Frühstück laufen wir sechs Kilometer durch die Parks, danach karrt er mich in sein Penthouse. Im Trainingsraum fahren wir mit den Übungen fort. Mittlerweile habe ich einen guten Stand, weiß, wie man beherzt zutritt und Angreifer abwehrt.

Heute üben wir den Angriff. Dazu soll ich meinem Gegenüber die Beine wegkicken, während ich mit dem Handrücken gegen seine Kehle schlage. Den Tritt in die Kronjuwelen haben wir letzte Woche trainiert, allerdings an einem Dummie. Heute stehe ich 130 Kilo Lebendgewicht gegenüber, einer Wand aus Muskeln mit gelben Raubtieraugen und einem überheblichen Grinsen.

Carter möchte im ersten Schritt zunächst die Grobmotorik durchgehen, damit ich einfache Angriffe abwehren und genug Zeit schinden kann, um wegzulaufen. Das Feintuning kommt später, danach der Kampf mit Waffen.

Carter hat, man glaubt es kaum, einen Schießstand im Keller, den er regelmäßig nutzt. Wer für ihn arbeitet, muss zwei Mal die Woche an der Waffe trainieren und eine Mindesttrefferquote nachweisen, die nur Profis meistern können.

Um einen Schießstand zu unterhalten, braucht man selbst in den schießwütigen Staaten eine Genehmigung, zumindest in dicht besiedeltem Gebiet. Da Carter eine Sicherheitsfirma im selben Gebäude unterhält, war die Lizenz eine Formalität.

Ich gebe es nicht gern zu, aber das Training tut mir gut. Ich habe das Gefühl, dass es mich stärkt, also mental. Zu wissen, wozu ich fähig bin, wenn es darauf ankommt. Und obwohl ich heute Morgen lieber länger geschlafen hätte, ist der Unterricht genau das, was ich nach dem Albtraum brauche.

Im Traum bin ich passiv und muss hilflos mitansehen,

wie meine Feinde über mich herfallen. Interessant übrigens, wie das Unterbewusstsein arbeitet. Statt der K.O.-Tropfen bin ich im Eis eingeschlossen, unfähig mich zu wehren oder auch nur zu schreien. Und obwohl ich die Vergewaltigungen nicht bei vollem Bewusstsein erlebt habe, ist der Schmerz allgegenwärtig und hat mich bis heute nicht verlassen.

Woher Carter immer so genau weiß, was ich brauche, ist mir schleierhaft. Von dem Traum kann er nichts wissen, auch nicht, wie ich mich fühle, also wie macht er das? Feste Trainingszeiten lässt er nicht zu, er liebt es, mich aus dem Bett zu werfen. Ich dagegen würde ihm am liebsten die Kaffeekanne überziehen. Wenn wir dann laufen, geht es mir schnell besser, und das anschließende Training baut mich jedes Mal auf.

Der Prozess gegen Henry liegt mir seit Wochen wie ein Bleiklumpen im Magen. Normalerweise müsste ich die Berichterstattung gebannt verfolgen, stattdessen mache ich einen Bogen um die Nachrichten. Dennoch lässt es sich nicht vermeiden, dass ich hier und dort etwas aufschnappe. Der Fall ist das Thema in Boston.

Auch deswegen kam der Europatrip wie gerufen. Ich musste hier raus, um Abstand zu gewinnen. Von Avery aber auch Henrys Gegenwart, denn dieser Mistkerl befindet sich noch immer auf freiem Fuß. Zwar darf er den Bundesstaat nicht verlassen und musste seinen Pass abgeben, aber aus Boston wurde er nicht verbannt. Was bedeutet, dass ich ihm jederzeit über den Weg laufen kann. Nicht mal Hausarrest hat der Richter ihm aufgebrummt, ist das zu fassen?

Der Gedanke an Henry lässt mich fester zutreten als geplant, und wie durch ein Wunder taumelt Carter einen Schritt zurück. Für mich ist das, als hätte ich ihn k.o. geschlagen, darum hüpfe ich auf und ab und klatsche in die Hände. Doch ich habe mich zu früh gefreut. Mit einer Bewegung, die ich nicht kommen sehe, wischt er meine

Füße vom Boden. Bevor ich Piep sagen kann, liege ich flach auf dem Rücken und befinde mich Nase an Nase mit ihm. Sein Raubtiergrinsen blitzt auf, dann streicht er mir eine Strähne aus dem Gesicht.

„Willst du Raufen?“, fragt er mit dunkler Stimme und fährt mit dem Daumen über meine Wange. Die Berührung hat etwas Elektrisierendes und ich muss einen Moment die Augen schließen, um nicht etwas Dummes zu tun. Wie zum Beispiel mich vorzubeugen und seinen verführerischen Duft nach, nun ja, Carter einzuatmen.

Als ich sie wieder öffne, landet mein Blick auf seinem Arm. Muskelstränge ziehen sich wie gespannte Stahlseile bis zu den Schultern und verschwinden unter einem hautengen T-Shirt. Vor den wenigen Malen, die ich ihn shirtlos gesehen habe, weiß ich, dass sich unter dem dünnen Stoff zahlreiche Narben befinden. Stich-, Schuss- und Brandwunden. Ich wollte ihn schon oft darauf ansprechen, aber jedes Mal fehlte mir der Mut.

Ein zarter Schweißfilm bedeckt seine Haut. Ich bin von einem Tropfen abgelenkt, der sich daraus löst und wie in Zeitlupe über seinen Trizeps kriecht. Vielleicht bin ich ja pervers, aber ich würde sonst was darum geben, meine Lippen auf die gebräunte Haut zu pressen und eine heiße Spur aus Küssen …

„Maya?“

Die Belustigung in seiner Stimme hat etwas Ernüchterndes, dennoch muss ich mich ein paarmal räuspern, bevor ich meiner Stimme traue.

„Ich dachte, das wäre der Sinn der Übung.“ Dass ich so atemlos klinge wie ich mich fühle, macht es nicht besser.

„Hüpfen und Klatschen hatte ich dabei nicht im Sinn.“

Jetzt bin ich diejenige, die lächelt, und endlich kann ich ihm wieder in die Augen sehen.

„Ich habe dich abgewehrt. Ist das kein Grund zum Klatschen?“

„Du hast mich überrascht.“

„Eine umso größere Leistung."

Er schüttelt den Kopf. „Du überraschst mich jedes Mal, wenn ich dich sehe. Davon sollte ich mich nicht aus dem Gleichgewicht bringen lassen."

Wir sind uns so nah, dass ich den Kuss beinah fühlen kann. Meine Lippen kribbeln erwartungsvoll, doch Carter bewegt sich nicht. Er betrachtet mich, als würde er auf etwas warten. Schließlich zwinkert er mir zu und steht auf.

Sein Rückzug ist wie ein Kübel Eiswasser. Hat er erwartet, dass ich die Lücke schließe? Vermutlich. Warum zum Henker bin ich so passiv, wenn es um Carter geht? Wieso habe ich mich nicht gerührt, obwohl alles in mir diesen Kuss wollte? Stattdessen war ich wie gelähmt, hin und hergerissen zwischen Vernunft und Verlangen.

Carter ist das Beste, das mir seit Langem passiert ist. Eher lebe ich bis zu meinem seligen Ende im Zölibat, als unserer Beziehung eine Richtung zu geben, die sie zerstören könnte. Was, wenn es nicht funktioniert? Wenn uns der Sex auseinanderbringt, statt zusammenschweißt? Wenn das am Ende alles ist, was uns bleibt, weil wir uns danach nichts mehr zu sagen haben?

So war es mit Avery. Unsere Beziehung war wie ein Strohfeuer und wurde vom Sex konsumiert. Geredet haben wir wenig. Ich habe lange gebraucht um zu begreifen, dass Sex eine Sprache für Avery ist, seine Art sich auszudrücken. Was bedeutet, dass ohne Sex kein Austausch zwischen uns stattfand – was die aktuelle Funkstille erklären würde.

Carter ist anders. Wir reden viel, ihm kann ich mich öffnen. Um nichts in der Welt möchte ich darauf verzichten. Eher halte ich ihn auf Abstand und unterdrücke die verwirrenden Gefühle, die sich mehr und mehr in mir aufbauen.

Nach dieser Episode trainieren wir, als wäre nichts geschehen. Carter hilft mir, meinen Stand zu verbessern und meine Schläge genauer zu positionieren. Ich folge seinen Anweisungen und falle nicht erneut in einen Freudentaumel, als mir eine Übung gelingt. Die Spannung zwischen uns ist greifbar, doch wir ignorieren sie beide. Was ein bisschen so ist, als würde man einen glitzernden Li-La-Launebär ignorieren – also eine Unmöglichkeit.

Als wir fertig sind, dusche ich in seinem Penthouse und ziehe mich um. Seit wir trainieren, habe ich eine Tasche mit Klamotten zum Wechseln im Gästezimmer. Ich habe keine Lust in meinem nassgeschwitzten Trainingszeug nach Hause zu fahren, erst recht nicht im Winter.

Schweigend lenkt er den Wagen zum Dudley Square. Als wir vor meinem Appartementkomplex halten, berührt er mich am Arm.

„Lass uns morgen Abend zusammen essen."

Ich zögere keine Sekunde. „Wie viel Uhr?", frage ich und schenke ihm ein Lächeln. Erleichterung huscht über seine Züge. Hat er geglaubt, ich würde ihn abweisen? Vielleicht sollte ich das, doch was Carter angeht, bin ich egoistisch, genieße seine Nähe zu sehr. Und mal ehrlich, bei einem Essen in einem Restaurant ist die Gefahr gering, dass ich über ihn herfalle. Von wegen Öffentlichkeit und so.

Hätte ich gewusst, was mich erwartet, wäre ich zu Hause geblieben.

4

Ursprünglich hatte ich vor, mir ein Taxi zu bestellen, doch Carter besteht darauf, mich abzuholen. Statt in ein Restaurant fahren wir geradewegs in die Tiefgarage seines Penthouse.

„Hast du was vergessen?“, frage ich, als er den Motor abstellt und den Sicherheitsgurt öffnet.

„Keineswegs, ich habe uns Lasagne gemacht.“

Er hat … gekocht? Jetzt verstehe ich noch weniger, warum er mich abholt. Es sei denn, er hat befürchtet, ich würde einen Rückzieher machen, was durchaus hätte passieren können. Ich meine, er und ich allein mit einem Glas Wein bei einem romantischen Dinner …

Wie komme ich auf romantisch, es ist nur ein Essen. Im Geiste rufe ich mich zur Ordnung und steige zu ihm in den Lift. Oben angekommen werfe ich Mantel und Tasche auf die Couch im Wohnbereich und folge dem köstlichen Duft in die Küche.

Tatsächlich befindet sich eine Auflaufform mit Lasagne im Ofen. Auf der Spüle steht ein Sieb mit Salat, in der Glasschüssel daneben wartet das Dressing. Ein in Papier eingewickeltes Baguette liegt auf der Theke, als hätte er es eben vom Bäcker geholt.

„Ich kann nicht glauben, dass du für uns gekocht hast“, sage ich lächelnd und drehe mich zu ihm. Carter hat den verglasten Weinklimaschrank geöffnet und studiert die Label.

„Das ist so …“ Süß? Liebenswert? Überraschend häuslich? „… unerwartet.“

Schmunzelnd sieht er auf. „Traust du mir das nicht zu?“ Er zieht eine Flasche Rotwein hervor und scannt abermals das Etikett. Zufrieden schließt er den Schrank und stellt die Flasche auf die Theke.

„Kochen entspannt mich. Leider habe ich meistens zu wenig Zeit dafür.“ Er kramt nach einem Öffner und dreht mit routinierten Handgriffen den Korken aus der Flasche.

Ich wundere mich, wie perfekt er in seine High-Tech Küche passt. Bei einem Mann seiner Größe müsste es lächerlich aussehen, wenn er den Kochlöffel schwingt. Carter dagegen wirkt relaxt und in seinem Element. Er stellt den Ofen aus, kramt Weingläser aus dem Küchenschrank und schenkt uns ein.

Um mich nützlich zu machen, schneide ich das Baguette und gebe den Salat in die Schüssel. Dann reicht Carter mir mein Glas und prostet mir zu.

„Auf uns und einen wundervollen Abend."

Den Schlieren nach zu schließen handelt es sich um einen schweren Wein. Vorsichtig nippe ich am Glas und schließe für einen Moment die Augen. Die Pflaumen schmecke ich sofort heraus. Der Wein ist erdig, leicht holzig mit einem Hauch von Honig und Sonne – yum!

Während Carter die Auflaufform aus dem Ofen nimmt, decke ich den Tisch im Essbereich. Das Penthouse ist riesig und nimmt mehrere Etagen ein, zuzüglich einer Dachterrasse mit einem Infinity-See. Von hier aus überblickt man die gesamte Bostoner Innenstadt inklusive Innenhafen. Der Grundriss ist offen, statt Räume gibt es Wohnbereiche. Das Loft ist mit den darunterliegenden Etagen verbunden, Carters Gewicht- und Trainingsräume sowie Konferenzzimmer. Ein Stockwerk tiefer befinden sich seine Büros. Auf diese Weise kann er von seinem Arbeitsplatz in die Wohnung wechseln – oder trainieren gehen.

Die Lasagne schmeckt, das muss ich neidlos zugeben, fantastisch. Super gewürzt mit einem Hauch Oregano, nicht zu viel Käse und einer feinen Kruste obendrauf. Lecker!

Zuerst reden wir über mich, die Uni und den anstehenden Gilette-Werbefilm. Nach dem Essen öffnen wir eine zweite Flasche und setzten uns in den Wohnbereich. Für die Terrasse ist es selbst mit dem Feuerkorb zu kalt, was ich bedaure. Die Aussicht vom Dach ist phänomenal, bei gutem Wetter kann man bis zu den Harbour-Inseln sehen.

Wie immer erkundigt sich Carter nach meinem Tag, der Uni, und ob ich neue Freunde gefunden habe. Er ist der perfekte Freund.

Der Wein entspannt mich und macht mich mutiger. Ich möchte mehr über ihn wissen. Wer ist er unter dem trainierten Körper, den er wie eine Waffe gestählt hat? Wie war seine Kindheit und was hat er im Heim erlebt, dass er mit siebzehn zur Armee gegangen ist? Warum ist er nicht zu Avery gezogen, immerhin ist er sein Bruder. Was hat ihn angetrieben und wovor läuft er davon?

Statt eine dieser Fragen in eine rationale Form zu bringen, bringe ich das Erste raus, was mir durch den Kopf geht.

„Woher stammen deine Narben?"

Die Hand mit dem Glas, die eben noch auf dem Weg zum Mund war, hält inne, der Blick seiner goldenen Augen verdunkelt sich. Er fängt sich schnell, das muss ich ihm lassen.

„Das sind Andenken aus meiner Zeit als Ranger."

Er tut das ab, als wäre das nichts und nimmt einen Schluck des dunklen Weins. So schnell lasse ich mich nicht abwimmeln.

„Alle?" Die Brandwunden am Rücken sind kreisrund und sehen wie Zigarettenabdrücke aus. In den endlosen Stunden, die ich bei meiner Mutter im Krankenhaus verbracht habe, sind mir ein paar Geschichten aus Heimen zu Ohren gekommen – keine von denen war schön. Selbst Carter hat in einem schwachen Moment zugegeben, dass der Umgang dort rau war.

„Warum interessiert dich das?" Er verlagert das Gewicht, wendet sich mir zu und legt einen Arm auf die Rückenlehne der Couch. Auf diese Weise drücken sich seine Muskeln durch das Shirt und er wirkt, nun ja, irgendwie gefährlicher. Ob ihm bewusst ist, dass diese Haltung eine einschüchternde Wirkung hat? Oder ist das seine Absicht?

Wie um mich zu schützen, umfange ich mich mit den Armen und lehne mich zurück, um etwas Abstand zwischen uns zu bringen.

„Ich habe das Gefühl, dass du so ziemlich alles über mich weißt, während ich keine Ahnung habe, wer du bist.“

Carter schließt die Lücke zwischen uns, indem er sich vorbeugt und mir mit der freien Hand eine lose Strähne hinters Ohr streicht.

„Du kennst mich“, sagt er mit einer Sicherheit, die mich verblüfft. „Dazu brauchst du weder Daten noch die schmutzigen Fakten meiner Kindheit. Du kennst mich hier“, er tippt mit dem Zeigefinger gegen mein Herz, als wollte es ihm entgegenfliegen. Obwohl er mich nur mit der Fingerspitze berührt, spüre ich ihn bis in die Fußsohlen. Hitze breitet sich in mir aus und ich muss ein paarmal schlucken, bevor ich den nächsten Satz formulieren kann.

„Mag sein, aber es wäre trotzdem schön, mehr über dich zu erfahren. Ich kenne nicht mal deinen Lieblingsfilm oder was du gerne isst.“ Okay, das ist nicht besonders tiefsinnig, aber irgendwo muss ich schließlich anfangen.

Ein Lächeln umspielt seinen Mund. „Das ist einfach.“ Er nickt er zur Küchenzeile, wo sich die Reste unseres Abendessens befinden. „Italienisch, egal ob Pasta oder Pizza.“ Er fädelt seine Finger durch meine – wann hat er meine Hand genommen? Ich starre wie ein hypnotisiertes Kaninchen auf unsere ineinander verschlungenen Finger. Ich würde gerne etwas Schlagfertiges sagen, zumindest etwas Witziges. Doch das Gefühl seiner rauen Handinnenfläche auf meiner jagt einen Schauer durch meinen

Körper. Ich bilde mir ein seinen Puls zu spüren, seinen Herzschlag, der sich mit meinem verbindet und zu einem wird.

„Und mein Lieblingsfilm ist Das Leben des Brian", reißt er mich aus meinen chaotischen Gedanken. Himmel, ich muss mich zusammenreißen, ich bin total durcheinander. Als er meinen Gesichtsausdruck sieht, zwinkert er mir zu.

Moment mal, hat er gerade Das Leben des Brian gesagt? Überrascht lache ich auf, das habe ich nicht erwartet. Ich dachte eher an The Transporter oder so was in der Art. Aber vielleicht nimmt er mich auch hoch. So oder so will ich das Eisen schmieden, solange es heiß ist. Außerdem muss ich auf andere Gedanken kommen. In seiner Nähe brennen meine Sicherungen durch und meine Hormone bekommen einen eigenen Willen.

„Was ist deine schönste Kindheitserinnerung?"

Er schnaubt und schüttelt den Kopf. „Ist das dein Ernst?"

„Absolut."

Seine Augen leuchten einen Augenblick auf, dann wendet er den Kopf und blickt aus der verglasten Fensterfront.

„Ich glaube", setzt er an und reibt sich den Nacken, „das war der Moment, als Avery aufgekreuzt ist und ich wusste …"

„Dass du einen Bruder hast?", hake ich nach, als er den Satz nicht beendet.

Er entzieht mir seine Hand und beugt sich vor, die Unterarme auf die Knie gestützt.

Mein Blick fällt auf meine leere Hand und ich komme mir seltsam verlassen vor.

„Dass ich nicht ganz allein auf dieser Welt bin." Die Amüsiertheit ist aus seiner Stimme verschwunden. Er reibt sich den Nacken, ein klares Zeichen, dass ihm die Richtung des Gesprächs unangenehm ist. Dann steht er auf, um sein Glas zu füllen.

O-kay. Ein Themenwechsel muss her, möglichst einer ohne Fettnäpfchen. Da Carter seinen Job liebt, muss ich nicht lange nachdenken.

„Woran arbeitest du aktuell?“, rufe ich über die Schulter. Er steht am Küchentresen und entkorkt einen Weißwein. An der Art, wie sich seine Rückenmuskulatur entspannt, erkenne ich, dass es die richtige Frage war.

„Wir haben eine neuartige Sicherheitstechnik entwickelt“, beginnt er und kommt mit der Flasche und zwei neuen Gläsern zurück.

„Wenn alles wie geplant klappt, exportieren wir sie im Sommer nach Kanada.“ Er füllt unsere Gläser und reicht mir meins.

„Das ist ja fantastisch! Fliegst du deswegen mit Avery nach Connecticut?“

Dass ich ihn kalt erwische, sehe ich an der Art, wie er den Mund öffnet und wieder schließt. Ich verstecke mein Lächeln hinter dem Glas und nehme einen Schluck.

„Woher weißt du davon?“

„Ich hab zuerst gefragt.“

Seufzend fährt er sich mit einer Hand durchs Haar.

„Annie“, murmelt er und schüttelt den Kopf.

„Gut kombiniert, Sherlock. Du hast mir nicht gesagt, dass du wieder mit deinem Bruder zusammenarbeitest.“

Er murmelt etwas Unverständliches und lässt sich neben mir auf die Couch fallen.

„Ich dachte, es wäre besser, ihn nicht zu erwähnen.“

Damit hat er nicht Unrecht.

„Was ist jetzt mit Connecticut?“

Er verschränkt die Arme hinter dem Kopf und taxiert mich mit seinem Wolfsblick. Das kann er gut. Seine Mundwinkel sind leicht nach oben gebogen mit der kleinen Einkerbung auf der Unterlippe, die mich wahnsinnig macht. Die, und sein himmlischer Duft.

Carters leises Lachen bringt mich zurück in die Gegenwart. An der Hitze meiner Wangen spüre ich die Röte, die mir ins Gesicht gestiegen ist, also nippe ich am Wein, um meine Verlegenheit zu kaschieren. Doch Carter durchschaut mich. Er beugt sich vor, sodass wir uns plötzlich ganz nah sind, und nimmt mir das Glas ab.

„Wenn du hier an einem Stück rauswillst, solltest du mich nicht so ansehen“, murmelt er und fährt mit den Fingerknöcheln über meinen Nacken. Eine Gänsehaut überzieht meine Arme und ich schließe die Augen, um mich dem Gefühl ganz hinzugeben. Als Nächstes spüre ich seine Lippen knapp unter meinem Ohr. Sein Arm legt sich um meine Taille und er zieht mich zu sich, langsam, als hätte er alle Zeit der Welt.

Jetzt spüre ich den Wein umso deutlicher, ich fühle mich regelrecht betrunken – oder ist das Carters Nähe? Mein Puls rast, während ich mich verzweifelt frage, was ich tun soll. Das Carter-ist-mein-Freund-Mantra kann ich vergessen, vermutlich hat es ohnehin nie wirklich funktioniert, denn er ist so viel mehr als das.

Ein Teil von mir besteht darauf, will diese Grenze nicht überschreiten. Ich kann ihn nicht verlieren, wie ich Avery verloren habe. Wir haben seit Monaten nicht miteinander geredet, davor waren wir unzertrennlich. Was, wenn es mit Carter ebenso läuft? Wenn wir wunderbare Wochen verbringen, und uns am Ende nicht mal ins Gesicht sehen können?

Ein anderer Teil von mir kann darüber nur lachen. Er will sich fallenlassen, dem Gefühl hingeben in Carters Armen zu liegen. Dieser Teil glaubt, dass es uns näher zusammenbringt, wenn wir den letzten Schritt gehen. Dass dadurch eine tiefere Nähe entsteht.

Aber was, wenn ich mich irre? Wenn diese Vorstellung meinem Wunsch entspringt hier und jetzt über Carter herzufallen. Ich kann meine Handlungen nicht von meiner Lust steuern lassen, nicht, wenn so viel auf dem Spiel steht.

Und dann küsst er mich. Seine Zunge streicht quälend langsam über meine Lippen und hinterlässt eine brennende Spur. Ich atme das Gefühl ein, inhaliere seine Nähe und den Schwindel, den sie mir verursacht. Meine Haut kribbelt an den Stellen, an denen er mich berührt, fast glaube ich ihn überall zu spüren. Er zieht mich auf seinen Schoß und hüllt mich in eine innige Umarmung. Als ich einen zittrigen Atemzug nehme, erobert seine Zunge meinen Mund und ich kann ein Seufzen nicht unterdrücken. Das fühlt sich so gut an, so richtig. Ich schmelze in seine Arme, meine Beine legen sich um seine Taille. Als ich mich auf seine Härte setze, stöhnt er in meinen Mund.

Unsere Lippen bewegen sich in einem sanften Rhythmus gegeneinander, der mit jedem Herzschlag hitziger wird. Ich habe das Gefühl zu fallen und Carters Hände, seine Lippen, sind das einzig Reale in einer Welt, die aus dem Donner meines Pulsschlags zu bestehen scheint.

Ein anderes Geräusch mischt sich in das Dröhnen meiner Ohren, das ich nicht zuordnen kann. Schließlich flucht Carter und beendet den Kuss. Wir sehen uns eine Sekunde an – oder eine Minute, so genau kann ich das nicht sagen. Ich verliere mich im Leuchten seiner gelben Augen, die im gedimmten Licht seines Lofts golden schimmern.

Das penetrante Piepen kommt von seinem Handy und reißt nicht ab. Abermals flucht er, dann hebt er mich an und setzt mich neben sich.

„Tut mir leid, das muss ich annehmen."

Damit trabt er in die Küche, wo er sein Telefon abgelegt hat, und das nervige Klingeln verstummt.

Mir kommt es vor, als hätte er die Wärme mitgenommen, denn mit einem Mal fröstle ich und umfange mich mit beiden Armen. Was habe ich getan? Meine Fingerspitzen berühren meine geschwollenen Lippen. Ich schüttle den Kopf, wie um meine Benommenheit loszuwerden. Nachdem ich einen tiefen Atemzug nehme, klärt sich der Nebel in meinem Kopf und ich kann wieder klar denken. Mein Verstand holt auf und überschlägt sich beinah. Mit zitternden Fingern schlüpfe ich in meine Schuhe, die ich vor der Couch abgestreift habe – wann ist das passiert?

Ich höre Carters gedämpfte Stimme, die sich langsam entfernt. Ein Blick über meine Schulter bestätigt, dass er in den Schlafbereich gegangen ist. Mit wackligen Knien stehe ich auf, schnappe mir Mantel und Tasche und schleiche mich wie ein Dieb davon.

Als sich die Türen des Aufzugs schließen, sinke ich gegen die Kabinenwand und versuche mein aufgeregtes Herz zu beruhigen.

Was ist eben passiert? Habe ich ihn geküsst oder er mich? Habe ich den Kuss provoziert, ihn irgendwie herausgefordert? Hatte er Mitleid mit mir?

Unten angekommen steige ich in ein Taxi und lasse mich nach Hause fahren. Mein Telefon klingelt, es ist Carter. Ich stelle es ab und massiere meine Schläfe. Mir ist klar, dass es nicht in Ordnung ist, ohne ein Wort zu verschwinden. Doch ich bin verwirrt und weiß weder was ich denken noch fühlen soll – geschweige denn sagen. Bevor ich Carter gegenübertreten kann, muss ich mich beruhigen.

Das mit der Ruhe wird nichts. Zuhause laufe ich auf und ab, und starre mein Telefon auf der Küchentheke an. Mehr als einmal tippe ich Carters Nummer ein und drücke auf Beenden, bevor der Ruf durchgehen kann. Schließlich nehme ich ein heißes Schaumbad und gehe anschließend ins Bett. Aber selbst jetzt komme ich nicht zur Ruhe. Normalerweise wirkt ein Bad wie eine Schlaftablette auf mich, heute nicht. Mein Geist ist aufgewühlt, noch immer kann ich Carters Hände auf mir spüren. Diesen durchdringenden Blick und seine brennenden Lippen auf meinem Mund …

Ich wälze mich bis drei Uhr morgens hin und her, dann gebe ich auf und ziehe mich an. In der Küche bereite ich mir einen Latte und inhaliere das Kaffeearoma, bevor ich an der Tasse nippe.

Ich muss von diesem Karussell runterkommen, sonst drehe ich durch. Der Latte hilft ein wenig, zumindest bin ich danach nicht mehr so zittrig. Also setze ich mich an die Staffelei, fische einen Kohlestift aus der Halterung und fange mit energischen Linien an zu skizzieren. Zuerst grobe Konturen, dann verleihe ich der Form mehr Struktur und füge schließlich Licht und Schatten hinzu. Es wundert mich nicht, dass ich am Ende einem Portrait von Carter gegenübersitze.

Kopfschüttelnd stehe ich auf und bereite mir ein Frühstück. Als ich meine Mails abrufe, ist eine Nachricht von Jessica dabei, Carters Sekretärin. Gillette hat das Flugticket für L.A. geschickt, außerdem liegen neue Angebote auf dem Tisch. Beinah verschlucke ich mich an meinem Kaffee. Eines ist von Todds, einer italienischen Schuhmarke.

Hinter dem Tresen veranstalte ich einen kleinen Happy-Dance. Nicht, dass ich mit Angeboten von Billigmarken und Ramschläden gerechnet habe, aber die konstanten Anfragen von Edelmarken sind wie ein Ritterschlag in meiner Branche.

Jessicas Nachricht bessert meine Stimmung. Endlich etwas, worauf ich meine Gedanken lenken kann.

Kurz nach elf verschwinde ich in den Park, im Gepäck eine Kamera, die ich mir aus dem Uni-Fundus geliehen habe. Meine alte ist im Brand zerstört worden, aber selbst die war besser in Schuss, als das Stück Schrott, das ich dabei habe. Doch es hieß die oder keine, von daher war die Wahl schnell getroffen. Für mich war es höchste Eisenbahn mit dem Knipsen anzufangen, meine Kommilitonen im Fotokurs sind alle viel weiter als ich. Falls ich mich für Fotografie oder Neue Medien als Hauptfach entscheide, muss ich etwas vorweisen können. Bisher habe ich mich komplett aufs Malen konzentriert, es wird Zeit, dass ich meinen Horizont erweitere.

Während ich auf Motivsuche durch die Straßen schlendere, rasen die Stunden an mir vorüber. Es ist erstaunlich, wie sich meine Wahrnehmung verändert, wenn ich meine Umgebung durch ein Objektiv entdecke und all die kleinen Details bemerke, an denen ich normalerweise achtlos vorübergehe. Schillernde Insekten, die auf Metallzäunen verschnaufen, ein Löwenzahn im Beton, und die Art, wie sich Licht und Schatten verändern, sobald man die Perspektive wechselt.

Durch Logan habe ich eine Menge über die Technik gelernt, aber das war die Theorie. Ich hatte keine Ahnung, wie aufregend die Praxis sein kann.

Die Ablenkung hilft mir, mich von Carter abzulenken. Tatsächlich schaffe ich es, ein paar Stunden nicht an ihn und den Kuss zu denken, obwohl das Himmel und Hölle zugleich ist. Hölle, weil ich am liebsten zu ihm fahren möchte, um da weiterzumachen, wo wir aufgehört haben, während ich hier festsitze und versuche, mich auf meine Arbeit zu konzentrieren. Und Himmel, weil, nun ja, ich habe Carter geküsst. Wenn er mich schon mit einem simplen Kuss in Flammen setzen kann, wie wird es dann erst sein, wenn wir uns … Okay, das ist nicht besonders hilfreich.

Nachdem ich drei Filme verbraucht habe, bleibt mir gerade noch Zeit, die Bahn zur Uni zu nehmen, um drei habe ich einen Kurs bei Professor Garret.

Nach der letzten Psychologie-Vorlesung gehe ich mit gemischten Gefühlen zu ihrem Seminar. Dummerweise haben wir feste Sitzplätze, darum kann ich mich nicht mal in den hinteren Reihen verstecken. Doch meine Sorge ist unbegründet. Nachdem mein Professor die Anwesenheit geprüft hat, kommt sie gleich zur Sache und wie immer bin ich innerhalb weniger Minuten von ihrem Vortrag gefesselt.

Das Thema der heutigen Vorlesung lautet: Täter und Trigger. Dabei geht es um die Frage, auf welche Auslöser Täter reagieren. Professor Garret zufolge waren mehr als achtzig Prozent der Täter selber Opfer. Darum kreieren sie später Situationen, in denen sie sich stark fühlen und die Kontrolle haben. Im Grunde wiederholen sie ihre eigene Missbrauchssituation, mit dem Unterschied, dass sie diesmal die Macht haben.

Wie in Trance krame ich Block und Stift hervor und mache mir Notizen. Wie sucht sich ein Täter sein Opfer aus? Wie wird man zum Opfer? Warum ich? Und warum tut es immer noch so weh, als wäre es gestern geschehen?

Als ich um viertel vor fünf den Campus verlasse, spukt mir die Vorlesung durch den Kopf. In meiner Vorstellung war Henry immer so übermächtig, das Monster, gegen das ich keine Chance habe. Laut Professor Garret ist er ein Borderliner. Ein Soziopath mit einer narzisstischen Persönlichkeitsstörung. Leute wie er haben Auslöser, die sie in die eine oder andere Richtung umschlagen lassen – die Täter- oder die Opferrolle. Unterm Strich bedeutet das, dass Henry ein verstimmtes Instrument ist. Wenn ich weiß, wie ich es spielen kann, brauche ich mir um ihn keine Sorgen mehr zu machen. Zumindest hoffe ich das.

Diese und ähnliche Gedanken gehen mir durch den Kopf, während ich in die Bahn Richtung Downtown steige. Zum einen möchte ich das Flugticket abholen, aber hauptsächlich will ich mit Carter reden. Ich muss ihn sehen, um zu wissen, ob es ihm gutgeht. Die Art, wie ich mich gestern davongemacht habe, war falsch und irgendwie auch feige. Wie soll er sich mir je anvertrauen, wenn ich einfach davonlaufe? Ich kann mir nicht mal ausmalen, was er von mir denken muss. Hoffentlich habe ihn nicht verletzt, das könnte ich nicht ertragen. Innerlich seufze ich. Das ist das Problem, wenn man handelt, ohne nachzudenken.

Im Foyer werde ich von Melanie, der Rezeptionistin, zu den Fahrstühlen durchgewunken. Anfangs musste ich ein Formular ausfüllen und brauchte ein Besucherbadge, zumindest, wenn ich nicht von Carter begleitet wurde. Nachdem er seine Mitarbeiter angewiesen hat, mich ohne Verzögerung durchzulassen, werde ich sogar gegrüßt.

Ich hebe die Hand und winke Melanie zu, im nächsten Moment renne ich gegen eine Wand aus Muskeln. Der Aufprall wirft mich zurück, und ich wäre auf dem Boden gelandet, hätte mich nicht jemand am Arm gepackt und festgehalten.

Als ich meinem Helfer danken will, klappt mein Mund auf und kein Ton kommt raus. Der Schock geht mir durch Mark und Bein, ich bin wie paralysiert. War ja klar, dass ich von all den Menschen im Foyer ausgerechnet mit Avery zusammenprallen muss.

Er sieht gut aus – viel zu gut für meinen Geschmack. Andererseits – was habe ich erwartet? Dass er von Kummer gezeichnet ist, weil er nicht über mich hinwegkommt? Dass er mich Tag und Nacht vermisst, und meinetwegen nicht mehr schlafen kann? Dass er meine Nummer zigmal gewählt, und ebenso oft wieder aufgelegt hat, weil ihm der Mut fehlte, sich bei mir zu entschuldigen?

Schön wär's. Obwohl sich ein kleiner Teil von mir etwas in der Art gewünscht hat: Einen zerknirschten Avery, der mich um Verzeihung bittet und um mich kämpft, die Liebe seines Lebens. Aber ich bin nicht die Liebe seines Lebens, sonst hätte er sich bereits vor Wochen gerührt. Er hätte meine Tür eingerannt, mir Blumen geschickt, und wäre mir nach Europa gefolgt, um in meiner Nähe zu sein.

Von wegen. Der Einzige, der für mich da war, ist Carter. Selbst als Avery und ich ein Paar waren hat Carter sich um mich gekümmert. Er war die Schulter, an der ich mich ausgeweint habe. Er war da, als ich jemanden zum Reden brauchte, und er war es, der die Trümmer aufgesammelt hat, als Avery mein Herz in eine Million Stücke zerbrochen und unsere Beziehung mit einem Schlag beendet hat.

Keine Ahnung, warum ich plötzlich wütend werde. Seit Wochen wünsche ich eine Begegnung mit ihm und nun, da wir uns gegenüberstehen, möchte ich ihm ins Gesicht schlagen. Ich meine, er hat nicht mal Ringe unter den Augen! Und dann vertritt er diesen miesen Drecksack, Henry-Fucking-Eastbrook!

Ich befreie meinen Arm aus seinem Griff, trete einen Schritt zurück und nehme ihn in Augenschein. Wie immer trägt er einen Anzug, der ihm auf den Leib geschneidert ist. Anthrazit mit einer tiefblauen Krawatte, die die Farbe seiner grau-blauen Augen hervorhebt, die mich aufmerksam mustern.

„Maya." Seine Stimme klingt heiser. Immerhin kennt er noch meinen Namen.

„Schön dich zu sehen", sage ich kurz angebunden. „Wie geht es dir?"

Er tritt auf mich zu und ergreift meine Hände. „Maya", wiederholt er, diesmal mit mehr Gefühl. „Es tut mir so leid."

Ich nicke und schlucke die aufkommenden Emotionen runter. Die Wut hilft mir dabei und ich bin dankbar dafür. Zorn ist besser als der bohrende Schmerz, der seit Monaten an mir nagt.

„Du siehst gut aus", sage ich und knipse ein Lächeln an. Ich will hier weg und das möglichst schnell. „Also dann … war schön dich zu sehen." Als ich Anstalten mache ihm meine Hände zu entziehen, zieht er mich näher zu sich.

„Kannst du mir jemals vergeben?"

„Es gibt nichts zu vergeben." Ich lehne meine Unterarme gegen seine Brust, um Abstand zwischen uns zu bringen. „Mir tut es auch …“

Er legt einen Finger auf meine Lippen und bringt mich zum Schweigen.

„Du hast nicht das Geringste getan.“

„Warum …“ Ich schlucke, da meine Stimme bricht. „Warum hast du dich nicht bei mir gemeldet?“

Kopfschüttelnd stößt er den Atem aus. „Wie konnte ich dir nach allem unter die Augen treten?“

Auch wieder wahr. Nachdem er sich sinnlos betrunken hatte, in dem festen Glauben, ich hätte ihn betrogen, hat er für einen Moment die Kontrolle verloren und mich geschlagen.

Ich bin mit einer Platzwunde davongekommen, einem piepsenden Ohr und einem geschwollenen Auge. Logan ist ausgerastet, als er mich gesehen hat, sechs Wochen vor dem Pirelli-Shooting. Zum Glück war ich rechtzeitig wieder vorzeigbar und der Fototermin konnte wie geplant stattfinden.

Die inneren Wunden brauchten länger um zu heilen, wie zum Beispiel die Tatsache, dass Avery mir nicht geglaubt hat. Dass er Edwards Wort über meins gestellt, dass er mich nicht mal Gelegenheit gegeben hat, mich zu den Anschuldigungen zu äußern.

Carter hat mir geglaubt. Ihn musste ich nicht überzeugen, denn er kennt mich – kennt mein Herz. Wie von selbst wandern meine Gedanken zum gestrigen Abend und wie ich mich ohne ein Wort davongemacht habe. Bei der Erinnerung ziehen sich meine Eingeweide zusammen.

„Was ist mit dir und Carter?“, frage ich. Geht es ihm gut? Hasst er mich jetzt, weil ich ihn hab stehenlassen, und das, nachdem er mir seine Gefühle offenbart hat. O Gott, ich hoffe, er kann mir verzeihen.

„Wir kommen zurecht.“

Das ist besser als nichts, oder? An meinem Gesichtsausdruck muss er erkennen, dass mir das nicht reicht, denn er drückt meine Hände.

„Carter und mich bringt so schnell nichts auseinander. Ich habe mich wie ein Hurensohn benommen. Dass er sich um dich gekümmert hat, werde ich ihm nie vergessen.“ Damit bringt er meine Hände zu seinem Mund und küsst die Fingerknöchel.

Dann fällt sein Blick über meine Schulter und er verzieht einen Mundwinkel. Als ich den Kopf wende, sehe ich Carter, der aus dem Fahrstuhl tritt. Als er uns sieht, stocken seine Schritte, doch er erholt sich schnell.

Bei seinem Anblick bekomme ich einen Herzklabaster und mir wird ganz warm. Meine Mundwinkel wandern nach oben, ich kann den Blick nicht von ihm wenden. Er ist einen halben Kopf größer als Avery und gebaut wie ein Linebacker. Statt Anzug trägt er eine dunkelbraune Lederjacke im Vintagestil, Jeans und Bikerboots. Das dunkle Haar sieht aus als wäre er zu oft mit den Händen durchgefahren und steht in alle Himmelsrichtungen ab.

Sein Gesicht ist eine undurchdringliche Maske, doch der Blick seiner goldenen Augen liegt auf Averys und meinen ineinander verschlungenen Händen. Avery beugt sich vor, küsst meine Schläfe und tritt einen Schritt zurück.

„Sieh mal, wen ich auf dem Weg zum Wagen getroffen habe.“

Carters Kiefer wirkt gemeißelt. Wie es aussieht mag er es nicht, dass Avery mich berührt. Oder küsst, wo wir schon dabei sind.

„Wolltest du zu mir?“, fragt Carter ohne auf Averys Bemerkung einzugehen. Sein Blick wirkt hart und ich bin mir nicht sicher, wem er gilt, mir oder seinem Bruder.

Ich nicke und umfange mich mit den Armen. Mit einem Mal bin ich nervös. Für ein paar Stunden konnte ich mein dummes Verhalten von gestern vergessen. Doch jetzt, wo ich Carter gegenüberstehe, kommt die ganze Unsicherheit mit voller Wucht zurück und ich stehe automatisch gerader, um sie zu kaschieren.

Avery legt mir eine Hand auf die Schulter und beugt sich vor.

„Wenn das alles vorbei ist, würde ich dich gerne zum Essen ausführen. Dann kannst du mir alles an den Kopf werfen, was dir auf dem Herzen liegt, my Love."

Carter schnaubt, doch noch immer liegt sein Blick auf mir.

„Okay", bringe ich heraus und nicke. Wo ist meine Schlagfertigkeit, wenn ich sie brauche?

Carter befreit mich aus der misslichen Situation. Er legt mir einen Arm um die Taille und zieht mich an sich. Averys Brauen fahren in die Höhe und ich komme mir in diesem Moment wie ein Knochen vor, um den sie sich zanken. In jedem Fall hat er seine Besitzansprüche angemeldet und Avery ist das nicht entgangen.

„Du zitterst", flüstert er dicht am meinem Ohr. „Ich war unterwegs um eine Kleinigkeit zu essen. Hast du Hunger?"

„M-hm" mache ich, da ich meiner Stimme nicht traue. Er wickelt mich in seinen Arm und nickt Avery zum Abschied zu, doch statt mich zum Ausgang zu führen, macht er kehrt, bringt mich zu seinem Privataufzug und fährt mit mir ins Penthouse.

Oben angekommen nimmt er mir den Mantel ab und kreuzt die Arme vor der Brust.

„Bist du wegen des Tickets gekommen?"

Dass ich seinen Blick nicht deuten kann, macht mich noch nervöser als ich ohnehin schon bin. Mein Magen ist ein einziger Knoten und ich weiß nicht wohin mit meinen Händen. Also nehme ich meinen Mut zusammen und komme gleich auf den Punkt.

„Carter, gestern habe ich mich wie eine Idiotin benommen, das tut mir leid." Seufzend rubble ich mir die Stirn. „Ich hätte nicht davonlaufen sollen, das war dumm." Als ich diesmal zu ihm sehe, wirkt er deutlich entspannter. Sein Zitrinblick ist weich, seine Pose relaxt.

„Mach dir darüber keine Gedanken, Prinzessin."

„Ich kann an nichts anderes denken." An den Kuss, und wie ich mich in seinen Armen gefühlt habe. Begehrenswert und … lebendig.

Ein überraschter Ausdruck huscht über seine Züge, doch er ist so schnell wieder verschwunden wie er gekommen ist. Bevor ich mich zum Deppen des Jahres mache und etwas wirklich Peinliches stammeln kann, ergreift er meine Hand und führt mich in den Salon.

„Lass uns essen, du siehst aus, als hättest du den ganzen Tag nichts eingeworfen."

Wo er Recht hat. Ohne meine Antwort abzuwarten, greift er zum Hörer und bestellt zwei Pizzen. Danach bereitet er uns Kaffee und setzt sich zu mir auf die Couch.

„Du kannst also an nichts anderes mehr denken, hm?"

Gegen meinen Willen muss ich lachen. War ja klar, dass er den Finger in die Wunde legt.

Ich seufze und nippe an der Tasse. Eigentlich müsste mir die Situation unangenehm sein, doch zu meiner Überraschung entspanne ich mich mit jedem Atemzug. Wenn wir zusammen sind fühle ich mich angenommen, so wie ich bin, ich kann ihm alles sagen. Carter ist niemand, der mich verurteilt, selbst wenn ich die Nerven verliere und mich wie ein Trottel aufführe.

„Ich war gestern den ganzen Abend verwirrt", beginne ich, stelle die Tasse auf den Tisch und wende mich ihm zu. „Bis zu dem Kuss war mir nicht klar, was ich für dich empfinde." Ich schüttle den Kopf und stoße den Atem mit einem leisen Seufzer aus. „Ich dachte, wir wären Freunde, das will ich nicht vermasseln. Dich verlieren, wenn ich mir erlaube, mehr für dich zu empfinden als Freundschaft."

All die chaotischen Gedanken sind wie Kaffeesatz in meinem Kopf herumgeschwirrt, ungeordnet, haltlos. Als ich Avery eben gesehen habe, haben sie erstmals eine feste Form bekommen und ich habe verstanden, dass es wirklich vorbei ist. Avery und ich – das war einmal. Und das ist ein verdammt gutes Gefühl.

Davon abgesehen glaube ich nach der Begegnung nicht mehr, dass ich zwischen den Brüdern stehe. Wäre Avery sonst bei Carter gewesen? Würden sie zusammenarbeiten, wenn sie sich hassen?

Was mich zurück zum Anfang bringt, Carter.

5

Carter mochte Jessicas Assistentin. Die Kleine war pünktlich, fleißig und loyal. Als sie jedoch mit der Pizza-Lieferung in Mayas fast-Liebeserklärung platzte, hätte er sie am liebsten zurück in den Lift geschubst. On Top brachte sie das Ticket sowie eine Mappe mit Jobanfragen, sodass Maya abgelenkt war. Shit!

Den Anruf gestern Abend hatte er annehmen müssen, er war von seinem Mann, der an Henry klebte. Er hatte den Dreckskerl in einer Bar verloren, er musste den Hinterausgang benutzt haben. Also wusste Henry, dass er observiert wurde – oder vermutete es zumindest. In jedem Fall hatten sie ihn verloren, und in sein Appartement war er nicht zurückgekehrt.

Zu allem Überfluss war Maya gegangen und er hatte die halbe Nacht damit verbracht, einen Pfad in den Betonboden zu tigern. Kurz nach eins war er in den Trainingsraum gegangen, um Gewichte zu heben. Danach hatte er den Boxsack bearbeitet und sich für seine Dummheit verflucht.

Wie konnte er die Dinge übers Knie brechen und Maya so überfallen? Aber, fuck, er wollte sie und hatte keine Lust länger mit anzusehen, wie ein rückgratloser Schleimer wie Logan sie einwickelte. Oder dass sie seinem Bruder nachtrauerte, der sie nicht verdient hatte.

Er hatte sie auch nicht verdient, aber er wollte verdammt nochmal eine Chance. Er war auf dem Weg zu ihr um sich zu entschuldigen, als er sie in Averys Armen gefunden hatte – in seinem Gebäude, war das zu fassen?

Maya sah blass und zerbrechlich aus, am liebsten hätte er Avery die Faust ins Gesicht gerammt. Konnte die Finger nicht von seinem Mädchen lassen, und das nach der Nummer, die er sich geleistet hatte.

Im Geiste schüttelte er den Kopf und nahm einen tiefen Atemzug. Er war Avery gegenüber nicht fair, das war ihm klar. Ihr alter Herr war ein brutaler Hurensohn gewesen, der Avery regelmäßig mit den Fäusten bearbeitet hatte, um ihn, wie er betonte, fürs Leben abzuhärten. Ja, klar.

Dieser Bastard hatte Spaß daran und Avery hatte die Gewalt mit jedem Atemzug aufgenommen. Es war ein Wunder, dass er kein Schläger wie der alte Cunningham geworden war. Wie nahe die Gewalt unter der Oberfläche lauerte hatte er gesehen, als er hackevoll war. Seitdem rührte Avery keinen Alkohol mehr an.

Während sie aßen ging er mit Maya die Offerten durch. Sie waren bereits durch seinen Filter gegangen, er würde ihr keine Angebote von geilen Geldsäcken weiterleiten, die sie für sich posieren lassen wollten, während sie sich einen runterholten. Er nahm nur Bigshots an, die ihrer Karriere förderlich waren. Dem Rest schrieb er, dass er ihre Adresse hatte und wusste, wo sie wohnten. Wenn sie seine Klientin noch einmal belästigten, würde er dem Finanzamt einen Tipp geben, wo sie ihre Millionen bunkerten.

Gebannt beobachtete er, wie Maya das letzte Pizzastück aß und sich anschließend die Finger abschleckte. Bei diesem Anblick wurde er hart – fuck, sie war sexy. Ohne nachzudenken ergriff er ihre Hand und saugte an ihren Fingern.

Zuerst erstarrte sie, dann gab sie einen Laut von sich, der eine Mischung aus Seufzen und Wimmern war. Als er sie in die Arme zog und küsste, schmolz sie gegen ihn und erwiderte den Kuss ohne Zögern. Das war die zweite Chance, auf die er gewartet hatte.

Zugegeben, er war ein Mistkerl, und ja, er nutzte ihre momentane Schwäche zu seinem Vorteil aus. Aber verdammt, er hatte die Nase voll von langsam angehen lassen, wohin hatte ihn das gebracht? Sie zusammen mit seinem Bruder in der Lobby zu sehen hatte genügt, seine Meinung zu ändern.

Maya war angreifbar, und im Krieg und in der Liebe war alles erlaubt, richtig?

~ * ~

Carter kann küssen, das steht mal fest. Keine Ahnung, wie ich auf seinem Schoß gelandet bin, wie es aussieht, kann ich ihm nicht nahe genug sein. Ich presse mich gegen seine Brust, vergrabe die Hände in seinem Haar, und inhaliere seinen Duft, eine Mischung aus Seife, Rasierwasser und dem allgegenwärtigen Bourbon.

Seine Hände legen sich um meine Taille, ziehen mich näher zu sich, obwohl das unmöglich scheint, während sein Mund über die Konturen meiner Lippen gleitet. Am Zittern seines Körpers spüre ich, dass er sich zurückhält. Er neckt mich, küsst meine Mundwinkel und streicht mit einer Hand meine Seite entlang, eine Berührung, die ich bis in die Zehenspitzen spüre. Als sich unsere Zungen berühren, verschmelzen sie, genau wie unsere Körper. Hitze breitet sich in mir aus und ich unterdrücke ein Stöhnen. Der Mann schmeckt so gut, wie er riecht, und wirkt wie eine Droge auf mich. Ich will mehr. Mehr Küsse, mehr Nähe, mehr Carter. Meine Hand wandert seinen Nacken entlang, über die gemeißelten Rückenmuskeln zum Saum seines T-Shirts, gleitet unter den dünnen Stoff und berührt nackte Haut.

Carter gibt ein Grollen von sich, dann lehnt er sich zurück, zieht das T-Shirt über den Kopf und wirft es auf den Boden. Sein Anblick sollte mich nicht so aus der Fassung bringen, ich habe ihn schon ohne Shirt gesehen. Aber verdammt, er sieht so heiß aus. Getrimmte Muskeln überziehen jeden Zentimeter und verleihen ihm etwas Unwirkliches. Kein normaler Mensch sieht so aus, so … umwerfend. Von den Narben abgesehen ist seine Brust glatt. Eine feine Haarlinie verläuft über seinen Waschbrettbauch und verschwindet unter dem tief sitzenden

Bund seiner Jeans.

Ich bin so in seinen Anblick vertieft, dass ich nicht mal mitbekomme, dass er meine Bluse aufknöpft, langsam, als hätte er alle Zeit der Welt.

Als sein Telefon klingelt, hätte ich am liebsten geschrien, doch er überrascht mich. Ohne mit der Wimper zu zucken nimmt er den Anruf entgegen und sagt mit kühler Stimme:

„Ich sagte, keine Anrufe durchstellen.“ Wer immer in der Leitung ist, scheint ihn nicht zu beeindrucken. „Der Nächste, der mich stört, kann seinen Schreibtisch räumen.“ Damit beendet er das Gespräch und zieht mir die Bluse über die Schultern. „Ich liebe die Art, wie du mich ansiehst.“ Jetzt klingt er gar nicht mehr cool, seine Stimme ist rau. „Und ich liebe deinen Anblick.“ Mit den Händen fährt er über mein Dekolletee, den schwarzen Spitzen-BH, die Seite entlang zum Saum meines Rocks. Vorsichtig schiebt er ihn bis zur Taille hoch und umfängt meinen Po mit beiden Händen.

Wie von selbst fallen meine Lider zu. Ich lege den Kopf in den Nacken und gebe mich seiner Berührung hin. Seine Finger hinterlassen einen brennenden Pfad auf meiner Haut. Mein Atem beschleunigt sich und ich gebe leise Laute von mir. Wie oft habe ich mir diesen Moment ausgemalt? Davon geträumt, während ich mich rastlos im Bett hin und her geworfen habe. Und wie viel besser ist die Realität. Sein Daumen schlüpft unter mein Pantie und massiert das pochende Zentrum zwischen meinen Schenkeln. Meine Beine öffnen sich für ihn, das ist nicht der Moment für falsche Scheu. Ich bin bereit ihm alles zu geben, will ihn spüren, möchte, dass er sich nimmt, was er braucht.

Als ich kurz darauf seine freie Hand auf meiner Brust spüre, gebe ich ein leises Stöhnen von mir. Mit einer einzigen Bewegung fegt er all meine Bedenken vom Tisch und setzt meinen Körper in Flammen.

„Baby, du bist so sexy“, flüstert er, während sein Daumen kleine kreisende Bewegungen beschreibt, die Schockwellen durch meine Sinne jagen. Die andere Hand gleitet unter den dünnen Stoff des BHs und umfängt meine Brust. Er nimmt meine Brustwarze zwischen Daumen und Zeigefinger und drückt zu. Diesmal ist mein Stöhnen lauter, während ich mich ihm entgegenwölbe. Im nächsten Moment verschwindet mein Wonderbra und sein Mund liegt auf meiner Brust. Etwas in meiner Mitte zieht sich zusammen, das Pochen zwischen meinen Schenkeln wird zur schieren Qual.

Vorsichtig legt er mich auf den Rücken und streift mir mit einer beiläufigen Bewegung das Pantie ab. Und dann küsst er mich, während seine geschickten Finger in mich eindringen.

„Carter.“ Meine Stimme ist heiser, Verlangen schnürt meine Kehle zu. Ich ziehe ihn zu mir, um ihn besser zu spüren. Ich will seine Haut fühlen, seinen Atem auf meiner Wange und seinen Herzschlag.

„Ich bin hier, Babe.“ Seine dunkle Stimme lässt mich Schaudern. Er muss es spüren, denn er presst seinen Körper dicht gegen meinen und flüstert etwas in mein Haar, das ich nicht verstehe. Das Blut rauscht in meinen Ohren und eine unerträgliche Hitze geht von dem pulsierenden Punkt in meiner Mitte aus, die ich bis in die Haarspitzen spüre. Keuchend biege ich mich seiner Hand entgegen, die wahre Wunder vollbringt, dann komme ich mit einer Intensität die mir fremd ist. Mein Körper ist ein flammendes Inferno, kleine Punkte tanzen vor meinem inneren Auge und ich habe das Gefühl, über Wasser gehen zu können.

Zugegeben, Finger-Sex ist heiß, doch normalerweise ziehe ich einen Schwanz vor.

„O Gott“, stöhne ich und halte mich an ihm fest, während mich eine Welle der Lust überflutet. Meine Muskeln kontrahieren und ich vergrabe das Gesicht an seiner

Schulter. Erschreckenderweise hat der Orgasmus nicht den gewünschten Effekt, ich bin nach wie vor erregt.

Nachdem ich wieder Luft bekomme, drehe ich ihn auf den Rücken und öffne mit zitternden Fingern den Reißverschluss seiner Hose. Ich will ihn fühlen, alles von ihm. Er hilft mir und zieht die Jeans über die Hüfte, sodass sein Schwanz gegen seinen Bauch wippt.

Bei seinem Anblick schlucke ich, mein Hals wird trocken. Was die Länge angeht, müssen sich die Cunningham-Brüder wirklich nicht verstecken. Carter ist wie Godzilla gebaut und weil er zum Anbeißen aussieht, lasse ich meine Zunge über die Länge seines Schafts gleiten. Er schmeckt salzig und nach Mann.

Carter stöhnt und vergräbt seine Hände in meinem Haar, also nehme ich ihn in den Mund, während meine Hand sachte vor und zurückfährt.

Vor Avery habe ich geglaubt, ein Blowjob wäre erniedrigend, doch dem ist nicht so. Für mich ist es unglaublich erregend zu sehen, wie viel Lust ich Carter bereite, wie er sich unter mir windet.

„Baby“, stöhnt er und zieht mich gegen seine Brust. „Ich will in dir kommen, bitte sag mir, du nimmst die Pille.“

Mir bleibt kaum Zeit zu nicken, denn einen Augenblick später liege ich unter ihm und er dringt vorsichtig in mich ein, weitet mich für ihn, denn zum Teufel, er ist groß. Und ich hatte seit Monaten keinen Sex.

Sein Körper bebt und abermals habe ich das Gefühl, dass er sich zurücknimmt. Anders als Avery lässt er seiner Lust nicht freien Lauf, er bezähmt sie, hält sie zurück.

Meinetwegen, das ist mir klar, er möchte mir nicht wehtun. Ich spüre das Pochen seines Schwanzes in mir, während er Zentimeter für Zentimeter in mich dringt. Das fühlt sich gut an und das sage ich auch.

„Ich will dich“, flüstert er, und bedeckt mein Gesicht mit Küssen. „Ich wollte dich vom ersten Augenblick.“

O Gott, er ist so tief in mir, dass es mir den Atem raubt.

„Wollte wissen, wie du schmeckst, wie sich deine Pussy anfühlt und wie du klingst, wenn du kommst."

Seine Worte sind genau das, was ich brauche, Küsse auf die Wunden, die mein Herz zerbrochen haben. Bisher war mein Körper ein Werkzeug, etwas, das andere bedient. Selbst ich habe ihn nicht anders behandelt als ein Hilfsmittel, das mir gibt, was ich brauche. Carter nicht. Er will mich, mit all meinen Rissen und Kanten. Meinen Unzulänglichkeiten.

Als ich schon denke, dass ich nicht mehr von ihm aufnehmen kann, hält er inne und zieht sich quälend langsam zurück. Gott sei Dank, ich glaube nicht, dass er noch tiefer gehen kann.

„Ich will alles von dir." Er küsst meine Brust, saugt und beißt spielerisch meine Brustwarze. Stöhnend lege ich den Kopf zurück und hebe das Becken an, signalisiere, dass ich bereit bin.

„Und ich werde dich nie wieder loslassen."

Dann stößt er zu. Erst langsam, um sicherzugehen, dass er mich nicht verletzt, aber ich bin so feucht, dass die Gefahr gering ist.

Carter ist ein sanfter Liebhaber. Er hält mich fest umschlungen, küsst mich, bis mir schwindelig wird, während er sich in mir versenkt, zurückzieht und abermals zustößt. Er scheint genau zu wissen, wann ich kurz davor stehe zu kommen, denn jedes Mal ändert er das Tempo, um meinen Höhepunkt herauszuzögern.

Doch anders als bei Avery ist das kein Machtspiel. Carter möchte meine Lust prolongieren. Selbst als ich komme, hört er nicht auf, sondern bringt mich zwei weitere Male über die Klippe, bis ich schweißnass und atemlos in seinen Armen nach Luft schnappe.

„Das könnte ich den ganzen Tag machen", knurrt er und küsst mich an der sensiblen Stelle, knapp unter dem

Ohr. Dass ich dort kitzlig bin, hat er sofort herausgefunden, wie er das so schnell geschafft hat, ist mir ein Rätsel.

„Mich umbringen?“, frage ich außer Atem. Mein Körper summt vom Nachbeben des Akts, ein zufriedenes Lächeln ist in mein Gesicht gepflastert. So gut habe ich mich seit Jahren nicht gefühlt. Obwohl ich erschöpft bin, sprühe ich vor Energie. Meine Haut prickelt, mein Blut singt, ich bin satt und zufrieden. Wäre ich eine Katze, würde ich mich zusammenrollen und schnurren.

Carters dunkles Lachen beschert mir eine Gänsehaut. Er zieht mich auf seinen Bauch und umfängt mich mit beiden Armen. Ich habe nicht die Kraft den Kopf zu heben, also lege ich ihn auf seine Schulter und lausche dem kräftigen Schlag seines Herzens.

„Dir dabei zuzusehen, wie du loslässt und dich deiner Leidenschaft hingibst.“ Seine Hand, die meinen Rücken auf und abfährt, hat etwas Beruhigendes. Ich strecke mich wie eine Katze und küsse seinen Hals. Bis auf den Rock und die halterlosen Strümpfe bin ich nackt. Irgendwann während des Akts ist er seine Jeans losgeworden, die ganz oben auf dem Haufen Klamotten neben dem Sofa liegt.

Ich habe jedes Zeitgefühl verloren, draußen ist es dunkel, doch das war es schon als ich gekommen bin.

„Bleib heute Nacht hier“, flüstert er in mein Haar. „Ich lass dir ein Bad einlaufen, danach essen wir, sehen uns einen Film an – was immer du willst.“

„Ist Sex in dem Angebot eingeschlossen?“ Jetzt hebe ich doch den Kopf und bereue es sofort. Sein Blick ist lustverschleiert, die gelben Augen leuchten im gedimmten Salonlicht golden.

„Wenn du darauf bestehst.“ Er grinst und streicht mir eine Strähne hinters Ohr.

Und ob ich das tue. Okay, im Moment nicht, meine Knochen fühlen sich an, als wären sie aus Gummi. Ich finde nicht mal die Kraft, mich aufzusetzen. Aber das wird schon. Obwohl das kein wilder, stürmischer Sex war, haben Carter und ich in den letzten Stunden mehr Nähe geteilt, als das in den Wochen mit Avery je der Fall war.

Und genau das brauche ich: echte Nähe ohne Tricks und Machtspielchen. Ich hatte genug Stürme in meinem Leben, es wird Zeit für eine echte Verbindung mit jemandem, der mich akzeptiert, wie ich bin. Carter hat sich mehr als einmal bewiesen. Er hat mich unterstützt und gefördert, ohne die Nase über meinen Job zu rümpfen oder eine Gegenleistung zu verlangen. Er war da, als ich ihn brauchte und hat mir Sicherheit gegeben, als ich in Gefahr war. Keine Ahnung, ob der Sex unsere Beziehung zerstören kann, in jedem Fall wird er sie verändern. Auch davor hatte ich Angst.

Nachdem wir uns im wahrsten Sinne des Wortes geliebt haben, fürchte ich mich nicht mehr davor, im Gegenteil. Eine unbestimmte Vorfreude lässt mein Herz höher schlagen. Ob es die Perspektive ist, mehr Zeit mit ihm zu verbringen oder die Aussicht auf eine gemeinsame Nacht kann ich nicht sagen.

So oder so bin ich froh, dass sich der Nebel in meinem Kopf gelichtet hat und ich in Sachen Liebesleben wieder klar denken kann. Wer hätte gedacht, dass eine Begegnung mit Avery so viel Klarheit bringt?

~ * ~

Carter erwachte im Morgengrauen, weil er hart war. Schon wieder. Shit!

Er lag in Mayas Rücken, ein Arm um ihre Taille geschlungen, die Hand auf ihrer Brust. Sie hatte perfekte Brüste, rund und fest wie Pfirsiche. Das Gleiche traf auf ihren Hintern zu. Ihr Arsch war anbetungswürdig, und erst ihr Mund. Es brauchte einen Dichter, ihn zu beschrieben – er konnte nicht aufhören, sie zu küssen. Ihre

Lippen waren voll und weich, er musste nur an sie denken, wie sie sich um seinen Schwanz geschlossen haben, schon ging ihm einer ab.

Er wagte es nicht sich zu bewegen, aus Angst der Prügel in ihrem Rücken könnte sie wecken. Und Schlaf hatte sie nötig, das stand mal fest. Seine freie Hand strich ihre Kontur entlang, langsam, genussvoll. Sie hatte nicht nur perfekte Brüste, und den besten Arsch aller Zeiten, ihre Haut war wie Samt und Seide, fest und weich. Er wurde nicht müde sie zu berühren und kostete das neue Privileg aus.

Wie von selbst glitten seine Finger zu ihrer Pussy, legten sich auf den kleinen festen Kern, der ihr so viel Lust bereitete, und rieb, bis sie sich in seinen Armen bewegte.

Er war ein Schwein, so weit nichts Neues. Doch es war unmöglich eine Frau wie Maya in den Armen zu halten, ohne in ihr sein zu wollen. Da er wusste, auf welche Art Sex Avery stand, schnell, brutal und auf Unterwerfung ausgerichtet, war er den anderen Weg gegangen, den sanften. Das bedeutete allerdings nicht, dass sie nicht wund war. Wie oft sie in dieser Nacht gekommen war, wusste er nicht mehr, nach dem vierten Mal hatte er aufgehört zu zählen. Davon abgesehen war sie verdammt eng, er hatte befürchtet, ihr wehzutun.

Mayas Stöhnen ließ ihn härter werden, wenn das überhaupt möglich war. Sie bedeckte seine Hand zwischen ihren Beinen und presste ihren Po gegen seinen Schwanz. Fuck! Wenn sie weiter so mit ihrem kleinen Knackhintern wackelte, würde er hier und jetzt abspritzen.

Er ließ zwei Finger in ihre Spalte gleiten und stellte zufrieden fest, dass sein Mädchen für ihn bereit war. Der Arm um ihre Taille spannte sich an, drückte sie fester gegen seine Brust, und sie reagierte sofort. Ihr Kopf legte sich in den Nacken, sodass er sie küssen konnte, das ließ er sich nicht zweimal sagen.

„Carter“, hauchte sie gegen seine Lippen, mehr brauchte es nicht. Er legte beide Arme um sie und drang der Länge nach in sie ein. Vorsichtig, seine Beherrschung reichte nur bis zu einem gewissen Punkt, er wollte nicht kommen, sobald er in ihr war. Aber verdammt, sie war so verflucht schmal.

Sie küssten sich und er liebte die kleinen Geräusche, die sie von sich gab, während er in ihr war. Sie stand auf seinen Schwanz und auf seine Hände, so viel hatte er kapiert. Er würde ihr beides geben und noch viel mehr.

„Fuck Maya, ich liebe deine kleine Pussy“, flüsterte er und stieß zu.

„O Gott!“ Sie stöhnte und presste ihren Hintern gegen seine Eier.

„Komm für mich Babe!“ Abermals glitt seine Hand zwischen ihre Schenkel und seine geübten Finger pressten sich gegen ihre Klitoris.

„Ooooo Gooootl!“ Ihr Stöhnen törnte ihn noch mehr an, dann kam er ohne Vorwarnung und sie mit ihm. Die engen Wände ihrer Pussy molken ihn regelrecht, holten alles aus ihm raus, dehnten seinen Höhepunkt in die Länge, bis er begriff, dass er ein zweites Mal hintereinander kam. Das war ihm noch nie passiert. Während er seinen Samen in sie pumpte, drückte er sie fest an sich, küsste sie, bis ihre Lippen geschwollen waren.

Er würde niemals genug von dieser Frau bekommen, egal wie oft sie es trieben. Maya verkörperte alles, wovon er je geträumt hatte, und er würde sie nicht mehr hergeben.

Sein Bruder war ein Idiot gewesen, das Wertvollste zu verletzten, das er je besessen hatte. Falls er ihr Herz überhaupt erobert hatte, was er bezweifelte. Avery konnte nicht lieben, das hatte er selbst gesagt. Und Maya würde sich mit nichts weniger zufriedengeben.

Und genau das hatte sie verdient, einen Mann, der sie liebte und für sie sorgte. Er hoffte, dass er dieser Mann für sie war.

6

Diese Nacht hat alles verändert. Am Morgen komme ich mir wie neu geboren vor, okay, ein bisschen wund, aber topfit. Ich habe das Gefühl über Wasser gehen zu können, es ist, als hätte Carter ein Licht in mir entzündet, und für den Rest des Tages kann ich nicht aufhören zu lächeln.

Noch nie habe ich Sex so intensiv erlebt, so intim. Ich weiß, das klingt seltsam, keine Ahnung, wie ich es besser ausdrücken kann. Ich meine, bei Avery hat sich alles um Kontrolle gedreht. Am liebsten hat er mich auf die Knie gezwungen und von hinten gefickt.

Carter fickt nicht, er … liebt. Feiert meine Lippen, preist meine Brüste und singt ein Loblied über meinen Hintern. Er schätzt mich, das habe ich bei Avery vermisst.

Mir ist klar, dass es dumm ist, die beiden miteinander zu vergleichen, aber was ich mit Avery hatte, war das einzige Mal, dass ich so etwas wie eine Beziehung zugelassen habe. Näher bin ich nie an eine sexuelle Bindung herangekommen. Das konnte ich nicht, dafür hat Henry gesorgt.

Nachdem wir es ein letztes Mal in der Dusche treiben, lasse ich mich von Carter nach Hause fahren. Dort ziehe ich mich um und fahre zu meiner Vorlesung.

Ausgerechnet heute habe ich Fotografie bei Logan. Er bemerkt mein Strahlen und zieht prompt die falschen Schlüsse.

„Bist du etwa wieder mit Cunningham zusammen?“

Keine Ahnung warum ich lachen muss, aber die Idee ist so absurd, dass ich nicht anders kann. Das scheint ihn zu beruhigen, denn als der Unterricht beginnt, ist er wieder ganz Dozent, der uns in die Geheimnisse verschiedener Lichteffekte einweiht.

Nach der Uni fahre ich nach Hause und ziehe mich

sorgfältig um. Halterlose Strümpfe, lange schwarze Wildlederstiefel, einen knielangen Rock mit seitlichem Gehschlitz, darüber ein Sakko. Keine Bluse, keinen BH, kein Höschen. Ich binde mir einen Schal um, hülle mich in meinen Mantel und nehme die Bahn zu Carter.

Ich muss zugeben, dass es aufregend ist, ohne Wäsche unterwegs zu sein. Ich habe das Gefühl angestarrt zu werden, als wüssten die Leute, dass ich unter meinem Mantel praktisch nackt bin. Zumindest fühlt es sich so an. Wahrscheinlich auch deswegen, da ich nicht aufhören kann, an letzte Nacht zu denken. Die Art, wie Carter mich in den Armen gehalten, wie er mich angesehen hat, während er in mich eingedrungen ist. Als wäre ich etwas Kostbares, etwas ganz Besonderes. Sein Blick war so sanft, die Küsse hungrig, sein Schwanz fordernd. Ich muss nur die Augen schließen und kann ihn immer noch in mir spüren. Beinah stöhne ich bei der Erinnerung auf.

Ich fürchte, dass ich genau das getan habe, denn als ich die Augen öffne, ist der Blick von so ziemlich jedem Fahrgast auf mich gerichtet. Oups.

Als ich nach einer gefühlten Ewigkeit und zahllosen Kontrollen Jessicas Desk erreiche, pocht mein Herz bis zum Hals und ich melde mich atemlos an. Dass Carter in der Sicherheitsbranche arbeitet, merkt man spätestens, wenn man ihn besuchen will. Ich musste mein Badge sage und schreibe fünf Mal vorzeigen. Einen schrecklichen Moment habe ich befürchtet, mich einer Leibesvisitation unterziehen zu müssen. Zumindest hat mich der Uniformierte bei der letzten Kontrolle so angesehen. Aber vielleicht geht auch nur meine Fantasie mit mir durch.

„Hi Jessica, ist er da?", frage ich und schenke ihr ein strahlendes Lächeln, das sie erwidert. Jessica ist eine Endzwanzigerin mit ovalem Gesicht und dunklem Pagenschnitt. Auf unkonventionelle Art ist sie hübsch, auch wenn ihr Mund zu breit und die Nase zu lang ist. Wie ihr Boss ist sie ein Arbeitstier, das muss sie auch, ansonsten könnte sie nicht für ihn tätig sein. Sie hat einen Bachelor in Marketing und Management, hat auf drei Kontinenten studiert und spricht vier Sprachen. Carter hat ein Händchen für Mitarbeiter, er ist wie eine Stimmgabel, wenn es um Menschen geht. Mit Jessica hat er einen Volltreffer gelandet.

„Er ist in Konferenzraum vier, eine Etage höher."

Meine Schultern sacken hinab. Warum habe ich nicht daran gedacht, dass er Besseres zu tun hat, als sich von mir vernaschen zu lassen?

„Hey, das ist okay, sie müssten jeden Augenblick fertig sein. Danach hat er eine Lunchpause eingeplant."

„Lunch? Es ist halb fünf."

Sie zuckt mit den Schultern.

„Du kannst seinen privaten Treppenaufgang nehmen, das ist der Gleiche, der ins Penthouse führt." Sie betätigt einen Summer und die Glastür in Carters privates Refugium springt auf.

„Danke!", rufe ich über die Schulter und haste durch die Tür. Ein Stockwerk höher füllt sich der Flur mit Schlipsträgern, die aus einer offenen Doppeltür strömen und sich Richtung Fahrstuhl bewegen. Das scheinen High-End-Kunden zu sein, zumindest schließe ich das aus ihrem Auftritt: Seidenanzüge, italienische Schuhe, teures Cologne.

Als ich den Raum betrete, finde ich Carter zunächst nicht. Eine Gruppe von Männern steht am Kopfende eines Konferenztisches, der so lang ist, dass man Queen Elisabeth samt Hofstaat daran bewirten könnte. Der Eckraum ist vom Boden bis zur Decke verglast und bietet einen spektakulären Blick über die Stadt. Wahrscheinlich um potenzielle Kunden zu beeindrucken. Ich zumindest bin beeindruckt.

Dann höre ich Carters Stimme und muss zweimal hinsehen, ich meine, wow! Kein Wunder, dass ich ihn trotz seiner Größe auf den ersten Blick nicht wiedererkannt habe, er sieht anders aus. Ich habe ihn noch nie in einem Maßanzug gesehen, und Mann, er sieht zum Anbeißen aus. Anthrazitfarbener Anzug aus feinstem Stoff, keine Krawatte. Darunter trägt er ein graues Hemd, die ersten beiden Knöpfe hat er offen gelassen. Was mir jedoch den Atem raubt, ist sein kantiges Gesicht, heute mal ohne Bartschatten. Das Haar hat er zurückgegelt, sein Blick ist messerscharf, seine Pose drückt Wachsamkeit aus und gleichzeitig Kompetenz. Die gelben Augen leuchten, als hätte jemand ein Feuer darin entfacht. Das bestätigt meine Big-Business-Theorie, zumal es die wichtig aussehenden Typen erklärt, die ihn umringen.

Als er mich sieht, ändert sich sein ganzer Ausdruck. Seine Mundwinkel wandern nach oben, der gestählte Blick wird weich, seine Haltung offen. Er dreht sich mir zu und streckt mir die Hand entgegen. Als ich ihn erreiche, zieht er mich in den Arm und küsst mich vor seinen Geschäftspartnern. Und wie er das macht.

Mit der Zunge öffnet er meine Lippen und bahnt sich mühelos einen Weg in meinen Mund. Er schmeckt nach Kaffee und einem Hauch Bourbon, eine himmlische Mischung. Unsere Zungen berühren sich, gleiten gegeneinander in einem sanften Rhythmus, der mich in seinen Mund stöhnen lässt. Er lächelt gegen meine Lippen, legt seine Hand in meinen unteren Rücken und drückt sein Becken gegen meins. Selbst durch den Mantel spüre ich seine Erregung und muss lachen.

Wir unterbrechen den Kuss und sehen uns an, bis sich einer seiner Partner räuspert. Carter zuckt nicht mit der Wimper. Er legt mir eine Hand auf die Wange, küsst meine Schläfe und stellt mich vor.

„Meine Herren, darf ich Ihnen meine Freundin, Miss Alvarez vorstellen."

Danach nennt er mir die Namen der Typen, die ich sofort wieder vergesse, weil ich von der Tatsache abgelenkt bin, dass er hart ist. Ich meine, er hat mich nur angesehen, ist das zu fassen? Dennoch lächle ich, als er über Lizenzverträge plaudert, über eine neu entwickelte Software, die er den Leuten anscheinend eben präsentiert hat, und Patente, die sich ihre Anwälte ansehen sollen.

Als ich schon denke, dass sie nie gehen, verabschiedet er die Männer und wir sind allein. Endlich.

„Was für eine angenehme Überraschung." Er schenkt mir ein Killerlächeln und streicht mir eine Strähne hinters Ohr.

„Ich hoffe, du hast Hunger, ich hatte vor dich nach der Konferenz zum Essen auszuführen."

„Was waren das für Leute?"

„Das war der Vorstand von Axess Enterprises, ein Konzern, der unsere Sicherheitssoftware in Europa vertreiben will." Er deutet zu einem Bord, auf dem verschiedene Getränke stehen.

„Kann ich dir einen Kaffee anbieten?"

„Etwas Stärkeres wäre mir lieber."

Schmunzelnd hebt er eine Braue und mein Herz setzt einen Schlag aus. Er sollte öfter teure Anzüge tragen, die ihm auf den Leib geschneidert sind. Sie betonen nicht nur seine kraftvolle Figur, er strömt Macht und Autorität aus, ein Fakt, der mich noch mehr anmacht, als das ohnehin schon der Fall ist.

„Seid ihr euch einig geworden?", frage ich etwas heiser. Gebannt beobachte ich, wie er zwei Gläser mit Bourbon füllt, Eis hinzufügt und mir meins reicht.

„Die Marschrichtung haben wir heute festgelegt, um den Rest kümmern sich die Anwälte."

Die Eiswürfel in den Gläsern klirren leise, als wir anstoßen.

„Auf einen guten Geschäftsabschluss", sage ich und hebe das Glas.

„Auf dich, Babe, die Frau, die allein durch ihre Anwesenheit die abgebrühtesten Geschäftshaie in stotternde Trottel verwandelt."

„Habe ich das?“ Ist mir gar nicht aufgefallen.

„James wusste nicht, wo er hinsehen soll, deine Lippen oder die Beine, und Carrigan hat viermal hintereinander den Faden verloren, weil du gelächelt hast.“

Oups. Dann war es gut nicht zu erwähnen, dass ich mein Pantie zu Hause gelassen habe.

Er nimmt einen Schluck, ohne mich aus den Augen zu lassen. Ich dagegen kippe den Inhalt mit einem Zug hinunter.

„Alle Achtung, Prinzessin, hast du heute noch was vor?“

Kann man wohl sagen. Carter tritt auf mich zu und nimmt mich in den Arm. Langsam fährt er mit der Nase über meinen Nacken.

„Mmmh“, macht er und atmet tief ein. „Du duftest nach Honig.“

„Das ist das Shampoo“, flüstere ich und lehne mich gegen seine Brust.

„Welchem Umstand habe ich dein Erscheinen zu verdanken?“

Eine Hand fährt meinen Rücken entlang und bleibt auf der Wölbung meines Pos liegen.

Mit sanftem Druck presse ich das Becken gegen seins und ernte ein leises Stöhnen.

„Ich hab dir was mitgebracht“, wispere ich gegen seinen Hals. Bei der Vorstellung, was ich vorhabe, nimmt mein Puls ordentlich an Fahrt auf. Ich fühle mich unfassbar sexy und … glücklich. Das ist Carters Werk, und dafür möchte ich ihm danken.

Die Hand auf meinem Hintern zieht mich näher zu sich, sodass seine Erektion gegen meine Vorderseite drückt.

„Und was wäre das?“ Seine Stimme klingt so atemlos wie ich mich fühle.

„Das musst du selbst rausfinden.“

Schweren Herzens löse ich mich aus seinen Armen und

trete einen Schritt zurück. Dann öffne ich den Mantel, erst den Gürtel, dann die Knöpfe, und lasse ihn zusammen mit dem Schal zu Boden gleiten.

Carter steht am Ende des Tisches, die Arme vor der Brust verschränkt und grinst wie jemand, der den Jackpot geknackt hat. Ich erwidere sein Lächeln, obwohl ich nervös bin. Dabei bin ich mir nicht mal sicher, wieso. Ich meine, wir haben uns die halbe Nacht in den Laken gewälzt, dennoch werde ich das Gefühl nicht los, gleich entjungfert zu werden.

Vielleicht liegt es daran, dass Sex für mich zum ersten Mal etwas Leichtes ist. Unbelasteter, spielerischer Sex, frei von Bedenken und Kontrollverlustängsten. Ich bin hier, um zu spielen, und das bereitet mir eine diebische Freude. Dummerweise fehlt mir Erfahrung in Sachen Leichtigkeit, vor allem, wenn es um Bettgeschichten geht.

Langsam trete ich auf ihn zu, bis ich ihm gegenüberstehe, lehne den Po gegen den Konferenztisch und knöpfe mein Sakko auf. Es sind bloß drei Knöpfe, doch der Kragen ist relativ hochgeschlossen, darum begreift Carter erst in diesem Moment, dass ich darunter nichts trage.

Seine Augen weiten sich, der Mund klappt auf. Ich beiße mir auf die Lippe, um ein Lachen zu unterdrücken. Gut zu wissen, dass ich auf diese Weise das freche Grinsen aus seinem Gesicht wischen kann.

Das Revers ziehe ich nicht auseinander, es reicht, dass er weiß, dass ich keinen BH trage. Ich setze ein zufriedenes Lächeln auf und ziehe meinen Rock hoch, langsam, Stück für Stück, bis ich den Saum meiner Strümpfe erreiche.

Carter leckt sich die Lippen, beinah sieht es so aus, als wäre sein Hals trocken. Wie zur Bestätigung schenkt er sich einen weiteren Bourbon ein und nimmt einen Schluck ohne mich aus den Augen zu lassen. Ich strecke ihm die Hand entgegen. Er reicht mir das Glas und ich nehme einen großen Schluck. Da ich seit dem Frühstück nichts gegessen habe, spüre ich den Alk, was die gewünschte Wirkung ist. Ich fühle mich benebelt, aber auf eine gute Art, leicht, als würde ich schweben.

Dank des Pirelli-Shootings weiß ich genau, wie ich mich in Pose setzen muss, um Männerherzen höher schlagen zu lassen. Nachdem er das halb leere Glas entgegengenommen hat, setze ich mich auf den Konferenztisch und öffne unter halb geschlossenen Lidern die Beine, während ich meine Lippen befeuchte.

Das Glas fällt aus seiner Hand und zerschellt auf dem Parkett.

„Shit“, flüstert Carter und fährt sich mit beiden Händen durchs Haar. „Sag mir nicht, dass du so auf der Straße warst.“

Ein freches Lächeln breitet sich auf meinem Gesicht aus.

„In der U-Bahn.“

Bei seinem geschockten Gesichtsausdruck muss ich lachen. Es klingt fremd in meinen Ohren, rauchig – das Lachen einer erregten Frau.

„Fuck, Maya!“ Er tritt auf mich zu. Ich ahne, was er vorhat, doch daraus wird nichts. Als er Anstalten macht, auf die Knie zu gehen, stelle ich meinen Absatz gegen seine Schulter und befördere ihn in den Chefsessel am Kopfende des Tisches. Durch die Bewegung spreize ich die Beine und stelle belustigt fest, dass er den Blick nicht von meiner Pussy wenden kann. Es erregt mich, dass er mich will, also rutsche ich vom Tisch, beuge mich vor und küsse ihn.

„Baby, du bringst mich um“, murmelt er gegen meine Lippen. Seine Hände liegen auf der Außenseite meiner Schenkel, wandern nordwärts, zum Saum meiner halterlosen Stümpfe. Ich vertiefe den Kuss, werde leidenschaftlicher, bis seine Hände zu meinem Po gleiten und er in meinen Mund stöhnt.

„Fuck!“, flucht er abermals. Mit zitternden Fingern öffne ich seine Hose und befreie seine Erektion, die gegen sein Hemd wippt.

Die Hände auf meinem Hinterteil zieht er mich auf den Sessel, dann hebt er mich an und setzt mich auf seinen Schwanz. Ich knie mit gespreizten Schenkeln über ihm, während die Spitze seiner Erektion über meine Spalte gleitet.

„Oh Gott“, ein Stöhnen löst sich aus meiner Kehle und ich lege den Kopf zurück. Das fühlt sich fantastisch an.

„Baby!“ Carters Stimme ist rau. Er fährt mit den Händen über meine Brüste, knetet sie, drückt zu. Sein Mund folgt und ich spüre seine feuchte Zunge, die über meine Brustwarze gleitet. Er saugt, beißt, knetet.

„Ohhhhhh!“ Ein langgezogenes Stöhnen entweicht mir, während ich mich vorsichtig auf seinen stahlharten Schwanz setze. Ich spüre, wie er mich mit jedem Zentimeter dehnt, und muss immer wieder innehalten, denn das Gefühl ist beinah zu viel für mich. Wimmernd kralle ich die Finger in Carters Nacken. Er nimmt mein Gesicht in die Hände und küsst mich, als hätte er vor mich zu verschlingen.

Mein Atem kommt stoßweise, während mir das drängende Pochen zwischen meinen Beinen beinahe körperliche Schmerzen bereitet. Er ist noch immer nicht vollständig in mir, sodass ich mich frage, wie viel ich noch aufnehmen kann. Als ich anfange, mich zu verkrampfen, hebt Carter mein Becken leicht an und biegt meinen Oberkörper zurück. Dank der neuen Position passt er besser in mich und ich atme erleichtert auf.

Vorsichtig bewege ich mein Becken, koste das faszinierende Gefühl aus, vollständig von ihm ausgefüllt zu sein. Carter hält mich, liebkost mich mit Händen und Lippen, und setzt meinen Körper in Flammen. Mein ganzes Sein ist ausgerichtet auf das Pulsieren zwischen meinen Schenkeln und seinen Schwanz, dessen Pochen sich mit meinem vermischt, sodass beides zu einem Epizentrum verschmilzt, das mich von innen heraus verbrennt. Ich brenne lichterloh, während ich ihn reite, mich vor und zurück bewege, bis wir ein gemeinsames Tempo finden. Wir beißen uns spielerisch in die Lippe, unsere Küsse sind wild, dann wieder zärtlich.

„Baby, lass los!" Carters raue Stimme an meinem Ohr sendet Schauer durch meinen Körper. „Ich will spüren, wie du kommst." Seine Hand gleitet zwischen uns und legt sich auf meine Klitoris. Die Bewegung reicht und ich explodiere mit einem Schrei.

Lichter tanzen vor meinem inneren Auge und eine Welle von Glückshormonen trägt mich höher und höher. Zwischen meinen eigenen Kontraktionen spüre ich Carters Orgasmus, der mich wie ein Erdbeben erschüttert. Er brüllt, ruft meinen Namen und drückt mich so fest an sich, dass ich kaum Luft bekomme. Ist mir egal. Ich liebe seine Nähe, seine Erregung und die Tatsache, dass er nicht genug von mir bekommen kann. Meine Arme liegen um seinen bebenden Körper und ich flüstere ihm beruhigende Worte zu.

„Shhhh, Honey, das fühlt sich fantastisch an", wispere ich gegen seinen Hals. „*Du* fühlst dich fantastisch an."

Nachdem er von einem letzten Schauer geschüttelt wird, sackt er gegen mich und ich drücke ihn fest.

Keine Ahnung, wie lange wir so dasitzen. Als mir klar wird, dass er noch immer hart ist, bewege ich mich abermals. Carters Lider fliegen auf und er gibt ein leises Knurren von sich.

„Bereit für Runde zwei?", grollt er in mein Ohr.

„Ich will, dass du mir den Verstand rausvögelst, kriegst du das hin?"

Darauf zeigt er mir sein Raubtierlächeln, seine goldenen Augen verdunkeln sich.

„Das lässt sich einrichten."

„Sollten wir den Raum vielleicht abschließen?"

Er küsst meine Brust und murmelt: „Jessica weiß, dass

sie mich nicht stören darf, wenn du zu mir kommst. Der Rest meiner Mannschaft hängt an seinem Job.“

Als wäre damit alles klar, trägt er mich zur Fensterfront, bis mein Rücken gegen das Glas gepresst ist. Die kühle Oberfläche ist Balsam für meinen erhitzten Körper. Und dann macht er das, worum ich ihn gebeten habe, er fickt mich im Stehen, bis ich meinen Namen vergesse. Und, Mann, darin ist er gut.

Danach vögelt er mich auf dem Konferenztisch, anschließend landen wir auf dem Boden und ich reite ihn, bis wir gemeinsam kommen und erschöpft zusammenbrechen.

Für mich fühlt es sich an, als bräuchten wir das beide, nicht nur ich. Die Nähe, die Küsse und am Ende die Erlösung durch den Orgasmus. Ich muss den Müll aus meinem System bekommen, die Jahre der Depression und Schuldgefühle. Die Wut und die ganze angestaute Energie.

Einen Teil davon bin ich mit Avery losgeworden. Allerdings war unsere Beziehung wie ein Dauergewitter, ständig donnerte und blitzte es, mit Hagelschauern, die ganze Landstriche verwüsteten.

Der Sex mit Carter ist komplett anders – er ist anders. Während Avery beim Sex nimmt, ist Carter gebend. Avery verlangt, Carter schenkt. Averys Bestie musste ich an die Leine legen, Carter hat sie selbst im Griff. Er braucht keine Gewalt, damit ihm einer abgeht, seine Palette ist breit und voller Varianten. Dabei habe ich bisher nur an der Oberfläche gekratzt.

Avery war eine Maschine im Bett, Carter ist Gefühl, Leidenschaft, Zärtlichkeit und Wildheit – alles auf einmal. Er ist das, was ich mir gewünscht habe, aber vor allem ist er mein Freund. Wenn wir zusammen sind, fühle ich mich klug, stark und wunderschön. Ich vertraue ihm und werde alles dafür tun, damit diese Beziehung funktioniert.

Mit Carter an meiner Seite können mich weder Henry

Eastbrook noch Senator Edwards brechen.
Zumindest hoffe ich das.

~ * ~

Holy Fucking Hell! Carter war in einem feuchten Traum gelandet, den er mit Millionen Männern teilte. Darin spazierte eine geheimnisvolle Schönheit in sein Büro, öffnete den Mantel, unter dem sie nackt war, und ritt ihn, bis er Sternchen sah. Keine Ahnung, wie Maya auf eigenen Beinen aus dem Büro stöckeln konnte. Nachdem sie mit ihm fertig war, hatte er das Bedürfnis, das Eis aus der Minibar in seine Hose zu leeren. Sein Schwanz würde nie wieder derselbe sein. Er vermutlich auch nicht.

Maya kam, sah und siegte. Wenn es nach ihm ging, konnte sie das jeden Tag tun, obwohl er nicht sicher war, ob er diese Woche noch einen hoch bekommen würde. Er würde es darauf ankommen lassen. Diese Frau war unglaublich sinnlich. Sie gab sich ihm ohne Wenn und Aber hin, war experimentierfreudig, ließ sich führen, übernahm aber auch gern das Kommando, wie er seit heute wusste. Nicht zu fassen, dass sein Bruder sie kampflos hatte ziehen lassen, sie war ein Juwel.

Carter war niemand, der zur Eifersucht neigte, doch wenn sie noch einmal halbnackt durch die Stadt stakste, würde er sie übers Knie legen. Wie er sie einschätzte, würde sie selbst daraus ein Fest der Sinne machen.

Er warf einen Blick auf die Uhr. Bevor er sein Mädchen zum Dinner ausführen konnte, musste er einige Anrufe tätigen. Sie war oben im Penthouse und duschte. Wenn er sich beeilte, würde er sie dort noch antreffen, sie genoss es, stundenlang unter dem heißen Strahl zu stehen. Bei der Vorstellung, wie das Wasser über ihre nasse Haut perlte, bekam er schon wieder einen Ständer.

Holy Shit. Die Anrufe mussten warten, er hatte Besseres zu tun.

7

Nach diesem Abend ist es, als wäre der Damm gebrochen. Carter und ich zelebrieren unsere Beziehung. Obwohl er viel zu tun hat, nimmt er sich für mich Zeit. Er verwöhnt mich, erforscht mich und würdigt jeden Zentimeter von mir.

Die ersten beiden Wochen haben wir praktisch im Bett verbracht. Oder auf der Couch. Dem Esszimmertisch und nicht zu vergessen seinem Schreibtisch. Sex im Büro ist überhaupt das Allerbeste. Ich überrasche ihn so oft es geht, manchmal bringe ich Essen mit, ein anderes Mal bin ich der Snack.

Zweimal habe ich ihm via Cityboten Post ins Büro geschickt. In den Pappumschlag habe ich meinen String gelegt und auf seinen Anruf gewartet, der jedes Mal prompt folgte. Wenn ich später zu ihm kam, liebten wir uns, oder wir trieben es, bis meine Knochen aus Gummi waren und ich nicht mehr aus eigener Kraft gehen konnte.

Carter liebt diese kleinen Spielchen und er genießt die Tatsache, dass ich ihn genauso will, wie er mich. Er zeigt mir in jeder wachen Minute, wie sehr er mich zu schätzen weiß, und das macht mich überglücklich.

Wir joggen dreimal die Woche zusammen, danach treiben wir es unter der Dusche, trainieren, und falls wir noch die Kraft dazu haben, legt er mich abermals flach.

Ich muss gestehen – ich war noch nie so fit.

Anfang März besuche ich meinen Vater in seinem neuen Stadthaus in South Boston. Hätte ich nicht vorher gewusst, dass er steinreich ist, wäre es spätestens jetzt klar, denn die Lage ist unbezahlbar.

Das zweistöckige Haus ist ein freistehendes Gebäude am Marine Park, gegenüber der Pleasure Bay. Die Außenfassade ist aus hellem Sandstein, innen überwiegt Holz.

Wie zu erwarten ist es spärlich eingerichtet, ein Fakt, der die Räume umso großzügiger wirken lässt.

Mein Vater bittet mich, ihm beim Einrichten zu helfen, eine verlockende Aussicht, denn das Haus ist ein Traum. Warum er es gekauft hat ist mir ein Rätsel, schließlich arbeitet er in Washington und schaut nur am Wochenende vorbei. Als Erstes gibt er mir den Code für die Alarmanlage, danach machen wir einen Rundgang durchs Haus. Eine moderne Küche ist vorhanden, Bäder und der Boden wurden saniert. Im ersten Stockwerk hat er sich ein Arbeitszimmer eingerichtet. Sein Schlafzimmer ist großzügig geschnitten mit einem begehbaren Schrank. Auf seinem Nachttisch stehen die Fotos, die ich ihm geschenkt habe. Bei ihrem Anblick zieht sich mein Herz auf Rosinengröße zusammen, es schmerzt und rührt mich zur gleichen Zeit. Warum musste ich mehr als zwanzig Jahre auf meinen Vater verzichten? Wieso wurden wir getrennt? Wie wäre mein Leben verlaufen, wenn ich in der Sicherheit und Geborgenheit aufgewachsen wäre, die Allister meiner Mutter und mir hätte bieten können? Würde meine Mom noch leben, wenn sie sich bessere Ärzte hätte leisten können?

Innerlich schüttle ich den Kopf. Diese Fragen sind sinnlos und der schnellste Weg zum Unglücklichsein. Ich werde nie begreifen, warum mein Leben so verlaufen ist, und weshalb wir so viel durchmachen mussten. Am Ende hat es mich zu der Person geformt, die ich heute bin.

Der Verlust hat mich gelehrt, das zu schätzen, was ich habe, denn im Leben ist nichts selbstverständlich. Man bekommt nichts geschenkt, das habe ich auf die harte Tour gelernt. Der Schmerz darüber lässt mich heute Glücksmomente erkennen und annehmen. Unterm Strich haben mich die Dramen gestärkt, jetzt muss ich nur noch meinen Frieden damit schließen.

In der zweiten Etage liegt ein lichtdurchflutetes Studio, bei dessen Anblick Logan vor Neid erblasst wäre.

Wie es aussieht, muss ich mir keine Kamera mehr kaufen, Allister hat mir zwei Nikon Spiegelreflex und eine professionelle Digitalkamera von Sony besorgt.

Wow … ich meine, WOW!

Er muss sich von einem Experten beraten lassen haben, denn anders als der Rest des Hauses ist das Studio voll ausgestattet: Stative in unterschiedlichen Größen, Scheinwerfer mit Lichtformern, Reflektoren und Softboxen sowie Backdrops in allen Farben. Auf einem Bord neben dem Fenster steht ein riesiger Leuchtkasten, daneben ein Regal mit Wechselobjektiven – ich bin beeindruckt. Tatsächlich hat er die gesamte zweite Etage für mich vorgesehen. Sie hat sogar einen separaten Eingang samt eigener Küche. Mein Schlafzimmer ist ganz in Weiß- und Cremetönen gehalten, also eher neutral mit hellem Ahornparkett. Das Beste ist allerdings der Balkon mit einem traumhaften Blick auf die Bucht.

Was für ein Unterschied zu letzten Herbst, als ich händeringend eine Bleibe gesucht habe, nachdem Edwards meine alte abgefackelt hatte. Damals hat Avery mir ein neues Zuhause in einem seiner Wolkenkratzer in der Atlantik Avenue angeboten. Nachdem die Spurensicherung mit meinem Appartement fertig war, hat Carter meine Wohnung sanieren lassen, und nun das.

Bei all dem Guten, das mir in letzter Zeit widerfahren ist, komme ich mir mit einem Mal schrecklich verwöhnt vor. Einem Impuls folgend umarme ich meinen Vater und wir halten uns einen langen Moment im Arm. Er drückt mich an sich und an seiner bebenden Brust wird mir klar, wie sehr ihn dieser Moment bewegt.

„Danke“, wispere ich, was ihn veranlasst mich fester zu drücken. „Du verhätschelst mich.“

Das lässt ihn auflachen. „Ich habe nicht mal angefangen, mein Herz.“ Arm in Arm schlendern wir zurück in den Salon.

„Leider kann ich dir nicht viel anbieten, darum schlage

ich vor, dass wir auswärts essen gehen. Gleich um die Ecke ist ein Italiener. Ich habe mir sagen lassen, dass er exzellente Scampi …"

„Dad?" Ich ergreife seine Hand und drücke sie, was ihn aus dem Konzept zu bringen scheint. „Was hältst du davon, wenn wir deren Lieferservice anrufen und es uns vor dem Kamin gemütlich machen?"

Er schluckt ein paar Mal, bevor er sprechen kann.

„Kannst du das noch einmal sagen?" seine Stimme klingt belegt.

„Die haben doch einen Lieferservice, oder? Ich könnte auch vorbeigehen und …"

„Ich meinte den ersten Teil", unterbricht er mich.

Ich zögere.

„Du meinst … Dad?"

Er nickt. „So kannst du mich öfter nennen." Seine Augen sind feucht, doch er räuspert sich und blinzelt die Tränen fort. Ich kann mir nicht helfen, ich trete auf ihn zu und drücke ihn ein weiteres Mal. Er kann es gebrauchen – genau wie ich.

Während wir auf den Lieferanten warten, öffnet er einen Wein. Danach entzünden wir gemeinsam den Kamin und schieben die Couch davor. Alles riecht neu, nach frischer Farbe, Holz und Bohnerwachs. Selbst die Polster riechen nach Möbelhaus, würde mich nicht wundern, wenn dort noch ein Etikett dranhängt.

Ich schlage die Füße unter und genieße den fruchtigen Weißwein, während sich die Flammen durchs Holz fressen.

Im Verlauf des Essens, das nebenbei bemerkt köstlich ist, reden wir über Banales, zum Beispiel wie er an das Haus gekommen ist, das Wetter in D.C. und seine Arbeit.

Nachdem wir die leeren Essenskartons entsorgt haben, nippe ich an meinem Glas und betrachte die knisternden Scheite.

„Hast du je nach meiner Mutter gesucht?" Die Frage ist

draußen, bevor ich sie aufhalten kann. Ich wage nicht, ihn anzusehen, aus Angst, dass ihn meine unbedachten Worte verletzt haben. Dennoch hat mich dieser Gedanke schon eine Weile beschäftigt. Ich meine, wenn man jemanden wirklich liebt, kann man ihn nicht kampflos ziehen lassen, oder?

Allister beugt sich vor, die Unterarme auf die Knie gestützt, den Blick in die Flammen gerichtet.

„Ich habe lange gebraucht, bis mir klar wurde, dass an ihrem plötzlichen Verschwinden etwas nicht stimmt“, beginnt er leise. „Du musst verstehen, dass ich als frisch gewählter Bürgermeister von Baltimore gerade dabei war durchzustarten. Ich hatte eine Karriere vor mir und konnte nicht verstehen, warum sie mich ausgerechnet in dem Augenblick verlässt, als ich ihre Unterstützung am Dringendsten brauchte.“ Er wendet sich mir zu, ein trauriges Lächeln umspielt seine Lippen. „Ich war jung und arrogant und wie alle Politiker habe ich zuerst an mich gedacht. Außerdem fühlte ich mich, nun ja, in meinem Stolz verletzt, wenn du verstehst was ich meine.“

„Du hattest es nicht nötig, einem Mädchen hinterherzulaufen.“

Er nickt.

„Das, und …“, er seufzt. „Ich war gekränkt und vermutlich auch bitter, hielt sie für verantwortungslos.“ Kopfschüttelnd lehnt er sich gegen das Rückenpolster.

„Wann wurde dir klar, dass sie dich niemals freiwillig verlassen hätte?“

Sein Seufzen ist lang und geräuschvoll. „Gar nicht.“ Mit einer Hand fährt er über sein kurzes Salz-und-Pfeffer-Haar. „Ich habe mich in meine Arbeit gestürzt, fest entschlossen, Teresa zu vergessen.“

„Doch das konntest du nicht.“ Das ist keine Frage.

„Nein.“ Seine Stimme klingt matt. „Die ersten Jahre im Amt waren holprig. Ich hatte mir vorgenommen, die Verschuldung zu stoppen und den Haushalt während meiner

Amtszeit auszugleichen. Wie du dir denken kannst, habe ich mir damit keine Freunde gemacht und musste ständig Brände löschen."

Kein Wunder. Niemand ließ sich freiwillig das Budget kürzen, vor allem nicht, wenn man die Kohle jahrelang mit beiden Händen aus dem Fenster geworfen hat.

„Ich wollte in Bildung investieren, in bessere Ausstattungen von Schulen, aber finde dafür mal eine Lobby."

Sein grimmiger Ton lässt mich lächeln. Obwohl die Ereignisse mehr als zwanzig Jahre zurückliegen, ärgert es ihn immer noch, dass er den Bildungskampf verloren hat. Er ist eben durch und durch Politiker und nimmt Schlappen nicht leicht, zumal das Thema für ihn eine Herzensangelegenheit zu sein scheint.

Er füllt unsere Gläser auf und nimmt einen Schluck. Während ich beim Wein geblieben bin, ist er zu Brandy gewechselt.

„Drei Jahre nachdem mich deine Mutter verlassen hat, hatte ich einen Streit mit meiner Frau. Mein Wahlkampf zur Wiederwahl lief an und es sah nicht gut für mich aus. Vier Jahre zuvor wurde ich mit Spenden überschüttet, die blieben nun aus, da der republikanische Anwärter sowohl die Waffenlobby als auch die großen Rohölkonzerne auf seiner Seite hatte. Er versprach naturgeschützte Gebiete zum Wohl der Wirtschaft zu öffnen, darauf überschütteten sie ihn mit Geldern.

Doch nicht Konzerne wählen Bürgermeister, sondern Bürger, und denen gefiel mein Ansatz. Also suchten die Republikaner nach Dreck, mit dem sie mich bewerfen konnten."

Er leert das Glas und schüttelt den Kopf. Für einen Außenstehenden mochten diese Infos belanglos sein, für mich sind sie das reinste Abenteuer. Das ist auch Teil meiner Geschichte, denn zu dem Zeitpunkt musste ich zwei Jahre alt gewesen sein. Es ist wie eine Zeitreise, und endlich kann ich mir ein Bild von seinem Leben machen, wie er kämpfte, während ich laufen lernte.

„Rebecca, meine Frau, genoss ihre Position als First Lady von Baltimore“, fuhr er fort. „Sie liebte die Aufmerksamkeit und die Tatsache, im Mittelpunkt zu stehen. Ich wusste, dass sie mich betrog, in dieser Hinsicht war sie nicht besser als ich.“

Das lasse ich besser unkommentiert stehen.

„Mir war klar, dass wir in unserer Ehe Probleme hatten, doch nachdem sie anfing zu trinken, ging es steil bergab. Sie blamierte mich in der Öffentlichkeit, verweigerte eine Behandlung.“

So wie er es ausdrückt, klingt es kalt. Als sollte sie eine Entziehungskur machen, um eine bessere Ehefrau zu sein, nicht, weil er sich um ihr Wohl sorgt. Weil er sie liebt. Doch ich möchte ihn nicht unterbrechen, also behalte ich meine Weisheiten für mich.

„Ich drohte ihr mit Scheidung, da fing sie an zu lachen. Wie immer hatte sie zu viel getrunken und lachte wie eine Besessene. Sie drohte, zu den Republikanern zu gehen, und denen von meinen Dienstmädchen, Sekretärinnen und Stewardessen zu erzählen, die sie ausgezahlt und aus der Stadt geworfen hat.“

Als die glimmenden Scheite im Kamin zusammensacken, erhebt er sich und legt Holz nach. Danach lehnt er mit der Schulter gegen den Sims und dreht sich zu mir.

„In dem Moment wusste ich, was sie getan hat“, ergänzt er leise. „Am nächsten Tag habe ich eine Detektei beauftragt Teresa zu finden, doch sie war wie vom Erdboden verschluckt. Was nicht verwunderlich ist. Sie war ein Niemand, und nach drei Jahren gab es so gut wie keine Spuren von ihr. Kein Mensch konnte sich nach so langer Zeit an ein mexikanisches Dienstmädchen erinnern.“

Der Schmerz in seinem Blick quetscht mir das Herz zusammen. Er tut mir leid – und auch wieder nicht. Ich meine, wir suchen uns unsere Lebenspartner aus und er hat diese Rebecca gewählt. Wenn sie wirklich so ein Miststück war, warum hat er sie geheiratet? Und dann betrügt er sie mit meiner Mutter, die anscheinend nicht sein einziger Seitensprung war, während seine Frau ebenfalls fremdgegangen ist. Was für eine Ehe soll das sein? Mir kommt es vor, als ob beide mit diesem Arrangement unglücklich waren, als wären sie in einer Zwangsheirat gefangen.

Allisters leises Lachen reißt mich aus meinen Überlegungen. Er hat sich neben mich gesetzt, die dunklen Augen leuchten.

„Was?“, frage ich.

„Deine Gedanken sind wie ein offenes Buch, mein Kind, du verachtest mich für meine Schwäche.“

Langsam schüttle ich den Kopf. „Nein, ich … ich kann es nur nicht verstehen.“

„Welchen Teil?“

„Wie kann man jemanden gehenlassen, den man liebt?“

Sein Blick schärft sich wie eine Linse, die ihr Ziel fokussiert.

„Du hast es getan.“

„Ich?“

„Du hast Avery verlassen.“

Langsam stoße ich den Atem aus und sinke gegen das Polster.

„Versteh mich nicht falsch, er hat einen unverzeihlichen Fehler begangen, es ist gut, dass du gegangen bist.“

„Warum glaubst du das?“, frage ich und nehme einen zittrigen Atemzug.

„Wie könntest du ihm je wieder vertrauen, nachdem er die Hand gegen dich erhoben hat? Ihn respektieren, obwohl er seine körperliche Überlegenheit gegen dich gerichtet hat?“

Ich umfange mich mit beiden Armen, mit einem Mal ist mir kalt. Avery und ich hatten eine destruktive Beziehung, es war nicht das erste Mal, dass wir handgreiflich geworden waren. Ich habe ihn auch geschlagen, allerdings als Reaktion auf den brutalen Sex.

„Ich verurteile dich nicht", sage ich schließlich, obwohl das eine faustdicke Lüge ist. Vor nicht mal zwei Minuten habe ich ihn zumindest in Gedanken bezichtigt, dass er seine Frau nicht geliebt hat – dass sie ihm egal war. Und sich an das Dienstmädchen ranzumachen, eine Untergebene? Was für ein Klischee.

„Du hast jedes Recht dazu", sagt er und ergreift meine Hand. „Aber hier geht es nicht um mich. Mich interessiert vielmehr, was du brauchst, um glücklich zu sein." Er streicht mit den Fingerknöcheln über meine Wange. „Wen du brauchst", ergänzt er und zwinkert mir zu.

Das entlockt mir ein Lächeln. Was immer er in der Vergangenheit getan hat – wir machen alle Fehler, oder? Kommt es nicht darauf an, aus ihnen zu lernen und es beim nächsten Mal besser zu machen? Allister hat erkannt, dass er mit der Politik verheiratet ist, und nach der Scheidung nicht mehr geheiratet. Das nenne ich einen Fortschritt.

Nach einem tiefen Atemzug wende ich mich ihm zu und verrate es ihm.

~ * ~

Carter rutschte auf seinem Sitz im Van hin und her, bemüht, eine bequeme Position zu finden – vergeblich. Der Fond des Kleinbusses war zu eng für seine Größe, die Belüftung trotz der Klimaanlage dürftig. Obendrein ruckelte das Fahrzeug ununterbrochen, während sie ständig im Kreis fuhren.

Er justierte die Kopfhörer und drehte den Ton lauter, um das Rattern des Dieselmotors zu übertönen. Das Gespräch wurde aufgezeichnet, wie alle Telefonate, die Senator Edwards von Zuhause aus führte. Für den Fall, dass er die Wanzen entdeckte, und versuchen sollte die Frequenz zu orten, mussten sie in Bewegung bleiben, damit man das Signal nicht zurückverfolgen konnte.

Es war Blakes Verdienst, dass sie nicht nur ein Audiosignal, sondern auch visuelle Bestätigung hatten. Minikamera und Abhörsender waren das Ergebnis jahrelanger Forschung, da sie so gut wie nicht aufzuspüren waren. Sie liefen über eine Niederfrequenz, die man nur mit Spezialtechnik abfangen konnte, auf die Lawson Security das Patent hatte. Dennoch wollte er kein Risiko eingehen. Wenn herauskäme, dass er einen Senator der Vereinigten Staaten abhörte, würde er sämtliche Regierungsaufträge verlieren. Sein Image wäre ruiniert, Kunden würden abspringen, er würde alles verlieren, was er in den letzten Jahren aufgebaut hatte.

Edwards Raserei am anderen Ende des Telefons ließ ihn den Kopf schütteln. Er wünschte, seine Wähler könnten ihn jetzt hören.

Allister Franklin hatte eine große Mehrheit im Kongress gegen Edwards Pläne mobilisiert, und Edwards Vorstoß, das Gesetz zur Ausweitung des PATRIOT ACTS, gekippt. Mehr als zwei Jahre hatte Edwards dafür geworben und Himmel und Hölle in Bewegung gesetzt, um den Erlass durchzupeitschen. Heute war er in großem Stil an Franklin gescheitert.

Von dem Gesetz hing einiges für Edwards ab, immerhin hatte er seinen Partnern die Durchsetzung versprochen. Im Gegenzug würden sie ihn beim bevorstehenden Wahlkampf unterstützen.

Die heutige Niederlage würde Wellen schlagen. Edwards verlor an Boden, seine Anhänger sahen sich bereits nach neuen Partnern um – verlässlicheren. Der alte Knabe hatte Zusagen gemacht, Gelder einkassiert und dann nicht Wort gehalten. Autsch.

Jetzt witterte er eine Verschwörung, suchte einen Schuldigen für sein Versagen. Was lag da näher, als sich das schwächste Glied auszusuchen und sich darauf zu fokussieren? In diesem Fall war es Maya, Franklins Tochter, die Edwards von Anfang an falsch eingeschätzt hat.

Wie auf ein Stichwort unterbrach Edwards seinen guten alten Kumpel, Gouverneur Eastbrook.

„... ist die Schuld seiner Barschlampen Tochter. Seit dieses Flittchen aufgetaucht ist, geht alles den Bach runter."

Carter hielt die Luft an. Wenn er jetzt den Brand oder die Autobombe erwähnen würde, hatte er ihn.

„Erst spreizt sie die Beine für Cunningham, der plötzlich aus der Reihe tanzt und daran erinnert werden muss, wem er seinen Erfolg zu verdanken hat. Danach macht sie sich an seinen Bruder ran. Und jetzt will mich ihr Vater ruinieren! Wer glaubt diese Schlampe, dass sie ist?"

„Wenn mich ein Stein drückt, entferne ich ihn, bevor er mir Blasen verursacht." Eastbrooks kühle Stimme ist das genaue Gegenteil von Edwards hitzigem Temperament.

„Das haben wir bereits versucht, aber sie steht unter Lawsons Schutz!", donnert er. „Wahrscheinlich bumst sie ihn deswegen."

Carter schnaubte. Wenn dieser Jammerlappen aufhören würde mit dem Schwanz zu denken, würde er weniger Fehler machen.

„Lawson könnte zum Problem werden", unterbrach Eastbrook Edwards Wüten.

Ganz recht, du Motherfucker, vergiss das nie. Seine Hand ballte sich zur Faust. Sein Mädchen stand unter seinem Schutz und diesen Memmen würde er beide Beine brechen, wenn sie auch nur in ihre Richtung spuckten.

In zwei Tagen drehte sie ihren Spot in Los Angeles. Max, sein Mann vor Ort, hatte ihr Hotelzimmer ausgewählt und mit Sicherheits-Extras ausgestattet. Es lag zwischen den Fahrstühlen und dem Treppenhaus. Ein Feuerlöscher war auf Höhe ihrer Tür angebracht, der eine Minikamera enthielt, sodass er sehen konnte, wer ihr Zimmer betrat. Er respektierte ihre Privatsphäre, würde aber nicht riskieren, dass ihre Feinde die Chance nutzten, ihr zu schaden. Sie stand unter seinem Schutz, verdammt nochmal, aber er konnte nicht überall sein. L.A. lag auf der anderen Seite der Staaten. Auch wenn es ihm nicht schmeckte, er würde Max vertrauen müssen.

Und Vertrauen war nicht gerade seine starke Seite.

8

So kurz nach dem Europa-Trip wieder packen zu müssen ist aufregend. Ein paar Mal erwische ich mich dabei, wie eine Irre zu grinsen und veranstalte einen Happy-Dance in meinem Schlafzimmer. Mann, das fühlt sich gut an. Ich meine, es ist ein Werbespot! Außerdem war ich noch nie in L.A. und habe mir vorgenommen so viel von der Stadt zu sehen, wie möglich.

Morgen um sieben geht es los, Carter hat versprochen mich zu fahren. Keine Ahnung, wie er das bei seinem vollen Terminkalender einrichten kann, doch er hat darauf bestanden.

Innerlich seufze ich. Im Moment läuft mein Leben so gut, dass ich Angst habe, eines Morgens aufzuwachen und alles war bloß ein Traum.

Der Abend mit meinem Vater vor vier Tagen hat mein Herz gewärmt. Er ist so bemüht und gleichzeitig besorgt. Er möchte mein Dad sein, hat jedoch Angst, mich zu verschrecken. Am Ende des Abends hat er mich einen Haufen Papiere unterzeichnen lassen, notarielle Urkunden, Besitzpapiere, Überschreibungen – so was eben. Von Finanzen und Immobilien habe ich keinen Schimmer, aber selbst ich kapiere, dass er große Geldmengen auf meinen Namen überträgt sowie ein Haus in den Hamptons und San Francisco plus eine Wohnung in London.

Als ich zögere, küsst er meine Schläfe und drückt mir den Stift in die Hand.

„Tue es für mich, mein Kind, damit ich nachts besser schlafen kann."

O Mann, er weiß, wie er mich kriegt. Also schlucke ich meine Bedenken hinunter und unterzeichne die Papiere. Tatsächlich wirkt er danach erleichtert.

Bevor ich gegangen bin, hat er mir nochmals den Sicherheitscode für das Haus gegeben und mich gebeten ihn nächstes Wochenende zu besuchen. Aber daraus wird vermutlich nichts. Morgen ist Freitag, da geht es in aller Frühe los, der Rückflug ist für Sonntag gebucht. Das gibt uns zwei Drehtage mit der Option einen halben Tag dranzuhängen.

Als Model bin ich Shootings gewohnt, doch dieses Wochenende wird ziemlich anstrengend werden, meine Tage sind im Stundentakt durchchoreographiert. Also nutze ich die Ruhe vor dem Sturm und lasse mir ein Bad einlaufen.

Als Carter am Abend zu mir kommt, findet er mich bis zum Kinn in einem Schaumbad. Zahllose Teelichter flackern in bunten Gläsern am Wannenrand und auf dem Boden, aus dem Wohnzimmer dringt leise Musik zu mir.

„Mmmmhhh", macht er und hockt sich vor mich. Ich öffne die Augen und schenke ihm ein Lächeln – der Mann sieht zum Anbeißen aus. Sein dunkles Haar ist zerzaust, das Kinn unrasiert, und die kleine Einkerbung in seiner Lippe bettelt darum, geküsst zu werden. Statt Anzug trägt er Shirt und Jeans. Was für ein Kontrast zu dem Geschäftsmann, der Konferenzen leitet und ein Security-Unternehmen führt.

„Wie ich sehe, komme ich genau richtig." Er reicht mir ein Glas Weißwein, das ich dankbar annehme. Mit einem Mal ist mir verdammt heiß, und das kommt nicht von meinem Bad. Seit Carter den Raum betreten hat, ist die Temperatur schlagartig gestiegen und mit ihr mein Puls. Allmählich sollte mir sein Anblick vertraut sein, aber was soll ich sagen. Der Mann sieht aus, als käme er geradewegs aus einem Götterversandkatalog, und dennoch will er mich. Daran werde ich mich nie gewöhnen.

Ich drücke die kühle Oberfläche gegen die Stirn und gebe einen wohligen Laut von mir, bevor ich daran nippe.

Carter hockt sich vor die Wanne und macht keine Anstalten, mir Gesellschaft zu leisten. Stattdessen genießt er seinen Bourbon und betrachtet mich. Wenn ich den Blick seiner goldenen Augen richtig deute, gefällt ihm die Aussicht. Obwohl sein dünnes Shirt nichts der Fantasie überlässt, hätte ich nichts gegen nackte Haut.

„Lass uns ein Spiel spielen“, sage ich und setze mich auf. Carter hebt eine Braue, schweigt jedoch.

„Ich frage dich etwas. Wenn du nicht antworten möchtest, ziehst du etwas aus.“

Seine Mundwinkel zucken. „Interessant. Und was machst du? Falls du es vergessen hast, du bist bereits nackt, Prinzessin.“

Guter Einwand. „Falls ich nicht antworten möchte, küsse ich dich … wo du willst.“

Jetzt grinst er unverschämt und lehnt sich mit dem Rücken gegen die Kacheln.

„Leg los.“, sagt er und nimmt einen Schluck von seinem Drink.

Es gibt tausend Dinge, die ich ihn fragen möchte, keine Ahnung, wo ich anfangen soll. Vor allem möchte ich etwas über seine Kindheit wissen, aber dieses Thema ist heikel. Dennoch muss es eine Möglichkeit geben, ihn zum Sprechen zu bringen.

„Was ist deine schönste Erinnerung, als du ein Junge warst?“

Die Frage ist nicht, womit er gerechnet hat, das sehe ich an seinen Augen, die sich ein wenig weiten. Doch er erholt sich schnell. Mit der freien Hand reibt er sich den Nacken und wirkt mit einem Mal verlegen.

„Das ist einfach“, gibt er leise zurück und schenkt mir ein Lausebengelgrinsen. „Das war der Moment, als ich Claire einen Kuss gestohlen habe.“

„Wie alt warst du da?“

„Neun. Damals war ich in einer Pflegefamilie mit einer ständig besoffenen Mutter. Claire war ihre leibliche Tochter und das süßeste Geschöpf, das du dir vorstellen kannst.“ Ein Lächeln umspielt seine Lippen und ich kann praktisch dabei zusehen, wie er ihr Bild heraufbeschwört. „Sie hatte ein Engelsgesicht, hellblonde Haare und Augen so blau wie der Sommerhimmel. Im Gegensatz zu mir war sie extrem schüchtern. Ich glaube sogar, dass ich ihr Angst eingejagt habe."

Ich kann mir gar nicht vorstellen, warum. Ein wilder Junge, mit Wolfsaugen und hungrigem Blick … Doch ich behalte meine Weisheiten für mich und schenke ihm ein Lächeln.

„Obwohl ich sie eingeschüchtert habe, gab es jemanden, vor dem sie sich wirklich gefürchtet hat, und das war ihr Nachbar, Butch. Er war elf und glaubte, er wäre der verfickte König von Boston." Er nippt an seinem Glas und sieht mich mit diesen Raubtieraugen an. „Jeden Nachmittag, wenn Claire von der Schule kam, hat er sie traktiert und sie daran gehindert ins Haus zu gehen. Hat versucht unter ihren Rock zu sehen, hat sie geschubst, zu Fall gebracht und sich über ihr aufgebaut."

„Und du?"

„Fuck, ich hatte keine Ahnung. War neu in der Gegend und bin gar nicht erst zur Schule gegangen. Wozu auch, ich bin eh nie lang an einem Ort geblieben. Ich war an den Mülltonnen und hab gequalmt."

„Mit neun?"

Er zuckt mit den Schultern. Na toll.

„Jedenfalls hab ich sie weinen gehört. Dieser Wichser hat sie gegen eine Mauer gepresst und wollte sie zwingen, ihm ihre Pussy zu zeigen."

Ich verschlucke mich an meinem Wein und huste. Echt jetzt?

Carter schüttelt den Kopf. „Ich glaube, ich war noch nie so angepisst. Hab die Scheiße aus ihm rausgeprügelt, bis Claire mich von ihm gezogen hat."

„Moment mal", sage ich, nachdem ich wieder Luft bekomme. „Hast du nicht gesagt, dass er elf war?"

Abermals hebt er die Schultern, als wäre das keine große Sache, aber wir wissen es beide besser. Zwei Jahre macht in dem Alter einen enormen Unterschied aus.

„Ich hatte eine Riesenwut im Bauch und war schneller als er und besser in Form. Außerdem war er der Anführer einer beschissenen Kids-Gang und ist mir schon nach zwei Tagen auf den Sack gegangen. Ich hatte meine Lektionen gelernt und wusste, dass diese Typen immer weiter gehen, bis sie bekommen, was sie wollen. Und diese Ratte wollte Claire demütigen. Ihr alles Schöne entreißen und es sich zu eigen machen, bis sie so dreckig wie er wäre."

Sein Gesichtsausdruck hat alles Spielerische verloren. Er ist wieder neun und auf Rache aus.

„Ich war nicht neu auf der Straße, darum war mir klar, dass sich der Rest der Gang verpisst, sobald man den Anführer rausnimmt. Und zwar so rausnimmt, dass auch jeder tumben Nuss am Ende klar ist, dass sie als wimmerndes, blutiges Bündel endet, wenn sie auch nur schräg in deine Richtung schaut."

O Mann. Ich wusste, dass er es schwer hatte – aber das hier? Er war erst neun Jahre alt und was er bis dahin gelernt hatte, war, dass er fester und öfter zuschlagen musste als seine Gegner, um zu überleben.

„Danach habe ich Claire morgens zur Schule gebracht und abgeholt. Es hat sich herausgestellt, dass sie dort ebenfalls Anhänger hatte, die sie nicht in Ruhe ließen. Um die habe ich mich ebenfalls gekümmert." Bei der Erinnerung grinst er wieder, diesmal sieht er allerdings zum Fürchten aus.

„Okay, genug geprügelt. Kommen wir noch mal zurück auf den Kuss."

„Ah", macht er, leert das Glas und stellt es auf den Boden. „Eines Abends ist sie in mein Zimmer geschlüpft. Wirkte furchtbar verlegen. Als ich sie schon fragen wollte, was los ist, beugt sie sich vor und presst ihren kleinen rosa Kussmund auf meine Wange. Ist angelaufen wie eine Peperoni und zwei Sekunden später wie ein geölter Blitz aus dem Zimmer gerannt."

Lächelnd reibt er sich das stopplige Kinn. „Nach Wochen unter einem Dach habe ich nicht mehr zu hoffen gewagt, dass sie mir je vertrauen würde. Der Kuss war ihre Art mir zu danken und war es wert, mir die Knöchel blutig zu schlagen."

Irgendwie ist mir die Lust zum Spielen vergangen. Carters Vergangenheit ist so depressiv wie meine, wahrscheinlich auch dunkler. Selbst die schönen Momente sind mit bitteren Erinnerungen wie Butch oder einer trinksüchtigen Pflegemutter verbunden, was jede Art von Leichtigkeit im Keim erstickt. Ich hatte wenigstens meine Mutter. Ein geregeltes häusliches Leben, Geburtstage mit Mom und Weihnachten. Er dagegen wurde rumgereicht und musste jeden Tag kämpfen.

„Ist es das, was du hören wolltest?", fragt er, als hätte er meinen Gedanken aufgeschnappt. „Oder wolltest du mich bloß nackt sehen?" Er zwinkert mir zu, um dem Moment die Schwere zu nehmen.

„Beides", gebe ich leise zurück, worauf er ein Lächeln aufblitzen lässt. Dann zieht er sich das Shirt über den Kopf und wirft es auf den Boden.

Bei seinem Anblick wird mein Hals trocken, wie kann ein Mann so gut aussehen? Gebräunte Haut über einem Körper, der nur aus Muskeln zu bestehen scheint, und Narben, die bezeugen, dass er in seinem Leben nichts geschenkt bekommen hat.

„Hast du dir so was vorgestellt?"

Ich nicke. Carter setzt sich auf den Wannenrand und betrachtet mich mit hungrigen Augen. Nach einer gefühlten Ewigkeit beugt er sich vor, fischt den Naturschwamm aus dem Wasser und fährt damit über meine Schultern. Ich schließe die Augen und gebe mich seinen sanften Berührungen hin. Obwohl ich nackt bin, hat dieser Akt nichts Sexuelles. Der Schwamm fährt über meinen Körper, die Brüste, Schenkel bis zu den Füßen und wieder zurück. Als ich die Augen wieder öffne, streift Carter sich die Jeans ab und steigt hinter mich in die Wanne. Er tunkt den Schwamm ins Wasser, wringt ihn über meinem Kopf aus, dann wäscht er mein Haar.

Ich kann mich nicht erinnern, wann mir das letzte Mal jemand die Haare gewaschen hat. In jedem Fall war es meine Mutter und ich muss noch sehr klein gewesen sein. Kein Mann hat das je für mich getan. Es fühlt sich fantastisch an, ich komme mir vor wie ein Kind, das keine Sorgen hat. Als er fertig ist, drehe ich mich zu ihm und lasse ihm die gleiche Behandlung zukommen. Ich knie zwischen seinen Schenkeln und lasse den Schwamm über seine Schultern gleiten, den Hals, seine breite Brust. Einmal mehr fallen mir die Narben ins Auge, doch für heute habe ich genug gehört und ich möchte mein Glück nicht auf die Probe stellen. Carter redet nicht gern über seine Kindheit, der Grund dafür ist offensichtlich.

Als ich sein Haar wasche, zieht er mich auf seinen Schoß, sodass ich praktisch auf seiner Erektion sitze. Doch Carter hat mehr Selbstbeherrschung als ich ihm zugetraut hätte. Er genießt die Sinnlichkeit dieses Moments in vollen Zügen. Mit langsamen Bewegungen massiere ich seine Kopfhaut, dann spüle ich das Shampoo aus und gebe ihm einen sanften Kuss auf die Lippen. Er legt beide Arme um mich, eine Hand wandert zur Wölbung meines Pos, die andere drückt mich an sich, als sein Magen ein erbarmungswürdiges Knurren von sich gibt.

Die erotische Spannung zwischen uns zerplatzt wie eine Seifenblase und wir brechen in Gelächter aus. Diesmal bin ich diejenige, die grinst. Ich steige aus dem Bad und werfe ihm ein Handtuch zu. Anschließend schlüpfe ich in einen dünnen Seidenbademantel und koche Spagetti während Carter im Schlafzimmer telefoniert. Er hat sich eine schwarze Trainingshose übergezogen, sonst nichts. Wie soll ich mich bitteschön aufs Kochen konzentrieren, zumal das Teil tief auf seinem Hüftknochen hängt?

Etwas später picknicken wir auf dem Wohnzimmerboden. Im Hintergrund läuft Braveheart, doch ich habe den Fernseher stumm gestellt, damit wir uns unterhalten können.

Carter erzählt mir von seinem Tag und füttert mich mit Pasta, was irgendwie süß ist. Als Tomatensauce in meinen Ausschnitt tropft, zieht er schmunzelnd den Kragen auseinander, beugt sich vor und fährt mit der Zunge über meine Haut. Ich habe das Gefühl, das hat er mit Absicht gemacht, bin mir aber nicht sicher. In jedem Fall kitzelt mich seine Zunge. Kichernd drücke ich mit beiden Händen gegen seine Schulter und spüre sein Lächeln auf meiner Haut. Statt aufzuhören zieht er mich auf den Schoß, saugt und knabbert an meiner Brust, bis ich in lautes Lachen ausbreche. Seine Hände liegen um meine Taille und fixieren mich, darum nehme ich einen Löffel Pastasauce und klatsche ihm den Dip ins Gesicht.

Im ersten Moment erstarrt er, ein Fakt, den ich nutze, um mich aus seinem Griff zu befreien und kreischend ins Atelier zu rennen.

„Das bedeutet Krieg!“, ruft er mir hinterher und erntet ein Quieken. Krieg mit Carter klingt irgendwie nicht so gut, da sollte ich vorbereitet sein. Während er in einer Tour Drohungen ausstößt, suche ich fieberhaft nach einer effizienten Waffe und stoße auf Fingerfarben, mit denen ich ursprünglich experimentieren wollte. Was auch irgendwie der Fall ist, denn als Carter durch den Türrahmen stampft, attackiere ich ihn mit blauer Farbe, die ich ihm wie Mel Gibson in Braveheart von der Stirn bis zum Nabel über seine Vorderseite schmiere. Statt wegzulaufen zeige ich mit dem Finger auf ihn und breche in hysterisches Gelächter aus.

Er hätte tausend Möglichkeiten gehabt mich abzuwehren, deswegen habe ich den Verdacht, dass er sich freiwillig von mir mit Kriegsbemalung beschmieren lässt, auch wenn ich keinen Schimmer habe warum.

Ehe ich weiß was er vorhat, liege ich flach auf dem Rücken und seine Hände streichen rote, gelbe und grüne Farbe über meinen nackten Körper. Ich kann nicht aufhören zu lachen, zumal er keine Anstalten macht mich davon abzuhalten immer mehr Farbe auf ihn zu kleistern, hauptsächlich Blau und Lila.

„Ich würde dich ja die Mutter aller Schlümpfe nennen, aber das kommt mir unpassend vor“, gluckse ich unter ihm.

„Babe“, knurrt er, doch ich sehe das Glitzern in seinen Augen. Er hat nicht weniger Spaß als ich, also gehe ich einen Schritt weiter, tunke meine Finger in den Topf mit Cobaltblau, ziehe den Bund seiner Trainingshose nach unten und fahre mit zwei Fingern seinen Schaft entlang. Langsam, um ihm Gelegenheit zu geben, sich außer Reichweite zu bringen.

Er gibt ein Knurren von sich und begräbt mich unter seinem Körper. „Mach nur so weiter, dann kannst du den Flieger morgen vergessen.“

„Das nenne ich mal undankbar, schließlich habe ich dir einen neuen, bunten Freund gegeben. Ich würde ihn Blaumann nennen. Ist er nicht … niedlich?“

Bei seinem geschockten Ausdruck breche ich in Gelächter aus. Das Vibrieren seiner Brust verrät mir, dass er ebenfalls lacht.

„Niedlich?“, grollt er, die Lippen dicht an meinem Ohr, was mich stärker lachen lässt. Ich meine, im Ernst, man kann Carters Schwanz alles Mögliche nennen, aber niedlich …?

Und dann küsst er mich. Nicht stürmisch oder fordernd, sondern ganz sanft. „Ich liebe dein Lachen“, flüstert er und küsst die Stelle knapp unter meinem Ohr. Und ich liebe die Tatsache, dass wir zusammen lachen können. Seufzend schmelze ich gegen ihn und schlinge beide Arme um seinen Körper. Dass er sich auf Albernheiten einlässt und nicht immerzu der große, starke Mann sein muss, ist erfrischend und tut mir gut. Nicht jeder kann über sich selbst lachen, das gehört zu den vielen Dingen, die ich an ihm schätze.

Dann lieben wir uns, und es ist spielerisch und leicht. Immer wieder falle ich in leises Giggeln. Carter sieht einfach zu komisch aus, ein Fakt, der ihn nicht im Geringsten zu stören scheint. Ich sehe vermutlich nicht besser aus, in jedem Fall bunter. Der Gedanke reicht, mich abermals loskichern zu lassen, bis Carters Mund meinen bedeckt und seine Erektion über meine Klitoris streicht, wieder und wieder, bis mein Glucksen zu einem Seufzen wird und schließlich in ein langgezogenes Stöhnen übergeht.

Als er Anstalten macht, in mich einzudringen, umschlinge ich mit den Beinen seine Taille und drehe ihn auf den Rücken. Lachend rollen wir über den Boden, bis ich schließlich auf ihm sitze und triumphierend auf ihn hinabsehe.

Seine Zähne blitzen auf, dann liegen seine Hände auf meinem Po und gleiten sachte über meine Schenkel, verteilen Farbe und erzeugen immer neue Muster. Unsere Körper sind glitschig von der Bemalung, und um ehrlich zu sein fühlt sich das fantastisch an.

Carter ergreift meine Hände, unsere Finger fädeln ineinander, während ich meine Feuchtigkeit über seinen Schwanz verteile. Ich will das genießen, will mir diesen Augenblick einprägen, denn das ist das erste Mal, dass Sex für mich mit Spaß und Leichtigkeit verbunden ist. Ich liebe es. Ich liebe ihn.

Bevor mich die volle Bedeutung dieses Gedankens treffen kann, hebt er mich an und dringt der Länge nach in mich ein. Mein Kopf fällt zurück und ich gebe ein Stöhnen von mir, während mich sein Schwanz dehnt. Abermals hebt er mein Becken an, positioniert mich neu, um tiefer in mich einzudringen, bis ich das Gefühl habe, ihn bis in die Zehenspitzen zu spüren. Anschließend beugt er sich vor und zieht mich auf seine Brust und küsst mich, als wäre das ein Abschied für immer statt nur für ein Wochenende.

Und dann vögelt er mich so sorgfältig, als würde er einen Preis dafür bekommen. Unsere Körper sind ineinander verschlungen, glitschig von Farbe und Schweiß, was es umso erotischer macht. Wir wälzen uns über den Boden, mal bin ich oben, mal er.

Ich bin mir nicht sicher, ob mich sein Schwanz in den Orgasmus-Himmel trägt, oder die Lust, die mir seine Nähe verursacht. Haut auf Haut, sein warmer Atem gegen meinen Mund. Die Art wie er mich hält und an sich drückt, der intensive Ausdruck seiner Augen. Das Gefühl, geliebt zu sein, und zwar nicht nur weil der Sex heiß und aufregend ist, sondern weil er mich will, so wie ich bin. Alles an mir, auch den gebrochenen Teil.

Das ist der letzte klare Gedanke, bevor ich mich gegen seinen bebenden Körper presse und zum Höhepunkt komme.

9

Dass wir am nächsten Morgen spät dran sind, ist die Untertreibung des Jahres. Das Aufräumen gestern Abend hat ewig gedauert, davor haben wir geduscht, und davor … na ja. Jedenfalls waren wir kurz nach zwei im Bett, um fünf ging der Wecker, mehr muss ich wohl nicht sagen.

Jetzt sitze ich im Flieger und versuche den versäumten Schlaf nachzuholen, doch daraus wird nichts. Kaum habe ich die Schlafmaske übers Gesicht gezogen, werden Erfrischungen gereicht, Zeitungen verteilt und eine überambitionierte Flugbegleiterin nervt mit ihren Bemühungen, mir jeden Wunsch von den Augen abzulesen. Dass die Schlafmaske ein Wink mit dem Zaunpfahl ist, scheint ihr zu entgehen. Als ich beschließe nicht mehr auf ihre Störungen zu reagieren und mich schlafend zu stellen, setzen wir auch schon zum Landeanflug an. Mist.

Danach habe ich praktisch keine freie Minute mehr, es kommt mir vor, als wäre ich in einem Uhrwerk gefangen. Eine Limo wartet am Flughafen, doch statt mich in mein Hotel zu bringen, wo ich auspacken und mich ein wenig frischmachen kann, werde ich direkt ins Studio gekarrt. Bevor ich die Chance habe auszusteigen öffnet sich die Tür und eine Produktionsassistentin empfängt mich und redet ohne Punkt und Komma, bis wir den Regisseur erreichen, Michael Reynolds.

Der Mann könnte selbst Werbung für Gillette machen, zumindest hat er das Gesicht, das man dazu braucht. Obwohl er weder groß noch kräftig ist, strahlt er Stärke und Autorität aus. Seine dunklen Augen scheinen alles im Blick zu haben. Das lässt ihn ein wenig rastlos wirken, da er dauernd das Set scannt. Er hat ein schönes Lächeln, das seltsame Dinge mit seiner Assistentin anstellt. Jedes Mal wenn es aufblitzt, höre ich sie leise seufzen.

Reynolds begrüßt mich herzlich und schüttelt meine Hand, bis mein Arm taub wird. Willkommen in Hollywood.

„Miss Alvarez, es tut so gut, Sie endlich persönlich zu treffen. Darf ich Maya sagen? Wunderbar. Hatten Sie einen guten Flug? Fantastisch, dann kann's ja losgehen. Sandy wird sich um ihr Gepäck kümmern. Sorry für die Eile, aber wir haben einen Außendreh geplant, und nach sieben Regentagen zeigt sich heute zum ersten Mal die Sonne. Können wir?"

Meine. Güte. Wann atmet der Mann, ich meine, er hat nicht ein einziges Mal Luft geholt. Das scheint eine Macke der Leute hier zu sein, die quasseln, als würden sie jedes Wort extra bezahlt bekommen. Und wenn sie reden, dann ist alles fantastisch oder phänomenal oder umwerfend. Meine Visagistin hat es tatsächlich geschafft, alle drei Adjektive in einen Satz zu quetschen.

„Maya, Schätzchen, Sie sehen umwerfend aus, so eine phänomenale Haut habe ich ja noch nie gesehen, das ist ja fantastisch ..."

Ugh!

Während meine Beine gewaxt und mit einem Bronzing-Gel eingecremt werden, testet die Garderobiere verschiedene Heels, die zu meinem Hautton passen sollen. Ein paarmal bittet sie mich auf- und abzulaufen, schließlich nickt sie zufrieden und tütet die Schuhe ein.

„Das sind fantastische Heels von De Siena, darin siehst du umwerfend aus, obwohl dir die Minna Perikka auch phänomenal stehen!", schwärmt sie und stakst davon. Sie wird von Sandy, der Assistentin abgelöst, die mit mir noch einmal den Ablauf des Spots durchgeht, obwohl der mir bereits vor einer Woche zugemailt wurde.

Im Kern geht es darum, dass eine Frau, also ich, die Strandpromenade in Venice Beach entlangstöckelt. Ihr Freund lässt sie warten, darum ist sie nicht so gut drauf. Unter ihr am Strand spielt eine Horde Männer Fußball, alles Supermodels mit Killer-Bauchmuskeln. Der Ball fliegt ihr vor die Füße, die Typen pfeifen und winken, sie soll ihn zurückwerfen. Stattdessen grinst sie frech und kickt das Teil in deren Tor. In der letzten Einstellung ist sie Teil des Teams und lacht mit den Burschen, während ihr Freund sie oben auf der Promenade überall sucht.

Mir gefällt die Idee, zumal durch das Fußball-Thema die Kamera ständig auf meine Beine gerichtet ist, was ja der Sinn des Spots ist: Schöne Beine Dank Gillette und das ganze Bla.

Das bedeutet, dass ich für den Rest des Tages in High Heels und einem hauchdünnen Kleidchen am Stand herumlaufe. Wir sind zwar in Kalifornien, aber Anfang März ist es auch hier ziemlich frisch. Als mir nach zwei Stunden die Füße wehtun, hat die Maskenbildnerin die geniale Idee, Sporteinlagen in die Schuhe zu legen, was tatsächlich funktioniert. An diesem Tag drehen wir bis halb sechs, danach ist das Licht zu schwach. Reynolds ist zufrieden. Er will morgen um sechs Uhr weitermachen, und ermahnt das ganze Team pünktlich zu sein.

Er lädt mich auf einen Drink in die Hotelbar ein, aber ich bin so dermaßen erschlagen, dass ich dankend ablehne. Alles was ich will ist eine heiße Dusche, Pizza und ein Bett. Nachdem ich mein Hotelzimmer erreicht habe, falle ich wie ein gefällter Baum ins Bett und rühre mich bis zum Morgengrauen nicht.

Kurz nach vier weckt mich mein knurrender Magen. Stöhnend rolle ich mich aus dem Bett, wähle die neun auf dem Haustelefon und bestelle ein üppiges Frühstück. Danach hole meine ersehnte Dusche nach. Anders als in Europa bekommt man hier rund um die Uhr den vollen Service geboten. Als ich aus dem Bad komme, hat der Hotelangestellte bereits das Essen gebracht und das Aroma frisch aufgebrühten Kaffees füllt den Raum.

Lächelnd knipse ich ein Foto von den Köstlichkeiten vor mir und schicke es Carter mit einem Smiley. Obwohl es nicht mal fünf ist, kommt seine Antwort prompt.

Sexgott: Vermisse dich!

Ich seufze und grinse wie blöde während ich tippe.

Maya: Ich dich aus. Warum bist du schon wach?

Sexgott: VERMISSE DICH!!!

Ich lache und streiche mit dem Finger über den Screen, wie um die Worte zu liebkosen. Womit habe ich diesen Mann verdient?

Sexgott: Wie war der Dreh?

Maya: Lang. War früh im Bett. Esse jetzt, dann geht's weiter, werde um 6 abgeholt.

Sexgott: Pass auf dich auf & melde dich heute Abend.

Maya: Mache ich. Bis später <3

Als ich mich schon frage, ob das Herz eine gute Idee war, kommt Carters Nachricht.

Sexgott: Ich bin ein glücklicher Bastard ☺ ☺ ☺.

Seufzend stelle ich das Handy aus und mache mich über den Obstsalat her.

Der zweite Drehtag ist ähnlich wie der erste. Anscheinend war das Material gestern so gut, dass wir heute neue Varianten des Spots drehen, sogenannte Follow-ups. Für den Fall, dass der Film beim Endkunden ankommt, wollen die Produzenten eine kleine Fortsetzung, ohne mich dafür extra einfliegen zu lassen. Da die Make-up- und Klamottenfrage geklärt ist, geht diesmal alles viel schneller.

Heute mache ich auf Aschenbrödel. Ich habe es eilig, weil ich zu einer Feier eingeladen bin. Winkend renne ich zum Taxi und verliere einen meiner Heels. Greg, einer der gutaussehenden Fußballkumpel von gestern, ist mein Retter. Er geht auf ein Knie, zieht mir den Schuh an und bewundert dabei meine Beine. In der Schlusseinstellung lasse ich die Party, zu der ich eingeladen war, sausen und verschwinde mit meinem Retter an den Strand.

Die erste Story hat mir besser gefallen, doch da mich niemand nach meiner Meinung fragt, halte ich den Mund.

Gegen fünf sind wir fertig, danach verabredet sich die

Crew auf einen Drink in Downtown L.A. Scheinbar ist das so üblich. Da ich gestern abgesagt habe, möchte ich nicht schon wieder kneifen, also lasse ich mir von Sandy die Adresse geben und verspreche vorbeizuschauen.

Im Hotel dusche ich und zieh mich um. Den Trick mit den Sporteinlagen werde ich in Zukunft für meine eigenen Heels anwenden, der ist großartig. Man muss die Teile bloß zurechtschneiden, damit sie in den schmalen Schuh passen, danach läuft man wie auf Wolken.

Ich schlüpfe in ein hautenges Cocktailkleid, dazu trage ich lange schwarze Stiefel und eine Jeansjacke, damit ich nicht overdressed wirke. Darüber hätte ich mir allerdings keine Sorgen machen brauchen. Die Mädels in der Bar, wenn man den Edelschuppen überhaupt so nennen kann, sehen wie Glitzerkugeln auf Speed aus. So würde niemand an der Ostküste rumlaufen.

Was soll's, ich bin hier, um einen guten Eindruck zu hinterlassen, damit mich der Regisseur weiterempfiehlt. Obwohl die beiden Drehtage superanstrengend waren, hat es wahnsinnig viel Spaß gemacht. Werbespots sind eine neue Welt für mich und eine wichtige Erfahrung. Zwar möchte ich nicht in die Filmbranche wechseln, aber die Werbejobs werden gut bezahlt.

An der Bar trinke ich zwei Tequila mit meiner Visagistin, die Mandy oder Candy heißt. Sie nimmt zwei Selfies mit uns auf und schickt es an ihre Kollegin weiter, weil sie es immer noch nicht fassen kann, dass meine Haut keinem Lasering unterzogen wurde.

Etwas später tanze ich mit Greg, der mir ein Killerlächeln schenkt und auf Dirty Dancing macht. O Boy.

Als der Song endet, stelle ich mich zu Reynolds, der den ganzen Abend versucht hat, meine Aufmerksamkeit zu bekommen. An der Art, wie er mich ansieht, hofft er wohl auf mehr, doch daraus wird nichts. Um das zu demonstrieren, bleibe ich bei jedem Crewmitglied kurz stehen und mache Smalltalk, bevor ich zum nächsten wandere.

Morgen Vormittag steht nur noch ein Shooting mit Close-ups an. Um vier geht mein Flieger, das heißt, ich muss gegen zwei auschecken.

Ehe ich mich versehe, ist Reynolds wieder an meiner Seite und hält eine halbe Stunde lang einen Monolog, bis meine Ohren bluten. Zwischendurch zückt er sein Smartphone und nimmt wie Candy-Mandy ein Selfie auf, das er in den Orbit schickt. Mir kommt das etwas seltsam vor, aber ich lasse ihn. Unter uns, die Leute an der Westküste sind wesentlich aufgedrehter als bei uns und irgendwie auch oberflächlicher. Hier versucht niemand, ein tieferes Gespräch zu führen. Die Leute tun so, als würde sich die Welt um Make-up, Mode und Zelluloid drehen.

Um Mitternacht verabschiede ich mich und trolle mich zurück ins Hotel. Ich vermisse Carter mehr als ich zugeben möchte, ich habe ihm seit dem Frühstück nicht mehr geschrieben. Handys sind beim Dreh verboten, darum habe ich meins im Hotel gelassen. Da ich vergessen habe, es aufzuladen, springt es nicht an. Mist! Mein Ladegerät liegt zu Hause, eine Nachricht über den Messenger kann ich also vergessen. Dummerweise kenne ich seine Privatnummer nicht auswendig, die habe ich in meinem Smartphone gespeichert, ist das zu fassen?

Kopfschüttelnd putze ich mir die Zähne und schlüpfe anschließend ich in mein Babydoll, mit dem ich eigentlich Carter überraschen wollte.

Morgen sehen wir uns, ist der letzte Gedanke, dann falle ich in einen tiefen Schlaf.

~ * ~

Als Carters Handy den Eingang einer Mail signalisierte, war er auf dem Weg ins Penthouse. Nachdem er sich zwei Stunden im Trainingsraum ausgetobt hatte, war er triefnass und brauchte dringend was zu futtern. Also ignorierte er die Mail und öffnete den Kühlschrank auf der Suche nach etwas Essbarem.

Da es weit nach Mitternacht war, verzichtete er auf Kohlehydrate und zerkleinerte stattdessen Paprikaschoten, Karotten und Äpfel und warf das Ganze in den Mixer.

Er beachtete auch das nächste Mail nicht, sondern goss sich den Drink in ein hohes Glas und leerte es in vier Zügen.

Als sich ein weiteres Mail mit dem typischen Signalton ankündigte, schnappte er sich fluchend das Smartphone. Zahlreiche Google Alerts öffneten sich, alle mit demselben Thema: Maya. Die Links führten zu Bildern der Yellow Press wie TMZ, Perez Hilton und Hollywood Gossip. Die Onlinemagazine zeigten sie beim Shooting am Strand, mit Leuten vor einer Bar, beim Tanzen.

Der Griff ums Telefon wurde fester. Ein schmieriger Wichser mit aufgepumpten Protein-Muskeln drückte sich mit einem dreckigen Grinsen gegen Mayas Rücken. Sie hatte das Gesicht weggedreht, darum konnte er ihren Ausdruck nicht sehen. Obwohl er eben noch müde gewesen war, fühlte er sich plötzlich hellwach. Sein Kiefer mahlte, während er die Bilder durchscrollte.

Er wusste, was Fotos anrichten konnten. Edwards hatte diese Nummer bei Avery abgezogen, er wäre bestimmt nicht so dumm, sich verarschen zu lassen. Aber verdammt, er war angepisst. Der einzige Grund, warum er froh war, dass Maya nicht mehr in der Bar arbeiten musste, war die Tatsache, dass sie dort ständig begrabscht wurde. Und dieser Penner hatte den Nerv sein Becken gegen ihres zu drücken.

Dann waren da noch Bilder von Michael Reynolds, der den Ruf hatte seine Starlets zu vögeln. Allerdings wusste er, wer Maya zu ihm geschickt hatte, er würde sich vorsehen. Zumindest hoffte er das. Diese schrägen Hollywood-Vögel waren unberechenbar. Nicht Wenige nahmen Koks oder so viele Aufputschmittel, dass sie rumliefen, als hätten sie eine Ladung Helium inhaliert.

Er warf das Handy aufs Sofa und lief rastlos umher. Maya brauchte Luft zum Atmen, sie genoss ihre Freiheit, das war wichtig für sie. Wenn er sie zu sehr einengte, würde er sie wie eine Blume zerdrücken. Dennoch, er musste ihre Stimme hören. Er rechnete die Stunden zurück, drückte ihre Kurzwahltaste und wurde an die Mailbox weitergeleitet.

Shit! Einen Moment lang stand er regungslos im Raum. Vielleicht war er ein Idiot und reagierte über, möglicherweise verlor er gerade den Verstand. Vermutlich, anders konnte er sich seinen nächsten Anruf nicht erklären.

„Hier Lawson, tank den Jet auf."

Einen Moment war es am anderen Ende der Leitung still.

„Jetzt?"

„Ich bin in einer halben Stunde da, also beeil dich."

Der Flug nach L.A. dauerte dreieinhalb Stunden, doch die Zeitverschiebung machte das wieder wett. Kurz nach vier öffnete er die Tür zu Mayas Appartement und fand sie im Kingsize Bett ihrer Suite. Er wartete einen Moment, bis sich seine Augen an die Dunkelheit gewöhnt hatten, und trat langsam auf sie zu.

Sie war die mit Abstand schönste Frau, die er je getroffen hatte. Langsam wanderten seine Augen über ihren schlanken Körper mit den endlos langen Beinen. Er liebte das Gefühl ihrer Schenkel um seine Taille und ihren Brüsten, die genau die richtige Größe hatten, dass sie seine Hände ausfüllten.

Sie lag auf der Seite, das rabenschwarze Haar verdeckte ihr Gesicht. Vorsichtig beugte er sich über sie, schloss einen Moment die Augen und sog ihren leichten Honigduft ein und stellte entsetzt fest, dass er einen Ständer hatte.

Fuck!

An dem Tag, als er zum ersten Mal ihre ausdrucksstarken Augen gesehen hatte in einem Gesicht, das nichts verstecken konnte, war er verloren gewesen.

Maya war stark und zugleich zerbrechlich. Humorvoll trotz des Schmerzes, der ihr zugefügt wurde. Sie hatte nie aufgegeben, hatte gekämpft. Um die Liebe, Vertrauen, um ihr Leben.

Sie murmelte etwas im Schlaf und zog ein Bein an. Erst da fiel ihm auf, dass sie unter dem sexy Babydoll nackt war. Sein Schwanz rührte sich und drückte schmerzhaft gegen den Reißverschluss seiner Jeans.

Innerlich schüttelte er den Kopf. Was war nur aus ihm geworden? Ein Stalker, dem einer abging, während er seine schlafende Freundin abcheckte. Dass er ein Kontrollfreak war, wusste er vorher schon, seine perverse Neigung war ihm neu.

Während er sich auszog, versuchte er leise zu sein, was wie ein schlechter Witz klang, wenn man bedachte, was er vorhatte. Er legte sich hinter Maya, umfing sie mit einem Arm und zog sie gegen seine Brust. Die andere Hand wanderte zwischen ihre Schenkel, an die Stelle, wo die Haut besonders empfindlich war. Maya gab ein Seufzen von sich und lehnte sich in seine Berührung. Wenn es überhaupt möglich war, wurde er noch steifer. Seine Erektion lag wie ein Knüppel in ihrem Rücken und es half nicht wirklich, dass sie in diesem Moment mit ihrem kleinen Zuckerpo wackelte. Als er Feuchtigkeit zwischen seinen Fingern spürte, verteilte er sie auf ihrer Pussy und stellte zufrieden fest, dass sie seinen Namen stöhnte.

„Carter.“

„Ich bin hier, Baby.“

„Oh Gott, was machst du mit mir?“ Sie klammerte sich an seinen Oberarm und drehte den Kopf um ihn anzusehen.

„Das Gleiche, was du mit mir machst, Prinzessin.“

Die Spitze seiner Erektion drückte gegen ihre Spalte, fuhr an ihrer empfindlichen Öffnung entlang, was sie abermals aufstöhnen ließ.

„Du hast mich um den kleinen Finger gewickelt." Von seinem Schwanz ganz zu schweigen. Er zog ihr Babydoll höher und umfing ihre Brust mit der freien Hand.

„Das klingt fair", brachte sie heiser hervor.

Es machte ihn unglaublich an, wenn ihre Stimme diesen rauchigen Ton annahm, den einer erregten Frau.

„Du hast dich um mein Herz gewickelt."

Typisch für sie ausgerechnet in diesem Moment so etwas zu sagen. Sein Herz machte einen Satz und sein Ständer zuckte.

Obwohl sie feucht für ihn war, hatte er Angst sie zu verletzen, wenn er sich nicht kontrollierte. Er wollte ihre Pussy mit seiner Härte füllen, sie vögeln, bis die Laken brannten. Wenn er mit ihr fertig war, sollte sie heiser sein, weil sie seinen Namen so lange geschrien hatte, bis ihr die Luft wegblieb.

Bei ihrem Hintergrund musste er sich jedoch zurückhalten. Als sie den Po anhob, und die Spitze seiner Erektion neckte warf er seine Bedenken beiseite und stieß seinen Schwanz bis zur Wurzel in sie.

Verdammt, sie war eng.

„Aaaahhhh!"

Ihr Lustschrei gab ihm den Rest, also zog er sich zurück und drang abermals in sie, wieder und wieder, eine Hand zwischen ihren Beinen, die andere auf ihrer Brust. Hitze durchflutete ihn und pulsierte wie ein zweiter Herzschlag durch seine Adern.

„Ohhh Gooooott!" Sie wandte den Kopf und presste die Lippen auf seine, biss und saugte, dann stöhnte sie in seinen Mund.

„Carter, ich komme."

Statt zu antworten zog er sich aus ihr zurück, wofür er einen Protestschrei erntete und drehte sie kurzerhand auf den Rücken. Ihr Bein legte er sich über die Schulter, um besseren Zugang zu haben, dann versenkte er sich erneut in sie. Maya bog sich unter seinem Stoß. Sie krallte die Finger in seine Schultern und warf den Kopf zurück.

„Ich will dich fühlen“, keuchte sie.

„Ich bin hier, Baby.“ Er nahm sie in den Arm, das war etwas, dass sie während des Sex dringender brauchte, als seinen Schwanz. Haut auf Haut, Lippen auf Lippen, seine Hand in ihrem Haar.

„Carter!“ Ihre Finger berührten seine Hoden, nahmen sie in die Hand und kneteten sie sanft.

Er explodierte wie ein Fass Dynamit, rief ihren Namen und drückte sie an sich, bis sie nach Luft schnappte. Ihre Pussy molk ihn, holte alles aus ihm raus, bis er sie unter sich begrub, den Kopf in ihrem Nacken.

Obwohl er vermutlich eine gefühlte Tonne wog, schlossen sich ihre Arme um ihn und strichen über seinen Rücken.

„Babe“, flüsterte er, hob den Kopf und stütze sich auf die Unterarme um sie zu entlasten. Sein Blick wanderte über ihr erhitztes Gesicht, die halb geschlossenen Augen und den leicht geöffneten Mund. Und dann küsste er sie tief und gründlich.

So ein Dreck, er war verliebt.

Als sie am nächsten Tag zusammen am Set aufkreuzten, sah Reynolds alles andere als begeistert aus. Er schwieg, nicht zuletzt deswegen, da heute Produktfotos im Studio geschossen wurden, und er erfahren genug war, um zu wissen, wer das Leuchten in Mayas Augen zauberte.

Nachdem Carter auf ziemlich primitive Art jedem Schwanzträger im Studio allein mit seinem Blick klargemacht hatte, wer die Ballkönigin am Abend vögeln würde, ließ er Maya in Ruhe arbeiten und ging zum Abstellplatz seines Mietwagens.

Dass sie in der Nacht so unmittelbar auf ihn reagierte,

war die Bestätigung, die er so dringend gebraucht hatte. Falls er noch Zweifel hatte, ob in der Bar mit Reynolds oder der Hupfdohle was gelaufen war, räumte Maya sie restlos aus, indem sie ihnen gegenüber eine kollegiale Freundlichkeit an den Tag legte. Kein intimer Blick, keine heimlichen Berührungen, auch kein Erröten, nichts.

Am Liebsten hätte er die Stirn gegen das Autodach geschlagen. Wie konnte er an ihr zweifeln? Kopfschüttelnd nahm er das Telefon aus dem Fahrzeug und wählte Allisters Nummer. Ursprünglich waren sie heute verabredet gewesen, doch er hatte einen Notfall vorgeschoben und ein Telefonmeeting daraus gemacht.

Insgeheim fragte er sich, wie oft ihm sein Schwanz in die Quere kommen würde, wenn es ums Geschäft ging. Heute war eine Premiere.

„Ist die Leitung sicher?", begrüßte Allister ihn. Kein Hallo oder Wie geht es dir. Ein Mann nach seinem Geschmack.

„Sonst würde ich nicht anrufen."

„Gut. Hast du etwas gefunden?"

Schön wär's. Edwards Fassade war spiegelglatt, wo er auch ansetzte, er rutschte überall ab.

Allister deutete sein Schweigen richtig.

„Finde das Geld, Lawson, das wird dich zu ihm führen."

Er schloss die Augen und massierte sich den Nasenrücken.

„Wir haben alles durchsucht, sowohl die PCs als auch die Räume, er ist clean."

Allister schnaubte, er konnte es ihm nicht verdenken. Der Senator war so sauber wie Henry Eastbrook.

„Was ist mit den Banken?"

Daran hatte er auch schon gedacht, aber das war so, als würde man die Nadel im Heuhaufen suchen, so viel Zeit hatten sie nicht. Es gab hunderte Kreditinstitute in den Staaten, wobei es unwahrscheinlich war, dass Edwards für seine Schmiergelder eine amerikanische Bank benutzte.

Selbst wenn er wüsste, wo er das Geld versteckte, wäre es nahezu unmöglich, an die Namen zu kommen. Wobei es weniger um das Einhacken ging, Blake bräuchte keine fünf Minuten ihn ins Banksystem zu bringen. Das Problem war das Verschlüsselungssystem der Kundendaten.

Davon abgesehen reichte es nicht, Edwards in die Knie zu zwingen. Der alte Eastbrook hing mit ihm zusammen, er war quasi sein Backup. Sie mussten beide untergehen, und zwar zur gleichen Zeit, damit weder der eine noch der andere Beweise verschwinden lassen konnte.

Einen Durchsuchungsbefehl für einen Gouverneur oder Senator zu bekommen konnte er vergessen. Selbst wenn Edwards auf offener Straße einen Mord begehen würde, genoss er Immunität.

„Finde das Geld“, wiederholte Allister, „dann hast du Edwards an den Eiern.“

Danach war die Leitung tot.

Also schön, die Schonzeit war vorbei. Er würde dieses Dreckschwein aus der Reserve locken, er hatte die Schnauze voll von seinen Spielchen.

10

Ich wusste erst was mir fehlt, als Carter mitten in der Nacht aufkreuzte und in mir war. Was hat dieser Mann mit mir angestellt, dass ich ihn brauche, wie meinen nächsten Atemzug? Sex mit ihm ist nicht bloß Sex. Mir kommt es vor, als würde er mich heilen. Mit seinen Küssen, seiner Hingabe und der Intimität, die wir teilen. Eine solche Verbundenheit habe ich nie zuvor mit einem Mann empfunden. Es ist aufregend und beängstigend zugleich. Aufregend, weil es komplett neu für mich ist und beängstigend, weil ich nicht sicher bin, wie viel Nähe ich aushalten kann. Es ist eine Sache, ab und zu bei ihm zu übernachten, aber eine Beziehung besteht aus mehr, als gelegentlichen Abendessen und heißem Sex.

Sonntag arbeiten wir bis drei, danach sind alle Bilder im Kasten. Reynolds wirkt zufrieden und ich bin es auch. Mein erster Spot! Ich kann immer noch nicht glauben, dass ich landesweit ausgestrahlt werde.

Da Carter mit einem Privatjet aus Averys Kanzlei nach L.A. gekommen ist, hat er Jessica angewiesen mein Flugticket zurückzugegeben. Auf dem Weg zum Flugplatz bin ich furchtbar hibbelig und kann kaum still sitzen. Ich bin noch nie privat geflogen und komme mir ein bisschen wie Julia Roberts in Pretty Woman vor.

Von außen ist die Maschine schlank und futuristisch geschnitten, innen dominieren Leder und Holz. Trotz der geringen Größe finden rund zwölf Personen Platz. Es gibt sogar einen kleinen Konferenztisch sowie ein Mediazentrum.

Nachdem wir gestartet sind, geht Carter in eine Mini-Kitchenette und brüht Kaffee auf.

„Hast du keine Stewardess für so was?“

Schmunzelnd füllt er Bohnen in die Maschine.

„Die Ladys heißen Flugbegleiterinnen, und ja, normalerweise ist das ihr Job. Aber auf Kurzstreckenflügen verzichte ich auf unnötiges Personal und helfe mir selbst."

Er zwinkert mir zu, dann öffnet er auf der Suche nach Tassen einige Fächer. Ich beschließe ihn seiner Aufgabe zu überlassen und gehe zurück in den Innenraum.

Im Fernsehen laufen Nachrichten, also mache ich es mir in einem der wuchtigen Ledersitze bequem. Ich höre nur mit halbem Ohr zu, bis Henrys Bild den Monitor füllt. Bei seinem Anblick macht mein Magen einen Flick-Flack. Ich kann mich nicht erinnern, wann ich das letzte Mal Nachrichten gesehen habe, darum stelle ich den Ton lauter. Ein kleines Update wird mich nicht umbringen, oder? Doch so viel Glück hab ich nicht.

Als ich den Text im Laufband unter dem Bild lese, fallen mir beinah die Augen aus. Zugegeben, ich habe mich schon ein bisschen gewundert, wieso der Angeklagte bei einem laufenden Mordverfahren frei rumläuft. Jetzt weiß ich warum. Henry steht nicht wegen Mordes vor Gericht, sondern wegen Nötigung, Körperverletzung und versuchter Vergewaltigung.

Ich kann praktisch spüren, wie das Blut aus meinem Gesicht weicht. Körperverletzung? Versuchter Vergewaltigung? Die Frau ist tot!

„Fuck, Maya, ist dir schlecht?" Carter kommt mit zwei Tassen in den Innenraum, die er auf den Konferenztisch stellt.

„Sag mir, dass das ein Witz ist", hauche ich und nicke zum Monitor.

Er wirkt verwirrt, während er von mir zum Fernseher sieht.

„Die machen ihm den Prozess wegen Nötigung?" Das letzte Wort kommt lauter raus als beabsichtigt.

Carter stößt den Atem aus und geht vor mir in die Hocke.

„Das wusstest du nicht?"

Ich schüttle den Kopf.

„Shit, Maya, es ist seit Wochen in den Nachrichten."

Darauf zucke ich mit den Schultern. „In Europa habe ich davon nichts mitbekommen und seit wir zurück sind habe ich so viel für die Uni zu tun. Dazu die Werbeaufträge …“ Plötzlich wird mir klar, warum Carter mich mit den ganzen Aufträgen versorgt hat. Er wollte mich ablenken.

„Verglichen mit dem, was er auf dem Kerbholz hat, sind das Kavaliersdelikte“, ich flüstere beinah. „Er darf nicht schon wieder davonkommen.“

Er flucht und fischt mich vom Sessel, als würde ich nichts wiegen. Dann setzt er sich auf die Couch an der Seitenwand, mit mir auf dem Schoß.

„Wie kann Avery mir das antun?“, flüstere ich ungläubig. „Wie kann er wollen, dass dieser Sadist freikommt?“

„Pssst, Prinzessin, so ist das nicht. Avery hat einen Plan.“

„Das sehe ich!“, schnappe ich und versuche aufzustehen, doch Carters Arme legen sich wie Taue um meinen bebenden Körper.

„Ich kann verstehen, dass du an ihm zweifelst“, flüstert er an meinem Ohr. „Aber vertraust du mir?“

Mein ganzer Körper erstarrt, ich glaube sogar, dass ich die Luft anhalte. Ob ich ihm vertraue? Langsam hebe ich den Kopf und begegne seinen gelbgoldenen Augen, die meinen Blick ruhig erwidern.

„Ja“, wispere ich und lege eine Hand auf seine Wange. Ich würde diesem Mann jederzeit mein Leben anvertrauen.

Er nickt und wirkt erleichtert. Die Spannung weicht aus seinen Schultern und seine Muskeln werden weicher.

„Das ist gut“, sagt er leise und streicht mir eine Strähne hinters Ohr. „Avery und ich arbeiten an einer Strategie. Selbst wenn Henry am Ende wie Al Capone wegen Steuerbetrug verurteilt wird – wenn wir mit ihm fertig sind, sitzt der Typ für eine lange Zeit im Knast.“

Nachdem er das gesagt hat, entspanne ich mich ein wenig und nehme einen tiefen Atemzug.

„Ich werde mir nie verzeihen, dass ich ihn nicht weggesperrt habe, als ich die Gelegenheit dazu hatte."

„Du warst siebzehn und hattest keine Verbündeten." Er küsst die empfindsame Stelle unter meinem Ohr. „Heute bist du nicht mehr allein. Du hast Freunde und einen einflussreichen Vater …"

„Was hat Allister damit zu tun?", unterbreche ich ihn.

„Glaubst du, er sieht tatenlos dabei zu, wie der Peiniger seiner Tochter das Gerichtsgebäude als freier Mann verlässt?"

„W-weiß er etwa, dass Henry mich …" Ich schlucke. „Was er getan hat?"

Carter fährt sich mit einer Hand durchs Haar, ein Zeichen, dass er frustriert ist.

„Nachdem er von deiner Existenz erfuhr, hat er alles unternommen, um deinen Weg zurückzuverfolgen. Es war eine Frage der Zeit, wann er bei den Cops in Hartford landet."

„Mist", sage ich leise und setze mich in seinem Arm auf. Das Schlimmste daran ein Opfer zu sein ist die Demütigung. Dass einem die Würde geraubt wurde und die Täter davongekommen sind.

„Hey", sagt er sanft und zieht mich zurück an seine Brust. „Er hat die Akten verschwinden und den Fall aus dem Rechner löschen lassen. Dein Vater ist reich, vergiss das nie. Er wird alles tun, dich zu schützen."

Er küsst meinen Scheitel und streicht mit der freien Hand über meinen Rücken. „So oder so werden Henry und seine Cousins bezahlen."

„Versprochen?" Meine Stimme ist kaum mehr als ein Wispern, ich bin überrascht, dass er mich überhaupt gehört hat.

„Darauf hast du mein Wort."

Er drückt mich an sich und wiegt mich wie ein Kind. Genauso fühle ich mich in diesem Augenblick. Es ist nicht fair, ihm das aufzubürden. Das Herstellen der Gerechtigkeit, um genau zu sein, etwas, zu dem ich acht Jahre zuvor nicht in der Lage war. Doch er hat Recht. Damals hatte ich mächtige Feinde und keine Verbündeten. Meine Mutter und ich waren allein gegen ein Justizsystem, das von Korruption zerfressen ist. Heute habe ich Carter, und wenn es jemandem gelingen kann, dann ihm.

Da ich das Gefühl habe, meine Freunde eine kleine Ewigkeit nicht gesehen zu haben, lade ich Amy und Mary-Ann Mittwochabend zu einem Mädelsabend ein. Ich kenne Amys Schichten im Parkers, deswegen weiß ich, dass sie nicht arbeiten muss. Am Telefon klingt sie wie ein Teenager, der erfahren hat, dass er am Wochenende sturmfreie Bude hat. „Pyjamaparty!“, ruft sie und verspricht, Annie zu informieren. Die beiden scheinen sich in den letzten Wochen nähergekommen zu sein. Kein Wunder, seit ich aus Europa zurück bin, bin ich entweder an der Uni oder bei Carter. Außerdem arbeite ich deutlich mehr. Entweder jette ich zu einem Fototermin oder ich sitze in meinem Atelier und male.

Kaum habe ich die Lasagne in den Ofen geschoben, klingelt es an der Tür. Ich hatte gehofft, dass Amy ein bisschen früher kommt, damit wir ein paar Minuten für uns haben. Irgendwie scheint sie nur noch im Doppelpack mit Annie aufzutreten, heute ist keine Ausnahme. Nicht, dass ich Annie nicht mag, aber ich vermisse meine beste Freundin.

Auf der anderen Seite kann ich ihr keinen Vorwurf machen. Seit ich im Parkers gekündigt habe sehen wir uns immer seltener. Annie dagegen hat Zeit und die beiden haben sich auf Anhieb verstanden.

Eifersüchtig, ich? Innerlich schüttle ich den Kopf und bereite die Drinks. Gin Tonic für Amy und einen Martini für Annie. Da ich etwas Stärkeres brauche, verzichte auf meinen obligatorischen Latte und mixe mir einen Manhattan Dry. Carter ist seit zwei Tagen unterwegs, und ich fühle deswegen einen lächerlich schmerzhaften Stich in meiner Brust. Ich habe mich so daran gewöhnt, dass er immer da ist, dass mich die Nachricht seiner Abwesenheit kalt erwischt hat.

Während ich die Gläser verteile, schiebt Amy eine DVD in den Player.

„Was hast du mitgebracht?"

„Den wirst du lieben!" Amy klatscht in die Hände und erhebt das Glas. So aufgekratzt habe ich sie schon lange nicht mehr erlebt. Ihre Augen strahlen und sie lächelt, seit sie mein Appartement betreten hat. Der dunkle Pagenschnitt steht ihr gut. Er rahmt ihr herzförmiges Gesicht ein und betont den kleinen rosa Kussmund und die grüngrauen Augen.

„Auf einen schönen Abend!", sagt sie, und wir stoßen lachend an.

Annie hat sich ebenfalls verändert. Ich kenne sie nicht so gut wie Amy, aber als ich sie die letzten Male gesehen habe, hatte sie immer etwas Melancholisches an sich. Kein Wunder. Als Tochter von Senator Edwards hat sie nicht viel zu lachen. Im Gegensatz zu ihrem Bruder Blake steht sie zudem im Fokus der Öffentlichkeit und taucht regelmäßig in den Klatschblättern auf. Dass sie mit Avery befreundet ist, macht es nicht besser. Die Presse liebt es, die beiden als Paar darzustellen und spekuliert offen über deren on- und off-Beziehung.

Sollte herauskommen, dass Annie nicht auf Männer steht, wäre ihr Vater das geringste Problem. Sie würde die Schlagzeilen der Bostoner Yellow Press füttern und wäre von der Gesellschaft, die sie heute noch feierte, als Outcast ausgeschlossen. Sie wäre auf sich allein gestellt, denn ob Avery dann noch zu ihr stehen würde ist fraglich.

Heute ist von Traurigkeit allerdings keine Spur. Ihre saphirblauen Augen spiegeln Amys Leuchten, ein Lächeln umspielt ihre Lippen.

Annie hat mich immer an eine kleinere Audrey Hepburn-Version erinnert. Ihre schlanke Gestalt hat etwas Elfenhaftes, ein Fakt, der durch die blasse Haut unterstrichen wird. Sie redet sogar wie Audrey, oder besser, wie Holly Golightly in Frühstück bei Tiffany.

Den Film, Glauben ist alles, mit Ben Stiller und Edward Norton, kenne ich nicht. Dabei geht es um zwei Typen, die sich in dasselbe Mädchen verlieben. Natürlich ist es nicht hilfreich, dass sich die beiden wie Brüder nahestehen.

Als ich meiner besten Freundin ungefähr in der Mitte des Streifens böse Blicke zuwerfe, setzt sie ein zuckersüßes Lächeln auf und zwinkert mir zu. Amy liebt das Avery-Carter Drama, inklusive der Tatsache, dass ich einen Hottie durch den anderen ausgetauscht habe – ihre Worte, nicht meine.

Da Amy seit Jahren ein Avery-Groupie ist, wundert mich ihre Einstellung. Möglicherweise denkt sie aber auch darüber nach, sich Avery als Ersatz anzubieten. Obwohl … wenn ich darüber nachdenke, redet sie kaum noch über ihn – oder über ihre Dates, wo ich schon dabei bin. Haben wir uns so weit voneinander entfernt, dass sie das Gefühl hat, sich mir nicht mehr anvertrauen zu können?

Bei dem Gedanken zieht sich mein Herz zusammen. Höchste Zeit, dass ich wieder etwas mit Amy unternehme – und zwar nur mit ihr.

Der Film ist wirklich lustig und verkürzt uns die Wartezeit auf das Essen.

„Also“, beginnt Amy und schneidet ein Stück Lasagne ab, „ich hätte Edward Norton genommen, und ihr?“

„Warum ausgerechnet Norton?“, frage ich und nippe an meinem dritten Manhattan.

„Ich bitte dich!“ Amy kräuselt die Nase. „Ben Stiller hat Angst vor seiner Mama und steht deswegen nicht zur

Liebe seines Lebens? So jemand könnte mir im Mondschein begegnen!"

„Na ja, aber er hatte einen guten Grund. Sein Bruder hat das falsche Mädchen geheiratet und ..."

„Pah, von wegen falsch, die beiden sind glücklich! Seine Mutter ist bloß eingeschnappt, weil das Mädel einen anderen Glauben hat."

„Warum konvertieren eigentlich immer Frauen?", wirft Annie ein. „Kann nicht einmal ein Mann seinen Glauben für die Liebe seines Lebens aufgeben?" Sie schluckt ein Stück Pasta. „Ich meine, habt ihr im richtigen Leben schon mal so etwas gehört? Immer sind es die Frauen, die sich anpassen."

„Darauf hebe ich das Glas", sagt Amy und prostet Annie zu. Statt den Toast zu erwidern sacken Annies Schultern herab und sie dreht das Gesicht zur Seite. Nicht schnell genug, ich habe die Tränen in ihren Augen schimmern sehen.

„Warum müssen wir immer klein beigeben?", flüstert sie. Dann bedeckt sie das Gesicht mit den Händen und schluchzt bitterlich.

Amy sieht geschockt aus und ich bin für einen Augenblick wie gelähmt. Gerade noch strahlen ihre Augen, im nächsten Moment bricht sie weinend zusammen. Als ich Anstalten mache, mich zu ihr zu hocken, ist Amy bei ihr, nimmt sie in den Arm und flüstert beruhigend auf sie ein. Und dann küsst sie ihre Freundin. Aber nicht, wie ich Amy küssen würde. Das ist kein Schmatzer oder so was. Sie ist zärtlicher, küsst Annies Stirn, ihre Lider und zum Schluss den Mund.

Und endlich fällt bei mir der Groschen. Amy und Annie – wie konnte ich so blind sein?

„Ist gut, Honey, das wird schon", wispert Amy und wiegt ihre Freundin.

„Ich kann das nicht mehr", schluchzt Annie. „Ich muss endlich mein Leben leben. Ich will mich nicht länger verstecken!“

„Das musst du auch nicht. Du kannst zu mir ziehen, und deinem alten Herrn den Stinkefinger zeigen. Was kann er schon machen?“

„Hast du nicht zugehört, als ich von ihm erzählt habe?“, ruft Annie aufgebracht. „Er wird dein Leben zerstören, darin ist er ein Experte!“

Da kann ich ihr nur lebhaft beipflichten. Edwards ist ein Ass auf dem Gebiet das Leben derer zu ruinieren, die ihm im Weg stehen.

Insgeheim frage ich mich, wann das mit Amy und Edwards Tochter angefangen hat. Als ich in Europa war oder danach? Es ist sonderbar sie Arm in Arm zu sehen, aber auch … rührend.

„Er kontrolliert einfach alles, selbst wann ich nach Hause komme.“

„Dann zieh zu mir, ich habe keine Angst vor ihm.“

„Das solltest du aber. Er lässt jemanden bei dir einbrechen und irgendeine Sauerei hinterlassen, damit man später Drogen oder sonst was Belastendes bei dir findet.“

Während die beiden das Für und Wider eines Aufstandes gegen Edwards diskutieren, gehe ich in mein Schlafzimmer. Einerseits, um ihnen einen Moment allein zu geben, zum anderen habe ich eine Idee. Ich öffne die untere Schublade meiner Nachttischkommode und krame einen Schlüssel hervor und einen Zettel mit dem Passwort der Alarmanlage. Beides passt zu einem Penthouse in der Innenstadt, das Avery mir zu unserer Verlobung gekauft hat, nachdem mein Appartement abgebrannt war.

Ich wollte ihm die Schlüssel schon lange zurückgeben, doch bisher haben wir uns nur einmal flüchtig gesehen, und der Postweg kommt mir unpassend vor. Ich hatte gehofft, dass wir uns aussprechen würden, hoffe es immer noch. Bis dahin habe ich eine bessere Verwendung für die Wohnung, die seit Monaten leersteht.

Als ich zurück ins Wohnzimmer komme, liegt Annies

Kopf in Amys Schoß, die ihrer Freundin über das schwarze Haar streicht.

„… wirst sehen, es renkt sich alles ein."

Annie setzt sich auf, als ich zurückkomme. „Das tut mir so leid, Maya."

Amy ergreift ihre Hand. „Ich wollte es dir schon lange sagen, aber Annie hatte Angst …" Sie beendet den Satz nicht, sondern sieht zu ihrer Freundin.

„Ich habe befürchtet, dass das zu viel für dich ist, bei all dem, was gerade los ist. Avery, die Trennung und dann der Prozess."

Wo sie recht hatte …

„Ich freue mich für euch", sage ich und meine es auch. „Ich bin überrascht, aber auch ein wenig enttäuscht, glaube ich. Ich meine, es gab so viele Hinweise und ich habe überhaupt nicht geschaltet. Ich bin so mit meinen eigenen Dramen beschäftigt, dass ich meine beste Freundin aus den Augen verloren habe."

„Oooohhhh", macht Amy, krabbelt zu mir und nimmt mich in den Arm. „Wir werden immer Freundinnen bleiben, daran ändert meine Beziehung mit Annie nichts."

„Ich hätte für dich da sein sollen.", sage ich leise und erwidere ihre Umarmung. „Für euch", ergänze ich und strecke die Hand nach Annie aus, die sich nicht zweimal bitten lässt, und in unseren Kreis rutscht.

„Lasst uns hier und heute versprechen immer füreinander da zu sein", sagt Amy und drückt meine Hand.

„Abgemacht!" Ich zögere keine Sekunde.

„Versprochen!" Das kommt von Annie.

Amy beugt sich zum Tisch und verteilt unsere Drinks.

„Darauf müssen wir anstoßen!"

„Einer für alle, alle für einen!", sage ich. Unsere Gläser klirren leise, als wir die Ränder zusammenstoßen. Amy und Annie stürzen ihren Drink herunter und ich tue es ihnen nach. Danach werfe ich den Schlüssel in Amys Glas und gebe Annie den Sicherheitscode.

„Der passt zu einer Luxuswohnung am Atlantic Avenue in der Nähe des Christopher Columbus Park. Es ist das Penthouse in der obersten Etage.“

Als mich die beiden mit leerem Blick anstarren, ergänze ich: „Die Wohnung hat Avery mir besorgt, niemand sonst weiß davon, auch Edwards nicht. Wenn ihr mal einen Raum für euch braucht oder einfach untertauchen wollt, geht dorthin. Ich sage dem Concierge Bescheid, dann sollte es keine Probleme geben.“

Amy erholt sich als Erste. Mit einem Schrei springt sie vor, und hüllt mich in eine Bärenumarmung.

„O mein Gott!“

„Wow.“ Das kommt von Annie. „Brauchst du die Wohnung nicht selbst?“

Ich zucke die Achseln, oder versuche es zumindest mit Amy an meinem Hals. „Ich lebe hier. Und, na ja, Allister hat ein Haus in Back Bay. Da kann ich jederzeit abtauchen, sollte mir mal die Decke auf den Kopf fallen. Er kommt nur jedes zweite Wochenende, von daher habe ich dort meine Ruhe.“

„Das ist so, so … wundervoll!“ Annie schenkt mir ein Audrey-Lächeln. Sie zieht Amy von mir und die zwei fallen sich in die Arme.

„Jetzt verratet mir mal, wann das mit euch passiert ist“, wechsle ich das Thema. Ich möchte keinen Dank für etwas, das Avery gebührt. Immerhin ist das seine Wohnung, und Annie ist seine älteste Freundin. Warum er ihr nicht hilft, ist mir schleierhaft. Wahrscheinlich weiß er nicht mal von ihrer Misere mit dem Prozess an der Backe und Henrys Vater im Nacken.

„Im Goodlife, auf der Dirty Dancing Fete“, platzt es aus Amy heraus. Ich habe den Eindruck, dass sie darauf brennt, mir die Geschichte zu erzählen. „Nachdem wir die halbe Nacht getanzt hatten, haben wir uns für den nächsten Tag im Estate verabredet …“

„Da war Dirty Laundry-Party“, fällt Annie ihr ins Wort.

„Im Gegensatz zu Amy hatte ich keine Ahnung, was das bedeutet!“ Die wirft ihr einen gespielt vorwurfsvollen Blick zu, der Annie auflachen lässt.

Wir waren letztes Jahr auf so einer Party im *Estate*. Ziel der Veranstaltung ist es, dass sich die Gäste von so vielen Klamotten wie möglich trennen, die sie in einen gigantischen Wäschekorb werfen. Ab zwei Uhr werden die Sachen versteigert. Die Sieger gewinnen einen Slowdance mit dem Besitzer.

„Annie hat eine Mörderkohle für meine Bluse geboten, und danach …“ sie hebt die Schultern, „kam eines zum anderen.“

„Mörderkohle?“, hake ich nach.

Amy seufzt und sieht Annie mit diesem Welpenblick an, den nur Frischverliebte hinbekommen.

„Fünfhundert Dollar! Dabei habe ich keine dreißig Mäuse dafür bezahlt.“

„Ein angemessener Preis für einen Slowdance mit dir“, sagt Annie, mit Herzchen in den Augen. „Du sahst so sexy aus in deinem pinkfarbenen BH“, fügt sie hinzu, beugt sich vor und küsst Amy. Es ist eine kurze Berührung ihrer Lippen, dennoch strahlt Amy wie ein Honigkuchenpferd. Wären die beiden nicht so süß, müsste ich lachen.

11

Als ich zwei Tage später von der Uni nach Hause gehe wartet eine dunkle Limousine am Eingangstor. Im ersten Augenblick denke ich es ist Jim, Averys Fahrer. Doch ein Fremder steigt aus und öffnet die Tür zum Fond. Dort sitzt … ich blinzle zwei Mal, um sicherzugehen, dass ich richtig sehe, Senator Edwards. Echt jetzt?

„Steigen Sie in den Wagen!"

Ja, klar. Schnaubend gehe ich weiter und ignoriere ihn, während ich mich auf den Weg zur U-Bahn mache. Das Herz pocht mir bis zum Hals. Dabei ist es nicht hilfreich, dass ich eine Tür zuschlagen höre und Schritte hinter mir ausmache. Einen Moment später ist Edwards an meiner Seite. Ich glaub's nicht.

„Verschwinden Sie!"

„Hören Sie, Maya, es tut mir leid."

Wie war das? Ich bleibe abrupt stehen und drehe mich ungläubig zu ihm. Edwards ist ein hagerer Mann Anfang sechzig mit schneeweißem Haar und aufmerksamen, blauen Augen, hinter denen eine lebhafte Intelligenz lauert. Man sollte nie den Fehler begehen, ihn zu unterschätzen, das ist mal klar.

„Es tut Ihnen leid?"

„Aber ja doch, glauben Sie mir."

„Was genau? Dass Sie mich bespitzelt haben?"

„Das war sicherlich keine gute Idee …"

„Oder versucht haben mich zu erpressen?"

„Darüber wollte ich auch mit Ihnen reden …"

„Oder dass Sie meine Wohnung und all meine Erinnerungsstücke zerstört, und anschließend meine Beziehung mit Avery ruiniert haben?"

„Das Thema liegt mir besonders am Herzen …"

Mann, der hat vielleicht Nerven. „Und ich bin nicht mal zu der Stelle mit der Autobombe gekommen!"

„Sie verstehen das nicht …"

„Was gibt es daran nicht zu verstehen!“, schnappe ich. Niemand muss mir sagen, dass mein Gesicht die Farbe reifer Tomaten angenommen hat, ich spüre die Hitze, die von mir ausgeht.

„Hören Sie, ich versuche wirklich, mich bei Ihnen zu entschuldigen.“

„Wozu?“ Ich schreie ihm das Wort ins Gesicht. „Sie haben mir alles genommen, das mir wichtig ist, was wollen Sie noch?“

„Ich habe in bester Absicht gehandelt.“

Ich glaub’s nicht.

„Sie haben so gehandelt, um Ihre Interessen zu wahren“, gebe ich bitter zurück.

Edwards hebt defensiv beide Hände. „Wenn Sie mir fünf Minuten zuhören würden, werde ich es Ihnen erklären. Ich bin durchaus bereit Fehler einzuräumen, aber ich hatte wirklich keine Ahnung, wie sehr Avery an Ihnen hängt.“

An mir hängt? „Er ist kein Hund!“

„Ihre Empfindlichkeiten sind völlig fehl am Platz, hier geht es weder um Sie noch um Avery!“, fährt er mich an. „Ich kenne diesen Jungen mein ganzes Leben, er ist der geborene Führer. Bevor er Sie getroffen hat, hatte er eine politische Zukunft vor sich. Er hat sein Leben seinem Amt gewidmet, aber mit Ihnen an seiner Seite wäre seine Karriere zu Ende gewesen bevor sie begonnen hätte.“

„Averys Zukunft ist allein seine Sache, nicht Ihre!“ Ich trete auf ihn zu, den Zeigefinger wie eine Waffe ausgestreckt. „Und Sie kennen ihn kein bisschen. Sie haben ihn dressiert, ihn Ämter wie einen Knochen apportieren lassen, nicht seinetwegen, sondern damit er Ihnen den Steigbügel ins Präsidentenamt hält. Dabei haben Sie eine Sache übersehen. Er war nie scharf darauf Gouverneur von Massachusetts zu werden. Er liebt seinen Anwaltsjob mit Leib und Seele. Würden Sie sich für ihn interessieren, wüssten Sie das!“

Jetzt ist er derjenige, der rot anläuft.

„Sie halten sich für so schlau, glauben ihn durchschaut zu haben. Dabei wissen Sie nichts von seiner Familie, woher er kommt und wozu er bestimmt ist. Avery weiß nicht was er will. Er ist Anwalt, weil ich ihm gesagt habe, dass er Jura studieren soll. Heute liebt er es, und genau so ist es mit der Politik. Er hat eine blendende Zukunft vor sich, und sobald er bereit für den nächsten Schritt ist, wird er ihn gehen."

„Wenn Sie das so genau wissen, was wollen Sie dann von mir?"

Edwards versenkt die Hände in die Taschen seines Jacketts und läuft vor mir auf und ab.

„Avery ist nicht mehr der Selbe", beginnt er leise. Er klingt frustriert. „Hätte ich geahnt, dass es ihm mit Ihnen ernst ist, hätte ich mit Ihnen gearbeitet, Sie in seine Karriere eingebaut." Er schüttelt den Kopf. „Vor Ihnen hatte er nie eine ernsthafte Beziehung, woher sollte ich wissen, dass es diesmal anders ist?", murmelt er mehr zu sich als zu mir.

„Das konnten Sie nicht, weil Sie ihn nicht kennen."

„Ich weiß genau, wer er ist." Er richtet seinen Adlerblick auf mich. „Wie viel Zeit haben Sie mit ihm verbracht? Wie oft haben Sie geredet, sich das Herz ausgeschüttet?"

Mein Gesichtsausdruck verrät mich.

„Das habe ich mir gedacht."

Ich halte ihm zugute, dass er nicht triumphierend klingt. Avery und ich haben so gut wie nie geredet, alles was wir hatten war wilder, harter Monkeysex.

„Astor Cunningham hatte nur einen Sohn, seinen Erben, der in seine Fußstapfen treten sollte."

Als ich darauf eine Braue hebe, wirft er die Hände in die Höhe. „Einen legitimen Sohn. Den anderen konnte er kaum in die Gesellschaft einführen." Er schüttelt den Kopf und wirkt mit einem Mal gedankenverloren. „Zugegeben, er war ein strenger Vater, doch das hat Avery bestens auf das Leben vorbereitet."

„Er hat ihn geschlagen." Krankenhausreif geprügelt, um präzise zu sein. Das weiß ich von Annie, die ihn mehr als einmal wieder zusammengeflickt hat.

„Ihn zu disziplinieren hat ihm keine Freude bereitet, das können Sie mir glauben. Außerdem hat es Averys Widerstandskraft gestärkt."

Diesmal ziehen sich meine Brauen fragend zusammen. „Wie sollten ihn Schläge abhärten?"

Er macht eine wegwischende Handbewegung. „Das war nur Firlefanz. Ich rede von den kalten Bädern und den Tagen in Dunkelheit."

Mein Hals wird eng, und ich schlucke einen Kloß hinunter.

„Kalte Bäder?"

„Na ja, meine Idee war das nicht. Aber Astor glaubte wohl, ein eiskaltes Bad vor dem Schlafengehen fördert die Gesundheit."

O Gott.

„Und warum hat er ihn im Dunkeln eingesperrt?"

„Wie kommen Sie darauf, dass er eingesperrt war? Die Tür war nicht verschlossen. Das war eine Willensfrage, um seine Entschlusskraft zu stärken."

„Wie das?" Langsam wird mir schlecht.

„Nun ja, er hätte den Keller verlassen können, allerdings hätte er dann kein Essen bekommen. Er musste eine Entscheidung treffen, und das hat er getan."

„Wo war seine Mutter?" Meine Stimme ist kaum mehr als ein Flüstern.

Edwards hebt die Schultern. „Die Erziehung des Jungen hat sie dem Vater überlassen. Bei einem Mädchen wäre die Sache anders gewesen, aber so …" Abermals zuckt er mit den Schultern.

Erziehung nennt er das? Für mich klingt das nach Misshandlung in Kombination mit Psychoterror. Wie hat

Avery das überlebt ohne den Verstand zu verlieren?

Schläge, Eisbäder, Tage in einem dunklen Keller, vermutlich ohne Wärme. Dazu Essensentzug und wer weiß was sonst noch. Und seine Mom hat dabei zugeschaut? Obwohl wegsehen in diesem Fall passender ist.

„Genug davon, das ist lange her und nicht von Belang."

Vielleicht nicht für ihn.

„Kommen wir zu Ihnen, Maya. Ich könnte Ihnen ein neues Image verschaffen, Sie auf die Cover von Hochglanzmagazinen bringen. Damit würden Sie die Aufmerksamkeit bekommen, die Sie verdient haben. Das ist es doch, was Sie wollen, oder?"

O Mann, glaubt er wirklich, ich wäre eine Medienhure, die es darauf anlegt, abgelichtet und durch die Presse genudelt zu werden? Hat er in den letzten Monaten nichts dazugelernt?

„Sie haben keine Ahnung wer ich bin und was ich will", beginne ich um Beherrschung bemüht, „Ich arbeite, um mein Kunststudium zu finanzieren und Erfahrung zu sammeln." Davon abgesehen ist es wichtig für mich auf eigenen Beinen zu stehen, aber das werde ich ihm nicht auf die Nase binden. Mag sein, dass ich Dank der Kohle meines Vaters plötzlich reich bin. Deswegen möchte ich aber nicht das Gefühl von Selbstbestimmung verlieren. Das Wissen, dass ich auf eigenen Beinen stehe und meinen Weg gehe.

Ich habe nichts gegen Allisters Unterstützung und ich sage auch zu Carters Jobvermittlung nicht Nein. Aber am Ende bin ich diejenige, die sich stundenlang am Set verrenkt, lächelt und sexy aussieht, um das Produkt zu verkaufen. Das nimmt mir niemand ab, das möchte ich auch nicht.

Ich lege den Kopf schräg und mustere ihn.

„Woher kommt der plötzliche Meinungsumschwung?" Averys Glück ist ihm schnurzegal, meines sowieso.

„Wie gesagt, Avery ist nicht mehr der Selbe. Er hat seinen Biss verloren, ist nicht so konzentriert wie früher – er macht Fehler."

Ah, daher weht der Wind. Sein Lieblingswelpe ist aufsässig und beißt die Hand die ihn füttert. Zumindest sah Edwards das so.

„Und jetzt brauchen Sie mich, um ihn zurück ins Glied zu pfeifen?"

„So würde ich das nicht formulieren, aber … ja."

Das sind ja mal Neuigkeiten. Ich hatte keine Ahnung, dass Avery sich aus Edwards Klammergriff gelöst hat.

„Er gerät außer Kontrolle und ist dabei seinen ersten Fall zu verlieren."

Was denn für einen Fall? Was kann Henry bei einer Verurteilung schon passieren, ein Strafzettel und ein Klaps auf die Finger?

„Nur damit ich das richtig verstehe: Erst bekämpfen Sie mich bis aufs Blut und zerstören meine Beziehung und nun erwarten Sie von mir, dass ich Ihnen helfe, Ihren Musterschüler einzunorden?" Ich lache auf, doch es klingt humorlos. „Wollen Sie meine Antwort sofort?"

Edwards schüttelt den Kopf, wie ein enttäuschter Vater.

„Sie müssen lernen, Privates von Geschäftlichem zu trennen. Es ist nichts Persönliches."

„Vielleicht nicht für Sie!" Also ehrlich, geht's noch?

„Nur mal aus Neugier: Warum glauben Sie, dass ich darauf eingehen würde?"

„Weil ich Henry an die Leine nehmen werde. Sie hätten nichts mehr von ihm zu befürchten, darauf gebe ich Ihnen mein Wort."

„Wie großzügig von Ihnen. Aber haben Sie eben nicht selbst gesagt, dass Avery dabei ist, den Fall zu verlieren?"

„Vielleicht, möglicherweise gewinnt er ihn auch. Die Jury hasst Henry, aber sie liebt Avery." Er läuft vor mir auf und ab wie ein Professor, der vor seinen Studenten doziert.

„Sehen Sie, Maya, wir könnten alle von diesem Arrangement profitieren. Mit mir als Verbündeten müssten Sie sich nie wieder um Henry sorgen, und könnten ihren Platz in der Gesellschaft einnehmen ohne befürchten zu müssen, dass Sie jemand exponiert und die Affäre von damals an die Medien lanciert."

Hat er gerade meine Vergewaltigung eine Affäre genannt, und mir nebenbei gedroht, mich an die Presse zu verfüttern, falls ich nicht tue was er verlangt?

„Ich war minderjährig, die Akten sind unter Verschluss." „Wenn jemand gründlich sucht, ist das kein Hindernis."

Falls jemand tatsächlich nach Dreck suchen sollte, wird er ohnehin nichts finden. Laut Carter hat mein Dad die Unterlagen verschwinden lassen, und die Datenbank der lokalen Polizei … sagen wir mal, bereinigt. Aber das muss ich diesem Kotzbrocken nicht auf die Nase binden.

Der macht eine Handbewegung als würde er eine Fliege verscheuchen und baut sich vor mir auf.

„Stellen Sie sich den Skandal vor, wenn die Bilder von Ihnen mit gespreizten Beinen auftauchen würden." Er schüttelt bedauernd den Kopf. „Es würde mir keine Freude bereiten ihre Karriere als Werbeikone zu beenden, aber wenn Sie mir keine andere Wahl lassen …"

Der Rest seiner Drohungen geht im Hämmern meines Herzschlags unter. Die Polizeiakten sind eine Sache, die Bilder, die Henry und seine Cousins von mir aufgenommen haben, eine andere. Die Fotos sowie ein Film von mir während sich die drei über mich hermachen, sind nach wie vor im Umlauf. Dieser Fakt ist einer der Gründe, warum ich nie vollständig heilen kann. Solange da draußen Material von meinem Missbrauch im Umlauf ist, Aufnahmen, die mich zum Opfer machen, solange hält der Missbrauch an.

Dass Edwards mir damit droht, schlägt dem Fass den Boden aus. In meinen Ohren rauscht es, mein Körper bebt vor unterdrücktem Zorn. Unwillkürlich suchen meine Finger das goldene Medaillon um meinen Hals und umklammern es. Ich bilde mir ein, von dem herzförmigen Anhänger Kraft zu tanken. Wie immer funktioniert es.

„Hätten Sie sich aus meinem Leben rausgehalten, würde ich jetzt mein Hochzeitskleid aussuchen." Meine Stimme klingt so rau, wie sich mein Innerstes in diesem Augenblick anfühlt.

„Ich habe Ihnen nichts getan, war nie eine Gefahr für Sie. Dennoch haben Sie mich auf jede erdenkliche Weise beleidigt und verletzt. Halten Sie sich von mir fern, Senator, dieses Gespräch ist beendet."

Seine Hand schnellt vor und ergreift meinen Oberarm.

„Das Gespräch ist dann beendet, wenn ich es sage. Er beugt sich über mich und ist plötzlich viel zu nah.

„Ich werde dich zerstören Mädchen", flüstert er so dicht an meinem Ohr, dass ich seine Lippen spüren kann, „und als die Hure outen, die du bist."

Ich versuche mich aus seinem Griff zu lösen, doch obwohl er nicht muskulös ist, steckt eine ungeheure Kraft in ihm.

„Wenn du dachtest, Henry wäre ein Problem, kennst du mich schlecht. Er ist nur ein dummer Junge, ich dagegen weiß was ich tue."

Seine Nähe verursacht mir Übelkeit, ich will weg von ihm. Außerdem tut er mir weh. Für einen Betrachter muss es harmlos aussehen, ein älterer Herr, der sich mit einer Studentin unterhält. Der sich zu ihr beugt, um sie besser zu verstehen.

„Wenn ich mit dir fertig bin wird jeder wissen, dass du Abschaum bist." Er zieht mich näher zu sich und für einen schrecklichen Moment befürchte ich, dass er mich küssen will. „Dass du dich an Averys Bruder geworfen hast, als es mit ihm nicht geklappt hat. Dass du …"

Ich ziehe das Knie an und ramme es in seine Eier. Edwards jault auf und taumelt zurück. Dann tauchen plötzlich zwei Männer wie aus dem Nichts auf, einer stützt den Senator, der andere macht einen Schritt auf mich zu, bleibt dann jedoch abrupt stehen. Er scheint etwas über meiner Schulter zu sehen, zumindest ist sein Blick auf etwas hinter mir fixiert. Er tritt zurück, beide Hände in defensiver Pose erhoben.

Als ich mich umsehe entdecke ich einen kahlrasierten Hünen in schwarzen Klamotten in meinem Rücken. Er hat sich hinter mir aufgebaut und sieht aus, als würde er in seiner Freizeit Bäume ausreißen. Sein Blick ist grimmig, sein Kiefer wirkt, als würde er Steine kauen. Er hat Arme wie das Michelin-Männchen und einen Körper wie Hulk nach der Verwandlung. Fehlt nur noch die grüne Farbe.

Und dann erkenne ich ihn. Er gehörte zum Security-Team auf Logans Ausstellung. Außerdem hat er im Parkers das Sicherheitssystem installiert. Er und sein Doppelgänger, der in der offenen Fahrertür eines schwarzen SUV am Straßenrand steht, und Dolche in Richtung von Edwards Bodyguards starrt. Mann, der sieht echt angepisst aus. Kein Wunder, dass die Typen den stöhnenden Senator in die Limo verfrachten und Leine ziehen. Bei ihrem Anblick mache ich mich fast nass, und das, obwohl sie offensichtlich auf meiner Seite stehen.

Hulk hinter mir legt mir eine Hand in den Rücken und führt mich zum Fahrzeug. Ich zittere am ganzen Körper, Edwards hat es wieder mal geschafft, mich aus der Fassung zu bringen.

„W-erde ich überwacht?“, frage ich, nachdem Hulk mir in den Wagen hilft und zu mir auf die Rückbank rutscht.

„Der Boss ist in Connecticut“, das kommt vom Fahrer. „Hat uns beauftragt, dich im Auge zu behalten.“

„Carter ist gar nicht da?“ Keine Ahnung, warum ich so enttäuscht klinge. Ich hätte sonst was darum gegeben, in sein Penthouse zu fahren und mich an seine Brust zu werfen. Stattdessen lasse ich mich in mein Appartement bringen, bedanke mich bei den Michelin-Männchen, die

Lincoln und Rob heißen, und fülle meine Badewanne.

Obwohl mir das heiße Wasser guttut kann ich mich nicht entspannen. Edwards Drohungen spuken mir durch den Kopf und machen mich rastlos.

Was, wenn Henry freikommt? Carter hat gesagt, dass Avery einen Plan verfolgt, aber was passiert, wenn er scheitert? Wenn Henry freigesprochen wird, und mich noch einmal überfällt?

Ich habe keine Lust, für den Rest meines Lebens über meine Schulter zu blicken, aus Angst vor Henrys Rache. Er hat mein Leben einmal ruiniert, ich werde es ihm kein zweites Mal erlauben.

Selbst wenn das bedeutet, dass ich meine Freiheit verliere. Eher landet Henry mit einem Label am Zeh im Kühlhaus, als dass ich noch einmal ein Opfer bin. Dieses Versprechen habe ich mir in Europa gegeben, und das werde ich halten.

12

Carter hasste Vans. Dass er schon wieder in einem saß machte es nicht besser. Zähneknirschend setzte er die Kopfhörer auf und justiert die Einstellungen auf dem Mischpult vor sich. Die Minikamera funktionierte, die Audioverbindung ebenfalls. Gute Arbeit, Avery. Dabei hatte ihn Gouverneur Eastbrook nur zwei Minuten warten lassen.

„Du kommst laut und deutlich rüber", murmelte er ins Mikro.

Er lauschte dem Smalltalk von Gouverneur Eastbrook, der seinem Gast etwas zu trinken anbot.

„… ehrlich zu sein hat mich Ihr Anruf überrascht, Avery. Ich hätte nie gedacht, dass sie mit Senator Edwards nicht glücklich sind. Sie sind für ihn wie ein Sohn, müssen Sie wissen."

Carter schürzte die Lippen. Keine gute Einleitung, Eastbook. Avery hatte einen Vater, doch der hatte es vorgezogen, ihn regelmäßig zusammenzuschlagen.

„Möglicherweise ist dies das Problem."

„Ahhh", Eastbrook lachte. „Ich kenne Williams Hang, seine Kinder zu bevormunden."

„Die Kamera im Vorhang ist verrutscht", murmelte er ins Mikrofon. „Heb sie um zehn Grad an, sonst sehe ich bloß Eastbrooks Eier."

Avery wandte sich zum Fenster und stützte sich mit der Schulter am Rahmen ab. Eine Hand verschwand in den Falten des schweren Vorhangs und richtete die Kamera aus. Es sah aus, als würde er die Aussicht des Gartens genießen.

Als er sich zurückdrehte, füllte der alte Eastbrook den Monitor. Die Ähnlichkeit mit Henry war nicht zu übersehen: rotbraunes Haar mit weißen Einschlüssen, wässrige, blaue Augen und eine lange, gerade Nase, mit der er auf andere hinabsah. Er war etwas größer als Henry, dafür schmaler, was seinem Alter geschuldet war.

„Perfekt“, brummte Carter.

„Glauben Sie mir, Avery“, fährt er im Plauderton fort, „er meint es nur gut. William sieht in Menschen das Potential und versucht es aus ihnen rauszuholen. Dabei mag er manchmal etwas unsensibel vorgehen, aber seine Absichten sind die Besten.“

Fragte sich für wen.

„Ich hege keinen Groll gegen den Senator, im Gegenteil. Ich schätze seinen Rat und bin dankbar, ihn meinen Freund zu nennen …“

Carter beugte sich über das Mikro.

„Bruder, trag nicht so dick auf, der Typ ist kein Idiot.“

„Was nicht bedeutet, dass wir immer einer Meinung sind.“

„Wer ist das schon“, unterbrach der Gouverneur ihn und klopfte ihm auf die Schulter. „Darf ich fragen, ob es einen Anlass gab?“

Abermals wandte Avery sich ab und blickte aus dem Fenster. Die Pause war gut inszeniert, als hätte er Skrupel, sich Eastbrook gegenüber zu öffnen.

„Wenn es um Politik geht lasse ich mich gerne beraten. Im Privatleben dulde ich keine Einmischungen“, sagte er leise.

„Verstehe. Sie reden von dem Barmädchen.“

„Ihr Name ist Maya Alverez“, grollte Avery.

Jetzt ist Eastbrook derjenige, der sich wegdreht.

„Nicht zu fassen, dass Sie ausgerechnet diese Frau heiraten wollen“, murmelt er und füllt zwei Gläser mit einer goldenen Flüssigkeit.

„Wir haben uns getrennt, ein Fakt, den ich Edwards zu verdanken habe.“

„Bedauerlich“, sagt er und klingt kein bisschen bedauernd.

Wie von selbst ballte sich Carters Hand zur Faust. Dieser verlogene Wichser. Da sie bei Edwards in einer Sackgasse gelandet waren und ihnen die Zeit davonlief, nahmen sie sich nun dessen Partner vor. Walther Eastbrook stand ganz oben auf ihrer Liste, und Avery war einer der wenigen Menschen, der sich Zugang in Eastbrooks Büroräume verschaffen konnte, ohne Verdacht zu schöpfen. Darum stand er heute beim Gouverneur auf der Matte. Im Grunde war sein Job erledigt, die Wanzen waren installiert, die Kameras platziert. Blake hatte das Gleiche mit Edwards Räumen getan, jetzt mussten sie abwarten und aufmerksam sein.

Eastbrook und Edwards stellten die Hauptbedrohung für Mayas Sicherheit dar. Edwards würde nicht ruhen, bis er Avery wieder unter Kontrolle hatte, selbst wenn das bedeutete, Mayas Leben zu bedrohen. Wie weit er dabei ging, hatte die Autobombe in Mayas Pick-up gezeigt. Bei der Detonation wurde allerdings nicht Maya, sondern Henry verletzt.

Dieses Zwischenspiel hatte Henry Sympathiepunkte eingebracht und den Richter milde gestimmt. In der Presse wurden immer mehr Stimmen laut, dass die Demokraten Henry benutzten, die Republikanische Partei zu schwächen, allen voran Henrys Vater, Gouverneur Eastbrook, sowie den Vorsitzenden der Senatsfraktion, Senator Edwards.

Plötzlich war Henry das Opfer, und Alisha Jones Mittel zum Zweck.

Nur so konnte Carter sich erklären, warum die Anklage nach einem Shitstorm in der Presse derart lapidar ausgefallen war. Das, und Richter Mills, Edwards guter alter Weggefährte, der den Prozess leitete.

Zwei Stunden später öffnete sich die Schiebetür des Vans und Avery nahm neben ihm Platz.

„Er hat angebissen“, sagte Carter ohne sich umzuwenden. Vorsichtig drehte er den Monitor zu Avery. Eastbrook lief in seinem Arbeitszimmer auf und ab, das Telefon gegen sein Ohr gepresst.

„Ich war mir nicht sicher. Er hat meine Entscheidung zu schnell akzeptiert, sie nicht mal hinterfragt."

„Zuerst hat er mit dir gespielt und dir Knochen zugeworfen, um zu sehen, wie du reagierst. Am Ende hast du ihn überzeugt, dass du auf der Suche nach einem neuen Mentor bist." Er deutet auf ein zweites Paar Kopfhörer. „Er telefoniert gerade mit Edwards."

Fluchend schnappte sich Avery den Hörer.

„… hat tatsächlich vor, dich zu hintergehen."

Eine kurze Pause entstand.

„Dieser kleine Scheißkerl hat mir alles zu verdanken." Edwards klingt bitter.

„Du hättest ihm diese mexikanische Schlampe lassen sollen. Jeder Junge braucht sein Spielzeug."

„Marilyns sind fürs Bett, geheiratet werden Jackies!"

Carter schnaubte bei der Anspielung auf Kennedy und seine Affäre mit Marilyn Monroe.

„Er ist jung, er lernt es noch."

Abermals herrscht Stille.

„Willst du ihn austauschen?"

„Dazu ist es zu spät. Ich habe zu viel Zeit in ihn investiert, es dauert Jahre, bis ich einen neuen Kandidaten aufgebaut habe."

„Was ist mit diesem Jackson, dem Bezirksstaatsanwalt?"

„Dem fehlt Charisma. Außerdem vögelt er seit Jahren durch die Gemeinde, das ist zu riskant. Wenn sich seine Mätressen zu Wort melden, müssen sie Nummern ziehen." Edwards atmete tief durch. „Ich werde mir von Cunningham nicht die Butter vom Brot nehmen lassen."

„Kannst du das Mädchen nicht überzeugen, sich für unsere Sache einzusetzen?"

„Das habe ich versucht."

Eine Pause entstand.

„Und?", hakte Eastbrook nach.

„Dieses Miststück hat mir das Knie in die Eier gerammt. Dafür wird sie …“ Der Rest ging in Carters Prusten unter. Er hatte einen Schluck Kaffee genommen, und spuckte den Inhalt über das Mischpult. Avery sprang fluchend auf und sah sich nach einem Tuch um. Er fand eine Küchenrolle neben der Espressomaschine und trocknete das Pult, während er Carter auf den Rücken schlug.

„Hat sie dir nichts davon gesagt?“, fragte er, ein Grollen in der Stimme.

Carter schüttelte den Kopf. „Ich habe sie seit zwei Tagen nicht gesehen. Rob und Lincoln sind an ihr dran.“ Seine besten Männer. Wenn es zu einem Zwischenfall gekommen wäre, hätten sie sich bei ihm gemeldet. Das bedeutete, dass es kürzlich passiert sein musste. Während der Überwachungsaktion hatte er sein Handy abgestellt, das war vor drei Stunden gewesen.

Kein Wunder, dass Edwards so mies drauf war. Wenn sie ihm in die Kronjuwelen gekickt hatte lag er vermutlich mit einer Packung Eis zwischen den Beinen auf der Couch.

Carters Mundwinkel zuckten, er war verdammt stolz auf sein Mädchen. Andererseits … Wahrscheinlich hatte dieser Flachwichser ihr Angst eingejagt. Normalerweise verhielt sie sich defensiv und suchte ihr Heil in der Flucht. Bei dem Gedanken erlosch das Lächeln und sein Kiefer mahlte. Wenn alles andere versagte, würde er diesem Motherfucker eine neun Millimeter in den Mund stecken und es wie einen Selbstmord aussehen lassen.

Nachdem Avery das Mischpult trocken gelegt hatte, schnippte er mit zwei Fingern vor seiner Nase.

„Erde an Carter! Sie haben aufgelegt, du kannst die Aufnahme stoppen.“

Er schüttelte den Kopf und sah zu seinem Bruder.

„Dir ist klar, dass Edwards dir diesen Verrat niemals verzeihen wird.“

„Er ist mein geringstes Problem. Was ist mit Mayas Sicherheit? Kannst du dafür garantieren, bis wir dieses Dreckschwein überführt haben?“

Dreckschwein? Das waren ja ganz neue Töne.

„Ihre Sicherheit kannst du getrost mir überlassen. Was ihr zusetzt ist dein Schweigen. Du musst ihr sagen, dass du ihr nichts nachträgst.“ Aus ihm unerfindlichen Gründen fühlte sie sich schuldig.

„Ich weiß.“

„Auf ihre verdrehte Weise liebt sie dich noch immer. Sie braucht deine verfickte Absolution, um das Ganze abzuschließen. Um weiterzumachen.“

„Ich weiß!“

„Worauf zum Henker wartest du dann noch?“ Und dann dämmerte es ihm. Langsam lehnte er sich zurück und kreuzte die Arme vor der Brust. „Du selten dämlicher Wichser“, sagte er langsam und schüttelte den Kopf. „Du glaubst, du hättest noch eine Chance bei ihr.“

Das darauffolgende Schweigen sprach Bände.

„Bevor du noch einmal Hand an sie legst, werde ich sie dir brechen und zwar alle beide.“

Avery schloss die Augen und atmete tief ein.

„Ich weiß, dass ich sie nicht verdient habe“, flüsterte er.

Da konnte er ihm lebhaft beipflichten.

„Ich habe Edwards vertraut.“ Averys Stimme war leise. Da er nicht der Typ war, der anderen das Herz ausschüttete, verkniff Carter sich die beißende Bemerkung, die ihm auf der Zunge lag.

„Mir war klar, dass er kein Chorknabe ist, Politik ist ein schmutziges Geschäft.“ Er stieß den Atem aus und rubbelte sich mit einer Hand durchs Gesicht. „Ich dachte, mir gegenüber wäre er anders. Jahrelang war er mein Fels in der Brandung, wie konnte ich annehmen, dass er mich in so einer Sache derart hintergeht?“

Carter hatte seinen Bruder noch nie so gesehen. Er wirkte beinah wie ein kleiner Junge. Er nahm einen tiefen Atemzug und setzte sich auf.

„Edwards und der Alte haben mit dir gespielt." Er konnte sich bis heute nicht angewöhnen, seinen Vater beim Namen zu nennen. Astor Cunningham war ein Hurensohn, der seinesgleichen suchte. In gewisser Weise hatte er genau das getan, schließlich gehörten Senator Edwards und Walther Eastbrook zu seinen engsten Vertrauten. „Astor hat dich runtergemacht und Edwards hat dich wieder aufgebaut. Du warst wie ein Ping-Pong Ball für sie." Oder ein Hund, den sie dressierten, doch das sprach er nicht aus.

Zu seiner Überraschung nickte Avery. Wie es aussah war er von allein darauf gekommen. Kein Wunder. Wenn man erst mal die Scheuklappen ablegte und anfing zu graben, wurde man schnell fündig. Für die Leichen in Edwards Keller musste man ein Massengrab ausheben, das war mal sicher.

„Als Astor starb hat Eastbrook seinen Platz eingenommen."

„Ich verstehe immer noch nicht, warum."

„Für einen Anwalt bist du manchmal ziemlich schwer von Begriff."

Avery schüttelte den Kopf. „Sie hatten was sie wollten. Als Dad starb war ich bereits Anwalt, und habe ihre Leute rausgehauen. Warum haben sie mich nie eingeweiht? Ich wäre viel nützlicher gewesen, hätte ich gewusst, wer alles mit drinsteckt."

„Du musstest dich noch bewähren. Als Strafverteidiger warst du ihnen nützlich, zumal du ein verdammt guter Anwalt bist. Aber die Politik ist ein ganz anderes Spiel. Du bist jung und unabhängig, das passte ihnen nicht. Astors Vermögen hat dir eine Freiheit verschafft, die diese beiden sich hart erarbeiten mussten. Zudem bist du ungebunden, keine Frau, keine Familie. Womit sollen sie dich erpressen, falls du aus der Reihe tanzt?"

„Du bist meine Familie", gab er düster zurück.

„Mich hatten sie nie auf dem Radar. Ein Rowdy aus

dem Heim, den die Laune eines sterbenden Gauners zu einem reichen Mann gemacht hat. Neureich, schlimmer geht's nicht. Alles was ich hatte war Geld. Ansonsten war ich ohne Einfluss, Beziehungen und ohne Macht. In ihren Augen war ich ein Niemand."

„Und dann kam Maya."

Carter nickte. „Sie war Edwards Albtraum, die Komponente, die er nicht kontrollieren konnte. Zum ersten Mal hat er live und in Farbe erlebt was passiert, wenn du nicht nach seiner Pfeife tanzt. Es muss ihn schockiert haben, wie leicht sein Einfluss auf dich zu brechen war."

„Ich kann immer noch nicht fassen, dass er versucht hat, sie zu töten."

Und er konnte nicht fassen, wie lang Avery gebraucht hatte, Edwards Betrug zu erkennen.

„Ich werde diesen Motherfuckern einen Einlauf verpassen, den sie nicht vergessen werden." Averys stahlblauer Blick richtete sich auf ihn. „Jeder, der Maya Schaden zugefügt hat wird bezahlen." Er beugte sich vor, der Ausdruck sibirisch. „Ich werde sie aus ihrem Versteck aufstöbern und jagen. Danach werde ich mit ihnen spielen und sie wie einen Fisch ausnehmen." Mit Averys Stimme hätte man Glas schneiden können. So hatte er seinen Bruder noch nie erlebt.

Kurz dachte er an Zac, der wie vom Erdboden verschwunden war, verwarf den Gedanken jedoch wieder. Avery würde sich nicht die Hände schmutzig machen. Seine Waffe waren Worte, die er bei Gericht wie Pfeile auf seine Gegner schoss, bis sie in ihrer Blutlache lagen. Kaltblütiger Mord war eher nicht sein Ding.

Avery hatte eine Karriere vor sich, die würde er nicht durch eine unbedachte Tat zunichte machen. Carter war es gewohnt Müll zu entsorgen, Avery dagegen war ein unbeschriebenes Blatt. Zumindest hoffte er das.

Für mehrere Herzschläge war es totenstill.

„Lass uns zurück fliegen, unsere Arbeit ist getan", sagte

Carter nach einer gefühlten Ewigkeit.

Damit war das Maya-Thema jedoch nicht vom Tisch. Innerlich seufzte er. Im Grunde konnte er es seinem Bruder nicht verübeln, er würde Maya auch nicht aufgeben. Am Ende wäre es ihre Entscheidung, derzeit hatte er allerdings die Oberhand. Avery musste sich etwas einfallen lassen, sie nach der Nummer, die er abgezogen hatte, zurückzugewinnen.

Avery nickte und pochte zweimal gegen die Trennwand zum Fahrerhaus. Der Motor startete, und der Kleinbus setzte sich ruckelnd in Bewegung.

Zum Teufel, er hasste Vans.

~ * ~

Die restliche Woche ist stressig. Eine Woche nach der Konfrontation mit Edwards habe ich ein Probeshooting für Estée Lauder in New York. Carter begleitet mich, was irgendwie süß ist. Dass er seinen vollen Terminkalender meinetwegen umkrempelt, rührt mich mehr als ich sagen kann. Keine Ahnung, warum Jessica immer noch so freundlich zu mir ist, immerhin verbringt sie meinetwegen den Vormittag am Telefon, um Carters Meetings zu verschieben. Freitagmorgen fliegen wir los und verbringen ein aufregendes Wochenende im Waldorf Astoria. Die Aufnahmen laufen so gut, dass ich am Set einen Vorvertrag unterzeichne.

Auf dem Rückflug reden wir über mein Zusammentreffen mit Edwards, ein Thema, das ich lieber vermieden hätte. Aber Carter ist nicht Avery. Er geht die Dinge an und spricht darüber. Natürlich ist mir klar, dass er davon weiß, schließlich waren seine Leute dabei, die ihm Rede und Antwort stehen müssen. Aber allein bei dem Gedanken an die Begegnung bekomme ich einen Herzklabaster und möchte jemanden schlagen – vorzugsweise Edwards.

Wie immer ist es überraschend leicht mit Carter über

Unangenehmes zu reden, heute ist keine Ausnahme.

„Nimm es mir nicht übel, wenn Rob und Lincoln dich jetzt regelmäßig begleiten, zumindest bis der Prozess vorbei ist.“

„Was glaubst du, wie lange das dauern wird?“ Ich fädle meine Finger durch seine und lehne den Kopf gegen seine Schulter.

„Ich wünschte ich wüsste es.“ Er führt meine Hand an seine Lippen und küsst sie. „Die Parteien machen daraus ein Politikum und setzen das Gericht massiv unter Druck. Wochenlang konnten sie sich nicht mal auf die Anklage einigen. Der Staatsanwalt forderte einen Mordprozess, Henrys Anwälte hielten dagegen, dass das Mädchen gestorben ist, als Henry neun Bundesstaaten vom Fundort entfernt war. Am Ende haben sie sich durchgesetzt.“

Alisha Jones war im Krankenhaus ihren Verletzungen erlegen, nachdem sie in den Everglades von Henry und seinen Freunden zum Sterben abgelegt wurde. Dort hat sie ein Angler gefunden. Es grenzt an ein Wunder, dass sie noch lebte. Das Marschland, in dem sie gefunden wurde, ist nicht für seine Flamingos bekannt, sondern seine wachsende Alligatoren-Population.

„Henrys Anwälte fordern, dass die Jury entlassen wird, was wahrscheinlich in Henrys Sinn wäre.“

Als er meinen fragenden Blick sieht ergänzt er:

„Sie hassen Henry, und was er darstellt. Tatsächlich hätte er die Möglichkeit auf ein Geschworenengericht zu verzichten. In der Presse wird er als politischer Prellbock bezeichnet, doch in der Bevölkerung steht er wie ein Playboy da, der das Geld seines Vaters verprasst und Frauen wie Minzdrops behandelt. Wenn er den Geschmack an ihnen verliert, spuckt er sie aus und zieht weiter.

„Wären seine Chancen nicht besser, wenn eine Jury über ihn entscheidet, als ein einzelner Richter?“

„Nicht wenn der Richter Jonathan Mills heißt."

Mein Mund klappt auf. „Der Richter Mills?" Der Typ von Edwards Spendenparty?

Carter nickt und verzieht einen Mundwinkel. Yuck! Dieses Ekelpaket hat mich während des gesamten Dinners unterm Tisch begrabscht, während er mich oberhalb der Tischkante keines Blickes gewürdigt hat. Erst Carters Erscheinen hat mich von seiner Gegenwart befreit.

Nach diesem Abend hatten Avery und ich einen Riesenstreit, da er mich stundenlang ignoriert hat, während er mit seinen Kollegen über Politik, Anwaltskram und die Weltherrschaft diskutiert hat.

„Das sind ja tolle Aussichten", murmle ich in Carters Schulter, der mich an sich gezogen hat.

Pest oder Cholera, das ist hier die Frage.

In der darauffolgenden Woche bin ich guter Dinge. An der Uni läuft es gut, und ich habe sogar ein paar interessante Leute kennengelernt. Da ich älter als die meistern meiner Kommilitonen bin, konnte ich anfangs nicht viel mit meinen Mitstudenten anfangen. Die Meisten kommen frisch von der High School, während ich jahrelang gearbeitet habe. Mittlerweile verstehe ich mich jedoch mit ein paar Leuten ziemlich gut, was vermutlich daran liegt, dass wir Kunst studieren. Kreative, egal ob Bildhauer, Videokünstler oder Fotografen, liegen mir einfach. Von daher hat der Altersunterschied irgendwann keine Rolle mehr gespielt, zumal wir eine Tonne gemeinsamer Themen haben. Davon abgesehen ist mir im Moment jeder willkommen, der mich von Henry ablenkt.

Heute hat Estée Lauder meinen Vorschuss überwiesen, der sogar das Honorar für den Pirelli Kalender toppt. Deswegen bin ich in Bestlaune, als ich zwei Stufen auf einmal nehmend die Treppe zu meinem Appartement nehme. Vor der Tür zu meiner Wohnung steht ein Strauß roter Rosen. Mein erster Gedanke ist Carter, darum trage ich die Blumen mit einem breiten Grinsen in die Küche.

Als ich die Karte lese, setzt mein Herz einen Schlag aus.

Hi Sugarpie!

Dinner heute Abend? Möchte meinen Bullshit wieder gutmachen. Bitte sag Ja.

Acht Uhr im Loews, Suite 22.

Lasse Dich abholen.

xxx

Avery

Die anfängliche Freude schlägt in Entsetzen um. Avery lädt mich in sein Fuckpad zum Dinner ein? Und seit wann nennt er mich Sugarpie?

Nachdem ich meine Uni-Tasche auf die Couch geworfen habe, schalte ich die Espressomaschine an – ich brauche erst mal was Starkes. Während der Kaffee läuft, suche ich im Kühlschrank nach etwas Essbarem und finde Reste der Lasagne, mit der ich mich gestern Abend vollgestopft habe, yum! Das war bevor Carter überraschend aufgetaucht ist und mich die halbe Nacht durchs Bett gescheucht hat. Bei der Erinnerung stiehlt sich ein Lächeln in meine Züge und eine Gänsehaut überzieht meine Arme. Carter kann wild und leidenschaftlich sein, und im nächsten Moment ist er zärtlich und aufmerksam, als wäre ich das Zentrum des Universums.

Ich nippe an meiner Tasse und sehe der Lasagne dabei zu, wie sie sich in der Mikro im Kreis dreht.

Warum um alles in der Welt lädt Avery mich ohne Vorwarnung in seine Räuberhöhle ein? Er weiß genau, wie sehr mich die Vorstellung abstößt, dass er seine One-Night-Stands dort abgeschleppt hat. Ich muss nur an die Kostüme im Schrank denken und verschlucke mich am Espresso. Obwohl … Die Vorstellung, wie Carter mich übers Knie legt, er im Businessanzug, und ich mit nichts weiter als einer Korsage, String und Netzstrümpfen …

Hm.

Das Piepen der Mikrowelle reißt mich aus meiner Fantasie. Ich muss zugeben, der Gedanke hat was.

Carter hat mir mal gesteckt, dass seine Firma dort Kameras inklusive Mikros angebracht hat. Beides springt über Bewegungsmelder an. Anscheinend mag es Avery nicht nur hart, er sieht sich hinterher auch gerne an, wie er es seinen Bunnys besorgt. Diese Seite von ihm habe ich nicht kennengelernt, und um ehrlich zu sein ich kann ich mich nicht dazu durchringen, das zu bedauern.

In jedem Fall werde ich ihn um die Aufnahme unserer gemeinsamen Nacht bitten. Es existiert auch so genug Material über mich, das brauche ich nicht noch in bewegten Bildern, mit Avery in Aktion.

Warum er sich ausgerechnet dort mit mir treffen will ist mir schleierhaft. Zugegeben, der Ort garantiert Privatsphäre, etwas, das man in einem Restaurant vergeblich sucht. Gerade jetzt wäre es nicht gut, wenn wir zusammen gesehen werden. Falls die Presse Wind davon bekommt, dass er sich mit der Frau trifft, in deren Wagen ein Sprengsatz deponiert war, der seinen Mandanten schwer verletzt hat, sieht das vermutlich nicht so gut aus. Und in dieser Phase des Prozesses ist sein Stadthaus vermutlich belagert, da ergibt die Suite im Loews sogar Sinn.

Allister hat mich beim ersten Treffen auch in sein Hotel eingeladen, da ist nichts dabei, oder? Dennoch habe ich ein seltsames Gefühl. Mir bleiben bloß zwei Stunden bevor mich sein Wagen abholt. Die nutze ich, um zu baden und mich zu pampern.

Seit ich die Beauty-Deals an Land gezogen habe brauche ich mir über Kosmetik keine Gedanken mehr zu machen. Die Firmen beliefern mich frei Haus, nur damit ich rumerzähle, dass ich ihre Produkte benutze. Wenn es weiter nichts ist.

Schon seltsam, aber seit ich Geld habe, scheint es mir zuzufliegen, ohne dass ich mich besonders anstrengen muss. Wenn das so weiter geht, werde ich mir einen neuen Wagen anschaffen – das ist das erste Mal, dass ich mir einen leisten kann.

Für das Treffen mit Avery kleide ich mich konventionell, um keine falschen Signale zu senden. Hochgeschlossene Seidenbluse, ein burgunderfarbener Rock, der übers Knie geht und schwarze Gucci Stiefel. Ich liebe diese Stiefel. Sie gehen mir fast bis zum Knie, liegen eng an und sind butterweich. Trotz des Stiletto Absatzes sind sie bequem wie Turnschuhe, sodass ich den ganzen Tag darin rumlaufen kann.

Als ich unten ankomme wartet die Limo bereits. Lincoln aka Hulk und Rob, das Michelin-Männchen, stehen gegen ihren SUV gelehnt und taxieren die Limousine.

„Hi Jungs!“ Ich winke ihnen zu. „Ich treffe mich mit Avery, das sollte ziemlich sicher sein!“ Mit einem Zwinkern öffne ich die Tür zum Fond und nehme auf der Rückbank Platz.

„Guten Abend, Jim“, begrüße ich Averys Fahrer, doch ein Fremder sitzt an Steuer. „M'am“, sagt er und nickt mir zu, dann fährt die Scheibe hoch. Oups.

Das Loews ist ein Luxushotel im Kolonialstil und war früher das Polizeihauptquartier von Boston. Die Eingangshalle hat den Charme einer Bank – oder eines Krematoriums, was vermutlich aufs Selbe rauskommt. Die Suiten liegen in den oberen Etagen, das weiß ich von meinem letzten Besuch. Und wie beim letzten Mal begrüßt mich der Liftboy, Dave oder David, der sich anscheinend nicht an mich erinnert. Kein Wunder, ich war schließlich nur einmal hier, und das ist Monate her.

Auf dem Flur vor der Suite atme ich tief durch und lege meine Hand auf den Bauch um mich zu beruhigen. Keine Ahnung, warum ich so nervös bin, das ist schließlich nur ein Essen. Wir sprechen uns aus, reichen uns die Hand und sind gute Freunde. Das müssen wir auch, immerhin ist er Carters Bruder. Wir werden uns immer wieder über den Weg laufen, auf Geburtstagen, an Weihnachten, auf Partys. Dennoch zittert meine Hand als ich anklopfe.

Kaum haben meine Fingerknöchel das Holz berührt öffnet sich die Tür. Bevor ich weiß, was los ist, werde ich am Kragen gepackt, in den dunklen Eingangsbereich gezogen und pralle mit dem Rücken gegen die Wand.

Was zum …

Es ist zu dunkel um etwas zu erkennen, dafür ist der Rest meiner Sinne geschärft. Ich schmecke mein eigenes Blut, anscheinend habe ich mir auf die Lippe gebissen. Dann höre ich das typische Piepen einer PIN-Eingabe. Das Geräusch kenne ich vom Sicherheitssystem meines Appartements am Dudley Square, das Carter nach dem Brand installiert hat.

Ohne Vorwarnung geht das Licht an, und ich bedecke meine Augen mit dem Unterarm. Als jemand meine Clutch aus der Armbeuge zieht, blinzle ich ein paar Mal und starre in das hämisch verzogene Gesicht meines Gastgebers.

„Das brauchst du nicht, Sugarpie." Er hat mein Smartphone aus der Tasche gefischt, wirft es zu Boden und zertritt es mit dem Absatz.

„Schön, dass du es einrichten konntest."

Als Nächstes sehe ich einen Baseballschläger auf mich zufliegen und schließe die Augen.

Er landet mit einem lauten Krachen in der holzgetäfelten Wand neben meinem Gesicht. Während meine Gefühle in Aufruhr sind, weigert sich mein Verstand nachzuziehen, und ich verfluche die Tatsache, dass all meine Fluchtinstinkte versagen. Stattdessen erstarre ich wie in einem meiner Träume, in denen ich in einem Eisblock gefangen bin, während ich von allen Seiten angegriffen werde.

Passend dazu steht auch nicht Avery vor mir, sondern der Hauptdarsteller meines Albtraums, Henry Eastbrook.

Alles scheint sich zu drehen, in meinem Kopf herrscht blankes Chaos. Meine Gedanken wirbeln im Kreis, mir gehen die seltsamsten Dinge durch den Kopf.

Wann habe ich das letzte Mal mit Carter telefoniert? Was habe ich zu ihm gesagt? Habe ich fürs Wochenende eingekauft? Und was ist mit der Waschmaschine, hab ich das Ding ausgeschaltet bevor ich gegangen bin?

Das sind nicht die Gedanken, die ich erwartet habe. Sollte jetzt nicht mein Leben an mir vorüberziehen und mich mit Kindheitserinnerungen überschütten? Stattdessen denke ich an die Uni und die Bilder, die ich nicht mehr fertigstellen werde.

Als das Gesicht meines Psychologie Professors vor meinem inneren Auge erscheint, schlage ich instinktiv meine Nägel in das Bild und halte es fest. Etwas in meinem Hinterkopf klingelt und wie von selbst richten sich meine Gedanken auf die letzte Vorlesung von Professor Garret: Missbrauch als Form der Machtdemonstration. Während ich mich daran erinnere ist es, als hätte jemand die Pause-Taste gedrückt. Alles verlangsamt sich, als würde ich in ein Zeitvakuum gesaugt, während mein Geist das Seminar aufruft. Professor Garret hat gesagt, dass Täter nicht selten selbst Opfer waren. Keine Ahnung warum, aber dieser Satz ist wie eine Ohrfeige.

Ich habe die Nase voll davon Opfer zu sein, ich war es zu lange. Manchmal kommt es mir vor als würde ich mich in einem Karussell befinden, und immer wieder die gleiche Situation erleben. Nichts kann das beenden, es sei denn ich stoppe es, indem ich mich weigere, die mir angedachte Rolle zu spielen. Der Gedanke hat etwas Ernüchterndes, mein Geist fühlt sich wie ein angespitzter Bleistift an.

In Gedanken gehe ich die letzten Vorlesungen im Schnelldurchlauf durch und filtere jede Information raus, die mir nützlich sein kann.

Garret sagte etwas davon, dass Täter mit einer Borderline-Persönlichkeitsstörung sogenannte Trigger haben, Auslöser, die sie von der Opfer- in die Täterrolle katapultieren – und umgekehrt.

Falls Henry einen Trigger hat, sollte ich ihn schleunigst finden. Ich bin im selben Raum mit einem Typen, dessen Ziel es ist, mir den größtmöglichen Schaden zuzufügen. Flucht ist zwecklos. Falls mir meine Ohren keinen Streich gespielt haben, hat er die Tür mit einem Code gesichert. Zudem weiß ich von meinem letzten Besuch, dass die Räume schallgeschützt sind. Mein Handy ist unter seinem Absatz gelandet, jetzt geht es darum, dass er mit mir nicht dasselbe macht.

Abermals schlägt er zu, diesmal landet der Knüppel auf der anderen Seite meines Gesichts. Instinktiv ducke ich mich, was ihm zu gefallen scheint. Er schlägt mir mit dem Handrücken ins Gesicht und lässt den Baseballschläger ein weiteres Mal niedersausen. Splitter fliegen durch die Gegend, einige bohren sich in meine Wange.

Bevor ich reagieren kann, zerrt er meinen Mantel von den Schultern und zerreißt meine Bluse. Die Knöpfe fliegen durch die Gegend, höchste Zeit, mich zu wehren.

Carter hat mir beigebracht mich zu verteidigen, doch in diesem Moment wird mir klar, dass es eine Sache ist, zu wissen, was zu tun ist. Eine völlig andere Nummer ist es, dieses Wissen umzusetzen. Während mir die ganzen Techniken und Kicks durch den Kopf gehen, bin ich innerlich wie gelähmt.

Garrets kühle Stimme in meinem Kopf ist das einzig Feste, an dem ich mich in diesem Augenblick halten kann.

Laut meinem Professor sind Typen wie Henry feige, oder, wie Garret es formulieren würde, eine angstbesetzte Persönlichkeit. Darum sucht er sich Schwächere, um sich stärker zu fühlen und von seinen eigenen Unzulänglichkeiten abzulenken. Damit er sich nicht ändern muss, und er sich einreden kann, es wäre in Ordnung, seine Umwelt zu terrorisieren.

Unterm Strich ist er eine Memme, die sich vor starken Gegnern fürchtet. Vor starken Frauen, um präzise zu sein. Bei unserer letzten Begegnung im Fahrstuhl war ich ein zitterndes Häufchen Elend. Wahrscheinlich glaubt er, leichtes Spiel mit mir zu haben, darum ist es wichtig, ihn vom Gegenteil zu überzeugen. Die Frage lautet, wie ich meine Furcht bezwingen kann, doch er nimmt mir die Entscheidung ab.

Mit der freien Hand packt er mich am Hals und schmettert meinen Kopf gegen die Wandvertäfelung, bis ich Sternchen sehe. Das wäre der perfekte Moment in Panik zu geraten, stattdessen werde ich ganz ruhig.

Mein Atem verlangsamt sich, genau wie mein Herzschlag. Gleichzeitig klärt sich mein Geist und es kommt mir vor, als würde ich Henry zum ersten Mal sehen, so, wie er wirklich ist. Nicht das übermenschliche Monster unter meinem Bett, sondern einen kleinen Pisser, der glaubt, mich einmal mehr fertigmachen zu können.

Und endlich greift Carters Training, und ich tue das, was er mir beigebracht hat. Meine gesamte Konzentration richtet sich auf den Angreifer vor mir, den Täter. Ich spüre meine Kraft, bündle sie in meiner Mitte und atme sie ein. Beim nächsten Ausatmen hole ich aus, werfe mich mit meinem ganzen Gewicht nach vorn und versenke meine Faust in seinem Gesicht.

„Freut mich auch, dich zu sehen“, keuche ich und schüttle die Hand aus.

13

Mir ist klar, dass das ein Glückstreffer war, das hat er nicht erwartet. Deswegen habe ich ihn auch nicht geschlagen, sondern um meine Angst zu kaschieren. Denn Furcht, da bin ich mir sicher, ist einer der Auslöser, der ihn in den Soziopathen verwandelt, den ich nur zu gut kenne.

Mein Schlag hat ihn gegen die Tür geworfen, dort hält er sich die blutende Nase.

„Du verdammtes …"

„Halt die Klappe!", fauche ich, nicht zuletzt, weil meine Hand schmerzt. Beim Training trage ich Handschuhe und im Moment bin ich mir nicht sicher, ob ich mir was gebrochen habe.

„Sugarpie?" Ich lege genug Verachtung in das Wort, um mich selbst zu überzeugen. Mit den Händen an den Hüften baue mich vor ihm auf und versuche, angepisst auszusehen. Er wirkt verwirrt, doch sein Blick ist lauernd.

„Glaubst du, ich wusste nicht, dass du es bist? Avery nennt mich nicht Sugarpie und er würde es nicht wagen, mich noch einmal in diese Absteige zu schleppen, das habe ich beim letzten Mal klargestellt."

Überraschung huscht über seine Züge, nur kurz, dann macht er wieder dicht.

„Warum solltest du freiwillig zu mir kommen?", knurrt er und wischt sich mit dem Ärmel über das blutüberströmte Kinn. „Verfluchte Scheiße, du hast mir die Nase gebrochen!"

Ich trete vor und gebe ihm eine schallende Ohrfeige, die seinen Kopf zurückwirft. Diesmal werden seine Augen groß und er lässt den Schläger fallen. Bingo!

„Keine Kraftausdrücke in meiner Gegenwart, du weißt doch, was dann passiert!"

Ich habe schon lange den Verdacht, dass Henry seinen Hass gegen Frauen richtet, weil er ein Ding mit seiner

Mom laufen hat. Ob sie ihn mental oder körperlich misshandelt hat spielt in meinem Fall eine untergeordnete Rolle. Wenn ich Professor Garrets These folge, will Henry mich für etwas bluten lassen, das ihm vor langer Zeit geschehen ist.

Natürlich ist es durchaus möglich, dass sein Vater ähnlich brutal bei seiner Mutter vorgegangen ist, und Henry sich deswegen Frauen als Opfer aussucht. Die Vehemenz und der Grat seines Hasses, lässt mich allerdings auf persönliche Erfahrungen tippen. Er will mich für etwas bestrafen, das ihm angetan wurde. Zumindest sagt mir das mein Bauchgefühl.

Die Palette der Variablen, warum Henry sich zu einem Freak entwickelt hat, ist endlos. Doch ich habe nicht vor, mich hier und jetzt von ihm herumschubsen zu lassen, darum wähle ich intuitiv die Methode, aus der ich möglichst unverletzt herausgehe.

Überhaupt spielen meine Instinkte eine wichtige Rolle. Sie übernehmen das Ruder und ich folge ihren Eingebungen wie eine Blinde, die sich auf unbekanntem Terrain vorantastet.

Ich wünschte, ich hätte eine Minute länger über die Karte nachgedacht, dann wäre ich vielleicht nicht so dumm gewesen ohne Backup aufzukreuzen. Avery hätte mich niemals hierher bestellt, das wird mir jetzt klar. Ich wollte diese Aussprache so sehr, dass ich meine Bedenken über Bord geworfen habe und ohne zu zögern in Henrys Falle getappt bin.

Da Henry mir gebannt dabei zusieht, wie ich meine Bluse über die Schultern streife, lasse ich mir Zeit. Ich darf jetzt keine Furcht zeigen, sonst bin ich erledigt. Also versuche ich mir vorzustellen, das Ganze wäre ein Fototermin und schlüpfe in die Rolle der Domina. Ich bin es gewohnt zu schauspielern und mich auf extreme Situationen einzustellen. Solange mein Geist beschäftigt ist, und ich mir vorgaukeln kann, das wäre ein Job, habe ich keine

Zeit in Panik zu geraten, oder?

Also nehme ich einen tiefen Atemzug und entlasse meine Angst mit dem Ausatmen. Das hier ist bloß ein Shooting, ein Werbespot für Lack- und Lederwäsche, und ich muss so lange wie möglich versuchen in meinen Klamotten zu bleiben, um die Spannung zu erhöhen.

„Siehst du etwas, dass dir gefällt?", frage ich mit tiefer Stimme, von der ich hoffe, dass sie verführerisch klingt. Langsam ziehe ich den Rock hoch, bis er über meinen Knien ist.

„Ich schwöre dir, wenn du mich noch einmal …"

„Wenn ich noch einmal was?", frage ich in strengem Ton und setze meinen Stiefel gegen seine Leiste. Obwohl ich nur leichten Druck ausübe, bohrt sich mein Absatz in seine Eier. Ich kann praktisch spüren, dass er hart wird.

Henry schließt die Augen und stöhnt auf.

„Gefällt dir das?" Meine Stimme ist weich, während ich mit der Sohle seinen Schaft entlanggleite.

Bei der ersten Gelegenheit werde ich ihn ausknocken und die Polizei alarmieren. Danach brauche ich allerdings eine verdammt gute Story, immerhin bin ich freiwillig hergekommen, Henry könnte alles Mögliche behaupten.

Dann kommt mir ein anderer Gedanke. Ich kann nicht zu den Bullen. Die Presse wird sich auf die Tatsache stürzen, dass sich Allister Franklins Tochter mit dem Sohn von Gouverneur Eastbrook in einem Hotelzimmer trifft. Ich kann die Headline praktisch vor mir sehen: Zoff unter Liebenden! Eastbrooks Flamme rächt sich und zeigt Ex-Lover an. In jedem Fall werden sie ein Politikum daraus machen: Die Tochter eines demokratischen Kongressabgeordneten hatte eine Rechnung mit dem Sohn eines republikanischen Gouverneurs offen. Oder noch schlimmer, sie werden glauben, Allister hätte mich dazu angestiftet, damit Henry den Prozess verliert. So oder so wird es ein Desaster, denn sobald sie sich erinnern, dass ich mit Avery zusammen war, bricht die Hölle los. Und

Senator Edwards ist der lachende Dritte.

Edwards. Er muss Henry von Averys Junggesellenhöhle erzählt, und ihm Zutritt verschafft haben. Wie sonst war er an diese Suite gekommen?

Henrys Hand fährt meinen Knöchel entlang, über das weiche Leder meiner Stiefel, bis er die Innenseite meiner Schenkel erreicht.

„Scheiße, das fühlt sich geil an“, raspelt er.

Ich gebe ein paar Tz-tz-tz-Laute von mir und erhöhe den Druck auf seinen Schwanz.

„Wer hat dir erlaubt mich zu berühren?“

Er stößt zischend die Luft aus und hebt defensiv beide Hände.

„Braver Junge.“ Ich trete einen Schritt zurück und fahre mit einer Hand über meine Brüste, die aus dem Push-up quillen. Die andere wandert langsam meinen Körper entlang.

„Hattest du schon mal eine ungezähmte Pussy?“

Henry leckt sich die Lippen und starrt auf mein Dekolletee.

„Möchtest du wissen, wie es sich anfühlt eine zu vögeln?“

„Ich kenne deine Pussy.“ Seine Stimme klingt rau und mir fällt auf, dass seine Pupillen unnatürlich geweitet sind.

„Du hast deinen Schwanz in eine bewusstlose Frau gesteckt. Du weißt einen Scheiß von meiner Pussy.“

Er hebt einen Mundwinkel. „Ich dachte, du magst keine Kraftausdrücke.“

„Ich mag es nicht, wenn sie von dir kommen, das ist ein Unterschied.“

Seine Zähne blitzen auf. „Das Spiel gefällt mir.“

Mal sehen, wie es ihm gefällt, wenn ich mit ihm fertig bin.

Bevor ich meinen nächsten Satz formulieren kann, macht er einen Satz nach vorn, und schlägt mir ins Gesicht. Zumindest versucht er es, denn ich sehe den Hieb kommen und drehe den Kopf, sodass er nur meine Lippe erwischt. Abermals schmecke ich Blut, und es braucht meine ganze Selbstbeherrschung, nichts Dummes zu tun. Wie zum Beispiel ihn mit den Fäusten zu bearbeiten. Interessanterweise spüre ich keine Angst mehr, was die Situation geradezu surreal wirken lässt. Heiße Wut überflutet mich, und die Grenzen zwischen seinem Wahnsinn und meinem Adrenalinkick verschwimmen.

Seine boshaften Augen beobachten mich, darum werfe ich den Kopf in den Nacken und lache. Mit den Fingerspitzen wische ich mir das Blut vom Mund, ich will nicht verletzlich aussehen, und schmiere es durch sein Gesicht.

„Vielleicht brauchst du mich ja gar nicht“, sage ich ruhiger als ich mich fühle. „Du schlägst wie ein Mädchen, womöglich bist du eins. Ist Daddy deswegen von dir enttäuscht, weil er einen Sohn wollte, und eine Pussy bekommen hat?“

Meine Worte treffen ihn mehr, als es mit einem Hieb möglich gewesen wäre. Er krümmt sich, wie nach einem Schlag, schrumpft vor meinen Augen zusammen und hat Schock übers ganze Gesicht gestempelt.

Als ich ihm diesmal ins Gesicht schlagen will, duckt er sich und ergreift meinen Arm. Doch der Versuch mich zu packen ist halbherzig, er wirkt wie gelähmt. Ich nutze die Schwäche in seiner Abwehr, kralle meine Hand in seinen Schopf und donnere den Hinterkopf gegen das Holz der Tür.

Meine andere Hand schnellt vor und umfasst seine Hoden. Ich drücke zu, bis er mich mit einem Schrei loslässt und sich noch mehr zusammenkrümmt.

„Verfluchte Scheiße!“, brüllt er. Ich öffne die Faust, packe ihm am Revers und schwinge ihn herum. Anschließend versetze ich ihm einen Stoß, der ihn ins Innere der Suite taumeln lässt. Da er noch immer Sternchen sieht verpasse ich ihm eine saftige Ohrfeige mit dem Handrücken, um meinen Punkt klarzumachen: Ich hab jetzt das

Sagen.

Verdammt, das tut gut, das könnte ich den ganzen Tag tun.

„Du ungezogener Junge“, sage ich ungerührt und schubse ihn Richtung Schlafzimmer. Diese Suite ist verkabelt, ich weiß nur nicht genau, wo sich die Kameras befinden. Der einzige Raum, bei dem ich mir sicher bin, ist die Protzschlafstätte.

Meine Angst ist wie weggeblasen. Konzentriertes Adrenalin fließt durch meine Adern und treibt mich an. So muss es sich anfühlen, wenn man nur mit einem Fallschirm ausgestattet aus einem Flugzeug springt. Tatsächlich finde ich allmählich Gefallen daran, diesem Wichser zu zeigen, wo der Hammer hängt. Wie oft hat man schon die Gelegenheit, sich persönlich bei seinem Peiniger zu revanchieren?

Mit jedem Atemzug wachse ich in meine Rolle, fülle sie aus, bis meine ganze Haltung Dominanz ausstrahlt.

„Ich bin sehr enttäuscht von dir. Du wirst dir deinen Ritt verdienen müssen, jede Berührung, wo wir schon dabei sind. Erst wenn ich der Meinung bin, dass du nicht der Versager bist, für den ich dich halte, kommst du auch nur in die Nähe meiner Pussy.“

Ich kann praktisch dabei zusehen, wie die Farbe aus seinem Gesicht weicht und sich sein Atem beschleunigt. Sein Adamsapfel hüpft beim Schlucken auf und ab, die Pupillen sind so geweitet, dass seine Augen im Halbdunkel schwarz aussehen. Hat er etwas eingenommen?

„Zieh dich aus“, sage ich und kreuze die Arme vor der Brust.

„Du kannst mich mal!“ Er ballt die Hände zu Fäusten und tritt auf mich zu. Doch er wirkt zittrig, ein feiner Schweißfilm bedeckt seine Oberlippe. Ich komme ihm entgegen und da er einen Schlag erwartet, lehne ich mich gegen ihn.

„Darauf läuft es doch hinaus“, flüstere ich und fahre

mit den Fingerspitzen über seine Härte, während ich ihm einen Blick durch halb geschlossene Lider zuwerfe.

Henrys Arme legen sich um mich und er presst seinen erigierten Schwanz gegen mein Becken. „Verdammte Scheiße, ich will dich!"

Schweißtropfen bedecken seine Stirn und ich kann seinen Herzschlag spüren, der wie ein gefangener Vogel gegen meine Brust hämmert. Ich dagegen bin die Ruhe selbst und gewinne immer mehr an Kraft.

Das also ist der Mann, der acht lange Jahre die Hauptrolle in meinen Albträumen gespielt hat? Henry Eastbrook, der Frauenschwarm, der als einer der begehrtesten Junggesellen der Ostküste galt und seinem Namensvetter, Harry of Wales zum Verwechseln ähnlich sieht?

Ich habe einen kleinen Jungen vor mir, der um einen Fick bettelt. Wie erbärmlich ist das?

Er beugt sich vor, küsst meinen Hals, während sich meine Hände an seiner Hose zu schaffen machen. Henry stöhnt, legt mir einen Arm um die Taille und läuft rückwärts mit mir Richtung Bett. Ich lasse ihn, denn genau dort möchte ich ihn haben. Er stöhnt immer noch, als ich seinen Gürtel aus den Schlaufen ziehe und mein Becken gegen seine Erektion drücke. Dann trete ich zurück, schubse ihn rücklings aufs Bett und ziehe meinen Rock hoch, sodass ich auf allen Vieren über ihn kriechen kann. In dieser Pose hat er einen guten Blick auf meine Brüste, den er gründlich auskostet. Gut. Je mehr er mit seinem Schwanz denkt, desto besser für mich.

„Du wirst mich berühren, wenn ich es dir erlaube", sage ich mit samtweicher Stimme, in der dennoch Strenge liegt. „Und wirst dann kommen, wenn ich es dir sage."

Ich setze mich auf seine Erektion und bewege mein Becken vor und zurück.

„Blas mir einen", stößt er atemlos hervor.

Meine Zunge befeuchtet meine Lippen und ich schenke ihm ein laszives Lächeln.

„Eigentlich hatte ich vor dich in den Mund zu nehmen und dich auszusaugen, bis du deinen Namen vergisst.“ Ich lehne mich vor und reiße sein Hemd auf.

„Scheiße, ja!“ Er greift nach meiner Brust und drückt zu.

„Nah-oh“, mache ich und schüttle tadelnd den Kopf. Mit den Fingern meiner freien Hand quetsche ich seine Brustwarze zusammen.

„Nicht anfassen!“

Er flucht leise und hebt die Arme, wie um meinen nächsten Schlag abzuwehren. Der Junge lernt schnell. Also verwirre ich ihn ein bisschen, lehne mich zurück und nehme seine Eier in eine Hand, massiere sie leicht, wie um ihm einen Vorgeschmack zu geben.

„Streck die Hände über den Kopf.“ Ich gebe mich ein wenig atemlos, um anzudeuten, ich wäre erregt. Er macht was ich ihm sage, die Augen wie ein hypnotisiertes Kaninchen auf meine Brüste geheftet, die in seinem Blickfeld baumeln, da ich mich vorbeuge, seine Handgelenke ergreife und sie mit seinem Gürtel zusammenbinde.

Er biegt den Kopf zurück, seine Augen weiten sich und er schleudert den Gürtel durch den Raum.

„Hast du den Verstand verloren, du verblödete Schlampe?“, flucht er. Doch er klingt heiser, der Junge ist einer Panik nahe.

„Ich bin sehr enttäuscht von dir,“ zische ich. „Und du weißt doch was passiert, wenn ich enttäuscht bin.“

Diesmal schlage ich ihn mit der flachen Hand, und dann ein zweites Mal mit dem Handrücken – links, rechts. Seine Lippe platzt auf, mehr Blut rinnt über sein Kinn. Doch er wehrt sich nicht. Er liegt wie erstarrt auf dem Bett, das Gesicht blass, die Augen groß.

Jetzt bin ich sicher, dass es meine Worte sind, die ihn treffen, nicht die Schläge. Offensichtlich habe ich seinen Trigger gefunden. Er erinnert sich und ruft wie der Köter von Pawlow den Schmerz ab, blutet innerlich.

„Oder weißt du nicht mehr, welche Strafe dir blüht, wenn du versagst? Muss ich dich erst daran erinnern?“ Meine Stimme ist sanft und gleichzeitig kalt, während ich zu einem dritten Schlag aushole. Als er schützend die Arme über das Gesicht legt, und anfängt zu wimmern, wird mir schlecht.

Ich kann nicht glauben, dass ich diesen Typen jahrelang gefürchtet habe. In meiner Fantasie war er übergroß. Ein gemeingefährliches Biest, das all die Macht in Händen hielt, die er mir genommen hat. Ich war nichts, ein Niemand, seiner Gnade auf Leben und Tod ausgeliefert. Der Gedanke an ihn hat mein Leben dominiert, kalte Angst, ihm noch einmal ausgeliefert zu sein, hat mich Tag und Nacht verfolgt.

Ihn so zu sehen ist ein Schock.

„Du erbärmlicher Loser.“

„Nicht böse sein, ich hab nichts getan“, jammert er und krümmt sich zu einem Ball zusammen. „Ich war’s nicht, ich schwöre!“ Seine Stimme ist hoch, die eines Kindes.

Mit wild pochendem Herzen rutsche ich vom Bett und gehe mit weichen Knien zum Kleiderschrank, von dem ich weiß, dass er mit Sextoys gefüllt ist. Meine Hände zittern, als ich durch Averys Spielzeuge gehe, bis ich finde, wonach ich gesucht habe.

Während Henry in hysterisches Schluchzen ausbricht, lasse ich das Ende der Handschellen um sein Handgelenk schnappen, das andere um den massiven Metallring am Kopfende, den ich bei meinem Besuch für Verzierung gehalten habe. Das war bevor ich wusste, worauf Avery steht.

Nachdem das erledigt ist, trete ich einen Schritt zurück und nehme einen tiefen Atemzug.

Tausend Gedanken schießen mir gleichzeitig durch den Kopf. Ich könnte ihn abmurksen, hier und jetzt, dann wäre Henry Geschichte. Er würde nie wieder jemandem wehtun, und ich hätte meinen Frieden, auf den ich so lange gewartet habe.

Das Problem daran ist, dass ich kein Mörder bin. Und welche Art Frieden wäre es, zu wissen, dass ich ein Leben ausgelöscht habe.

Aber ich könnte ihm die Kniescheibe zertrümmern. Oder beide. Wo war noch mal der Baseballschläger? Warum nicht auch seinen Schwanz abschneiden, am Besten mit einer Nagelschere, auf diese Weise dauert es länger …

Ein eisiger Schauder durchfährt mich und ich schüttle den Kopf, um meinen Geist zu klären.

Was zum Geier tue ich hier? Zugegeben, es hat gutgetan, ihm ein paar Ohrfeigen zu verpassen, aber seinetwegen werde ich nicht selbst zum Täter. Er mochte ein Sadist und ein Mörder sein – aber ich bin weder das eine noch das andere. Ich bin kein bisschen wie er.

Ein zorniger Teil von mir schreit nach Rache, will, dass diese Ratte leidet, wie ich gelitten habe.

Bis ich ihn mir ansehe, seinen bebenden, gekrümmten Körper, der mit hoher Kinderstimme seine Mutter um Verzeihung bittet.

Die mörderische Kraft, die eben noch in mir getobt hat, weicht einer bleiernen Erschöpfung und ich stoße meine Anspannung mit einem langgezogenen Atem aus.

Shit.

Eine Art Schüttelfrost überkommt mich. Ich weiche vom Bett, bis mein Rücken die gegenüberliegende Wand berührt. Langsam, wie in Zeitraffer, rutsche ich zu Boden und starre auf das Bett. Ich bin wie gelähmt, mein Hals wird eng. Dass ich weine merke ich erst, als die Tränen auf meine Hände fallen.

Ich kann das nicht. Ich bin weder dazu in der Lage ihn zu töten, noch ihn zu verletzen. Ich kann nicht mal die Polizei rufen. Schließlich vergrabe ich das Gesicht in den Händen und weine um das, was ich vor so vielen Jahren verloren habe, meine Unschuld. Erst leise, dann immer lauter. Lasse den Schmerz raus und wiege mich vor und zurück.

Keine Ahnung, wie lange ich dort hocke, vielleicht eine Minute oder zwei. Ein lautes Krachen lenkt meine Aufmerksamkeit auf die Tür, es klingt als würde ein SWAT-Team die Suite stürmen.

„Maya!“

Bevor ich weiß was los ist legen sich zwei Arme um meine Taille und ich werde gegen eine breite Brust gezogen. Ich würde diesen sauberen Geruch nach Rasierwasser mit einem Schuss Bourbon überall erkennen, darum klammere ich mich an Carters Bizeps und vergrabe das Gesicht an seiner Schulter.

„Es tut mir leid“, flüstere ich.

„Hat er dir wehgetan?“ Ich kann das Vibrieren in seiner Stimme hören, sein ganzer Körper bebt. Ich schüttle den Kopf und umklammere ihn stärker, als er Anstalten macht, sich zu lösen.

„Lass mich dich anschauen, Babe, ich muss dich sehen.“

Statt loszulassen kralle ich mich fester an ihn und schüttle vehement den Kopf. Ich muss seine Hände spüren, seinen Körper, seine Nähe.

„Baby.“ Er streicht mir über den Rücken, während seine Männer Henry mit einem Bolzenschneider vom Bett befreien. Der ist komplett hysterisch, schreit, tritt und schwört, dass er nichts getan hat.

„Ich wollte ihn umbringen“, wispere ich. „Habe mir vorgestellt, wie ich es tue.“

Als Carter einen Ton von sich gibt, der wie ein Grunzen klingt, hebe ich den Kopf und begegne seinem Blick. Er streicht mir eine Strähne zurück und küsst meine Stirn. „Prinzessin, ich habe mir schon hundertmal vorgestellt, wie ich diesen Hurensohn wie ein quiekendes Schwein aufschlitze und ihn mit seinen Eingeweiden füttere.“

O-kay.

„Aber ich habe es nicht getan, und du ebenfalls nicht. Darauf kommt es an."

„Ich wollte es." So sehr.

„Verständlich." Er drückt mich noch einmal, dann hilft er mir auf die Beine. Sein Blick wandert über mein Gesicht und bleibt an der aufgeplatzten Lippe hängen. Sein Kiefer mahlt, dann bückt er sich und legt mir meinen Mantel um. Es ist mir ein Rätsel, wie er die kleinen Knöpfe mit seinen Schaufelbaggerhänden so geschickt schließen kann. Nachdem er fertig ist legt er mir den Arm um und führt mich Richtung Ausgang. Als wir das Badezimmer passieren, entdecke ich Lincoln mit Henry, der über der Kloschüssel hängt und sich die Seele aus dem Leib kotzt.

Zwei weitere Männer laufen mit Messinstrumenten durch die Suite.

„Habt ihr schon was gefunden?", fragt Carter an der Tür. Rob öffnet eine Hand, in der sich zwei Minikameras befinden.

„Im Schlafzimmer, nicht unsere." Er hebt vielsagend die Brauen. Carter nickt, als hätte er nichts anderes erwartet.

„Sichert das Bildmaterial. Vermutlich hat er es auf einen Server hochgeladen. Klemm dich daran und sorg dafür, dass nichts zurückbleibt."

Rob nickt und tippt sich mit zwei Fingern gegen die Stirn. „Ich bin dran, Boss."

Nachdem er im Arbeitszimmer verschwunden ist, winkt Carter einen grimmig aussehenden Lincoln zu sich. „Stell unsere Aufnahmen sicher und schaff sie in die Zentrale."

Wenn ich das richtig verstehe, hat Henry die bereits verwanzte Suite mit eigenen Kameras bestückt. Warum wundert mich das nicht? Er hatte schon früher eine Schwäche dafür, seine Opfer aufzunehmen, während er sich an ihnen verging.

Mit angehaltenem Atem warte ich auf den Schmerz, der

sich üblicherweise einstellt, sobald ich daran denke, was er mir angetan hat. Doch er bleibt aus. Stattdessen fühle ich … nichts, aber in einem guten Sinn. Der Knoten in meinem Bauch ist verschwunden und ich habe das Gefühl, nach langer Zeit wieder frei atmen zu können.

„Können wir nach Hause fahren?“, frage ich leise und lehne mich gegen Carters Schulter.

„Darauf kannst du deinen süßen Zuckerarsch verwetten.“

Damit zieht er mich an seine Seite und wir verlassen die Suite.

14

Carter hätte später nicht sagen können, warum er Lincoln angerufen hat. Maya ging nicht ans Telefon, aber das war nichts Besonderes. Wenn sie im Atelier arbeitete stellte sie ihr Handy aus, um nicht gestört zu werden. Aber er war ein egoistischer Mistsack und ein Kontrollfreak noch dazu, darum versuchte er es auf dem Festnetz. Als sie dort auch nicht abhob, piepte er seinen Mann vor Ort an.

„Wir sind vor dem Loews, Boss. Sie ist vor einer halben Stunde von Averys Limo abgeholt worden."

Das Blut gefror in seinen Adern, für einen Moment vergaß er zu atmen. Avery war in New York und würde erst morgen zurückkommen. „Gib mir das Kennzeichen des Wagens durch."

Nach kurzer Überprüfung stellte sich heraus, dass es sich um eine Mietlimousine handelte, einen Dienst, den Avery nicht nötig hatte. Er besaß einen umfangreichen Fuhrpark und musste keine Fahrzeuge anmieten, noch dazu für die Frau, die er offenbar noch immer liebte.

„Trommel die Jungs zusammen. Ich will ein Sechs-Mann-Team in Kampfausrüstung in T minus zehn Minuten vor der Suite haben." Damit legte er auf und machte sich auf den Weg. Unterwegs informierte er den Hotelmanager über den bevorstehenden Einsatz. Normalerweise wurde in solchen Fällen die Polizei informiert, doch Carter hatte eigene Pläne. Er verkaufte ihm das bevorstehende Unternehmen als privaten Einsatz, in den ein Klient und eine minderjährige Diplomatentochter involviert seien. Damit sollten sie ohne Aufsehen rein und rauszukommen. Seine Männer waren Profis und das Hotel wollte möglichst wenig Aufsehen, das war schlecht fürs Geschäft. Natürlich schadete es nicht, dass er Anteile am Loews besaß.

Dass Henry dahintersteckte wusste er in dem Moment, als Averys Name fiel. Zweimal hatten sie ihn in den letzten Wochen aus den Augen verloren, es hatte Tage gedauert, bis sie ihn wiederfanden. Heute Nachmittag war er ihnen abermals in einem Kaufhaus entwischt.

Seine Finger umklammerten das Lenkrad, bis die Knöchel weiß hervortraten, während er sämtliche roten Ampeln ignorierend zum Hotel raste.

Der Gedanke, dass Maya mit diesem Psychopathen allein war, kostete seine ganze Selbstbeherrschung. Der Drang unterwegs irgendwo anzuhalten und etwas zu zertrümmern war überwältigend gewesen. Wenn er mit ihm fertig wäre, würde Henry darum betteln in den Knast zu wandern.

Zum Glück stand sein Team bereit, als er das Hotel erreichte. Der Manager hatte sie über den Kücheneingang eingelassen und durch den Treppenaufgang zur Suite geleitet. Dort haben sie kurzen Prozess gemacht, und die Räume gestürmt.

Was er dort vorfand war gelinde gesagt … erstaunlich. Ein ans Bett geketteter Henry, der eine Art Anfall hatte, und sein Mädchen, das mit einem Nervenzusammenbruch auf dem Boden kniete.

Nachdem er seine Männer angewiesen hatte, sämtliche Spuren zu tilgen und das Audio- und Videomaterial zu sichern brachte er sein Mädchen ins Penthouse.

Zuerst badeten sie zusammen, danach fütterte er sie, dann hielt er sie den Rest der Nacht im Arm, bis er ihren gleichmäßigen Atem an seiner Schulter spürte.

Da für ihn an Schlaf nicht zu denken war, schälte er sich vorsichtig aus Mayas Klammergriff und ging in sein Arbeitszimmer. Dort tat er etwas, dass er lieber vermieden hätte, da es zum Bumerang werden konnte. Aber er hatte lang genug gewartet, es wurde Zeit zu handeln.

Henry hatte Mayas Zuneigung zu Avery benutzt, um sie in eine Falle zu lotsen, sie war fast eine Stunde mit ihm eingesperrt gewesen. Allein, mit einem Soziopathen vom Kaliber eines Henry Eastbrook. Sie könnte tot sein oder so gut wie.

Wie war es ihr gelungen ihn ans Bett zu ketten? Und warum lag er wie ein Hering auf dem Bett zusammengerollt und hatte geheult wie ein Mädchen, als sie die Suite gestürmt hatten?

Nachdem sein Rechner hochgefahren war schrieb er ein Mail an seinen Kontakt bei der Washington Post und hängte ein Audiofile an. Darauf befand sich Henrys Geständnis, das Maya vor einigen Monaten mit dem Handy aufgenommen hatte, als sie mit diesem Motherfucker im Fahrstuhl eingesperrt war. Vor Gericht hätte es keine Relevanz, da er alles Mögliche behaupten könnte. Angefangen davon, dass er ihr Angst einjagen wollte bis zum Bestreiten, dass es sich dabei um seine Stimme handelte. Aus diesem Grund legte er ein Videofile von der Kabinenkamera dazu. Blake hatte das Bildmaterial so bearbeitet, dass Maya nicht zu erkennen war. So wäre ihre Identität zumindest eine Zeit lang geschützt.

Normalerweise würde er diese Aktion mit Avery abstimmen. Doch er wusste, was sein Bruder davon halten würde, darum drückte er den Send Button, bevor er es sich anders überlegen konnte.

Den Bostoner Blättern traute er nicht, die waren zu sehr in Edwards Politik verflochten und würden ihn und den alten Eastbrook warnen. In Washington sah die Sache anders aus. Dort hatten sowohl der Senator als auch der Gouverneur genug Feinde, um Stadien zu füllen.

Avery zu warnen war zwecklos, er befand sich in Mandantengesprächen in San Francisco. Davon abgesehen wäre es besser, wenn seine Überraschung echt war, sobald die Files veröffentlicht wurden: Henry, der den Mord an Alisha Jones gesteht, und sich über sein Opfer lustig macht. On top verriet er Details, die nur ein Insider wissen konnte. Kleinigkeiten, aber es würde reichen, ihn bis zur Verhandlung einzusperren. Sobald die Aufnahme die Online-Medien erreichte, würde ein Shitstorm losbrechen, der seinesgleichen suchte, das war mal klar. Dann würde sich die Wut der Bürger offen gegen Henry richten und der Richter stand unter Zugzwang. Er würde diesen Wichser einsperren müssen, nicht zuletzt zu seinem eigenen Schutz.

Und im Knast besaß Carter bessere Kontakte als bei Gericht. Avery war das Justiz-Genie, er dagegen hatte Freunde in Positionen, in denen man welche brauchte, wenn man ganz unten gelandet war, so wie er einst.

Nachdem er sich den Bericht des gestrigen Einsatzes auf den Rechner geladen hatte, war er umso mehr mit seiner Entscheidung im Einklang. Henry hatte nicht nur das Schlafzimmer mit Kameras ausgestattet, sondern auch Küche, Bad und den Eingangsbereich. Es war besser, nicht darüber nachzudenken, was er dort mit Maya vorhatte, vor allem nachdem sie die Duffelbag im Arbeitszimmer gefunden hatten, die mit Draht, Rasierklingen, Chirurgenmessern und genug Klebeband bestückt war, um das Hotel einzuwickeln. Und Plastiksäcke – jede Menge davon.

Henry hatte Mayas Tod geplant, so viel war sicher.

Obwohl es vier am Morgen war, hätte er am liebsten den Stapel auf seinem Schreibtisch abgearbeitet, doch der Job musste warten. Sein Mädchen schlief eine Etage über ihm, sie allein zu lassen wäre fahrlässig.

Als er zu ihr ins Bett stieg, stellte er fest, dass sie wach war.

„Wo warst du?“

Ihre Stimme ähnelte der eines Kindes.

„Im Büro, Prinzessin, ich musste etwas erledigen.“ Er schlang einen Arm um ihre Taille und zog sie an sich. Ihr Körper war warm vom Schlaf. Sie fühlte sich weich an, und roch zum Anbeißen. Fruchtig und frisch. Sein Schwanz rührte sich, doch der musste warten. Das war nicht der richtige Augenblick, um …

Maya zog das Workout-Shirt über den Kopf, in das er

sie nach dem Duschen gesteckt hatte, warf es auf den Boden und küsste ihn. Das war nicht der Kuss eines Kindes, sondern einer Frau.

„Ich will dich", flüsterte sie, drückte ihre Brüste gegen seine Bauchmuskulatur und zog mit den Händen das Band seiner Trainingshose runter, um seine Erektion zu befreien.

Shit!

„Bist du sicher?" Seine Stimme klang rau.

Statt zu antworten legte sie seine Hand zwischen ihre Beine. Sie war feucht, was seinen Schwanz aufrechter stehen ließ.

„Fuck, Maya, wir sollten nicht …" Sie bedecke seinen Mund mit den Fingerspitzen.

„Ich muss dich in mir spüren, um alle Erinnerungen an ihn auszulöschen", wisperte sie. „Und ich brauche es hart."

Das schmeckte ihm nicht, aber er verstand. Das war mehr eine Therapiesitzung als Sex und hatte eine tiefere Bedeutung für sie. Sie wollte alles tilgen, das sie an Henry erinnerte. Seine Gewalt hatte Maya über Jahre geprägt, ihr Denken, ihr Handeln, die Kontakte, die sie eingegangen war. Wenn sie heute harten Sex hatte wäre es ihre Entscheidung, niemand würde ihr noch einmal seinen Willen aufzwingen. Es war, als würde sie die alten Male auslöschen. Es hatte Jahre gedauert, bis sie dazu bereit war, und er war dankbar, dass sie ihn ausgewählt hatte, sie mit seiner Liebe zu heilen.

„Halt dich am Kopfende fest", sagte er und legte ihr Bein über seine Schulter. „Und schließe nicht die Augen, verstanden?" Er konnte sehen, wie sie schluckte. Schließlich nickte sie und hielt sich mit einer Hand am Kopfende fest. Mit der anderen klammerte sie sich an seine Schulter.

„Nicht loslassen, Baby."

„Okay", flüsterte sie.

Er fuhr mit zwei Fingern über ihre Spalte, verteilte ihre

Flüssigkeit über ihrem Eingang, und rieb über den kleinen pulsierenden Punkt zwischen ihren Schenkeln, bis sie ein Keuchen von sich gab. Als sie bereit für ihn war und ihm das Becken entgegenstreckte, hob er ihre Hüften an und fuhr mit einem kräftigen Stoß in sie. Ihr Körper bog sich, sie schrie auf und bohrte die Nägel in seine Schulter. Er hob ihr Becken weiter an, um tiefer in sie zu dringen. Maya stöhnte, klammerte sich an ihn, während er sie mit harten Stößen nahm. Immer wieder stieß er zu, zog sich fast vollständig aus ihr zurück, um seinen Schwanz abermals in ihr zu versenken. Seine Eier klatschten gegen ihre feuchte Haut, ein Geräusch, das ihn antörnte. Das, und die Tatsache, wie eng sie war.

Mayas Pussy fühlte sich wie ein Handschuh an, der zwei Nummern zu klein war. Sie presste ihn zusammen, sodass er sich beherrschen musste, nicht nach wenigen Sekunden die Kontrolle zu verlieren.

„Carter!“ Sein Name ging in ein Stöhnen über, und der eiserne Griff um seine Schulter lockerte sich. Dann überraschte sie ihn, indem sie ihn auf den Rücken rollte und ihre Finger durch seine fädelte. Er war noch immer in ihr und stand kurz davor zu kommen. Es half nicht, dass sie ihn nun ritt und ihre Brüste vor seiner Nase auf und ab hüpften.

Verdammt, sie war heiß. Er legte seine Hände auf ihre Hüfte und massierte mit dem Daumen ihre Klitoris, die unter seiner Fingerspitze genauso gierig pochte wie sein Schwanz. Maya stöhnte, strich mit den Händen seine Arme entlang, eine Hand legte sich auf seine Brust und rieb über seine Brustwarze, während sich die andere um seine Eier legte.

Jetzt war er derjenige, der aufstöhnte. Ohne jahrelange Selbstbeherrschung wäre er auf der Stelle gekommen. Doch er wollte ihren Höhepunkt sehen, sie dabei beobachten, wie sie losließ und sich in ihm verlor. Wollte das Gefühl auskosten von ihr gemolken zu werden, erst dann würde er selbst loslassen.

Er ließ sie das Tempo bestimmen, ließ sie sich nehmen, was sie brauchte, die Kontrolle über den Sex, über seinen Körper, über ihn.

Als sie kam, war sie nicht leise. Sie schrie seinen Namen, und noch etwas, das er bei seiner eigenen Explosion beinah überhört hätte.

Drei Worte, die seine Welt komplett auf den Kopf stellten.

Ich liebe dich.

Er zog sie an sich, bis sie nach Luft schnappte, und küsste sie rücksichtslos. „Fuck, ja, Baby, ich liebe dich auch. Tu mir so was nie wieder an, hast du verstanden?"

Und dann weinte sie, doch diesmal hatte es etwas Lösendes.

„Sag das noch mal", flüsterte sie mit erstickter Stimme in seine Armbeuge.

Er nahm ihr Kinn zwischen Daumen du Zeigefinger und bog ihr Gesicht so, dass sie ihn ansehen musste.

„Ich liebe dich, Maya, und lasse dich nie wieder gehen. Ich liebe dich schon so lange, dass ich das Gefühl habe, dich ewig zu kennen. Ich liebe dich mit einer Kraft, die mir Angst macht, weil ich befürchte, dich damit zu verschrecken. Ich liebe dich, wenn du wach bist und wenn du schläfst. Wenn du lachst, weinst oder diese kleinen Laute von dir gibst, wenn ich in dir bin. Ich liebe alles an dir, von dem kleinen Muttermal in deiner Kniekehle bis zu dem Geräusch, das du machst, wenn du kommst. Ich werde alles dafür tun, damit du glücklich bist."

Sie starrte ihn eine volle Minute mit offenem Mund an, die Tränen vergessen. Ihre Lippen bildeten ein stummes O, was irgendwie lustig aussah.

„Mein Gott", flüsterte sie nach einer gefühlten Ewigkeit. „Das ist dein Ernst."

„Darauf kannst du deinen Knackarsch verwetten!"

Und dann liebten sie sich, langsam und zärtlich. Ihre

Arme umeinander gewickelt, die Beine miteinander verschlungen, während sie sich küssten, bis ihre Lippen geschwollen waren und sie auf den nächsten Höhepunkt zusteuerten.

Er hatte nicht gelogen. Er liebte diese Frau mehr als sein Leben.

~ * ~

In Carters Armen zu erwachen ist etwas, woran ich mich nicht gewöhnen kann. Sein Duft ist morgens intensiver, ungefilterter. Männlicher. Ich liebe seine Bartstoppeln in meinem Nacken und seine Hand auf meiner Brust. Die andere ruht auf meinem Bauch. Wenn er in meinem Rücken liegt, hat er auf alles Zugriff, dabei haben es ihm meine Brüste besonders angetan. Ich bin auch schon mehr als einmal mit seiner Hand zwischen meinen Schenkeln aufgewacht. Er scheint fasziniert von der Tatsache zu sein, wie weich meine Haut dort ist, und dass er mich im Schlaf erregen kann.

Da wir uns den Rest der Nacht geliebt haben, wache ich spät auf, es ist fast Mittag. Glücklicherweise ist heute Donnerstag, das heißt keine Uni. Im Halbschlaf habe ich mitbekommen, dass Carter immer wieder verschwindet, doch sobald ich die Augen aufschlage ist er da und mein Herz macht einen kleinen Hüpfer. Diesmal bringt er das Aroma frisch aufgebrühten Kaffees mit, mein ultimativer Weckruf.

„Wie geht es dir?“, fragt er mit rauer Stimme und küsst meine Schulter. Anscheinend kann er spüren, dass ich wach bin, das entlockt mir ein Lächeln. Er setzt sich auf und lehnt sich gegen das Kopfende. Mich zieht er dabei mit sich, sodass ich auf seinem Schoß sitze, und schließt mich in die Arme.

„Überraschend gut“, beantworte ich seine Frage und schenke ihm ein Lächeln. Nach dem gestrigen Abend hätte ich das nicht erwartet. Aber diese Nacht hat alles verändert, ich habe mich verändert.

„Verrate mir eine Sache." Er streicht mir eine Strähne zurück und nimmt mein Gesicht in seine Hände. „Wie hast du ihn in diesen Zustand gebracht?"

Für einen Moment schließe ich die Augen und stoße den Atem in einem langen Zug aus.

„Es war erstaunlich einfach – fast zu leicht. Ich meine, wenn man bedenkt, wie durchgeknallt er ist hätte es schwieriger sein müssen."

„Was hast du getan?"

„Ich …" Ich zögere einen Moment, das ist nichts, worauf ich stolz bin. Aber früher oder später wird er sich die Bänder ansehen und erfahren, was passiert ist. Und, na ja, es ist Carter. Ihm kann ich alles erzählen, selbst meine dunkelsten Geheimnisse.

Also erzähle ich ihm von den Schlägen, die ich ausgeteilt habe, und wie sehr mich das befreit hat. Es müsste beschämend sein, doch in Carters Augen lese ich keine Verurteilung. Sie sind konzentriert und voller Wärme. Ich fühle mich angenommen, darum lasse ich nichts aus.

„Ich habe ernsthaft darüber nachgedacht, ihn zu kastrieren", sage ich schließlich und lehne den Kopf gegen seine Schulter.

„Kann ich dir nicht verdenken", ist alles, was er dazu sagt. Typisch Carter.

„Das ist mein Ernst!"

„Meiner auch."

Seufzend rubble ich mir die Stirn. „Warum war es so einfach, ihn zu kippen? Ich habe bloß an der Oberfläche gekratzt und er ist regelrecht aufgeflogen. Seit ich ihn kenne, ist er mit allem durchgekommen, hätte er nicht mehr Widerstand zeigen müssen?"

„Vielleicht war gerade das der Grund dafür. Er ist es gewohnt seinen Willen durchzusetzen, musste nie für etwas kämpfen. Er ist ein Eastbrook, das öffnet Türen, ohne dass er etwas dafür tun muss.

Du und ich, wir sind Kämpfer, Henry ist ein Wegläufer. Wenn er etwas verbockt, hinterlässt er den Dreck seinem Vater, damit er hinter ihm aufräumt. Aber damit ist es jetzt vorbei."

„Wie meinst du das?"

Carter sieht auf mich hinab und hebt einen Mundwinkel.

„Baby, du solltest dir etwas überziehen. Wenn mich deine Titten noch eine Minute länger anstarren, ohne dass ich sie in den Mund nehmen kann, werde ich wie ein wildes Tier über dich herfallen. Er nickt zum Küchentresen. „Außerdem hab ich uns Kaffee gemacht."

Das würde den himmlischen Duft erklären. Ich könnte sterben für einen Latte, darum löse ich mich mit einem breiten Grinsen von ihm und schwinge die Beine aus dem Bett. Auf dem Boden liegt sein Workout-Shirt, das ich mir über den Kopf streife. Von seinen Shirts kann ich nicht genug bekommen. Sie sind irre bequem, superweich und duften nach, nun ja, ihm.

Ich fülle zwei Becher mit unserem Muntermacher und hüpfe auf die Theke.

„Was ist mit Henrys Vater?", frage ich, nachdem er einen Schluck Kaffee genommen hat. Dass er mich dabei wie ein hungriger Wolf beobachtet jagt mir kleine Schauer über den Rücken. Mein Herz macht einen aufgeregten Hüpfer und schüttet eine Tonne Glückshormone aus. Es ist ein unbeschreibliches Gefühl, zu wissen, dass ich geliebt werde. Dass er mich will, obwohl ich beschädigte Ware bin.

„Henry steht unter enormem Druck", unterbricht er meine Überlegungen. „Sobald das Urteil gefällt ist wird sein Vater ihn fallen lassen. Sollte er freigesprochen werden, checkt sein Daddy ihn bei der Armee ein und lässt ihn nach Afghanistan karren, damit er ihn los ist. Henry ist dabei die Karriere seines alten Herren zu zerstören und ist der Hauptgrund dafür, warum Edwards, und nicht der alte Eastbrook, für das Präsidentenamt kandidieren wird.

Walther Eastbrook ist fertig mit seinem Sohn, und das weiß Henry. Seine finanziellen Mittel sind begrenzt, zumal ihm sein Vater den Geldhahn zugedreht hat." Er schüttelt den Kopf und nimmt einen weiteren Schluck. „Die Frage sollte also eher lauten, warum er nicht schon früher zusammengebrochen ist. Henry ist wie eine geladenen Kanone, die jeden Augenblick losgehen kann. Jetzt ist er auch noch auf Koks und so gut wie nicht mehr zu kontrollieren. Seinem Vater reicht es. Jahrelang hat er versucht einen Skandal zu vermeiden, doch damit ist er grandios gescheitert."

Koks. Das wäre eine Erklärung für seinen Kollaps. Wenn er ohnehin schon an einer Klippe stand, brauchte es nur einen kleinen Schubs, den Rest erledigt die Schwerkraft. Endlich mal ein Glückstreffer.

Und dann passiert etwas Unerwartetes. Ich empfinde Mitleid mit Henry, ist das zu fassen? Ich meine, keine Ahnung, was ihm als Kind passiert ist, was seine Mutter ihm angetan hat, wenn es überhaupt so war. So oder so ist er ernsthaft krank, ob aus Vernachlässigung oder weil er missbraucht wurde.

„Was ist los?" Carter nimmt mir das Latte-Glas aus der Hand, in das ich wohl schon eine Weile gestarrt habe.

„Ich glaube, Henry braucht Hilfe", sage ich nach einer gefühlten Ewigkeit. „Eine Therapie oder so was."

„Klar braucht er die. Mein Therapievorschlag wäre eine Kugel zwischen die Augen, damit wäre uns allen geholfen."

„Das ist mein Ernst."

„Baby", sagt er und streicht mein Haar zurück. „Wir leben in einer Zeit, in der jeder Zugang zu Informationen hat. Henry hatte jede Chance, sich Hilfe zu holen. Obendrein lebt er in einem Umfeld, das ihm Tür und Tor zu den besten Ärzten öffnet. Dennoch hat er es vorgezogen, seine Abgefucktheit auszuleben, statt sich ihr zu stellen. Sie zu zelebrieren und Leben zu zerstören, anstatt Verantwortung zu übernehmen."

„Aber wenn sein Vater ihm …"

Carter macht eine Handbewegung als wolle er eine Mücke verscheuchen.

„Sein Umfeld hat versagt, keine Frage. Aber das ist kein Freibrief, seine Mitmenschen zu terrorisieren. Glaubst du Avery hatte eine leichte Kindheit? Jeden Tag Zuckerwatte und Kindergeburtstag?"

Zugegeben, das stimmt.

„Und Du? Was hast du in deinem Leben alles durchgemacht? Gibt dir das automatisch das Recht anderen das Gleiche anzutun?"

Meine Schultern sacken ab, was er sagt, ist richtig. Carter zieht mich gegen seine Brust und fährt mit den Händen meine Arme auf und ab.

„Es ist ganz natürlich, nach Erklärungen zu suchen. Aber begehe nicht den Fehler, dir die Schuld in die Schuhe zu schieben, oder der Gesellschaft. Die Verantwortung tragen Henry und seine Familie.

Der alte Eastbrook hätte ihn einweisen lassen sollen, als es noch nicht zu spät war. Doch er hat es vorgezogen wegzusehen. Selbst nachdem Henry dich missbraucht hat, hat er nicht reagiert. Stattdessen hat er alles in seiner Macht stehende getan, die Sache zu vertuschen. Dabei ging es ihm nicht mal um seinen Sohn, sondern darum, Schlagzeilen zu vermeiden. Dafür hat er Beweise vernichtet, Cops bestochen. Sein Sohn wurde für ein Jahr nach Europa geschickt, als wäre das die Lösung."

Er schüttelt den Kopf und küsst meine Stirn.

„Die Eastbrooks haben so viel Leid und Unglück über ganze Familien gebracht. Wenn du für jemanden Mitgefühl aufbringen möchtest, dann für Henrys Opfer."

Vorsichtig fährt er mit den Fingerknöcheln über meine

Wange. „Für dich, Baby."

Überrascht blinzle ich. Ich soll mich selbst bemitleiden?

„Sei nicht so hart zu dir. Was immer du in der Suite mit ihm anstellen wolltest, du hast es nicht getan, und damit im Grunde meine These bewiesen."

„Welche These?"

„Als du Gelegenheit hattest all deine Wut und den Schmerz rauszulassen, hast du Henry verschont. Du bist nicht wie er und wirst es nie sein."

15

Da mir klar ist, dass Carter viel zu tun hat, verabschiede ich mich eine Stunde später und nehme ein Taxi zum Dudley Square. Doch zu Hause bin ich rastlos. Das Gespräch liegt mir im Magen, ganz zu schweigen von den Ereignissen der vergangenen Nacht.

Ich räume auf, koordiniere meine Termine, beantworte Mails. Das einzige Projekt mit drängendem Abgabetermin, ist eine Fotocollage für die Uni. Logan möchte einen Materialmix mit Elementen wie Sand oder Metall. Ich habe eine ungefähre Vorstellung von der Gestaltung meiner Arbeit, dazu brauche ich allerdings ein Fotolabor, eine Werkstatt, Zeit und viel Ruhe.

Ich könnte zur Uni fahren, doch man muss sich anmelden bevor man die Labore nutzen darf, nicht selten Wochen im Voraus. Natürlich hat Logan ein Riesenlabor, und mir mehr als einmal angeboten, es zu nutzen. Obwohl ich das Angebot schätze, kommt es nicht infrage. Sollte herauskommen, dass ich meine Hausarbeit bei meinem Professor angefertigt habe, könnte es meine Arbeit in ein schlechtes Licht stellen. Wer würde mir glauben, dass das mein Werk ist, und nicht Logans?

Bleibt Allister. Sein Traumhaus in Back Bay bedeutet Raum und Ruhe für mich. Ein Fotolabor ist ebenfalls vorhanden inklusive Studio. Schwere Entscheidung.

Während ich packe wird mir klar, wie gut ich den Tapetenwechsel gebrauchen kann. Ich brauche Abstand und Raum, über alles nachzudenken. Seit ich Avery getroffen habe kommt es mir vor, als wäre ich in eine Achterbahn gestiegen und seit dem suche ich den Ausgang. Während unserer Wirbelwind-Beziehung ist so viel passiert. Der ganze Krempel, der sich in den letzten Jahren in mir angestaut hat, hat sich gelöst und war plötzlich da. Wie Strandgut, das ans Ufer gespült wurde.

Obwohl der Sex mit ihm spektakulär war, haben wir

keine echte Nähe aufgebaut. Wir haben nicht geredet, das war das Problem, zudem hat mich Averys besitzergreifende Art erstickt. Es gab keinen Moment der Ruhe, kein Innehalten.

Danach folgte Europa, ein Trip, bei dem ich mit Logan und der Filmcrew zwanzig Stunden am Tag zusammen war. Als ich zurück nach Boston kam ging die Uni los und ich habe einen Job nach dem nächsten ergattert.

Und dann kam Carter. Er ist vermutlich das Beste, das mir seit Jahren passiert ist. Ich liebe ihn, da bin ich mir sicher. Dennoch brauche ich Zeit, um herauszufinden, ob ich ihn aus den richtigen Gründen liebe. Um seinetwillen, nicht, weil ich ihn brauche. Ich möchte nicht abhängig von ihm sein – von niemandem. Weder emotional noch sonst wie. Ich meine, er hat es verdient, dass ich ihn um seiner selbst Willen liebe, oder?

Carter ist der einfühlsamste Mensch den ich kenne. Er stellt seine Bedürfnisse zurück und gibt mir, was ich brauche. Er kümmert sich um mich, sorgt für mich und liebt mich im wahrsten Sinne des Wortes. Er ist ein umwerfender Liebhaber und zeigt viel mehr Facetten als Avery. Mal ist er wild und ungezähmt, dann wieder so zärtlich, dass ich vor Glück weinen möchte. Mit ihm kann ich während des Sex sogar lachen, das hatte ich noch nie.

Ich kann mich nicht erinnern, wann ich mich so angenommen, so umsorgt gefühlt habe, wie in seiner Nähe. Aber ich habe Gepäck, und zwar reichlich. Henrys Prozess macht mir zu schaffen, ich fühle mich, als wäre ich aus Glas. Angreifbar und zerbrechlich.

Für die Vorstellung, die ich in der Suite abgezogen habe, sollten sie mir einen Oscar verleihen. Das hat mich meine ganze Kraft gekostet und mich mit meinen schlimmsten Ängsten konfrontiert. Ich wollte ihn umbringen! Wenn auch nur für ein paar Sekunden, aber um einen Abzug auszulösen reicht das.

In jedem Fall hat es gereicht, mir eine Heidenangst einzujagen, verbunden mit der Frage, ob das gleiche Biest in mir schlummert, wie in ihm. Das Gespräch mit Carter hat mich wieder geerdet, zumindest in dieser Hinsicht sehe ich wieder klarer.

Aber dann ist da noch mein Vater, der vor Kurzem in mein Leben getreten ist. Im Grunde ist er ein Fremder für mich. Ich möchte ihn besser kennenlernen, mehr über ihn erfahren, wer ich bin und woher ich komme.

Ergibt das irgendeinen Sinn? Innerlich seufze ich und sende Allister eine Kurznachricht.

Maya: Ist es okay, wenn ich ein paar Tage in Dein Haus umsiedle?

Die Antwort dauert Sekunden.

Dad: Das ist DEIN Zuhause!

Dad: Natürlich ist es okay, ich freue mich!

Eine Sorge weniger.

Dad: Hast du die PIN für den Eingang noch?

Maya: Habe ihn dabei. Ich freue mich auch ☺.

Maya: Kommst Du am Wochenende?

Dad: Leider erst Samstagnacht, aber dann haben wir den ganzen Sonntag, versprochen.

Maya: Klingt gut!

Lächelnd rufe ich mir ein Taxi und kann nicht damit aufhören, bis wir sein Haus in Back Bay erreichen. Nicht zu fassen, wie sehr sich mein Leben in den letzten sechs Monaten verändert hat.

Ich liebe Allisters Haus, es ist weitläufig, und in warmen Naturfarben gehalten. Dielen bedecken den Boden, heller Sandstein die Wände. Außerdem ist es leer und duftet nach Bohnerwachs und Holz. Es riecht so, wie ich mich fühle, neu.

Es dauert nicht lange und ich besetzte die gesamte oberste Etage, ordere Essen und versenke mich in meine Arbeit. In nur zwei Tagen vollbringe ich wahre Wunder. Die Fotocollage wird besser, als ich geplant hatte, Schuld daran ist ein Unfall. Beim Umräumen ist mir eine Flasche Leinöl umgefallen und hat sich über eines der Schwarzweißfotos ergossen. Das Fotopapier hat das Öl wie ein Schwamm aufgesaugt. Um zu retten, was zu retten ist, habe ich das vollgesaugte Bild mit Pastellkreide bearbeitet. Der Effekt ist erstaunlich. Die Kreide hat sich mit dem Öl verbunden, sich darin aufgelöst und eine zarte Spur aus goldener Farbe hinterlassen. Sie weicht den harten Schwarzweißkontrast des Bildes auf, glättet die Kanten der Aufnahme.

Das Foto zeigt Carter im Schlaf und ist wunderschön. Er ist wunderschön. Wenn er schläft werden seine Gesichtszüge weich und bilden einen faszinierenden Gegenpol zu den harten Muskeln an Hals und Armen. Er sieht zum Anbeißen aus, kraftvoll und doch entspannt.

Er liegt auf dem Rücken und hat einen Arm über das Gesicht geworfen. Man kann seinen Waschbrettbauch sehen, sowie die feine Linie seiner Brustbehaarung, die unter der Bettdecke verschwindet. Die Narben sind durch das Spiel von Licht und Schatten kaum zu erkennen, man könnte sie auch für Kratzer auf der Fotografie halten. Die Schwarzweißaufnahme ist im Vintage-Stil aufgemacht, um dem Bild einen Touch von Alter zu geben. Als Rahmen habe ich verwittertes Holz vorgesehen, das ich locker um die Fotografie platziere. Richtig angebracht wirkt es von Weitem, als sei das Holz Teil des Bettrahmens, was der Aufnahme einen 3D-Effekt verleiht.

Da dies ein sehr persönlicher Moment ist, werde ich Carter um grünes Licht bitten, bevor ich das Bild für meine Hausarbeit verwende. Alternativen habe ich reichlich, aber keine der Aufnahmen kommt an die Schönheit und Anmut dieses Bildes heran, das mein Herz höher schlagen lässt.

Samstagabend kommt Allister aus Washington und überrascht mich. Ich hab völlig vergessen, wann er kommen wollte, sonst hätte ich vorher aufgeräumt. Die Unordnung, die ich in seinem Haus hinterlassen habe, ist mir peinlich, ihm dagegen scheint es zu gefallen.

Wir bestellen Sushi, danach erkundigt er sich nach meinen Uni-Projekten. Mittlerweile habe ich mich für zwei Hauptfächer eingetragen, Fotokunst und Malerei mit Psychologie als Nebenfach. Noch kann ich das Hauptfach wechseln, aber mir war es wichtig mich festzulegen, damit ich auf etwas hinarbeiten kann. Ein Ziel, das mir so lange gefehlt hat.

Als ich ihm meine Fotoarbeiten erkläre klingelt es energisch an der Haustür. Allister sieht mich stirnrunzelnd an.

„Erwartest du Besuch?"

„Abgesehen von Carter weiß niemand wo ich bin."

„Warte hier", sagt er und trabt die Treppe hinab ins Erdgeschoss. Als ich aus dem Fenster auf die Straße sehe, fällt mir ein Mann in Fahreruniform auf, Jim. Er unterhält sich mit jemandem in ähnlicher Kluft, der vermutlich Allisters Bodyguard ist. Wenn Jim vor der Tür steht kann das nur bedeuten …

„Hältst du es wirklich für eine gute Idee bei mir aufzukreuzen?"

„Das spielt jetzt keine Rolle mehr. Wo ist sie?"

„Avery, lass das!"

Zwei Stufen auf einmal nehmend kommt er die Treppe rauf, so zielsicher, als wüsste er wo er mich findet. Als er vor mir steht muss ich zweimal hinsehen, beinah erkenne ich ihn nicht wieder.

Sein Anzug ist zerknittert, die Krawatte gelockert, er sieht aus, als hätte er in den Klamotten geschlafen. Sein Gesicht wirkt grau, die vollen Lippen hat er zu einer dünnen Linie zusammengepresst und er hat gigantische Ränder unter den Augen. Das ist nicht die Lichtgestalt, die ich kenne. Vor mir steht ein erschöpfter, rastloser Mann.

„Maya."

Er legt so viel Gefühl in dieses Wort, dass mein Herz

einen Satz macht.

„Ist es wahr, dass du Henry im Loews getroffen hast?"

Ähm. Okay, das habe ich jetzt nicht erwartet. Allister wählt diesen Moment zu uns aufzuschließen und bleibt bei Averys Worten wie angewurzelt stehen.

„Du hast dich mit Henry getroffen?" Er klingt entsetzt.

„So war das nicht!" Frustriert werfe ich die Hände in die Höhe. „Ich dachte, Avery würde dort auf mich warten." Ich schüttle den Kopf. „Es war eine Falle."

Avery flucht und mein Vater wird weiß wie eine Wand. „Wie konnte das geschehen?", seine Worte sind an Avery gerichtet. „Ich dachte, sie hat Personenschutz."

„Das Ganze war meine Schuld", gehe ich dazwischen. „Ich habe den Jungs gesagt, dass ich zu Avery fahre."

Doch Allister schüttelt vehement den Kopf. „Das ist keine Entschuldigung! Deine Bodyguards haben dich überallhin zu begleiten und die Örtlichkeiten zu überprüfen, egal wohin du fährst."

„Dad, das waren Carters Männer." Ich lege meine Hand auf seinen Arm. Ob es an der Berührung liegt oder dass ich ihn Dad genannt habe – was immer auf seinen Lippen lag erstirbt und er schluckt es runter.

„Woher sollten sie wissen, dass es ein Hinterhalt ist?", fahre ich eindringlich fort. „Sie dachten, ich würde mich mit Avery treffen und er hat Jim, der auf ihn aufpasst."

Allister presst die Lippen zusammen, doch er bekommt unerwartet Rückenwind von Avery.

„Hast du ernsthaft geglaubt, ich würde dich ins Loews einladen?"

Seufzend mache ich eine einladende Geste, um diese unselige Diskussion nicht im Flur zu führen. Das Wohnzimmer hat nur ein einziges Möbelstück, eine L-förmige Couch, auf die ich mich im Schneidersitz niederlasse. Avery zieht es vor zu stehen, genau wie Allister.

„Hätte ich darüber nachgedacht, wäre mir aufgefallen, dass die Nachricht gefakt ist." Ich rubble mir mit einer

Hand über die Stirn, dann suche ich Averys Blick. „Du bist mir monatelang aus dem Weg gegangen und ich wollte diese Aussprache unbedingt."

Avery flucht und öffnet den obersten Hemdknopf. „Darling, das tut mir leid." Er läuft vor mir auf und ab, die Hände in den Taschen seiner Anzughose vergraben. Himmel, er sieht todmüde aus.

„Wann hast du das letzte Mal geschlafen?" Die Frage ist draußen bevor ich sie aufhalten kann. Avery bleibt mitten im Schritt stehen und sieht mich verdutzt an.

Mein Vater lacht kurz und freudlos auf. Dann räuspert er sich. „Ich bereite uns einen Espresso, ich glaube, wir können alle einen vertragen." Damit verschwindet er in die Küche. Vermutlich geht es ihm weniger um die Getränke, sondern darum, uns Raum zu geben.

Kaum ist er verschwunden kommt Avery zu mir und ergreift meine Oberarme.

„Geht es dir gut? Hat er dir etwas getan? Wie bist du da mit heiler Haut rausgekommen, my Love?"

My Love. Es kommt mir wie eine Ewigkeit vor, seit ich das gehört habe. Wie gerne würde ich meine Arme um ihn legen. Ihn an mich drücken und ihm den Frieden geben, den er so dringend braucht. Aber das geht nicht. Damit würde ich ihm nicht helfen und um ehrlich zu sein, sind noch nicht alle Teile meines Herzens zusammengekittet.

„Es geht mir gut", versichere ich und lege meine Hand auf seine Wange. Er schließt kurz die Augen und nimmt einen tiefen Atemzug.

„Wie hast du davon erfahren?"

Als er die Lider öffnet, wirken seine Augen bewölkt. Ein Sturm, der im Meer seiner blauen Iris aufzieht.

„Ich war in San Francisco, um mit Kollegen einen neuen Fall zu durchzugehen. Im Hotel gab es einen Brand und ich musste umziehen. In der Hektik ist mein Smartphone auf der Strecke geblieben, sodass mich meine

Kanzlei nicht erreichen konnte. Sie wussten nicht mal, in welches Hotel ich gezogen bin. Erst auf dem Rückflug habe ich mitbekommen, dass mein Mandant im Gefängnis sitzt, während sein Geständnis auf allen Sendern ausgestrahlt wird.“ Avery macht eine Pause und streicht sich mit einer Hand über das kurze Haar.

„Meine Partner haben versucht ihn mit einer höheren Kaution freizubekommen, aber der Druck der Öffentlichkeit ist zu hoch. Als ich den Bastard im Knast besuche, sieht er aus, als wäre er unter die Räder gekommen, sein Gesicht ist grün und blau. Er behauptet, du hättest ihn angegriffen, er war wie von Sinnen. Ich musste ihn sedieren lassen. Danach habe ich Carter aufgesucht, der schon mal gesprächiger war …“

Der Rest seiner Geschichte geht im Summen meiner Ohren unter, denn mein Hirn hat sich an der Stelle ausgeklinkt, als er Henrys Bekenntnis erwähnt hat. Es gibt nur ein Geständnis und das habe ich über mein Telefon an Carter geleitet, der es aufgenommen hat.

Hundertmal schon wollte ich es benutzen, doch Carter hat mir immer wieder versichert, er und sein Bruder verfolgen einen Plan. Davon abgesehen hat mich die Vorstellung, Allisters Ruf zu ruinieren, davor zurückschrecken lassen. Das würde unweigerlich passieren, sobald sich herausstellte, mit wem Henry im Aufzug gesteckt hat. Alles würde hochkommen, die ganze Geschichte, und ich stünde einmal mehr im Fokus des öffentlichen Interesses.

Diesmal wäre ich nicht die siebzehnjährige Unschuld vom Lande, sondern ein Nacktmodel, das eine Affäre mit Mr Hotshotanwalt angefangen hat, danach mit dessen Bruder. Meine Entscheidungen, mein Verhalten, alles, was mir passiert ist, würde sich auf Allisters Karriere auswirken und das ist nichts, das ich ihm zumuten möchte. Ich meine, der Mann lebt seit dreißig Jahren skandalfrei und ist einer der Top Kandidaten der Demokratischen Partei, für die nächste Präsidentschaftswahl. Dann trete ich in sein Leben, und seine Chancen gehen den Bach runter. In diesem Punkt hatte Edwards Recht: Mit meinem Gepäck hätte ich nicht nur Averys Karriere vereitelt. Ich bin auch eine Gefahr für Allisters Aufstieg.

Aus diesem Grund habe ich die Tonbandaufnahme als letztes Mittel zurückgehalten, falls Henry freigesprochen würde.

Anscheinend hat Carter seine Meinung geändert. Dass er das nicht mit Avery abgesprochen hat ist offensichtlich.

~ * ~

„Ihr Weiber schreit immer gleich nach Vergewaltigung. Erst macht ihr uns an, dann lasst ihr uns zappeln, und wenn uns die Geduld ausgeht, war es unsere Schuld. Diese Alisha war genauso. Sie kommt, um zu spielen, dann will sie plötzlich die Regeln ändern und macht auf spröde. Aber meine Regeln ändert niemand."

Henrys Stimme war leise, doch Blake hatte die Aufnahme so bearbeitet, dass man sie zweifelsfrei wiedererkannte.

„Nachdem ich mit ihr fertig war, habe ich sie an meine Freunde weitergereicht und die an ihre. Danach war die Gute ziemlich erledigt und zu nichts zu gebrauchen, darum haben wir sie in die Glades gebracht. Dummerweise ist sie nicht schnell genug gestorben. Ein Angler hat sie gefunden, da hatte sie noch einen Puls.

Dieser Fehler wird mir nicht mehr passieren. Wenn ich mit dir fertig bin, wirst du nicht lang genug atmen, um jemandem davon zu erzählen, darauf hast du mein Wort."

Carter knipste den Fernseher aus und warf die Fernbedienung auf den Schreibtisch. Die Bilder von Maya und Henry im Fahrstuhl erloschen, der Monitor wurde schwarz.

Es lief seit Tagen nonstop auf allen Nachrichtensendern. Henrys Geständnis hatte das Gerichtsverfahren um hundertachtzig Grad gedreht. Zuerst hatte sich Richter Mills quergestellt und sich geweigert, die neuen Beweismittel zuzulassen. Dann wurden Fotos vom Richter auf einer Spendenparty veröffentlicht, in denen er Gouverneur Eastbrook herzlich die Hand schüttelt. Andere zeigten ihn Zigarre qualmend hinter seinem Schreibtisch im Richterzimmer mit hohen Tieren der Republikaner. Die Headline war gnadenlos:

Job beim Obersten Gerichtshof gegen Freispruch abzugeben!

Danach war Mills gezwungen den Fall abzugeben. Die neue vorsitzende Richterin, Emily Sanders, stellte schnell klar, dass der Schmusekurs mit dem Angeklagten vorbei war. Als Erstes wurde angeordnet, dass Henry bis zur Urteilsverkündung in Gewahrsam bleibt. In ihrer zweiten Amtshandlung entließ sie die Jury. Neue Geschworene zu finden, würde ein Kraftakt werden, da der Prozess Dauerthema in den Medien war. Wer konnte schon von sich behaupten unvoreingenommen an den Fall heranzugehen, nachdem Henry den Mord praktisch gestanden hatte.

Jetzt ging das Ganze von vorn los, diesmal mit einer Mordanklage und einer Richterin mit einer Null-Bullshit Politik.

Er war seinem Ziel ein großes Stück nähergekommen, wäre da nicht die Tatsache, dass er Maya seit fünf Tagen nicht gesehen hatte. Seit sie aus seinem Penthouse verschwunden war hielten sie über den Messenger Kontakt und haben zweimal telefoniert. Das letzte Gespräch war allerdings nicht gut gelaufen.

Da sie die Nachrichten noch immer mied, hat sie erst spät von der Veröffentlichung der Aufnahme erfahren, und dann auch noch von Avery, war ja klar. Normalerweise wäre Carter zu ihr gefahren, hätte es ihr erklärt. Aber Mann, sie war echt sauer auf ihn, brauchte Zeit zum

Nachdenken. Das konnte er ihr kaum abschlagen, sie war verletzt. Zu recht, immerhin hatte er ihr eine Entscheidung abgenommen, die sie betraf.

Dennoch, er würde es wieder tun. Ob mit oder ohne ihr Einverständnis, die Aufnahme wäre online gegangen. Hätte sie es ihm verboten, wäre es viel schwerer für sie, ihm zu verzeihen, da war er sich sicher. Allerdings musste er für ihre Sicherheit sorgen, und konnte nicht auf ihre Ängste Rücksicht nehmen. Die Angst, erkannt zu werden, und was das auslösen würde.

Carter zerwuselte sich mit einer Hand das Haar und tigerte im Raum umher. Er wünschte, sie würde ihm mehr vertrauen. Als ob er zulassen würde, dass sie in den Medien bloßgestellt wird. Oder Allister, wo er schon dabei war. Denn auch das war ein Teil ihrer Ängste, dass sich ihr Vater ihretwegen schämte. Dass sie sein schmutziges Geheimnis war, sein Fehltritt, eine Affäre mit dem Dienstmädchen, für die er nun bezahlen musste.

Sie wollte so sehr, dass er stolz auf sie war, wie ein Kind, das seinen Eltern etwas beweisen wollte. Er konnte nur annehmen, dass sie auch ihm etwas beweisen wollte.

Vor dem Schreibtisch blieb er stehen und nahm einen tiefen Atemzug. Verdammt, er wollte sein Mädchen. Dass sie sich von ihm fernhielt schmeckte ihm nicht, aber er verstand, dass sie Raum brauchte.

Ja, klar.

Fluchend wischte er mit einer Handbewegung den Schreibtisch leer. Telefon, Akten, Stifte und Heftklammern segelten durch den Raum und verteilten sich über den Boden.

Scheiß auf Verständnis, er hatte sie seit Tagen nicht gesehen, allmählich verlor er den Verstand. Ging es ihr gut? Wenn er sie nicht daran erinnerte vergaß sie zu essen. Fuck! War sie fertig mit ihm und hasste sie ihn jetzt? Warum ließ sie zu, dass Avery sie besuchte, während er außen vor stand? Als sie das letzte Mal zusammen waren hatte sie gesagt, dass sie ihn liebte. Machte sie einen Rückzieher? Hatte er sie mit seinem Liebesgeständnis überfahren? War das der wahre Grund, warum sie sich zurückzog?

Er fluchte abermals und trat gegen den Schreibtisch. Verdammt, warum hatte er nicht die Klappe gehalten? Maya machte eine schwierige Zeit durch. Henry war zwar im Gefängnis, doch die letzte Begegnung hatte ihr gezeigt, wie angreifbar sie war, wie verletzlich.

Obwohl sie im Moment sauer auf ihn war, hielt sie ihn für einen selbstlosen Ritter, weil er sie unter seine Fittiche genommen hat. In Wahrheit hatte er es getan, weil er sie von Logan lösen wollte. Er hasste die Vorstellung, dass sie vor diesem Pseudo-Intellektuellen, der ihr seit Jahren hinterherhechelte, nackt posierte.

Zumindest darin waren Avery und er sich einig. Auch wenn er zugeben musste, dass die Fotos überwältigend waren. Allerdings würde er sie niemals öffentlich ausstellen, sondern für seine Privatsammlung zurücklegen. Bei der Vorstellung, wie sich die Pirelli-Kunden vor dem Kalender einen runterholten ballte er die Hände zu Fäusten. Niemand sollte sein Mädchen so sehen – seine Frau. Und genau das war sie – oder würde es sein, sobald sie bereit war. Maya gehörte ihm, daran hatte er keinen Zweifel.

Das Klingeln des Telefons riss ihn aus seinen Gedanken. Er brauchte einen Augenblick, bis er es unter dem Besucherstuhl fand und runzelte die Stirn. Das war Hank, sein Mann in Miami. Hoffentlich hatte er zur Abwechslung mal gute Nachrichten.

„Was?“, blaffte er in den Hörer.

„Hab ihn, Boss! Er ist ein paar Wochen untergetaucht, aber ich habe all seine Dealer verwanzt, bei einem ist er eben aufgekreuzt.“

„Bis du sicher, dass er es ist?“ Crystal Meth war nicht gnädig zu seinen Usern, es konnte zu schweren Entstellungen führen, besonders im Gesicht.

„Hundert Prozent!“

Langsam stieß er den Atem aus. Volltreffer. Endlich hatte er Zac und Brad, die beiden Motherfucker, die glaubten, ihrer gerechten Strafe zu entkommen. Das FBI war ebenfalls hinter ihnen her. Laut seinen Informationen wurde Zac per Haftbefehl gesucht, seinem Bruder würde in den nächsten Tagen eine Vorladung zugestellt werden, unterzeichnet von der ehrenwerten Richterin Emily Sanders.

„Gute Arbeit, Hank. Bleib an ihm dran.“

„Der schlüpft mir nicht mehr durch die Finger. Hab ihm einen Peilsender verpasst.“

Obwohl er es nicht sehen konnte nickte er.

„Sag mir Bescheid, falls er die Stadt verlässt.“

„Wird gemacht, Boss!“

„Hank?“

„Ja, Boss?“

„Gute Arbeit!“

Er konnte sein Grinsen eher fühlen als hören und legte schmunzelnd auf. Eine Sorge weniger.

Mit kantigen Bewegungen hob er die Sachen vom Boden auf und warf sie zurück auf den Tisch.

Was zum Geier machte er hier, es war acht Uhr abends. Er musste Dampf ablassen, sonst drehte er durch. Er nahm die Stufen zu seinem Workout-Bereich, wechselte in Trainingsklamotten und tobte sich am Boxsack aus. Nachdem seine Knöchel blutig waren, wechselte er zu den Gewichten.

Er war ein solcher Idiot, Maya mit seiner Liebeserklärung zu überfahren. Auf der anderen Seite hatte er gehofft, sie würde es als Erste sagen, um sicher zu sein, dass sie bereit dafür war. Zum Teufel, er hatte bereits einen Ring! Aber der musste warten. Nach seinem Überfall konnte er froh sein, wenn sie ihn nicht abservierte. Was nützten ihr seine abgeschmackten Liebesschwüre, er war nicht mal in der Lage sie zu beschützen. Henry hatte sie vor seiner Nase in die Finger bekommen. Es grenzte an ein Wunder, dass sie die Begegnung überlebt hatte, der Typ war komplett durchgeknallt.

Was, wenn sie nach dieser Begegnung beschlossen hatte, sich von ihm zu distanzieren? Wenn sie erkannt hatte, dass er nicht gut für sie war? Was, wenn …

Der Überwachungsmonitor seines Fahrstuhls sprang an, wie es aussah bekam er Besuch. Um diese Zeit? Es musste … sein Blick fand die Digitalanzeige neben dem Monitor – nach Mitternacht. Fuck, er war seit vier Stunden hier. Kein Wunder, dass sein Magen rebellierte, er hatte um fünf das letzte Mal gegessen.

Er setzte sich auf und wischte sich den Schweiß aus dem Gesicht, dann öffneten sich die Türen und Maya spazierte in seinen Trainingsbereich. Abgesehen von den Ringen unter den Augen sah sie fantastisch aus. Sie trug ein knielanges Etuitkleid aus burgunderfarbener Seide, darüber eine Jeansjacke und lange schwarze Stiefel. Das Haar war offen und fiel in Wellen über ihre Schulter. Zum Teufel, sie strömte Sex aus, ohne sich dessen bewusst zu sein. Und das lag nicht an den Klamotten. Es war die Art wie sie ging, die Hüften wiegte, wie sie sich hielt. Der Blick ihrer seelenvollen Augen, der sich auf ihn heftete und nicht mehr losließ.

Er schluckte.

Großer Gott, machte sie mit ihm Schluss?

16

Nachdem sie ihn erreicht hatte, lehnte sie einen schwarzen A2 Zeichenkoffer gegen seine Gewichte, den er bis eben nicht mal bemerkt hatte, schwang ihre Killerbeine über die Bank und setzte sich rittlings auf seinen Schoß. Wie von selbst legten sich seine Arme um ihre Taille und zogen sie zu sich.

„Babe." Seine Stimme klang heiser.

„Ich kann nicht aufhören an dich zu denken", flüsterte sie und schlang die Hände um seinen Nacken. „Beim Malen", fuhr sie leise fort und küsste seine Schläfe. „Beim Laufen." Sie rutschte näher zu ihm, dabei glitt ihr Becken über die Länge seines Schwanzes, der aus seinem Dornröschenschlaf erwachte. Kurz schloss er die Augen, doch es war zu spät, er war hart wie Granit. Fuck!

Sie küsste seine Lider. „Beim Essen." Kuss „Und beim Duschen." Wieder ein Kuss.

Doppelfuck! Jetzt hatte er das Bild von ihr vor seinem inneren Auge, nackt unter fließendem Wasser. Falls sie bemerkte, dass sie auf einem Stahlrohr saß, ließ sie es sich nicht anmerken.

„Was du getan hast war nicht in Ordnung. Entscheide nie wieder etwas über meinen Kopf, wenn es mich betrifft, okay?"

Er nickte automatisch, obwohl er nicht sicher war, ob er ihr diesen Wunsch erfüllen konnte. Ihre Sicherheit ging vor, aber das behielt er für sich.

Sie bedeckte sein Gesicht mit ihren Händen. „So oder so liebe ich dich, auch wenn ich nicht weiß, ob ich es aus den richtigen Gründen tue", flüsterte sie und gab seinen Lippen einen sanften Kuss. „Möglicherweise bin ich bloß ein selbstsüchtiges Miststück, das dich nicht hergeben möchte, aber das ist mir egal. Denn jeder Tag ohne dich ist leer, verschwendet. Ich will dich, und es ist mir egal ob …

Seine Lippen pressten sich auf ihren Mund. Nicht zärtlich, sondern hungrig. Fünf verfickte Tage ohne sein Mädchen, ohne eine Berührung von ihr oder einen Kuss. Seine Hände fuhren ihren Rücken entlang, fanden den Reißverschluss und öffneten das Kleid, das er ihr kurzerhand über den Kopf zog. Von den Netzstrümpfen abgesehen war sie darunter so nackt, wie Gott sie erschaffen hatte.

Er gab ein Knurren von sich und hielt sie auf Abstand um sie zu betrachten. Ihre festen Brüste wippten vor seiner Nase auf und ab, die Warzen wie ein trotziges Kinn in die Höhe gereckt. Maya atmete schwer, ihr Blick war verschleiert.

„Carter“, flüsterte sie mit belegter Stimme. Sie klang so erregt, wie er sich fühlte. Ungeduldig zog sie am Bund seiner Trainingshose, bis seine Erektion befreit war. Dann beugte sie sich vor, strich mit der Zunge über seine Spitze und umschloss ihn mit den Lippen. O Shit.

Sie saugte, nahm ihn in den Mund, während sie eine Hand um seine Hoden schloss.

Sein Schwanz zuckte bei der Berührung ihrer Zunge, die über die Länge seines Schafts glitt. Das fühlte sich fucking fantastisch an, doch er wollte nicht kommen, noch nicht.

„Babe“, wiederholte er mit einer Stimme, die er kaum wiedererkannte. Er hob sie an und setzte sie zurück auf den Schoß. Ihr Blick war weich, die Lippen leicht geöffnet. Der Anblick allein reichte, dass ihm einer abging.

„Bitte“, sagte sie, nahm sein Gesicht in ihre Hände und küsste ihn, diesmal sanft. Dann hob sie das Becken an und setzte sich auf seinen Schwanz, der Zentimeter für Zentimeter in sie glitt. Er hätte sie vorher dehnen müssen, denn obwohl sie feucht war, fühlte es sich an, als würde sich eine Faust um ihn legen und zudrücken.

Er legte beide Arme um ihren bebenden Körper und presste sie an sich, bis kein Blatt zwischen sie passte. Und dann liebten sie sich. Maya ritt ihn, langsam, mit Gefühl. Walkte seinen Schwanz durch, bis er kurz davor stand zu explodieren. Statt aufzuhören massierte sie seine Eier, das reichte, ihn um seine Selbstbeherrschung zu bringen. Er kam mit einem urtümlichen Schrei, dann küsste er sie, hungrig und brutal, während er sich in ihr ergoss.

Nachdem er wieder klar denken konnte bemerkte er, dass sie sich abermals auf ihm bewegte und da weitermachte, wo sie aufgehört hatten.

„Ich liebe dich", flüsterte sie. Arme und Beine um ihn geschlungen, hatte sie ihn so dicht an sich gezogen, dass sie wie eine Briefmarke an ihm klebte.

Carter spürte ihr Verlangen, das in Wellen von ihr ausging und seinen Körper unter Strom setzte. Er schob seine Hände unter ihren Po, stand mit ihr im Arm auf und trug sie zum Regal mit den Gewichten.

Sie brauchte ihn in sich, hart und intensiv, um sich seiner Nähe zu vergewissern. Er konnte nicht fassen, dass sie so ausgehungert nach ihm war, wie er nach ihr.

Vorsichtig setzte er sie auf einer der Stangen ab, spreizte ihre Beine und schob ihr Becken vor. Mit der Hand fuhr er ihren Schenkel entlang bis zur Kniekehle und legte ihr Bein über seine Schulter, um besseren Zugang zu haben. Dann drang er mit einem einzigen Stoß bis zur Wurzel in sie ein.

Maya schloss die Augen und gab ein langgezogenes Stöhnen von sich. Sie griff nach oben und hielt sich an den Haltestangen über ihr mit den leichteren Gewichten fest, während er sie lang und gründlich fickte. Die Hände an ihrem Po, die Lippen um ihre Brustwarzen geschlossen, die sie ihm entgegenstreckte.

„O Gott", stöhnte sie, ließ eine Hand fallen und krallte die Nägel in seine Schulter. Er spürte, wie sie sich anspannte und seinen Schwanz umschloss, und legte die freie Hand auf ihre Klitoris, bis Maya mit einem gedehnten Stöhnen kam. Das Gefühl der Kontraktion ihrer Pussy machte ihn abermals hart. Ihre Wände verengten sich und quetschten seine Erektion zusammen – Fuck!

„Aaaaahhhh!"

Es klang wie eine Erlösung in seinen Ohren, das süßeste Geräusch, das er kannte. Und da er ein egoistischer Mistkerl war, fickte er sie abermals, bis er selbst über die Klippe fiel, und ihren Höhepunkt mit seinem eigenen in die Länge zog.

Nachdem sie wieder Luft bekamen, setzte er sich mit ihr im Arm auf die gepolsterte Hantelbank und gab ihr einen sanften Kuss auf die Lippen.

„Honey", sagte sie erschöpft. „Das brauche ich die ganze Nacht. Schaffst du das?"

Grinsend legte er ihre Hand auf seinen Ständer. Ihre Brauen fuhren in die Höhe.

„Echt jetzt?", fragte sie, ein Lachen in der Stimme.

„Fuck, Maya, ich will dich mehr als meinen nächsten Atemzug."

Ihre Mundwinkel bogen sich nach oben, die Augen glitzerten. „Das ist gut", sagte sie lächelnd und schloss die Lider. „Du bist mein nächster Atemzug. Ohne dich habe ich das Gefühl zu ersticken."

Er hatte nicht gewusst, dass er zu solchen Gefühlen fähig war. Sein Herz war vor Maya etwas eingerostet, doch bei ihren Worten hämmerte es gegen seine Brust. Diese Frau mochte einen brünstigen Stier aus ihm machen, aber das war ihm egal. Er war ein Mann, verdammt noch mal, und sie wollte … ihn.

Sie wollte ihn, wiederholte er im Geiste und ließ den Gedanken wie Murmeln durch seine Gehirnwindungen rollen. Nicht Avery oder Logan oder diesen verschissenen Reynolds – Maya hatte ihn gewählt. Sein Hals wurde eng, also räusperte er sich und warf sich sein Mädchen über die Schulter. Sie kreischte, darum gab er ihr einen Klaps auf ihren Knackarsch.

„Baby, wir duschen jetzt. Ich war schon vor deinem

Stunt verschwitzt, und das ist nach dieser Nummer nicht besser geworden.

~ * ~

Carters Bad ist, das muss ich einfach sagen, spektakulär. Grauer Schiefer auf Boden und Wänden und eine Decke aus Glas, sodass man beim Duschen den Himmel sehen kann. Der Duschkopf hat die Größe eines Platztellers, der das Leitungswasser wie Regen rieseln lässt, zumindest fühlt es sich so an.

Carter schäumt mich ein, Beine, Oberkörper, mein Haar. Sein Schwanz wippt wie eine Lanze auf und ab, am liebsten würde ich auf die Knie gehen und ihn in den Mund nehmen. Doch er hat andere Pläne. Er dreht mich, sodass ich ihm den Rücken zuwende und seift meinen Rücken ein.

Ich schließe die Augen und lehne die Stirn gegen den grauen Stein, während Carters Hände zwischen meine Schenkel gleiten. Sein pochender Schwanz liegt an meinem Po und ich gebe einen Laut von mir, der eine Mischung aus seufzen und schluchzen ist.

Gott, wie habe ich das vermisst, diese kompromisslose Intimität. Mit Carter muss ich mich nicht verstecken. Er weiß was ich brauche und im Moment brauche ich ihn.

Als hätte er meine Gedanken gelesen, drückt er mich der Länge nach gegen die Steinwand, bedeckt meine Hände mit seinen und dringt vorsichtig in mich. Mit dem Knie winkelt er mein linkes Bein an, bis mein Fuß auf einem Vorsprung Halt findet. Dann fädelt er seine Finger durch meine, zieht meine Arme über meinen Kopf und presst mich fester gegen die Steinwand, während er mich liebt. Erst sanft, um meine Reaktion zu testen. Das ändert sich, als ich kleine Lustlaute von mir gebe und ihm den Po entgegenstrecke. Er beißt in meine Schulter, den Hals, während mich sein Schwanz ausfüllt.

Es ist ein unfassbar erotisches Gefühl auf diese Weise genommen zu werden. Die Sensation seiner Härte in mir, sein Pochen, das sich mit meinem inneren Pulsieren vermischt, bis ich nicht mehr unterscheiden kann, wo er aufhört und ich anfange. All meine Sinne sind hellwach und nehmen jedes Detail auf.

Den rauen Stein, der gegen meine Wange und Brüste drückt. Er ist kühl und riecht leicht nach Algen. Im Kontrast dazu spüre ich das heiße Wasser, das wie Regen über meinen Körper perlt, mich wie eine zarte Decke umhüllt und mich wärmt.

Die wahre Hitze kommt jedoch von Carter. Sein breiter Körper hinter mir strahlt eine unbändige Kraft aus. Doch ich fühle mich nicht bedroht, niemals mit ihm. Bei Carter bin ich in Sicherheit, ihm vertraue ich mit jeder Faser. Er würde mich nie verletzen, wie so viele Männer vor ihm.

Ein tiefer Stoß von ihm presst die Luft aus meinen Lungen, als er mich buchstäblich gegen die Wand nagelt. Seine Lippen liegen in meinem Nacken, er saugt, beißt, leckt. Unsere ineinander verschlungenen Finger zucken, als er sich wieder und wieder in mich versenkt. Seine Stöße sind hart, fordernd, und ich gebe ihm, was er braucht. Carters Nähe ist elektrisierend, wird zu meinem Herzschlag, der sich mit seinem vereint, bis er seinen Samen in mich pumpt, und wir eruptionsartig zum Höhepunkt kommen.

Nach einem Nachtmahl auf dem Boden seines Schlafzimmers pflügt Carter mich abermals durchs Bett, bis wir vor Erschöpfung einschlafen.

Habe ich wirklich behauptet, Sex mit ihm wäre nicht spektakulär? Oups. Der Sex mit ihm braucht eine eigene Kategorie, eine, die noch nicht erfunden wurde. Von Hardcore bis Blümchensex ist alles dabei, und immer ist es intensiv. Ob er mich gegen die Wand nimmt oder mich im Arm hält, langsam liebt, während wir uns mit den Augen verschlingen, ist einerlei.

Und dann, bevor ich gegen Morgengrauen einschlafe dämmert es mir. Das ist kein Sex. Das ist Liebe.

Am nächsten Tag ist es nach zwei, als ich mich aus dem Bett rolle und wie John Wayne ins Bad wanke. Himmel, so wund war ich vorher noch nie. Dieser Sexmarathon ist selbst für unsere Verhältnisse nicht normal, aber ich schätze mal, dass wir das aus dem System bekommen mussten.

Nachdem ich das Vogelnest auf meinem Kopf beseitigt, und mir kaltes Wasser ins Gesicht gespritzt habe, geht es mir besser.

Hinter mir höre ich Carter fluchen, im nächsten Moment winden sich zwei Arme um meinen Körper und ich werde gegen eine feste Brust gedrückt. Als ich seine Härte spüre, strample ich mich frei und drehe mich in seinem Arm.

„Willst du mich umbringen?“ Meine Stimme klingt atemlos, was ihm ein Lächeln entlockt.

„Wenn du möchtest, dass ich die Finger von dir lasse, solltest du dich nicht nur mit meinem Shirt bekleidet, vorbeugen, und mir deine Pussy entgegenstrecken.“

„Es ist hochgerutscht“, protestiere ich und greife nach dem Saum.

„Das ist keine Entschuldigung.“ Er setzt mich auf den Waschtisch, tritt zwischen meine Schenkel und küsst mich lang und gründlich. Ich schließe die Augen und atme seinen leichten Bourbon-Duft ein. Die Schmetterlinge in meinem Bauch machen sich bemerkbar und ein wunderbares Glücksgefühl breitet sich in mir aus. Carters Hand bedeckt meine Wange, die andere wandert unter mein Shirt und fährt meinen Rücken auf und ab. Die Berührung beschert mir eine Gänsehaut, zumal ich weiß, was er mit seinen Fingern alles anstellen kann. Und seiner Zunge, wo ich schon dabei bin.

Im Geiste schüttle ich den Kopf. Ich wollte Distanz

zwischen uns bringen, um mir über meine Gefühle klar zu werden. Ich meine, das mit Avery und mir ging wahnsinnig schnell – ich habe geglaubt, ihn zu lieben. Wenn das wirklich Liebe war, wie ist es möglich, Carter so schnell danach in mein Herz zu schließen? Oder hat meine Lust für Avery meine Sinne vernebelt?

Bei Carter ist es anders. Wir hatten Zeit uns kennenzulernen, Zeit zum Reden. Ich würde nie behaupten, alles über ihn zu wissen, aber von Avery weiß ich so gut wie nichts. Und das Wenige stammt nicht von ihm, sondern Annie oder Edwards.

Ich kenne Carter, zumindest sein Herz. Anders als sein Bruder ist er nicht unberechenbar – und er ist nicht brutal. Der Sex kann hart sein, aber er braucht das nicht. Und danach können wir reden. Carter interessiert sich für mich, für mein Leben, das zeigen seine Fragen und das Interesse, das er mir entgegenbringt.

Als ich ihm nach dem Frühstück meine Mappe zeige, die ich gestern im Trainingsraum vergessen habe, ist er für einen Moment sprachlos. Es handelt sich um vier Fotocollagen, Bilder, die ich von ihm aufgenommen habe während er schlief. Eines schöner als das andere, und das sicher nicht wegen meiner überragenden Fähigkeiten. Sie sind es, weil Carter so wunderschön ist.

Sein Gesicht, ein Abbild aus Stärke und die Art von Verletzlichkeit, die man nur im Schlaf zeigt. Die dichten Wimpern bilden dunkle Halbmonde unter den Augen, die durch das Spiel von Licht und Schatten noch verstärkt werden. Wenn ich etwas von Logan gelernt habe, dann den Einsatz von Licht, das seinen Körper wie eine Landschaft aus Muskeln und Sehnen wirken lässt.

Die Bilder sind mit einem Gemisch aus Leinöl und Kreide bearbeitet, sodass jedes Bild einen anderen Farbschwerpunkt hat. Das Erste wirkt golden, das Nächste eher bronzig, das Dritte ist in dunkles Blau gehüllt. Das vierte Foto habe ich unbearbeitet gelassen. Der Rahmen ist aus Treibholz, das ich mit Blattgold bearbeitet habe, um es zu veredeln. Dieses Bild ist für ihn.

Für einen Augenblick verschlägt es ihm die Sprache. Der Moment dehnt sich, bis ich befürchte, dass ihm die Aufnahmen nicht gefallen. Nervös knabbere ich an meiner Unterlippe, schließlich halte ich es nicht mehr aus.

„Gefallen sie dir nicht?“, frage ich und wappne mich innerlich für seine Antwort.

Wenn er sie hasst, muss ich mir etwas einfallen lassen. Zwar habe ich akzeptable Alternativen für meine Hausarbeit, aber keine kommt an die Anmut dieser Bilder heran. Der Kontrast von hart und zart, Kraft und Sanftheit, Licht und Schatten, vereint in einer Person. Sie sind einzigartig und mit Abstand das Beste, das ich bisher zustande gebracht habe.

„Ob sie mir nicht gefallen?“, wiederholt er meine Frage ohne den Blick von den Fotos zu nehmen.

„Du kannst es mir ruhig sagen, es ist okay.“ Was eine faustdicke Lüge ist, aber ich will die Wahrheit.

Es dauert weitere endlose Augenblicke, bis er den Blick von meinen Arbeiten abwendet und mich ansieht.

„Ich erkenne mich nicht.“ Er klingt so überrascht, dass ich unwillkürlich auflache.

Ich weiß genau was er meint. Logan schafft es jedes Mal, dass ich mich genauso fühle, fremd. Aber es ist eine angenehme Fremdheit, die es mir erlaubt, mich aus der Distanz heraus zu betrachten und zu entdecken. Es ist, als würde ich mich durch seine Bilder neu definieren, festhalten, wer ich bin und wer ich sein will. Ich sehe mich durch Logans Augen, so, wie Carter sich in diesem Augenblick durch meine sieht.

Erleichterung durchflutet mich. Er hasst sie nicht, er ist bloß verblüfft, das ist alles.

„Das ist …“, er schüttelt den Kopf und fährt mit den Fingerspitzen über den Rahmen, „… überwältigend.“

Ich trete zu ihm und umarme ihn von hinten, das Kinn

an seiner Schulter. „Die Bearbeiteten würde ich gerne einreichen, ist das in Ordnung für dich?“

Ich höre wie er schluckt und erinnere mich daran, wie ich selbst zum ersten Mal ausgestellt werden sollte. Damals hat mir das eine Heidenangst eingejagt.

„Ich glaube“, sagt er schließlich, „ich habe mich noch nie so geehrt gefühlt.“

Er schiebt mich vor sich und nimmt mein Gesicht in die Hände. „Ich empfinde das als Auszeichnung, Prinzessin.“

Vor Erleichterung hätte ich beinah geweint.

„Danke für das Kompliment, diese Bilder sind wie eine Liebeserklärung.“

Jetzt bin ich es, die schluckt und schweigend nickt. Genau so habe ich es empfunden. Darum habe ich das Bild für ihn unbehandelt gelassen, pur, als Zeichen der Reinheit meiner Zuneigung für ihn. Vielleicht bin ich mir in den letzten Tagen ja doch über meine tieferen Gefühle klargeworden. Allerdings haben sie sich nicht in bewussten Gedanken gezeigt, sondern in meiner Arbeit.

Wie es aussieht hat mein Unterbewusstsein die Entscheidung für mich getroffen. Jetzt muss ich nur noch mit dem Verstand nachkommen, denn mein Herz besitzt Carter schon lange.

17

Die nächsten Wochen fliegen in irrem Tempo an mir vorüber. Mitte April frage ich mich, wo die Zeit geblieben ist. Der Winter, der sich endlos in die Länge gezogen hat, ist von einem Tag auf den nächsten vorüber. Das Wetter schlägt von frostig zu sommerlich warm um, selbst der kühle Nordatlantik Wind ist milde gestimmt.

Ich bin beschäftigt wie nie, jette durch die Staaten und arbeite Tag und Nacht für die Uni. Wenn es meine Zeit erlaubt bin ich selbst mit der Kamera unterwegs, besonders jetzt, da die Natur aus dem Winterschlaf erwacht, und das Licht jeden Tag an Kraft gewinnt.

Carters Bilder, verbunden mit den positiven Reaktionen, haben mir einen Motivationsschub gegeben. Logan hat nicht viele Worte gemacht, als ich meine Arbeit präsentiert habe, doch das Unausgesprochene war fast noch aussagekräftiger.

Dank Allisters Fotolabor bin ich mehr oder weniger bei ihm eingezogen. Wenn ich nicht in Back Bay bin, übernachte ich bei Carter, der sogar noch mehr als ich arbeitet. Dennoch findet er immer Zeit für mich – für uns.

Montagabends treffe ich mich jetzt regelmäßig mit Amy und Annie. Von Averys Appartement machen sie rege Gebrauch, es ist für sie zu einem Zufluchtsort geworden. Dort können sie der Welt mit ihren Konventionen für ein paar Stunden entkommen und sie selbst sein.

Obwohl ich die Nachrichten nicht länger vermeide habe ich Avery nicht mehr gesehen. Er taucht weder bei Carter noch bei Allister auf und gibt so gut wie keine Interviews.

Henrys Gesicht dagegen taucht immer häufiger in den Medien auf und das der vorstehenden Richterin. Judge Sanders bleibt ihrer Hardcore-Linie treu. Dem Staatsanwalt hat sie Dampf gemacht, damit er seine Klage einreicht, danach wurden er und Henrys Anwälte angehalten, eine neue Jury zusammenzustellen.

Averys Anträge zur Hafterleichterung für Henry hat sie abgeschossen. Auch auf eine Fußfessel, gepaart mit einer unfassbar hohen Kaution in Höhe von fünf Millionen Dollar, hat sie sich nicht eingelassen. In der Presse hat sie sich deswegen den Spitznamen Judge Merciless eingehandelt.

Sie peitscht dieses Verfahren durch, als wäre es ein persönliches Anliegen. Mehr als einmal haben ihre Gegner versucht, ihre Kompetenz zu untergraben und ihr Verfahrensfehler nachzuweisen. Als das nicht funktionierte hat die Eastbrook-Fraktion nach dunklen Flecken auf ihrer Richterweste gesucht. Da bisher jedoch keines ihrer Urteile vom Bundesgerichtshof aufgehoben wurde, konnten ihr keine Verstöße nachgewiesen werden.

Gestern war der erste Verhandlungstag, deswegen konnte ich mich auf nichts konzentrieren. Unterm Strich war das jedoch eine lahme Veranstaltung. Anträge wurden gestellt, Zeugen geladen, Fristen gesetzt. Da es mir den ganzen Tag elend ging, habe ich am Abend beschlossen, mich in Arbeit zu stürzen und die Energie in Kreativität zu wandeln.

Ich wünschte, ich könnte behaupten, etwas Großartiges geschaffen zu haben, aber das wäre gelogen. Ich habe Schwarzweißfotos entwickelt, bei denen ich mit Doppelbelichtung experimentiert habe. Das Ergebnis ist bestenfalls interessant – das Motiv dagegen hat es in sich. Carter ist so heiß, sein Portrait könnte ich einem Sexshop als Ikone verkaufen.

Mein Telefon rettet mich davor auf ein Knie zu sinken und ihn anzubeten.

„Prinzessin.“ Carters dunkle Stimme geht mir durch Mark und Bein. Als hätten sie einen eigenen Willen, biegen sich meine Mundwinkel nach oben.

„Hi! Wie war Seattle?“

„Dort regnet es dreihundert Tage im Jahr, heute war einer davon."

Das lässt mich auflachen, typisch Carter! Er hatte ein superwichtiges Treffen mit hohen Tieren von Microsoft, und er redet übers Wetter.

Der Konzern möchte ihm die Software für seine Sicherheitstechnik verkaufen. Da Carter eigene Programmierer hat, hofft er auf eine Synergie, zumal die Microsoft-Programme für ihre Anfälligkeit bekannt sind.

„Die wollen alles oder nichts", sagt er und klingt frustriert.

„Was ist mit Apple?"

Ich kann sein Lächeln eher fühlen als hören. „Nächste Woche fliege ich nach San Jose."

Die Apple Zentrale liegt in Cupertino, besser bekannt als Silicon Valley. San Jose ist der nächstgelegene größere Flughafen.

„Bist du zuhause?"

„Gerade angekommen." Ich höre das Öffnen der Schiebetüren zu seinem Balkon, der sein Penthouse ummantelt und diesen umwerfenden Blick auf den Hafen bietet. „Ich hatte noch im Büro zu tun, sonst wäre ich zu dir gefahren." Er macht eine Pause. „Ich dusche jetzt, dann suche ich uns einen hervorragenden Margaux aus, damit er atmen kann, bevor Lincoln deinen anbetungswürdigen Knackarsch hierher kutschiert, und ich das mit dir machen kann, was ich in den letzten beiden Tagen machen wollte."

„Uuuhhh, Mister Lawson, machen Sie keine Versprechungen, die sie nicht halten können." Während ich mit ihm rede, suche ich mit einem breiten Lächeln meine Sachen zusammen, schlüpfe in die Heels und verlasse mein Appartement.

„Baby, du hast ja keine Ahnung." Seine Stimme klingt wie Sandpapier. „Allein dich zu hören macht mich so hart, dass ich eine kalte Dusche brauche."

„Dann halte mir einen Platz frei", sage ich und nicke

grüßend zu Rob und Lincoln, der mir die Tür aufhält, „ich bin gleich bei dir."

„Babe", ist alles, was er sagt, dann ist die Leitung tot.

Carter empfängt mich mit einem warmen Lächeln und einem langen Kuss. Sein Haar ist feucht, er trägt nur eine Jeans, und sieht so sexy aus, dass mein Herz bei seinem Anblick einen Satz macht. Ich schmiege mich in seine Arme und genieße die Tatsache, dass dieser Mann mir gehört, mit Haut und Haaren.

Statt wie üblich übereinander herzufallen, nehmen wir uns Zeit. Wir reden, trinken Wein und essen eine Kleinigkeit auf seiner spektakulären Dachterrasse. Sie ist wie eine Insel angelegt, umgeben von Schilf und einem gigantischen Infinity-Pool der mit Kois bestückt ist. Die ausgeblichene Hartholzterrasse in der Mitte erreicht man über einen Steg. Dachpflanzen wie Schafgarbe, wilder Thymian und Glockenblumen säumen den Rand zum Pool. Neu sind die hohen Gräser, die einen Sichtschutz zu den benachbarten Wolkenkratzern bilden. Ich vermute, dass Carter das Schilf gepflanzt hat, nachdem uns jemand von einem der gegenüberliegenden Gebäude mit einem mordsmäßigen Zoom abgelichtet hat.

Das Highlight des Dachgartens ist eine breite Korbcouch mit geflochtenem Baldachin, die wie eine Muschel aussieht. Innen wirkt sie wie ein Zelt. Bauchige Kissen sorgen für Gemütlichkeit sowie eine Decke, die so weich ist, dass sie nur aus Kaschmir sein kann.

Wir trinken einen schweren Rotwein zu einem leichten Dinner, danach köpfen wir eine weitere Flasche. Als Carter gegen Mitternacht den Feuerkorb anzündet, rutscht er auf dem Korken aus und landet rücklings im Pool.

Ich lache so heftig, dass ich aus der Couch purzle, und mir den Bauch halte. Im nächsten Moment wirft Carter mich über die Schulter – wie ist er so schnell aus dem Wasser gekommen? – und ich segle kreischend in den

Pool. Doch ich beschwere mich nicht. Carters Arme schlingen sich um meine Mitte, dann zieht er mich an sich und küsst mich, bis mein Puls durch die Decke geht und ich atemlos nach Luft schnappe.

Obwohl ich im kalten Wasser stehe, durchflutet mich Hitze, die von Carters Blick ausgeht. Seine Augen wandern über meine Seidenbluse, die wie eine zweite Haut an mir klebt und nichts der Fantasie überlässt.

„Fuck", flucht er, doch es klingt weich, beinah zärtlich.

Unnötig zu erwähnen, was wir den Rest der Nacht getan haben.

Als ich am Morgen in Carters Armen erwache überkommt mich ein überwältigendes Glücksgefühl. Ich schmiege mich näher an ihn, vergrabe die Nase an seinem Hals und atme seinen Duft ein. Meine Fingerspitzen wandern über die zahlreichen Narben auf seinem Rücken. Manche sind rund, andere gerade, die einen länger, die anderen tiefer. Plötzlich fällt mir auf, wie regungslos er geworden ist, er scheint nicht mal zu atmen. Als ich den Kopf zurückbiege, um ihn anzusehen treffen sich unsere Blicke.

„Ich mag es, wenn du mich berührst", flüstert er und küsst meine Schulter.

„Das passt gut, ich berühre dich nämlich gern", erwidere ich und streiche sein Haar zurück. Mit den Fingerspitzen ziehe ich die Kontur seines Profils nach, lasse sie über seine sinnlichen Lippen gleiten, und lande schließlich in der kleinen Kerbe seiner Unterlippe, die mich vom ersten Augenblick fasziniert hat.

Carters Blick verdunkelt sich. Er rollt sich auf den Rücken und zieht mich auf seinen Bauch. Mit den Händen wandert er über meinen Körper, langsam, genussvoll. Seine rauen Hände auf meiner nackten Haut reichen und ich werde feucht, was ihm nicht zu entgehen scheint. Sein Schwanz erwacht nun ebenfalls und drückt gegen meinen

Bauch, was mich einmal mehr erregt. Ich ziehe die Beine an, stütze mich mit den Knien links und rechts von ihm ab und nehme ihn in die Hand. Vorsichtig streiche ich über die seidig weiche Haut, vor und zurück, von der Wurzel bis zur Spitze.

Carter gibt einen Ton von sich, der wie ein Knurren klingt. Mit einer Hand auf meinem Hintern schiebt er mich vor, bis er meine Brüste mit dem Mund erreicht. Während er meine Brustwarze quält, dringt er mit den Fingern in mich ein, erst einer, dann zwei. Er dehnt mich, neckt mich, verteilt meine Feuchtigkeit über meine Pussy. Und dann fickt er mich mit seinen geschickten Fingern, während sein Daumen über meine Klitoris streicht. Der Mann weiß was er tut, das ist mal klar.

Ich komme leise, schmelze gegen seine harte Brust und löse mich in seinen Armen auf, als er sich auf die Seite dreht und kurz darauf selbst zum Höhepunkt kommt.

Carter gibt einen rauen Schrei von sich, dann schlingt er beide Arme um meinen bebenden Körper, drückt mich an sich und küsst mich, bis mir die Luft wegbleibt.

Als er sich nach einer gefühlten Ewigkeit zurücklehnt, funkeln seine Augen und er grinst von Ohr zu Ohr.

„Guten Morgen, Prinzessin."

Ich vergrabe das Gesicht in seiner Armbeuge und stöhne leise. „Wenn wir so weitermachen bringen wir uns um."

Das Vibrieren seiner Brust verrät mir, dass er lacht.

„Das meine ich ernst!"

„Baby, diese Art zu sterben gefällt mir."

Mir auch, aber das behalte ich für mich.

„Wie spät ist es?"

„Zeit aufzustehen." Er gibt meinen Hintern einen Klaps, rollt sich aus dem Bett und verschwindet in der Dusche. Seufzend ziehe ich das Kissen über mein Gesicht. Es duftet nach Seife und einem leichten Cologne. Nach Carter eben – yum!

Ich muss nochmal eingenickt sein, denn als ich das nächste Mal erwache finde ich eine Tasse Kaffee auf dem Nachttisch und einen Zettel von Carter.

Babe, Du siehst zum Anbeißen aus, wenn Du schläfst.

Bin eine Etage tiefer trainieren.

Hm. Die Tasse ist noch warm, also kann ich nicht lange weggewesen sein. In der Küche brühe ich mir einen frischen Muntermacher auf und schalte den riesigen curved TV im Wohnbereich an. Nachdem ich meinen Latte intus habe gehe ich ins Bad und mache mein Dusch-Ding. Danach rubble ich das Haar trocken, hülle mich in einen kuschligen Bademantel und durchforste den Kühlschrank nach etwas Essbarem. Mein Blick landet auf einer Schüssel Obstsalat, auf der mein Name steht – das meine ich wörtlich. Ein Post-it klebt auf der Glasschüssel, mit einem Smilie hinter meinem Namen. Lächelnd ziehe ich die Schüssel aus dem Fach und krame eine Gabel aus dem Besteckkasten.

Eigentlich wollte ich auf der Dachterrasse essen, aber da es heute zu windig ist, nehme ich im Schneidersitz auf dem breiten Sofa Platz und zappe durch die Kanäle.

Überrascht bleibe ich an Averys Gesicht auf (den) 7News Boston hängen, und stelle den Ton an. Es ist selten geworden, dass man ihn inden Nachrichten sieht. Vor ein paar Monaten hat er mit der Presse geschäkert, eine Charmeoffensive gestartet, um seine Klienten in der Öffentlichkeit besser aussehen zu lassen. Auf diese Weise hat er die größten Dreckschweine wie bedauernswerte Opfer aussehen lassen.

Diesmal bleibt er jedoch nicht für die wartenden Journalisten stehen. Weder um ein Interview zu geben, noch für ein kurzes Statement.

„… Anwalt von Henry Eastbrook musste am fünften Prozesstag eine herbe Schlappe hinnehmen. Der Staatsanwalt, Peter Brunner, konnte dem Gericht glaubhaft versichern, dass Cunninghams Mandant nicht zum ersten

Mal gemordet haben soll. Die Eltern zwei weiterer vermisster junger Frauen, Annika Brown und Debby Starling, haben sich gemeldet. In beiden Fällen war es Henry Eastbrook, der die Frauen als Letzter lebend gesehen hat. Morgen werden Zeugen dazu vernommen, doch unser Korrespondent vor Ort hat sich mit den Eltern der jüngsten Opfer unterhalten. Wessley?"

Im Hintergrund der Nachrichtensprecherin erscheint ein junger Mann in den Dreißigern mit vom Wind zerzaustem Haar. Er hält ein Mikro und steht im Trenchcoat vor den Stufen des Gerichtsgebäudes.

„Das ist korrekt, Shiela. Weitere Angehörige haben sich gemeldet, die Staatsanwaltschaft prüft derzeit die Beweislage."

„Besteht die Möglichkeit", unterbricht Shiela ihn, „dass der Prozess dadurch abermals verzögert wird?"

„Die Anwälte haben bereits einen Vorstoß in diese Richtung versucht, doch bisher sind sie an Judge Merciless gescheitert. Richterin Sanders schmettert jeden Antrag ab, der den Prozess aussetzen könnte."

Shiela nickt, und sieht nachdenklich aus. „Wie schätzt Du die Situation ein, Wessley?"

„Eine Aussage dazu ist zum jetzigen Zeitpunkt schwierig. Avery Cunningham musste in den vergangenen Wochen zahlreiche Rückschläge einstecken. Insidern zufolge soll die Beweislast gegen Eastbrook erdrückend sein …"

„Darauf kannst du deinen Arsch verwetten!"

Carters Stimme in meinem Rücken lässt mich zusammenzucken. Er lehnt nur mit einer Trainingshose bekleidet am Küchentresen und trinkt einen Gemüseshake.

Holy Hotness ist alles, was ich bei seinem Anblick denken kann. Seine Brust glänzt von Schweiß, wie es aussieht, hat er bis eben trainiert. Ein Handtuch hängt um seinen Hals, mit dem er sich das Gesicht abwischt. Nachdem er seinen Drink geleert hat, greift er sich die Fernbedienung und knipst den Fernseher aus.

„Das wird nicht Averys einzige Schlappe bleiben." Er wirft den Umschalter aufs Sofa, beugt sich zu mir und presst seine Lippen auf meinen Mund. Der Kuss ist rau und sexy und raubt mir für einen Augenblick den Atem.

Bevor wir weitergehen, meldet sich die Kaffeemaschine mit einem lauten Blubbern.

Carter grinst, umrundet die Theke und füllt seinen Becher. Ich dagegen brauche einen Moment, bis mein Hirn wieder funktionstauglich ist. Dann geht mir auf, was er eben gesagt hat.

„Was meinst du damit?" Warum wird Avery weitere Rückschläge einstecken?

Carter betrachtet mich und nippt an seinem Kaffee.

„Hast du ernsthaft geglaubt, dass Avery diesen Motherfucker auf freiem Fuß sehen möchte?"

Wie war das?

18

„Er ist sein Anwalt!“

Carter schüttelt den Kopf und lehnt die Unterarme auf die Theke. Bei der Bewegung schwillt sein Trizeps an, der Mann sieht aus, als würde er nur aus Muskeln bestehen.

„Avery hatte nie vor, ihn freizubekommen, zumindest nicht, nachdem er erfahren hat, was dieses Stück Dreck dir angetan hat.“

„Willst du damit sagen …“, ich runzle die Stirn und versuche meine Gedanken zu sortieren, „dass er absichtlich verlieren wird?“ Avery liebt seinen Job, das hat er bei mehr als einer Gelegenheit durchblicken lassen. Ich kann mir nicht mal ansatzweise vorstellen, dass er eine Niederlage plant – oder auch nur billigend in Kauf nimmt.

Statt zu antworten nimmt Carter einen Schluck Kaffee und fixiert mich mit seinem Blick.

„Du wirkst so überrascht“, sagt er schließlich. „Ich habe dir gesagt, dass wir Henry nicht davonkommen lassen werden. Was hast du dir darunter vorgestellt, dass er den Fall an seinen unfähigsten Kollegen abgibt?“

Na ja, vielleicht nicht in dieser Deutlichkeit, aber – ja, etwas in der Art.

Carters Brauen wandern nach oben, als er merkt, dass er einen Volltreffer gelandet hat.

„Komm schon, du bist zu klug für diesen Bullshit.“

Ich kenne Avery. Es muss ihn umbringen, einen so wichtigen, und so öffentlichen Prozess zu verlieren. Wahrscheinlich ist das der Grund, dass ich lieber nicht darüber nachdenken wollte. Ich meine, ich habe nicht nur die Nachrichten vermieden, sondern jeden Gedanken daran was geschieht, wenn Henry auf freien Fuß kommt. Und danach sah es zwischendurch aus, als man ihn wegen Körperverletzung angeklagt hat, Bagatellen, verglichen mit dem, was er auf dem Kerbholz hat.

„Zuerst war es fast zu einfach“, fährt er fort, ohne mich

aus den Augen zu lassen. „Dank Richter Mills ist der Staatsanwalt mit sämtlichen Anträgen gescheitert, der alte Hurenbock hat nicht mal die Mordanklage zugelassen. Aus Mangel an Beweisen, dabei werden jeden Tag Angeklagte aufgrund von Indizien verurteilt." Er wirft das Handtuch auf die Theke und setzt sich vor mich auf den Couchtisch.

„Danach haben die Zeugen angefangen, sich in Widersprüche zu verstricken. Da liegt die Vermutung nahe, dass Walther Eastbrooks Handlanger sie bedroht oder bezahlt haben." Er lächelt, doch es ist sibirisch. „Was für eine Koinzidenz, dass die Hauptzeugin einen Verkehrsunfall mit Fahrerflucht hatte. Sie hat überlebt, doch zwei Tage nach dem Vorfall ist das Restaurant ihrer Eltern abgebrannt. Einer der Gasherde ist explodiert, als Ursache wurde ein Leck in der Gasleitung festgestellt."

Plötzlich wird mir schlecht. Sie haben es schon wieder getan. Erst verschwinden die Beweise, dann die Zeugen.

„Wie kann man denn einen Fall absichtlich verlieren?" Noch dazu ohne dass es jemand bemerkt.

Carter beugt sich vor und stützt die Unterarme auf den Knien ab.

„Als Erstes hätte er eine Verlegung des Verhandlungsorts beantragen müssen. In dieser Stadt wurde Henry von den lokalen Medien bereits vorverurteilt. Durch die Nähe zu Connecticut ist der Fall zudem zu einem politischen Machtspiel geworden, alles gute Argumente für eine Verlegung." Er ergreift meine Hand und zieht mich zu sich, bis ich mich ebenfalls vorbeuge und ihm direkt in die Augen sehe.

„Statt wie üblich Interviews zu geben, um die Wellen zu glätten, und sein Gesicht in der Presse zu zeigen hat er sich komplett aus dem Medienzirkus zurückgezogen." Er drückt seinen Mund auf meine Stirn und murmelt: „Er hätte ein Schwurgericht ablehnen sollen, denn Richter Mills war mehr als bereit, Henry mit einem Klaps auf die

Finger ziehen zu lassen. Stattdessen hat er Wochen vergeudet, eine Jury zusammenzustellen, wertvolle Zeit, die ihn womöglich den Prozess kostet." Seine Lippen wandern zu meiner Nase und geben der Spitze einen leichten Kuss. „Mills hätte ein schnelles Urteil gefällt, dann wäre Henry außer Landes gebracht worden.

Nachdem die Tonbandaufnahme aufgetaucht ist, und der Zorn der Öffentlichkeit nicht länger unterschwellig brodelte, sondern offen ausgetragen wird, hat sich das Blatt gewendet. Richter müssen in ihr Amt gewählt werden, darum hat Mills den Fall abgegeben, um sich nicht die Finger daran zu verbrennen. Lieber hat er einen dunklen Fleck in seiner Karriere, als ganz auf sie zu verzichten." Seine Lippen suchen meine, er legt sie leicht wie Schmetterlingsflügel auf meine bevor er leise fortfährt.

„Judge Sanders ist aus anderem Holz geschnitzt. Sie ist eine Richterin aus dem Volk und entstammt keiner reichen Familie. Sie verachtet Leute wie Eastbrook und gesteht ihnen keine Sonderbehandlung zu. Sie lässt sich nicht von den Mächtigen verarschen, noch mit einem höheren Amt locken. Sie ist Eastbrooks schlimmster Albtraum, denn sie hat keine Ambitionen auf eine Karriere.

Keine Ahnung, was er mehr hasst. Dass sie unbestechlich ist, und die Macht hat, ihn für den Rest seines Lebens einzusperren oder dass eine Frau über seine Zukunft bestimmt."

Als seine Lippen über meinen Mund gleiten, die Kontur meines Kiefers nachzeichnen und auf meinem Hals liegenbleiben schließe ich die Augen und unterdrücke ein Seufzen.

Das unvermittelte Piepen seines Messengers lässt mich zusammenzucken.

Carter flucht leise, steht auf und schnappt sich das Smartphone. Stirnrunzelnd liest er die Nachricht und ich beobachte halb erschrocken, halb überrascht, wie sich seine ganze Körperhaltung ändert. Ich kann nicht sagen, ob es gute oder schlechte Nachrichten sind, nur dass es wichtig sein muss. Innerhalb eines Wimpernschlags wechselt er vom Sexgott in Business-Modus.

Er fährt sich mit einer Hand durch das feuchte Haar und seufzt.

„Auf diese Nachricht warte ich seit Wochen." Er blickt entschuldigend zu mir und mir wird klar, dass ich störe.

„Ich wollte sowieso gehen", sage ich und stehe auf. Das ist nicht ganz korrekt, aber ich möchte nicht der Grund dafür sein, dass seine Arbeit liegenbleibt. Er verbringt jede freie Minute mit mir, managt zudem meine Fotojobs und kümmert sich um all meine Reisen und Termine.

Während ich mich anziehe duscht er, danach küsst er mich zum Abschied, bis ich Sternchen sehe und informiert Lincoln, dass er den Wagen für mich vorfahren soll. Mit einem letzten Kuss bringt er mich zum Fahrstuhl, dann schließt sich die Kabinentür und ich bin allein.

Was ist da eben passiert, dass Carter mich nicht mal in der Nähe seines Büros sehen möchte?

~ * ~

Obwohl Carter nicht behaupten konnte ein geduldiger Mann zu sein, hatte er gewartet. Er wollte dem Gericht nicht vorgreifen, also ließ er Brads Vorladung ins Haus flattern, beobachtete und wartete ab. Am Ende ging er unbehelligt wieder nach Hause, da die Beweise nicht für eine Anklage reichten.

Warum schwieg Henry? Brad war so schuldig wie er und Zac – der war ein anderes Thema. Die einzig logische Erklärung war, dass Brad von weiteren Leichen in Henrys Keller wusste, und ihn noch mehr reinreiten konnte.

Kopfschüttelnd griff er zum Hörer. Seit Wochen hatte er die beiden Wichser beobachten lassen, Zac und Brad. Wer gab seinen Kindern bloß solche Namen?

Während Zac in die Drogenszene abgerutscht war, hatte Brad zumindest etwas aus sich gemacht. Ein Job in Daddys Immobilienfirma, ein Haus in der Nähe von Miami, eine Frau, zwei Kinder. Obwohl es ihm gutging konnte er seine alten Gewohnheiten nicht ablegen, denn der gute Brad führte abseits des Saubermanndaseins ein Doppelleben. Hundekämpfe, getürkte Wetten und Vergewaltigungen waren nur die Spitze des Eisbergs. Wenn er mit seinen alten Freunden loszog konnte schon mal jemand dabei draufgehen, wie zum Beispiel Alisha Jones.

Zacs Leben zu zerstören war beleidigend einfach gewesen. Es war beängstigend, was Drogen mit einem vielversprechenden Leben anstellen konnten – und einem hübschen Gesicht. Zac war nicht wiederzuerkennen. Crystal Meth zerstörte die Haut, fraß sich durch die Gefäße, bis man am Ende wie ein Zombie aussah. Zac war kein Zombie, doch im Gegensatz zu seinem Bruder Brad, konnte er nicht vergessen, was er vor Jahren im Rausch einem siebzehnjährigen Mädchen angetan hatte. Anders als sein Bruder stand er nicht auf Gewalt und es war auch nicht seine Art, sich betäubten Frauen aufzuzwingen. Bis auf dieses eine Mal. Darum durfte er leben. Man starb nicht an einem fehlenden Schwanz. Er könnte verbluten, aber die Leute, die er darauf ansetzte, machten das nicht zum ersten Mal. Zacs Chancen standen 70:30, in jedem Fall besser, als die seines Bruders.

Brads Chancen standen optimistisch gesehen 1:99. Seine Buchmacher waren nicht für ihren Humor bekannt wenn es um ausstehende Wettgelder ging. Zu allem Überfluss hatte er sich auch noch mit der Mafia eingelassen, um sich eben diese Buchmacher vom Hals zu halten.

Wie gut, dass Carter sowohl die einen als auch die anderen kannte. Der Di Lorenzo-Klan wer erst kürzlich von Paris nach Miami geflogen. Nella Di Lorenzo war mit dem zweiten Kind schwanger und wollte sich in der Stadt mit Babysachen eindecken. Enzo dagegen kam, um sich ums Geschäft zu kümmern, und er schuldete Carter noch einen Gefallen.

Er tippte die Nummer ein und hatte Enzo nach dem dritten Klingeln an der Strippe.

Brad würde langsam und qualvoll sterben. Erst würden sie ihm die Beine brechen, damit er nicht davonlief. Danach wären die Kniescheiben dran, nicht zu vergessen die Finger. Da er seine Zunge ohnehin nicht mehr brauchen würde, wäre er auch die los, ganz zu schweigen von seinen Zähnen. Zum Schluss würde er seinen eigenen Schwanz lutschen, während er sich fragte, wem er seinen Untergang zu verdanken hatte.

„Lawson, mein Freund, was verschafft mir die Ehre?“

„Enzo, es tut gut deine Stimme zu hören. Wie geht es Nella?“

„Eh, sie ist im siebten Monat und unausstehlich. Geschwollene Beine, Kreuzschmerzen – lass uns nicht davon anfangen. Was kann ich für dich tun, mein Freund?“

„Ist die Leitung sicher?“ Die Frage war überflüssig. In Enzos Branche konnte man sich keine Nachlässigkeiten erlauben. Es war bekannt, dass er nur abhörsichere Satelliten-Telefone benutzte. Und selbst wenn sein Büro mit Wanzen gespickt war, würden die Beamten am anderen Ende der Leitung nur Buchstabensalat empfangen. Der winzige Audiojammer auf seinem Schreibtisch war die neuste Erfindung von Lawson Security und hatte in nur sechs Monaten die Entwicklungskosten eingeholt. Enzo war einer seiner wichtigsten Kunden.

„Si.“

„Ich habe einen Job für deine Jungs.“

„Welche Sorte Jungs?“

„Die mit den Vorschlaghämmern und Schlagringen.“

„Ah, dann ist es etwas Persönliches?“

„Persönlicher geht’s nicht.“

„Dann betrachte es als erledigt. Darf ich fragen, wer der Unglücksrabe ist?“

Nachdem er ihm den Namen nannte schwieg Enzo einige Herzschläge.
„Du kommst zu spät, mein Freund. Es liegt bereits eine Buchung auf einen grausamen Tod für den Jungen von anderer Stelle vor.“
„Was du nicht sagst.“
„Ich habe mich immer gefragt, wann der Bursche zu weit geht.“
„Du kennst ihn?“
Darauf entstand eine lange Pause.
„Ich hatte geschäftlich mit seinem Vater zu tun und dessen engsten Freunden.“
Interessant.
„Darf ich fragen, wer außer mir sein vorzeitiges Ende wünscht?“
Enzo lacht. „Naturalmente no!“ Er konnte hören, wie Enzo sich eine Zigarette ansteckte und tief einatmete. „Ich habe lange auf diesen Moment gewartet, ragazzo mio. Dieser Job ist ein Geschenk. Und ich werde noch mehr für dich tun.“
Das Letzte, das er gebrauchen konnte, war in Enzos Schuld zu stehen.
„Das ist nicht …“
„Mantenere calma! Du schuldest mir nichts, Lawson, ich tue das für mich. Ich komme immer seltener in die Staaten. Wenn ich schon mal hier bin, ist das eine gute Gelegenheit alte Rechnungen zu begleichen.“
Er hörte, wie er abermals inhalierte, und entspannte sich.
Dass Enzo in Europa Verbindungen zur Politik hatte war kein Geheimnis. Dass er in den Staaten Politiker in der Tasche hatte war ihm neu.
„Ich nehme an, dass ein Mädchen involviert ist?“
„Das siehst du richtig.“
„Dann lade mich zu eurer Hochzeit ein und wir sind quitt.“

Darauf lachte Carter leise.
„Deal!“

~ * ~

Die Woche verläuft erfreulich ereignislos. Wenn ich nicht an der Uni bin, arbeite ich im Atelier oder telefoniere mit Amy. Am Abend holt Carter mich ab. Wir essen auf der Dachterrasse, reden und verbringen die Nacht zusammen. Meistens lieben wir uns, manchmal halten wir uns auch nur im Arm, küssen uns und atmen unseren Herzschlag ein.

Am Wochenende hat Levi’s mich für ihre Slim-fit-Kampagne gebucht. Dabei geht es um eine neue Jeans mit dem Namen Skinny Legs. Das Shooting findet am Freitag in San Francisco statt. Geplant sind zweieinhalb Drehtage, das heißt ich muss bis Sonntagmittag bleiben. Da wir in aller Frühe mit dem Drehen beginnen, muss ich bereits Donnerstag Nacht fliegen. Jessica hat mir ein Zimmer im Fairmont gebucht, einem Fünfsterne Hotel in der Nähe des Hafens.

Ursprünglich wollte Carter mit mir fliegen, doch da er einen wichtigen Termin in San Jose hat, wird daraus nichts. Da ich noch nie in San Francisco war, und ich mir sicher bin, dass Amy die Stadt wie ich nur aus dem Fernsehen kennt, rufe ich sie Mittwochabend an und lade sie ein mit mir zu fliegen.

„Ist das dein Ernst?“ Sie klingt atemlos.

„Musst du am Wochenende arbeiten?“

„Wen interessiert’s? Wenn ich Heather sage, wohin ich fliege, springt sie dreimal ein!“ Ich höre, wie sie in ihrem Mini-Appartement auf und ab hüpft.

„Frisco ich komme!“ Danach kreischt sie wie ein Gummibärchen, sodass ich das Smartphone vom Ohr nehme und ins Display grinse. Die Nummer stimmt, es muss also Amy sein.

„Okay, dann also morgen Abend Punkt Fünf bei mir?"

„Und ob ich pünktlich bin! Ich würde sterben, um einmal im Leben die Golden Gate Bridge zu überqueren! Das ist ja so aufregend!"

„Dir ist aber schon klar, dass ich arbeiten muss? Du wirst also tagsüber die ganze Zeit allein sein."

„Um mich brauchst du dir keine Sorgen zu machen! Ich werde die Stadt unsicher machen, in einem Cable Car durch China Town fahren, mir Fishermans Wharf ansehen und voll auf Touristin machen. Ich finde es eher schade für dich."

„Ich freu mich auch auf die Stadt, und auf den Job. Aber ich bin froh, dass du mitkommst." Seit dem Europa-Trip verbringen wir viel zu wenig Zeit miteinander. Was vermutlich daran liegt, dass sie jetzt mit Mary-Ann zusammen ist und ich mit Carter.

Er hatte sich auf den Trip gefreut, dann aber in letzter Minute einen Termin bei Apple bekommen. Er sucht noch immer einen Kooperationspartner in Sachen Software und Vertrieb für seine neuste Sicherheitstechnik. Hier geht es zudem um die Idee der Cloud, da die Überwachungskameras funkgesteuert sind und riesen Datenmengen irgendwo zwischengespeichert werden müssen. Auch in Sachen Distribution sucht er einen Partner, von daher wird es für uns beide ein langes Wochenende.

Obwohl San Francisco und L.A. geografisch gesehen relativ nah beieinander liegen, könnten die Städte nicht unterschiedlicher sein. Im Gegensatz zu L.A. macht die Stadt den Eindruck über Jahrzehnte gewachsen zu sein und kommt nicht so künstlich rüber. Es gibt viele alte Gebäude und obschon beide Städte am Meer liegen sind die Häfen in Frisco präsenter als in L.A. Die Menschen kommen mir hier nicht so affektiert vor und sind mir eindeutig sympathischer. Weniger Silikon, gebleichte Zähne und blondiertes Haar.

Amy ist im siebten Himmel. Ich hatte ganz vergessen,

wie selten sie aus Boston rauskommt. Und wenn, dann um ihren Dad und ihre kleine Schwester in Newbury zu besuchen, einer winzigen Hafenstadt nördlich von Boston.

Nach dem ersten Drehtag muss ich mir einmal mehr eingestehen, dass ich das Filmemachen liebe. Zugegeben, es sind bloß dreißig Sekunden, und ja, es ist nur Werbung und wird vor dem eigentlichen Streifen im Kino gezeigt. Dennoch ist das genau mein Ding. Das Foto ist eine Momentaufnahme, der Film zeigt viel mehr Facetten, was mir ein breiteres Spektrum an Ausdrucksmöglichkeiten bietet. Dazu kommt der Schnitt, die unterschiedlichen Perspektiven innerhalb weniger Sekunden.

Rhythmus ist ein weiterer Faktor, der bei den Dreharbeiten hinzukommt. Der Spot ist wie ein Song durchchoreografiert, und das wechselnde Tempo macht mir einen irren Spaß.

Steven Craig, der Regisseur, ist von den Aufnahmen ganz aus dem Häuschen, und bietet mir eine Rolle in einem Musikvideo an, das er demnächst drehen wird. Ich scheine die Einzige am Set zu sein, die ihn nicht kennt, darum vertröste ich ihn mit dem Spruch, dass ich es mir überlegen werde. Ich meine, Musikvideo? Darunter stelle ich mir halbnackte Schlampen vor, die in Lederstrings mit dem Hintern wackeln und bekifften Rockern einen Lapdance geben. Ähm, nein danke.

Im Nachhinein ist mir meine Wissenslücke ein bisschen peinlich, denn als Craig mich Freitagabend zum Essen einlädt, um den Job zu besprechen, lasse ich ihn abblitzen.

Das mit der Rolle halte ich für einen Vorwand mich anzubaggern. Wahrscheinlich will er mich wie mein letzter Regisseur nach dem Dinner aufs Hotelzimmer schleppen, um mit mir schon mal ein paar Moves durchzugehen. Ja, klar. Sehe ich wirklich wie ein Groupie aus, das auf diese lahme Nummer reinfällt?

Da ich keine Ahnung habe, wie er mit einer Abfuhr umgeht, kommt ein Essen mit ihm nicht infrage. Immerhin müssen wir noch zwei Tage zusammen drehen und ich habe keine Lust auf einen eingeschnappten Regisseur, der seine miese Laune an der Crew auslässt.

Abgesehen von der Tatsache, dass ich mit Carter zusammen bin, ist er nicht mein Typ. Er könnte selbst ein Rockstar sein, zumindest sieht er wie einer aus. Wie Keith Richards, um präzise zu sein, vermutlich ist er auch so alt.

Statt mich ausführen zu lassen sehe ich mir mit Amy die Stadt an. Wir shoppen im Union Square und essen in überteuerten Touristen Schuppen am Hafen und besuchen die Lombard Street. Zweimal ruft Annie an, und das Leuchten in Amys Augen entlockt mir ein Lächeln. Es ist offensichtlich, dass sie über beide Ohren in sie verliebt ist.

„Du und Annie", beginne ich, nachdem sie das Gespräch beendet hat, „ich kann es immer noch nicht glauben."

„Ich weiß!" Amy wirft ihr Smartphone zurück in die Tasche und schüttelt den Kopf. „Es ist verrückt. Wer hätte gedacht, dass ich auf Frauen stehe, du etwa?"

„Amy, du stehst nicht auf Frauen, sondern auf Annie."

„Das ist wahr." Seufzend lehnt sie sich ins Rückenpolster und schiebt ihre Crème brûlée von sich. „Annie ist ein solcher Schatz. Sie ist so süß, aber auch so stark. Ich kann über alles mit ihr reden, egal wie albern es ist. Sie kann so gut zuhören und Mann, sie riecht einfach fantastisch." Sie ergreift ihre Tasse und nimmt einen Schluck Espresso.

„Und dann ist sie so klug. Nicht zu fassen, dass ihr bescheuerter Vater sie nicht arbeiten lässt. Sie konnte nicht mal ihr Studium beenden, weil er sie mit einem seiner Partner unter die Haube bringen will."

Mit Avery, um genau zu sein, doch das behalte ich für mich.

„Keine Ahnung, wie sie das aushält, ich könnte das nicht."
„Sie hat Angst."
Amy nickt. „Darauf kannst du wetten. Sie fürchtet sich vor ihrem Vater, aber sie hasst ihn auch. Kein Wunder, der Typ ist ein Despot." Abermals seufzt sie und leert ihre Tasse.
„Hast du ihn mal getroffen?"
„Annie würde einen Herzklabaster bekommen. Sie will nicht mal, dass ich in der Nähe des Hauses bin." Sie beugt sich vor und stellt die Tasse ab. „Zuerst dachte ich, ich bin ihr kleines dreckiges Geheimnis. Deswegen hatten wir einen Riesenstreit. Nach ein paar Wochen hab ich kapiert, dass sie meinetwegen ernsthaft Angst hat."
Zurecht. Wenn Senator Edwards von Amy erfährt, ist ihr Leben keinen Pfifferling mehr wert.
„Ist der Typ wirklich so durchgeknallt?"
Jetzt bin ich es die seufzt. „Ihr Vater ist ein Mann ohne Skrupel und ohne Gewissen. Er toleriert seine Kinder, solange sie nach seiner Pfeife tanzen. Tun sie das nicht, nordet er sie ein. Seinetwegen hat Annie all ihre Freunde verloren. Wenn sie sich vor ihm fürchtet, hat das einen Grund."
Amy beugt sich vor und stützt die Unterarme auf den Tisch. „Sie will es ihm sagen."
Es? Meint sie etwa … es?
„Das ist der falsche Zeitpunkt."
„Gibt es für so was je den richtigen?"
„Du verstehst das nicht. Edwards steht unter enormem Druck. In wenigen Wochen findet die Republican Leadership Conference in New Orleans statt, der Parteitag der Republikaner."
Amy zuckt mit den Schultern. „Na und?"
„Amy, der Typ will Präsident werden. Am RLC-Wochenende kommen die Schlüsselpersonen und Hauptspender zusammen. Einer der Redner auf der Con-

ference ist Donald Trump! Er und seinesgleichen entscheiden im Hinterzimmer darüber, wer für das höchste Amt kandidieren darf."

„Werden die Kandidaten nicht gewählt?"

Darauf lache ich, doch es klingt freudlos. „Schon, aber wer glaubst du hat die größeren Chancen? Derjenige, der wie ein Saubermann mit Vorzeigefamilie dasteht? Mit einem fetten Wahlbudget in der Tasche und der Unterstützung der Parteiführung im Rücken? Oder jemand, den die Spitzenfunktionäre nicht tolerieren und somit finanziell nicht unterstützen."

„O Mann." Kopfschüttelnd lehnt sie sich zurück. „Diese Snobs sind dermaßen verlogen. Die sind wie diese Politiker, die sich erst eine Line ziehen und dann Gesetze gegen Drogen erlassen."

„Solange der Schein gewahrt bleibt …" Ich beende den Satz nicht.

„Ich verstehe nicht, wie Edwards wie ein Saubermann dastehen kann, wenn der Sohn seines besten Freundes wegen Mordes vor Gericht steht!"

„Wenn Henry wegen Mordes verurteilt wird, muss Edwards sich von Walther Eastbrook distanzieren, das steht mal fest."

„Dann wird er sich beeilen müssen. Annie erwartet ein schnelles Urteil, vielleicht schon nächste Woche."

Bei dieser Mitteilung gehen meine Eingeweide auf Tiefgang. Nächste Woche?

„D-das verstehe ich nicht. Die Verhandlung ist noch in vollem Gang."

„Das war sie. Der letzte Prozesstag ist am Montag, dann kommen die Schlussplädoyers dran. Im Anschluss daran zieht sich die Jury zur Beratung zurück, dann kann es ganz schnell gehen."

„Was heißt schnell?"

Sie zuckt mit den Achseln.

„Diese Shiela von 7News Boston und der Gerichtsreporter, Whessley Manning, teilen Annies Meinung, dass die Urteilsfindung eine Frage von Tagen ist. Annies Dad sieht das anders, er rechnet mit Wochen, wenn nicht Monaten."

„Wieso glaubt Annie an ein rasches Urteil?"

„Na ja, mal ehrlich, jeder weiß, dass er schuldig ist, oder? Zum Mord an Annika Brown und Debby Starling werden zwar eigene Prozesse geführt werden, aber es ist ja nicht so, als würden diese Fälle das Verfahren nicht beeinflussen. Da können seine Anwälte ihn während der Verhandlung in noch so schöne Anzüge stecken, das ändert auch nichts. Er hat einfach zu viel Dreck am Stecken und mit jedem Prozesstag sickert mehr durch."

Das waren ja mal Neuigkeiten. Ich sollte mir wirklich angewöhnen öfter den Fernseher einzuschalten. Obwohl ich festgestellt habe, dass es mir besser geht, seit ich es lasse. Was nützt es, informiert zu sein, wenn mich schlechte Nachrichten den ganzen Tag runterziehen?

„Genug von dem Mist", unterbricht Amy meine Überlegungen. „Erzähl mir von Carter! Der Typ ist so dermaßen heiß, jedes Mal wenn ich ihn sehe steht mein Pantie in Flammen!"

Ich verschlucke mich an meinem Latte, ein Fakt, der Amy in Gelächter ausbrechen lässt.

„Hey, nur weil ich auf Annie stehe bin ich nicht blind. Der Typ ist Sex auf zwei Beinen!" Sie schiebt ihre leere Tasse zur Seite und beugt sich zu mir. „Erzähl mir alles! Ist er so gut im Bett, wie er aussieht?", flüstert sie im Verschwörerton.

Schmunzelnd kreuze ich die Arme vor der Brust. „Besser."

„Ich wusste es!" Ihre Faust fliegt in die Luft, es sieht wie eine Siegerpose aus. „Ich hab das gewusst!", wiederholt sie und grinst.

„Ich dachte, Avery wäre dein Stalking-Objekt."

Sie seufzt und rutscht zurück auf die Bank. „Ist er auch.

Aber seit ihr Schluss gemacht habt kommt er nicht mehr ins Parkers. Und in den Nachrichten sehe ich ihn kaum noch." Sie zwinkert mir zu. „Außerdem weißt du ja, was man über die Ex-Flammen der besten Freundin sagt."

„Ich habe keinen Schimmer."

„Na ja, man darf sie nicht daten, so was geht nie gut."

„Sagt wer?"

„Das ist ein ungeschriebenes Gesetz, das weiß doch jeder!"

„Und was sagt dieses Gesetz zu der Tatsache, dass du über meinen Freund sabberst?"

„Hey, ich bin aus Fleisch und Blut, daraus kannst du mir keinen Strick drehen. Der Kerl ist zu heiß, um ohne Feuerlöscher auf die Straße gelassen zu werden."

Ich werfe den Kopf in den Nacken und lache aus vollem Hals.

Mann, ich will Carters Gesicht sehen, wenn ich diesen Spruch vom Stapel lasse.

19

Wie Monika, meine Visagistin, erfahren hat, dass ich Craig gestern Abend einen Korb gegeben habe ist mir schleierhaft. Anscheinend weiß das ganze Studio Bescheid, überall höre ich sie flüstern und kichern, Monika ist keine Ausnahme. Erst kreischt sie, dann giggelt sie, um im nächsten Moment wieder in hysterisches Kichern auszubrechen. Nachdem sie sich wieder halbwegs einbekommen hat, klärt sie mich darüber auf, dass Craig eine große Nummer in der Musikindustrie ist. Ob Stones, Aerosmith oder U2 – er hatte sie alle vor der Kamera. Hamstergesichter wie Justin Bieber sind seinetwegen zu Stars geworden.

Oups.

Als er mich nach dem Dreh am Samstag abermals ausführen will sage ich unter der Voraussetzung zu, dass Amy uns begleiten darf.

„Maya Darling, ein Mann mit meinem Appetit wird zu einem Dinner mit zwei charmanten Frauen niemals nein sagen."

„Woher willst du wissen, dass Amy keine Nervensäge mit zu hoher Stimme und falschen Wimpern ist?" Ein Lächeln zuckt um meine Lippen. Mal ehrlich, Amy mag vieles sein, aber charmant?

„Wenn sie mit dir befreundet ist, muss sie Charme haben." Er zwinkert mir zu und ich belasse es dabei. Zumindest kann ich mir das Angebot mal anhören. Wenn es das ist, was ich befürchte, lasse ich ihm über Carters Büro eine Absage zukommen.

Apropos Carter. Vor dem Dinner versuche ich ihn zu erreichen, bekomme aber wie am Vorabend nur seine Mailbox an die Strippe. Keine Ahnung, ob das ein gutes oder schlechtes Zeichen für seine Verhandlungen mit Apple ist. Statt ihm eine Nachricht zu hinterlassen, switche auf Kamera-Modus und schicke ihm einen Luftkuss zu.

Danach gehe ich ins Bad um mein Make-up aufzufrischen, entscheide mich nach einem Blick in den Spiegel ohne zu gehen. Ich möchte keine falschen Signale senden, außerdem ist es mir egal, ob Craig mich attraktiv findet oder nicht. Davon abgesehen kennt er mich geschminkt. Wenn es ihm wirklich um eine Rolle geht, muss er mein Gesicht ohnehin frei von Farbe sehen, wie eine leere Leinwand.

Amy ist total aufgedreht, seit ich angerufen und ihr von dem Dinner erzählt habe. Um sie zu beschäftigen habe ich ihr einen Beauty-Tag im Hotel-Spa gebucht, den sie bis zur Neige ausgekostet hat. Sauna, Massage sowie eine Stunde mit Carlos, einem Personal Trainer, der einen Elektroschocker braucht, um die weiblichen Bewunderer auf Abstand zu halten. Amys Worte, nicht meine. Nach einem üppigen Lunch ging es zur Gesichtspflege, Mani- und Pediküre inklusive neues Styling. Amy hat sich kupferfarbene Highlights setzen lassen und den schulterlangen Bob etwas zurechtgestutzt. Die Strähnchen zaubern ein Farbspiel in ihr rabenschwarzes Haar, das aussieht, als wäre sie von der Sonne geküsst worden.

Im Gegensatz zu mir hat sie sich regelrecht aufgebrezelt: schwarzes Minikleid, High Heels und Killer Make-up. Ich dagegen schlüpfe in dunkelblaue Skinny Legs von Levi's, rote Ballerinas und ein rotes Shirt. Dazu mein Vivian Westwood Schal und ich bin bereit für den Abend.

Craig wartet in der Eingangshalle unseres Hotels auf uns und wirft Amy einen anerkennenden Blick zu, als sie aus dem Fahrstuhl stöckelt. Als er mich sieht wächst sein Lächeln und er küsst meine Wangen.

„Maya, Darling, du siehst bezaubernd aus."

Dasselbe könnte ich von ihm behaupten. Als ich gesagt habe, dass er wie Keith Richards aussieht war das nicht übertrieben. Er ist groß und schlank mit einem ausgemergelten Gesicht, das aussieht, als hätte ein Pflug Ackerfurchen hinterlassen. Das Haar ist weiß und gerade lang genug, dass er es zu einem Zopf zusammenbinden kann. Er trägt ein ausgeblichenes Shirt im Vintage Stil und eine Lederhose. Zur Hose passen die Biker Boots. Mir gefällt, dass er sich umgezogen, aber nicht aufgemotzt und in Rasierwasser gebadet hat.

Während des Drehs sieht er mit den halb geschlossenen Augen oft aus, als wäre er eingenickt, dabei ist er hochkonzentriert. Das merkt man spätestens dann, wenn man sich nicht an seine Anweisung hält. Das hat heute einer der Lichttechniker zu spüren bekommen. Er hatte einen Spot falsch eingestellt, der mich so geblendet hat, dass meine Augen irgendwann getränt haben und wir deswegen eine fünfzehnminütige Pause einlegen mussten. Craig, den ich bis dahin nur lammfromm gekannt habe, ist ausgeflippt und hat den armen Jungen nach Hause geschickt. Diese Szene hat mir gezeigt, dass man Steven Craig nicht unterschätzen sollte.

Nachdem wir einander vorgestellt haben steigen wir in die Limo der Produktionsfirma und fahren in ein kleines Fischrestaurant an der South Bay, fernab des Touristentrubels.

Das Menü ist sogar noch winziger als das Restaurant, es gibt gerade mal fünf Gerichte: Muschelsuppe, überbackene Austern, Lobster Rolls, Krabben Auflauf, und Dorade.

Ich entscheide mich für die Suppe und den Hummer und überlasse Craig die Wahl des Weins. Hier gibt es ohnehin keine anspruchsvollen Tropfen, darum lässt Craig uns einen offenen Weißwein bringen sowie eine Karaffe Wasser.

„Maya, Darling, hast du schon darüber nachgedacht?“, beginnt er das Gespräch, kaum dass der Kellner die Getränke gebracht hat.

„Um was genau geht es in dem Video?“, fragt Amy und

nippt an ihrem Wasser.

„Lenny hat mir noch nichts konkretes gesagt, aber das ist typisch für ihn."

„Lenny – wer?", hakt sie nach.

„Kravitz, habe ich das nicht erwähnt?"

Oh. Mein. Gott. Ich soll in einem Lenny Kravitz Video mitspielen? Okay, streicht alles, was ich über Musikvideos gesagt habe. Ich habe überhaupt nichts gegen halbnackte Schlampen im Lederstring. Für Lenny wackle ich gerne mit dem Hintern und gebe ihm einen Gratispoledance obendrauf. Lenny Kravitz, ich glaub's nicht!

Amy und ich sehen uns an und ich erkenne den gleichen Unglauben in ihr, den ich fühle.

„Lenny Kravitz!", rufen wir gleichzeitig und stoßen einen Freudenschrei aus.

Craig lehnt sich mit vor der Brust gekreuzten Armen ins Polster zurück und genießt die Show.

„Wie cool ist das denn!?", ruft Amy, steht auf und veranstaltet mitten im Lokal einen Happy Dance. Unter anderen Umständen wäre mir dieser Auftritt peinlich, doch statt rot anzulaufen hüpfe ich zu ihr und leiste ihr Gesellschaft.

„Lenny Kravitz!", kreischen wir abermals, bevor das Gelächter der Gäste uns aus unserem Freudentaumel reißt. Oupsi.

Als wir uns setzen grinst Craig von Ohr zu Ohr. „Ich werte das mal als Zusage." Er nickt zu Amy. „Netter Hüftschwung. Für dich hätte ich vielleicht auch eine Rolle, bist du interessiert?"

„Ist das dein ernst?" Er zwinkert ihr zu und hält sein Weinglas in die Luft.

„Auf Lenny und ein verdammt abgefahrenes Video!"

Wir heben unsere Gläser und trinken auf, nun ja, Lenny und ein verdammt abgefahrenes Video.

„Kannst du das Casting ohne Zustimmung des Künstlers bestimmen?", erkundige ich mich nachdem ich mein

Glas abgesetzt habe.

„Ich drehe Lennys Videos seit zehn Jahren. Er vertraut mir."

„Ich dachte immer, so was macht die Band selbst", meldet sich Amy zu Wort.

„Manche tun das auch, aber den Big Playern ist das zu stressig. Die ganze Organisation, die Verträge – wer hat für so was Zeit?" Er leert sein Glas und schenkt sich nach. Himmel, hat der einen Zug.

„Wie ist er so?", erkundigt Amy sich und rückt mit ihrem Stuhl näher zu Craig.

„Mit Lenny wird es nie langweilig. Er ist ein Arbeitstier, sehr diszipliniert und mit dem Herzen bei der Sache. Er hat nicht nur eine außergewöhnliche Stimme, sondern auch ein gutes Auge." Er nippt am Wein, dann fahren seine Brauen zusammen. „Normalerweise dulde ich nicht, dass mir jemand in meine Arbeit reinredet, aber bei Lenny mache ich eine Ausnahme."

Den Rest des Abends haben wir kein anderes Thema mehr. Amy ist mindestens so aufgeregt wie ich. Craig scheint sie wirklich zu mögen, denn er lädt sie morgen früh zum Dreh ein. Wenn es überhaupt möglich ist, strahlt Amy danach noch mehr. Sie klatscht in die Hände und entschuldigt sich um Annie anzurufen.

Ich bin froh, dass sie hier ist und ich das mit ihr teilen kann – buchstäblich.

„Deine kleine Freundin hat Charisma", reißt Craig mich aus meinen Gedanken.

„Hm?"

„Sie ist mehr als ein hübsches Gesicht mit Möpsen. Was macht sie beruflich?"

Keine Ahnung, ob mir diese Beschreibung gefällt. Oder ob es Amy recht ist, dass ich über ihren Job im Parkers plaudere, wo wir schon dabei sind. Andererseits – vielleicht hat Craig eine besser bezahlte Arbeit für sie.

Etwas von meiner Verlegenheit scheint sich in meinem

Gesicht zu zeigen, denn er beugt sich vor und fragt leise: „Sie arbeitet doch nicht als Stripperin, oder?“

„Zum Teufel, nein!“

Er grinst und nickt. „Was ist es dann?“

„Sie ist Kellnerin in einer Bar.“ Ich sehe ihm direkt in die Augen, und bin erleichtert weder Zeichen von Ablehnung noch Verachtung zu erkennen. Wie es aussieht ist er nicht der Typ, der auf Leute am unteren Ende der Nahrungskette hinabsieht. Nach der Episode mit dem Beleuchter war ich mir nicht sicher. Wenn er wirklich so eine große Nummer in der Musikindustrie ist, hat er vermutlich keine Hemmungen Plattenbosse anzuraunzen, wenn die ihren Job nicht erledigen.

„Lange Arbeitstage, miese Bezahlung.“

So kann man es auch ausdrücken.

„Die Trinkgelder sind okay.“

„Und das weißt du weil …“

„Ich in der selben Bar gearbeitet habe.“

Ein Muskel an seinem Kiefer zuckt, doch er fängt sich schnell. Ich hebe die Schultern als wäre das keine große Sache. „Als Studentin brauchte ich einen Job, und da war kellnern das Naheliegendste.“

Das scheint sein Interesse zu wecken. „Ich dachte, du wärst Coopers Starmodel.“

Ich bin überrascht, dass er von Logan weiß. In L.A. haben sie mich für eine Werbeikone gehalten. Das bedeutet dann wohl, dass Steven Cooper jemand ist, der seine Hausaufgaben macht.

„Das war davor.“

Er nickt und winkt den Kellner heran. „Jack Daniels.“ Sein fragender Blick liegt auf mir. „Was möchtest du?"

Ich schüttle ich den Kopf. Morgen muss ich um sechs Uhr raus, da bleibe ich besser bei Wasser.

„Und was studierst du?“, fragt er nachdem der Kellner verschwunden ist.

„Malerei und Fotografie.“

„Das passt."

Der typische Signalton für den Messenger lässt uns beide unwillkürlich nach unserem Smartphone greifen. Es ist meins.

„'tschuldige", sage ich und lese die Nachricht.

Babe! Die Verhandlungen sind durch, ruf an, sobald du kannst. Vermisse dich und möchte dir zeigen wie sehr!

Gegen meinen Willen muss ich lächeln.

„Gute Nachrichten?"

Ich räuspere mich.

„Mein Freund. Er ist geschäftlich in Cupertino, wir haben uns seit Donnerstag nicht gesehen."

Craig runzelt die Stirn. „Silicon Valley liegt anderthalb Autostunden von hier."

„Ehrlich?"

Er nickt.

Hm. Ich bin anderthalb Stunden von einem Kuss und einer Umarmung entfernt. Das behalte ich im Hinterkopf. Carter hat nicht geschrieben, was er nach seinem Termin vorhat. Vielleicht feiert er mit den Jungs einen gelungenen Abschluss. Womöglich sitzt er aber auch schon im Flieger auf dem Weg nach Boston.

„Da bin ich wieder!", ruft Amy und strahlt über das ganze Gesicht. „Annie lässt grüßen. Sie ist ausgeflippt, als ich ihr von dem Video erzählt habe."

Craig schüttelt schmunzelnd den Kopf.

Wir plaudern noch eine Stunde über dies und das. Craig scheint sich für alles zu interessieren, selbst für Amys Schwester – und wie viel Trinkgeld sie pro Abend macht. Amy ist hin und weg.

Als wir kurz nach elf aufbrechen fühle ich mich hundemüde aber glücklich. Glücklich, weil Amy bei mir ist und wir eine gute Zeit haben. Wir waren ewig nicht mehr allein, ich glaube, dieses Wochenende tut uns beiden gut. Außerdem hat sich der Knoten in meinem Bauch gelöst. Nicht von Carter zu hören verursacht mir regelrechte

Bauchschmerzen. Wir sind uns in den letzten Wochen so nah gekommen, dass er mir fehlt, wenn wir nicht zusammen sind. Es reicht, seine Stimme zu hören, schon geht es mir besser. Selbst diese lächerlichen Zeilen über den Messenger sorgen dafür, dass ich mich entspanne, ist das zu fassen?

Craig wohnt im Hyatt, das ist ein paar Blocks von unserem Hotel entfernt. Auf dem Weg dorthin setzt er uns vor dem Fairmont ab, und fährt weiter Richtung Hafen.

Kaum sind wir im Hotel, verschwindet Amy auf dem Zimmer. Da ich mit Carter sprechen will mache ich einen Abstecher in die Bar, bestelle einen Espresso und drücke seine Kurzwahltaste.

„Baby!“, begrüßt er mich. Im Hintergrund ist es laut, klingt, als würde er mit seinen Leuten um die Häuser ziehen.

„Wo bist du?“, frage ich.

„Im Satori, einem Dance Club in San Jose.“

Ein Stich durchzuckt mich, und ich brauche einen Augenblick bevor ich ihn zuordnen kann. Eifersucht ist etwas, dass ich nur vom Hörensagen kenne, dazu war ich nie lange genug mit jemandem zusammen. Davon abgesehen habe ich in einer Beziehung selten tiefere Gefühle zugelassen, von daher erwischt mich das Gefühl kalt. Es ist wie Gift, das meine Innereien verätzt. Unnötig zu erwähnen dass ich es hasse.

„Die Jungs wollten feiern“, fährt er fort. Es klingt als würde er nach draußen gehen, die Musik nimmt ab, das Lachen im Hintergrund klingt gedämpft. „Also habe ich sie in einen Club in der Nähe eingeladen. Morgen früh kommen die Anwälte. Ich bleibe nur ein, zwei Stunden, bis alle Fragen geklärt sind, danach hole ich dich ab.“

„Mich abholen?“, frage ich wie ein Trottel.

„Prinzessin, ich wäre schon dreimal zu dir gefahren, aber diese Scheißmeetings fangen um sieben Uhr an, und ich weiß, dass dein Drehtag sogar noch früher startet. Ich wollte dir den Spaß nicht verderben, indem ich dich die ganze Nacht wachhalte, um mich bis zu den Eiern in dir zu vergraben."

Ich wünschte, er hätte dieses Bild nicht in meinen Kopf gepflanzt. Als hätte sie einen eigenen Willen, zieht sich meine Pussy zusammen und ich werde feucht. Ich schlucke hart und nehme einen tiefen Atemzug.

„Carter", flüstere ich in den Hörer. „Das nächste Mal denkst du weniger über meine Augenringe nach und folgst deinem Impuls." Ich befeuchte meine Lippen. „Die Ringe kann man überschminken, aber nichts ersetzt deinen Schwanz."

„Fuck!" Ich kann praktisch sehen, wie er sich mit einer Hand durchs Haar fährt. Aber ich bin noch nicht fertig.

„Wie soll ich heute Nacht schlafen, ohne dass ich es mir selbst besorge?" Meine Stimme ist ein Wispern, beinah fürchte ich, dass er mich nicht hören kann. „Wieder und wieder, während ich mir vorstelle, es ist deine Härte und nicht mein batteriebetriebener Freund."

Carter flucht abermals. „Du hast einen Vibrator dabei?"

Ich presse die Hand auf den Mund, um nicht laut loszulachen. Ich hatte mal einen, Amys Idee für einen lustigen Abend, aber der ist wie alles andere verbrannt.

„Das wirst du wohl nie erfahren", sage ich mit einem Lächeln in der Stimme.

„Maya, ich schwöre …"

„Carter, hier bist du!" Eine aufgekratzte Frauenstimme unterbricht, was immer er sagen wollte. „Hör schon auf zu quatschen, wir warten auf dich!"

„Molly, ich …"

„Gib mir das Teil, die Mädels fangen nicht an, bis du da bist!"

Bevor ich weiß was los ist, ist die Leitung tot und ich starre auf das Display. Wer zum Henker ist Molly? Und was sind das für Mädels? Der Stich von eben meldet sich zurück und ich habe das Gefühl an seinem Gift zu ersticken.

Als ich das Zimmer betrete, ist Amy frisch geduscht und bester Laune. Zumindest bis sie mich sieht. Sie kennt mich und weiß sofort, dass etwas im Busch ist.

„Was ist passiert? War Carter nicht da?“

„Doch“, sage ich kurz angebunden, werfe meine Tasche auf die Couch und marschiere ins Bad.

„Habt ihr euch gestritten?“

„Nicht direkt.“ Ich streife die Schuhe ab und schäle mich aus meiner Jeans. „Er ist in einem Club, und alles war gut, bis dieses Weibsbild aufgetaucht ist und seinen Namen geschnurrt hat. Wahrscheinlich ist sie Stripperin oder so was.“

Im ersten Moment wirkt Amy wie vor den Kopf geschlagen, dann breitet sich ein Grinsen auf ihrem Gesicht aus.

„Wow, du bist eifersüchtig!“

Die Art, wie sie es sagt, klingt, als wäre das die tollste Sache der Welt. „So habe ich dich noch nie gesehen.“

Ehe ich ahne was sie vorhat, hängt sie an mir und hüllt mich in eine Klammerumarmung. „Du bist verliebt“, flüstert sie.

Darauf bin ich auch schon gekommen. „Das fühlt sich scheußlich an“, bringe ich mühsam hervor und setze mich auf den Klodeckel. „Als würde ich von innen verbrennen.“ Wie um die Stelle anzuzeigen lege ich die Hand auf meinen Bauch.

„Ich weiß!“ Amy hockt sich vor mich, ihre Augen leuchten.

„Warum klingst du so begeistert?“

„Ich warte seit Jahren, dass so was passiert, ich freu mich riesig!“

Ich verenge die Augen zu Schlitzen und starre sie an.

„Also, dass du dich wirklich und ganz ernsthaft verliebt hast“, fährt sie hastig fort. „Du hast noch nie jemanden so nah an dich rangelassen, nicht mal Avery.“

„Aber das tut weh! Und überhaupt, wer weiß, was er gerade anstellt. Was, wenn er mich in diesem Augenblick mit diesem Flittchen hintergeht? Ich meine, wer heißt schon Molly, das sagt doch wohl alles!"

Amy wirft den Kopf zurück und bricht in ihr Silberlachen aus.

„Das ist nicht witzig!" Zu meinem Schrecken kommen mir Tränen.

„Oh Maya, Carter betet den Boden an auf dem du gehst! Er würde sich eher selbst kastrieren, als dich zu betrügen. Kennst du ihn wirklich so schlecht? Er ist der loyalste Freund, den man sich wünschen kann, geradlinig und ehrlich. Glaubst du ernsthaft, er würde dir Schmerz zufügen und dann auch noch absichtlich?"

Hm, da hatte sie nicht ganz Unrecht.

„Hat er dir gesagt wo er ist?"

Ich nicke. „In einem Dance-Club in San Jose."

„Siehst du! Er sagt sogar, dass er ausgegangen ist. Er hätte auch in eine Seitenstraße gehen, und vorgeben können, er wäre in seinem Hotel. Carter ist ein grundehrlicher Typ, er toleriert keinen Bullshit."

Ich nehme einen tiefen Atemzug und stelle überrascht fest, dass es mir besser geht.

„Mist", flüstere ich und lasse den Kopf hängen. „Ich hab das Gefühl, nicht ich selbst zu sein, sondern eine Furie, die auf jemanden losgehen will."

Abermals lacht sie, dann umarmt sie mich wieder.

„Willkommen im Club! Damit musst du jetzt klarkommen, wie wir anderen Normalsterblichen auch. Ich habe schon befürchtet, das würde nie geschehen."

Ich glaub's nicht! Amy freut sich, dass ich zu Freakzilla mutiere. Ich rubble mein Gesicht und atme ein paarmal tief durch.

Das wird eine verdammt lange Nacht werden.

20

Wie befürchtet liege ich stundenlang wach, danach drifte ich in einen unruhigen Schlaf. Ich träume von Carter und einer rothaarigen Striptease-Tänzerin Namens Molly, die ihm, nur mit einem Lederstring bekleidet, einen Lapdance gibt.

Als mein Wecker kurz nach fünf klingelt und ich ins Bad schlurfe, werde ich von blau schimmernden Augenringen begrüßt. Na toll. Lieber wäre ich davon wachgehalten worden, dass Carter und ich uns in den Laken wälzen, als davon zu träumen, wie Molly ihre Möpse in sein Gesicht drückt.

Amy hat gesagt, dass ich ihm vertrauen kann, und vermutlich hat sie Recht. Andererseits hatte ich bisher nicht viel Grund, auf Menschen zu bauen. Zuletzt habe ich an Avery geglaubt, und was hat das gebracht?

Glücklicherweise habe ich keine Zeit, dem Gedanken nachzuhängen, Craig und das komplette Filmteam warten auf mich. Davon abgesehen kommt heute der Skinny Legs-Produktmanager zur Abnahme sowie andere hohe Tiere vom Levi's Marketing, da möchte ich einen guten Eindruck hinterlassen.

Da Craig meine Freundin eingeladen hat begleitet Amy mich zu den Aufnahmen. Für sie ist das ein Riesenabenteuer, auf der Fahrt zum Studio redet sie ohne Punkt und Komma.

„… habe diese Korsage, erinnerst du dich? Die könnte ich doch für das Video tragen, meinst du Lenny würde das gefallen?"

„Wie ich Craig einschätze, hat er eine ziemlich genaue Vorstellung davon, was wir am Set tragen sollen. Außerdem hat das Studio einen riesigen Kostümfundus inklusive einer Schneiderei. Die nähen dir dein Kostüm auf den Leib."

„Woah, ist das cool! Glaubst du ich kann die Klamotten

nach dem Dreh behalten?"

Ich hebe die Schultern. Bisher wurde ich nur nackt abgelichtet, und das hier ist mein zweiter Spot. Gillette hat mir nach dem Dreh eine Wagenladung Rasierer geschickt, von Levi's kamen im Vorfeld jede Menge Jeans-Klamotten.

Amy seufzt und ergreift meine Hand. „Ich finde das alles furchtbar aufregend. Danke, dass du mich mitgenommen hast, ich fühle mich wie ein Star."

Als sie meinem fragenden Blick begegnet ergänzt sie:

„Das Luxushotel, der Spa, die Limo und das Essen mit Craig, einem berühmten Regisseur. Und nun fahren wir zu einem Filmset. Ich muss mich dauernd kneifen, sonst würde ich es nicht glauben."

Einem Impuls folgend beuge ich mich vor und nehme sie in den Arm. Amy ist kleiner und kurviger als ich, und passt in meine Armbeuge, als wäre die dafür vorgesehen. Ich drücke sie an mich und atme ihren Duft nach Vanille und Zimt ein, dem Hotelshampoo. Keine Ahnung, warum mich das rührt, aber plötzlich wird mein Hals eng.

„Amy, du bist wie eine Schwester für mich, für so was brauchst du dich nicht bedanken. Ich bin froh, dass du mitgekommen bist. So macht es viel mehr Spaß!"

Sie nickt gegen meine Schulter, dann lehnt sie sich zurück. „Hör zu, ich bin sicher, dass du dir um Carter keine Sorgen machen musst. Du solltest mal sehen, wie er dich ansieht."

„Und wie wäre das?"

„Als wärst du die Erfüllung seines Traums oder so was. Seine Augen werden ganz weich und er sieht endlich mal entspannt aus."

Ich lehne mich zurück und stoße den Atem aus. Bleibt zu hoffen, dass seine Augen auch bei unserem nächsten Treffen weich werden.

Vermutlich hätte ich den Rest des Tages mit Grübeln verbracht, doch dazu bleibt mir keine Zeit. Kaum öffnen sich die Türen der Limousine, greifen die Hände meiner fleißigen Helfer nach mir und ich werde in die Umkleide bugsiert. Danach schluckt mich der Arbeitstag und ehe ich mich versehe ist es Mittag und wir starten mit dem Fotoshooting für die Aufsteller.

Mittlerweile ist das Levi's Marketing eingetroffen, zwei Anzugträger und eine Frau im Zweiteiler. Irgendwie habe ich erwartet, dass sie in Jeansklamotten aufkreuzen, aber da lag ich wohl falsch.

Und noch jemand ist gekommen – Carter. Als ich ihn sehe habe ich das Gefühl, jemand hätte ein Licht angeknipst. Ein Feuerwerk explodiert in meiner Brust, mein Herz macht einen Satz. Er ist ganz in schwarz gekleidet, mit einem Shirt, das wie aufgemalt wirkt und seine Muskeln betont.

„Heilige Scheiße!", zischt eines der Models, bei seinem Anblick.

Da kann ich ihr nur beipflichten. Carter sieht wie ein Geschenk an das weibliche Geschlecht aus. Das Haar ist vom Wind zerzaust, als wäre er mit einem Bike unterwegs gewesen, seine Pose strahlt Zuversicht und Autorität aus. Ich spüre den Blick seiner goldenen Augen wie einen Traktorstrahl auf mir, und als hätte er einen eigenen Willen, richtet sich mein Körper nach ihm aus und wendet sich ihm zu. Das kommt nicht gut während eines Fototermins.

Ich stehe mit zwei weiteren Models vor einem Backdrop und posiere in Skinny Legs, die so eng sind, dass sie mir die Blutzufuhr abschneiden. Um den Effekt zu verstärken hat Craig mir das Teil eine Nummer kleiner verschrieben, was der Grund dafür ist, dass sich die Jeans wie Thrombosestrümpfe anfühlt.

„Genau so, Maya", ruft der Fotograf und knipst drauf los. „Das ist der Schimmer, den ich sehen will!"

Den Schimmer hat Carter in meine Augen gezaubert, den ich wegen der Scheinwerfer bis eben nicht sehen konnte. Obwohl ich versuche, mich auf die Arbeit zu konzentrieren, beobachte ich aus den Augenwinkeln, dass sich Craig und Carter wie alte Freunde begrüßen. Na so was. Craigs Arbeit ist getan, der Fotograf hat das Ruder übernommen, und der kriegt sich gar nicht mehr ein.

„Fantastisch, dieser überraschte Ausdruck! Bleib so, du hast es gleich geschafft."

Geschafft ist ein gutes Stichwort, ich bin total erledigt. Nach sechs Stunden Lächeln fühlt sich mein Gesicht wie eine Maske an.

Als uns die Marketingbosse nach dem Shooting zu einem späten Lunch einladen würde ich am liebsten schreien. Ich möchte mit Carter allein sein, aber das kann ich vergessen.

Die drei Levi's-Fritzen, Craig und der Fotograf, rutschen in die Limo, gefolgt von Amy, Carter und mir.

Zwar begrüßt er mich mit einem zahmen Kuss und dem Versprechen auf heißen Sex in den Augen, das mir den Atem raubt, aber mehr als das ist nicht drin.

Beim Essen stellt sich heraus, dass er und Craig sich bei einem Job kennen- und schätzen gelernt haben. Damals ging es um Personenschutz für ein Hollywood-Starlet, das in einem von Craigs Videos mitspielen sollte.

Unterm Tisch ergreift Carter meine Hand und fädelt seine Finger durch meine, während er sich mit Cliff Johnson unterhält, dem Produktmanager der Skinny Legs. Auf der anderen Seite plaudert Amy mit Craig, der versucht, mich in das Gespräch einzubeziehen, doch ich gebe bloß einsilbige Antworten.

Ich bin von Carter abgelenkt, dessen Daumen kleine Kreise auf meinem Handgelenk beschreibt. Allein die Berührung seiner Finger erregt mich so sehr, dass ich an Ort und Stelle über ihn herfallen möchte. Dass er sich dabei ohne mit der Wimper zu zucken mit diesem Cliff unterhält schmeckt mir nicht, mal sehen, ob ich das ändern kann.

Meine freie Hand gleitet auf seinen Schenkel und fährt behutsam auf und ab. Ich spüre die Muskeln unter dem dünnen Stoff der Cargos, die sich bei meiner Berührung anspannen. Dankbar für die Reaktion werde ich mutiger, lächle in Amys Richtung, während meine Hand zur Auswölbung zwischen seinen Beinen wandert. Carters Körper wird ganz still, es kommt mir vor, als würde er die Luft anhalten. Leicht wie eine Feder gleite ich mit den Fingern über die Konturen seiner Erektion, die unter meiner Berührung schnell anschwillt. Ha!

Sein Daumen erstarrt, die Finger halten mein Handgelenk umfangen, drücken leicht zu. Nicht, um mich aufzuhalten, oh nein, er ringt um Beherrschung. Das freut mich mehr als ich sagen kann. Carter ist niemand, der leicht aus der Fassung zu bringen ist – oder mitten im Gespräch den Faden verliert, wo ich schon dabei bin. Dennoch scheint Cliff nicht mitzubekommen, was unter dem Tisch vor sich geht.

Mit offensichtlichem Interesse fragt er Carter nach einem Sicherheitssystem mit unaussprechlichem Namen, das er in seinem Haus einbauen lassen will. Wie es aussieht ist in San Francisco, wie im Rest der Staaten, die Einbruchsrate sprunghaft angestiegen. Er betet Carter die Statistik runter, und beschwert sich über den miesen Schutz der lokalen Polizei, während ich mit der Hand sachte über seine Härte wandere.

Sein Schwanz zuckt unter meinen Fingern, dann lässt er meine Hand los und legt sie auf meine pulsierende Mitte. Wie er es schafft, genau die richtige Stelle zu finden, ist mir schleierhaft. Sein Zeigefinger reibt über den unerträglich pochenden Punkt zwischen meinen Schenkeln, mit genau dem richtigen Druck.

Ich nehme einen Schluck Wein, um ein Stöhnen zu unterdrücken. Amy hat mich etwas gefragt, darum wende ich mich ihr zu und antworte, da ich die Frage zumindest sinngemäß verstanden habe. Zumindest hoffe ich das, denn mein Hirn läuft auf Autopilot, während ich wie in Zeitraffer den Reißverschluss von Carters Hose öffne, Stück für Stück.

Das ist der Augenblick als er mich aufhält. Seine Hand legt sich auf meine, und er verpackt sein bestes Stück wieder, das bereit ist, aus den Boxershorts zu springen. Mit einem Blick auf sein Handy entschuldigt er sich bei Cliff, schiebt den Stuhl zurück und verschwindet Richtung Waschräume.

Ich warte dreißig Sekunden, dann folge ich ihm. Ist mir egal, wie das aussieht. Wenn er nicht in den nächsten dreißig Sekunden in mir ist, garantiere ich für nichts.

Auf Höhe der Garderobe werde ich von hinten gepackt und verschwinde zwischen einer Reihe Mäntel. Carters Mund landet auf meinem, er hebt mich an und presst meinen Rücken gegen die Wand. Eine Hand schiebt mein Shirt nach oben, bis meine Brüste entblößt sind, die andere öffnet meine Jeans und verschwindet im meinem Pantie. Mit geschickten Fingern bringt er mich innerhalb von Sekunden zum Höhepunkt.

Wow, das ging flott.

Ehe ich zu Atem komme verschwindet meine Jeans und er rammt seinen Schwanz bis zum Anschlag in mich. Ich habe das Gefühl zu platzen, öffne den Mund zu einem Schrei, den er mit einem Kuss verschlingt. Wieder und wieder stößt er zu, bis sich erneut Druck in mir aufbaut. Für einen besseren Halt wickle ich die Beine um seine Taille und genieße seinen Hunger und die Art, wie er sich nimmt was er braucht. Dass er mich braucht. Er will mich so wie ich ihn. Und ich will alles von ihm, will mehr, schneller … O Gott!

„Aaaahhhh …“ Diesmal komme ich in einer gewaltigen Explosion, die sich nahtlos an Carters Höhepunkt anschließt.

Er hält mich fest und vergräbt das Gesicht an meiner Schulter, während sich sein Samen in mich ergießt. Das

Gefühl ist so intensiv, so intim, dass ich den Moment in die Länge ziehen, ihn auskosten möchte. Ich verstärke den Griff um seinen Oberkörper, dann suchen meine Lippen seinen Mund, und ich küsse ihn sanft. Gleichzeitig spanne ich die Muskulatur an, bis er ein gedehntes Stöhnen von sich gibt.

Keine Ahnung, wie lange wir so verharren, ineinander verschlungen, küssend – für meinen Geschmack nicht lang genug.

„Baby, du machst mich fertig." Carters Worte, die wie ein Grollen rauskommen, holen mich zurück in die Gegenwart. „Wir müssen zurück, bevor uns jemand sucht."

Vorsichtig setzt er mich ab und hilft mir die Jeans überzustreifen.

„Ich gehe zuerst, das gibt dir ein paar Minuten, dich zurecht zu machen." Er streicht mein Haar glatt, in das er eben noch seine Hände vergraben hat. Dann hält er mein Gesicht in Händen, während sein Blick wie eine Liebeserklärung über meine Züge wandert. Zärtlich, bewundernd.

„Ich schwöre, sobald wir in der Luft sind zeige ich dir, wie sehr ich dich vermisst habe." Seine Stimme klingt so rau wie ich mich fühle. „Und das wird sicher kein schneller Fick im Stehen."

O Mann, musste er das jetzt sagen? Alles, was ich will, ist so schnell wie möglich zu verschwinden, um ihn zu zwingen, sein Versprechen einzulösen.

„Wann können wir hier weg?", frage ich heiser.

Mit Carters Hilfe steige ich in meine Schuhe und muss mich an ihm festhalten, da meine Knie nachgeben.

Mag sein, dass das ein schneller Fick im Stehen war, aber Mann, er war verdammt gut. Wahrscheinlich auch, weil der Reiz darin lag, jeden Moment entdeckt zu werden. Hm. Vielleicht sollten wir das öfter machen, mich hat diese Nummer jedenfalls angetörnt.

„Eine Stunde, dann machen wir den Abflug."

Dem Himmel sei Dank! Obwohl …

„Was ist mit Amy?“

Er hebt einen Mundwinkel. „Bei der Menge Martinis, die sie intus hat, verschläft sie den Flug.“

Das sind wirklich gute Nachrichten.

Tatsächlich soll er Recht behalten. Amy schläft wie ein Baby, kaum dass der Flieger abgehoben hat. Wie beim letzten Mal steht ein firmeneigener Jet für uns bereit, der – Halleluja! – über eine abgeschlossene Schlafkajüte verfügt. Keine besonders große, für unsere Zwecke ist sie jedoch völlig ausreichend.

Carter hat sich seinen Markendrink eingeschenkt, Bourbon auf Eis, und macht es sich auf dem schmalen Bett bequem. Er liegt leicht aufgerichtet, einen Haufen Kissen im Rücken. Einem Arm hinter dem Kopf verschränkt, die Augen halb geschlossen beobachtet er mich mit einem leisen Lächeln um die Lippen, während ich für ihn strippe. In dieser Pose bilden seine Muskeln ein Spiel aus Licht und Schatten, Stärke und Zartheit vereint in einem Körper, der sich wie eine Landschaft vor mir ausbreitet.

Als ich den letzten Knopf meiner Bluse geöffnet habe, werfe ich das Teil über seinen Kopf und kicke die Heels in die Ecke. Aus der Jeans zu kommen ist nicht so einfach, sie klebt an mir wie eine zweite Haut. Vermutlich heißt sie deswegen auch Skinny Legs. Beim Versuch sie über meinen Fußknöchel zu streifen kippe ich vornüber, direkt in Carters Arme, der so hart lacht, dass er seinen Drink verschüttet.

So viel zu meinem Vorhaben sexy und verführerisch zu sein.

„Brauchst du Hilfe, Prinzessin?“, raunt er in mein Ohr.

Bei dieser abartig engen Hose in jedem Fall. Resigniert rolle ich auf den Rücken und strecke ihm das Bein entgegen, an der die Jeans hängt, als hätte sie sich wie eine Zecke an meinem Fuß festgesaugt. Carter setzt sich auf, stellt das Glas ab und zieht. Doch nichts passiert, das Teil ist nicht über meinen Fuß zu bekommen. Da sich Carter vor Lachen schüttelt, kann ich mich der Situationskomik nicht entziehen und fange ebenfalls an zu kichern.

„Ich hab im Cockpit ein Combat Messer, soll ich es holen?", fragte er um eine ernste Miene bemüht. O Gott, was für eine Vorstellung, mich aus diesem Ding zu schneiden. Vermutlich war es keine gute Idee, mir das Bild in den Kopf zu pflanzen, denn plötzlich muss ich so sehr lachen, dass mir Tränen kommen.

Während ich mir den Bauch halte, streift Carter das widerspenstige Hosenbein problemlos über meinen Knochen. Scherzkeks. Hätte ich mir denken können, dass er nur so getan hat, als hätte sich die Hose irgendwo verhakt.

Wo er schon mal dabei ist befreit er mich gleich von meiner restlichen Wäsche und zieht mich auf seinen Bauch. Sein Grinsen ist unverschämt und sexy zugleich und gehört hinter verschlossene Türen. Aber mich fragt ja niemand.

Als ich mich in eine kniende Position aufsetze und meinen Po über die Ausbuchtung seiner Hose gleiten lasse, ist sein Lachen wie fortgewischt. Schon besser.

Der Blick, den er mir jetzt zuwirft, könnte Eis zum Schmelzen bringen: Das Gold seiner Augen ist flüssige Lava, heiß und hungrig zugleich.

Er winkelt seine Beine an, legt die Hände um meine Taille und biegt sich vor, um meine Brust in den Mund zu nehmen. Erst die linke, dann die rechte. Für einen Moment schließe ich die Augen, gebe mich dem Gefühl seiner Zunge hin, während ich blind die Knöpfe seiner Cargo öffne. Als ich seine Erektion befreie gibt er ein Geräusch von sich, das wie ein Knurren klingt. Er beugt sich zurück, tunkt zwei Finger in den Drink, der auf dem Nachttisch steht und schmiert Bourbon über meine

Brust. Dann beugt er sich vor und küsst die kühle Flüssigkeit fort.

Meine Brustwarzen stellen sich auf, er saugt und schleckt, bis ich ein Wimmern von mir gebe. Ich beuge mich zur Seite, um meine Finger ebenfalls in das Glas gleiten zu lassen, dann benetze ich die Spitze seines Schwanzes mit dem Whiskey und nehme ihn in den Mund.

Leise fluchend schließt er die Augen und lehnt sich in die Kissen zurück.

Ich nehme so viel wie möglich von ihm auf, streiche mit der Zunge über die zarte Haut seines Schafts, während sich meine Hände um seine Hoden legen und sie sanft massieren. Ich schmecke den feinen Geschmack des Bourbons aber auch Salz und … Carter.

„Shit, Maya!", flucht er und wickelt seine Hände um mein Haar. Er zieht leicht, wie um zu verhindern, dass ich weitermache, doch das kann er vergessen.

Meine Lippen legen sich um die Spitze seines Schwanzes, ich sauge und streiche mit der Zunge darüber, wieder und wieder, während meine freie Hand der Länge nach über seine Härte fährt. Erst langsam, dann rhythmischer, bis er mir mit dem Becken entgegenkommt.

„Fuck, ja!", grollt er und zieht an meiner Mähne. „Schneller!" Seine Stimme ist heiser, während ich seinen Schwanz lutsche als wäre er eine Delikatesse. Seine Hoden werden hart, ein Zeichen, dass er kurz davor steht.

Ich möchte dass er in meinem Mund kommt, will alles von ihm, darum ignoriere ich seinen Versuch, sich aus mir zurückzuziehen. Er zerrt kräftiger an meinem Haar doch ich denke nicht daran ihn gehenzulassen und blende den Schmerz aus.

Als er zum Höhepunkt kommt schlucke ich, sauge ihn regelrecht aus. Seine Muskeln kontrahieren und er ergibt sich mir mit einem rauen Schrei.

Nachdem er unter mir erschlafft klettere ich seine Brust

hinauf und lasse mich von ihm in eine innige Umarmung hüllen.

„Babe, ich glaube nicht, dass ich mich bewegen kann." Das muss er auch nicht, denn alles was ich will ist ein Kuss. Und ich muss nicht lange warten. Seine Zunge dringt in mich, spielt mit meiner, bis er mich auf den Rücken dreht und auf allen Vieren über mir hockt.

„Weißt du eigentlich, wie schön du bist?"

Ich spreize die Beine, um ihm einen besseren Blick zu gewähren und wundere mich gleichzeitig über diese entspannte Geste. Wie es aussieht kenne ich mit Carter weder Zurückhaltung noch Scham. Im Gegenteil, ich möchte, dass er mich ansieht – alles von mir.

Plötzlich ist das Glas in seiner Hand. Er nimmt einen Schluck der goldenen Flüssigkeit, den Rest gießt er über meine geschwollene Pussy.

Erst zucke ich zurück. Als er die Flüssigkeit mit dem Daumen verteilt biege ich mich ihm entgegen. Er fischt einen halb geschmolzenen Eiswürfel aus dem Glas, nimmt ihn in den Mund, und legt seine Lippen über meine Spalte. Mit der Zunge schiebt er den geschmolzenen Rest des Eiswürfels in mich.

O Gott! Ich gebe eine Mischung aus Schrei und Wimmern von mir, als er zwei Finger in mich tunkt, während sein Mund meine empfindlich geschwollene Spalte traktiert. Die Finger seiner freien Hand entfalten ihre Magie an meiner Klitoris, darum dauert es nicht lang und ich komme – laut.

Carter gibt mir keine Zeit mich zu erholen, er ist voll erigiert und presst seine Penisspitze gegen meine Spalte. Ich öffne die Beine und biege mich ihm entgegen, lade ihn ein, während die letzten Wellen meines Höhepunkts über mich hinwegschwemmen.

Er beugt sich über mich und ich spüre seine Lippen an meinem Ohr. „Willst du es hart?"

Ich nicke, da ich meiner Stimme nicht traue.

„Du möchtest also, dass ich dir den Verstand rausvögle?“

Nicken.

„Wie viel kannst du einstecken?“

„Was hast du zu bieten?“ Ich erkenne meine Stimme nicht. Sie klingt rau und fremd.

Carter biegt den Kopf zurück. Seine Augen sind dunkel, der Blick verschleiert.

„Ich will dich ficken, bis du vergisst wer du bist“, knurrt er und neckt meine empfindlich geschwollene Öffnung mit der Schwanzspitze. Als ich mich ihm entgegenbiege, zieht er sich gerade so weit zurück, dass seine Spitze am Eingang meiner Spalte liegt.

„Ich will deine Pussy mit meinem Schwanz füttern, bis du meinen Namen schreist, damit du niemals vergisst, dass du mir gehörst.“

Bei seinen Worten weitet sich das Pochen in meiner Mitte zu einem großflächigen Beben aus.

„Bitte Carter“, flüstere ich und hebe das Becken an.

„Bitte, was, Prinzessin?“

„Fick mich!“

Statt mit einem kräftigen Stoß in mich einzudringen bahnt er sich vorsichtig einen Weg, bis er mich komplett ausfüllt. Seine Arme legen sich um meinen bebenden Körper, seine Lippen finden meinen Mund, und wir küssen uns. Erst zärtlich, so sanft, wie er mich in diesem Augenblick liebt.

Carter nimmt sich Zeit. Er zieht sich quälend langsam aus mir zurück, und streift dabei jedes Mal den kleinen pulsierenden Punkt zwischen meinen Schenkeln, um kurz darauf wieder in mich zu dringen.

Ich klammere mich an ihn, während wir uns immer gieriger küssen. Abermals baut sich Druck in mir auf. Ich zittere am ganzen Körper, als er das Tempo ändert.

Diesmal ist er nicht sanft. Seine Hände legen sich um meine Hüfte, er hebt sie an und fährt mit harten Stößen in mich. Ich gebe einen heiseren Schrei von mir, während er sich immer wieder in mir versenkt.

Als ich vor meinem nächsten Höhepunkt stehe, zieht er sich aus mir zurück und dreht mich auf den Bauch. Bevor ich protestieren kann, ist er abermals in mir. Ich wappne mich für Runde zwei, stattdessen legt sich ein Arm um meine Brust und drückt mich gegen seinen Körper. Seine freie Hand findet meine Pussy und er massiert mit geübten Fingern meine Klitoris. Als er mir spielerisch in die Schulter beißt, komme ich mit einem langgezogenen Stöhnen. Carter stößt noch zweimal zu, dann ergießt er sich mit einem Geräusch in mir, das eher zu einem Tier passt als einem Mann. Sein Schwanz zuckt und zittert, bis er sich mit mir im Arm auf die Seite rollt und mich küsst, bis mir schwindelig wird.

So und so ähnlich verbringen wir die nächste Stunde, bis wir wieder so weit funktionieren, dass wir uns in den Innenraum der Maschine begeben und uns wie zivilisierte Erwachsene benehmen können. Ich hatte keine Ahnung, was sich bei mir angestaut hat, bis Carter im Studio aufgetaucht ist.

Er hilft mir beim Anziehen, schließt den BH und entwirrt die verhedderte Jeans. Als er auf dem Bett sitzt, und sich die Boots überzieht fällt mir etwas ein.

„Wer ist Molly?“, frage ich, nachdem ich in meine Heels geschlüpft bin.

„Molly?“ Er runzelt die Stirn, als hätte er keine Ahnung wovon ich rede. Das fängt ja gut an.

„Die Frau, die unser Telefonat unterbrochen hat. Klingelt da was?“ Ich kreuze die Arme vor der Brust und beobachte ihn. Als ihm ein Licht aufgeht, biegen sich seine Mundwinkel nach oben – nicht die Reaktion, die ich erwartet habe.

„Du meinst Meura Jenkins.“ Er umfängt meine Taille und platziert mich zwischen seine Beine. „Sie hasst es wenn wir sie Molly nennen.“

Wahnsinnig interessant, aber das ist nicht der Punkt.

„Und was hattest du gestern mit ihr und den Mädchen in diesem Club zu suchen?“

Er schmunzelt und zieht mich auf seinen Schoß. „Lass mich mal überlegen“, raunt er und küsst die empfindliche Stelle unter meinem Ohr. „Meura gehört zu Averys Stab. Sie ist eine seiner Top Anwälte wenn es um Vertragsrecht geht, und ein As bei Hardcore Verhandlungen. Er war so freundlich, sie mir auszuleihen.“ Jetzt küsst er meine Lider und fährt leise fort. „Die beißt ihren Kollegen mit ihrem Haifischgebiss die Eier ab und spuckt sie ihnen ins Gesicht. Zumindest, wenn sie auf der gegenüberliegenden Seite des Verhandlungstisches sitzen.“

Seine Lippen wandern zu meiner Nasenspitze. „Und die Mädchen, wie Meura sie gerne nennt, sind ihre Mitarbeiter. Wally ist ihre Assistentin und Bruce, ihr schwuler Kollege aus der Rechtsabteilung. Sie haben uns begleitet und wollten im Club auf den Deal anstoßen.“

Na toll, und deswegen habe ich mir die halbe Nacht um die Ohren geschlagen? Das nächste Mal rufe ich an und kläre das sofort.

Als wir eine halbe Stunde vor der Landung die Kabine betreten, ist Amy wach und bestellt beim Steward einen Kaffee.

„Da seid ihr ja“, begrüßt sie uns und schenkt uns ein warmes Lächeln. „Ich kann nicht glauben, dass ich in diesem Luxusjet sitze und den ganzen Flug verschlafen habe! Warum habt ihr mich nicht geweckt?“

„Du warst total erledigt und hast zu viel getrunken.“ Ich setze mich ihr gegenüber und bestelle einen Gin Tonic.

„Du meinst wohl, ich war hackevoll!“

„Höchstens angeschäkert, aber das ändern wir, bevor wir landen.“ Ich winke dem Steward. „Machen Sie zwei daraus.“

„Huuh, du willst ’ne Sause machen?“

„Der perfekte Abschluss eines perfekten Wochenendes, was meinst du?“

„Bin dabei!“ Amy grinst und wendet sich an Carter, der vor der Kitchenette steht und uns mit zuckenden Mundwinkeln beobachtet.

„Ich passe, Ladys, ich muss heute Abend noch arbeiten.“

„Puh, Carter, seit wann bist du so eine Spaßbremse?“ Amy macht eine wegwischende Handbewegung. „Also dann nur wir beide.“

Schmunzelnd öffnet Carter die Tür zum Cockpit, zwinkert mir kurz zu und lässt uns allein.

Wir erheben die Gläser kaum, dass der Steward unsere Drinks geliefert hat.

„Auf uns, die Stars des neuen Lenny Kravitz-Albums!“, rufe ich.

Amy kichert. „Auf dich, die allerbeste Freundin, und ein tolles Wochenende!“

Wir kippen das Zeug in einem Zug runter und bestellen die nächsten Drinks.

Unnötig zu erwähnen, dass wir bei der Landung bester Laune und ziemlich beschwipst sind.

21

Montag schlafe ich bis mittags. Danach nehme ich ein üppiges Bad und kuriere meinen Kater aus. Da Carter beschäftigt ist, bin ich zur Abwechslung in meiner Wohnung, ein Fakt, den ich in vollen Zügen genieße. Ich bin gern bei Carter und ich genieße die Ruhe in Allisters Haus in Back Bay. Doch das hier ist mein Reich, mein Rückzugsort, den ich liebe. Vor allem, nachdem Carter es erweitert, renoviert und mit einem Atelier versehen hat. Nie zuvor hatte ich so viel Raum: ein weitläufiges Wohnzimmer mit einer offenen Küche, ein großes Bad – nicht zu vergessen den begehbaren Kleiderschrank!

Meinen nächsten Fototermin habe ich erst in einer Woche und die Uni-Projekte sind fast alle abgegeben. Endlich hab ich mal Zeit.

Weil Amy und ich so viel Spaß hatten, haben wir uns am Mittwoch im Parkers verabredet. Sie muss zwar arbeiten, aber Mittwochabende sind in der Regel lau. Annie wollte auch dazukommen. Nachdem ich ein ganzes Wochenende mit Amy hatte, bin ich Annie gegenüber entspannter. Ich meine, ich mag sie, aber ich habe meine beste Freundin vermisst. Davon abgesehen war ich ewig nicht mehr in der Bar. Ich muss zugeben, ich freue mich darauf meinen Boss Gary wiederzusehen, Kirk, den Koch, sowie meine Kolleginnen Heather und Susan, mit denen ich mir die Schichten geteilt habe. Himmel, es kommt mir vor, als wäre das Jahre her, dabei habe ich bis im November dort gearbeitet. Kaum zu glauben, was seit dem alles geschehen ist.

Obwohl viel Schreckliches dabei war, der Brand, Henry, der Anschlag und die Trennung von Avery, hat sich mein Leben insgesamt zum Besseren gewandelt. Der Trip nach Europa war mein Durchbruch als Model. Ich habe meinen Vater gefunden – oder besser gesagt, er mich.

Und Dank Avery habe ich Carter kennengelernt, der

mein Leben wie kein anderer umgekrempelt hat. Er ist der Grund dafür, dass ich aus meinem Tief gekommen bin. Er hat mich aufgebaut und mir ein Zuhause gegeben. Für mich ist er das größte Risiko eingegangen, das ein Mann für eine Frau eingehen kann: Er hat sich mir geöffnet, mir sein Herz zu Füßen gelegt.

Ich arbeite täglich daran, dieses Geschenk zu erwidern, doch nach Jahren der Isolation und bedeutungslosem Sex ist diese Art der Beziehung neues Terrain für mich.

Diese und ähnliche Themen kauen wir Mittwochabend im Parkers durch. Als ich dort eintreffe, ist Annie bereits am Tresen und bezirzt Gary, meinen ehemaligen Boss, der am Zapfhahn steht und Biergläser füllt. Nachdem ich die Theke erreicht habe, schenkt Annie ihm ihr Audrey Hepburn Lächeln, woraufhin ihm das Bierglas aus der Hand rutscht und auf dem Boden zerschellt.

Ohne nachzudenken umrunde ich den Tresen, schnappe mir Aufnehmer und Kehrblech, und fege die Sauerei zusammen. Es ist wie ein Reflex. Gary starrt mich einen Augenblick an, blinzelt, dann grinst er von einem Ohr zum anderen und ich verschwinde in seiner Bärenumarmung. Danach ist Kirk dran, dann Susan und Heather. Bis wir es an einen Tisch schaffen, vergeht fast eine Stunde, danach serviert Gary uns ein Essen und eine Flasche seines besten Weins – alles auf Kosten des Hauses.

Fast hätte ich geheult. Was auch passieren mag, die Bar wird immer mein zweites Zuhause sein und Gary mein Boss. Er hat diese Gene Hackman-mäßige Autorität, die aus Staatsfeind Nr. 1, der ich mich nicht entziehen kann. Passenderweise sieht er auch wie Gene aus, grummelig und immer ein bisschen unrasiert.

„Wie geht's dir?", frage ich Annie und nippe am Wein. Wie von selbst fliegen ihre Augen zu Amy und ihre Mundwinkel heben sich. Lächelnd nehme ich eine Kartoffelecke und werfe sie auf ihren Teller, um ihre Aufmerksamkeit auf mich zu lenken.

„So gut, ja?“

Annie seufzt wie ein verliebter Teenager und wendet sich mir zu.

„Ich weiß nicht, wie ich es beschreiben soll.“ Kopfschüttelnd stochert sie in ihrem Essen rum. „So habe ich mich noch nie gefühlt.“ Sie zuckt mit den Schultern und sucht meinen Blick. „So stark. Mit Amy habe ich das Gefühl mutiger zu sein. Mit ihr kommt mir alles so einfach vor, leichter.“ Sie kräuselt die Nase, was echt niedlich aussieht. „Das klingt wahrscheinlich völlig daneben.“

Ich beiße mir auf die Lippe, um nicht zu lachen. Gestern Abend hab ich in eines von Carters Shirts geschlafen, da er noch einmal nach San Jose fliegen musste. Ich hab mir den Ärmel gegen die Nase gedrückt, seinen Duft inhaliert, und mich darin wie ein liebeskranker Groupie eingehüllt. Wer macht so was? Da ich etwas zu dem Gespräch beitragen möchte und mir vorgenommen habe, mich mehr zu öffnen, erzähle ich Annie davon, die in ihr Silberlachen fällt.

„Dann weißt du ja wovon ich rede!“ Sie ergreift meine Hand und drückt sie. „Ich komme mir so albern vor, gleichzeitig genieße ich es, verrückt, was?“

Ich räuspere mich. „Ich habe Seife aus seinem Bad gemopst.“

„Hm?“

„Carters Seife. Ich habe sie mitgehen lassen und benutze sie, wenn ich nicht bei ihm bin.“ Mein Gesicht läuft rot an, darum halte ich das Wasserglas gegen meine Stirn. Ich dachte, es wäre sein Rasierwasser, das so wundervoll duftet, erdig und nach herben Gewürzen. In Wahrheit ist es seine Seife.

Abermals lacht Annie. „Ich wette, so was hast du noch nie getan.“

„Die Wette hast du gewonnen.“

Annie lehnt sich zurück, mit einem Mal ist ihr Elfengesicht ernst. „Ich tue Dinge, die ich mich vor Wochen nicht gewagt hätte.“ Sie schüttelt den Kopf und nippt am Wein. „In den ersten Jahren habe ich mich gegen die Dominanz meines Vaters gewehrt, mich regelrecht aufgelehnt. Aber nach und nach hat mich die Kraft verlassen. Am Ende war ich nur noch eine Rolle.

Ich habe ganz vergessen, wer ich bin und wie stark ich einmal war.“ Sie sieht zur Bar, hinter der Amy einen Cocktail mixt. Als hätte sie Annies Blick gespürt, sieht sie auf und zwinkert ihrer Freundin zu. Annie seufzt und schaut zu mir.

„Amy hat mich an meine Träume erinnert und mir Hoffnung gegeben. Ich bin nicht die angepasste Tochter, die sich mein Vater wünscht. Das ist nur eine leere Hülle. Ich will nicht mehr leer sein.“

„Und wer möchtest du sein?“

Abermals seufzt sie, doch diesmal klingt es schwer.

„Ich fange gerade an, das rauszufinden. In jedem Fall möchte ich mein Studium beenden, und dann …“ Sie hebt die Schultern. „Mal sehen, wohin es mich verschlägt.“

Als hätte sie die Lasagne vor sich eben erst bemerkt, greift sie nach der Gabel und langt zu.

„Am Freitag hat mein Dad Geburtstag“, sagt sie zwischen zwei Bissen. „Sein fünfundsechzigster. Da er reinfeiern will, ist das Haus voller Gäste.“

„Diesen Freitag?“

Sie nickt. „Ich muss es wissen, schließlich habe ich das ganze Theater organisiert. Er wollte eine zwanzigköpfige Band, die alte Glenn Miller Songs spielt, einen fünfzehn Meter hohen Fahnenmast im Vorgarten, Schwäne vor dem Haus und eine fünfstöckige Torte!“

Meine Herren, wie alt wird der Mann noch mal, vierzehn?

„Wo bitteschön soll ich einen Fahnenmast herbekommen, den bestellt man schließlich nicht im Internet!“, ruft sie und wirft die Hände in die Luft. „Selbst wenn ich so ein Teil hervorzaubern könnte, wer soll ihn aufstellen? Ich? Oder Wilfred, unser achtzigjähriger Butler? Und dann Schwäne!“

Ich unterdrücke ein Lächeln und nehme einen Schluck Wein. „Woher hast du die Viecher nun bekommen?“

Sie lehnt sich zurück und grinst wie ein Schlitzohr. „Ab einem gewissen Punkt habe ich einen Partyservice beauftragt, und denen Dads Extravaganzen aufs Auge gedrückt. Sollen die sich mit seinen Launen herumschlagen.“ Sie faltet die Arme vor der Brust, ihre Augen leuchten. „Hast du eine Ahnung, was so ein blöder Mast kostet?“

Lachend schüttle ich den Kopf.

„Fünftausend Dollar!“

Wow.

„In jedem Fall ist das die Gelegenheit, auf die ich seit Jahren gewartet habe.“ Annie beugt sich vor und schiebt die leere Auflaufform zurück.

„Für was?“

„Am Freitag werde ich ihm von Amy und mir erzählen und einen Schlussstrich ziehen.“

Beinah verschlucke ich mich.

„Hältst du das für einen guten Zeitpunkt?“

„Dafür gibt es keinen guten Zeitpunkt, verstehst du das nicht? Ich warte seit Jahren auf den richtigen Moment, sieh dir an, wohin mich das gebracht hat! Ich bin achtundzwanzig und habe kein Leben. Mit Amy habe ich seit fünf Jahren das erste Mal wieder eine Beziehung – ich bin glücklich. Jeder Tag in diesem Gefängnis ist ein vergeudeter Tag.“ Sie fährt sich mit einer Hand durchs Haar. „Ich kann Dad nicht mehr ertragen. Seine Verlogenheit, seine Regeln und was er sich mir und dem Personal gegenüber rausnimmt. Er ist ein Despot.“

Das glaube ich ihr sofort. Dennoch.

„Annie, das muss gut durchdacht sein. Du kannst ihm

das nicht vor den Latz knallen und erwarten, dass er sich ändert."

Darauf lacht sie. „Keine Angst Maya, ich weiß was ich tue. Ich packe seit Wochen, der meiste Kram ist bereits in Averys Penthouse. Ich hab mit ihm gesprochen und werde ihm die Wohnung abkaufen."

Meine Augen werden rund. „Du vergeudest keine Zeit, was?"

„Das kann ich mir nicht erlauben. Genauso wenig wie Fehler."

„Aber warum ausgerechnet an seinem Geburtstag?"

„Weil dann die Hütte voll ist, und der alte Stinker sie nicht umbringen kann, was Annie?" Amy setzt sich zu uns und rutscht zu Annie in die Bank.

„Ich habe fünf Minuten Pause, also was hab ich verpasst?"

„Außer, dass Annie am Freitag ihren Kopf in die Schlinge legen will?", frage ich und hebe die Brauen.

Amy winkt ab. „So schlimm wird es schon nicht. Er hat Wichtigeres zu tun, als das Leben seiner Tochter zu zerstören. Der Typ ist ein Workaholic!"

Das muss er auch, schließlich will er in ein paar Jahren dieses Land regieren. Aber das kann er vergessen mit einer Tochter, die offen eine Lesbe ist. Zumindest mit seiner konservativen Partei.

Amy hat keine Ahnung worauf sie sich einlässt. Es ist erst wenige Wochen her, dass sich Edwards in Averys Beziehung eingemischt hat, und der ist nicht mal sein Sohn. Er ist eine Schachfigur, die er in Position bringen will, so wie Annie. Er wird ausflippen, wenn sie sich offen gegen ihn stellt.

„Leute, ich möchte wirklich keine Spielverderberin sein, aber ich halte das für keine gute Idee. Nicht zu diesem Zeitpunkt. In ein paar Wochen ist die Kandidaturfrage geklärt, dann hat Edwards mehr Luft und steht nicht mehr unter dem Druck der Funktionäre."

„Von wegen!" Amy lehnt sich vor und stützt die Ellbogen auf den Tisch. „Wenn die Präsidentschaftskandidaten feststehen, und Edwards ist unter ihnen, verdoppelt sich der Druck auf ihn und seine Familie.

Wenn Annie noch länger auf den richtigen Zeitpunkt wartet, feiert er seinen Siebzigsten!"

Zugegeben, da war was dran. In jedem Fall würde sie am Freitag einen Bogen um Edwards Anwesen machen, der Mann würde explodieren, daran würden auch die Gäste nichts ändern. Und wenn er erst erfuhr, dass Avery Amy Unterschlupf gewährt hatte, würde es für ihn kein Halten geben.

Ganz ehrlich, sie wollte weder in Annies noch in Averys Haut stecken.

~ * ~

Einmal mehr saß Carter im verhassten Van und hörte ein Telefonat zwischen Walter Eastbrook und dessen jüngerem Bruder ab. Es war nicht nötig, dass er selbst hier hockte. Jeder seiner Jungs würde diesen Job besser erledigen, in jedem Fall mit besserer Laune.

Doch er spürte, dass sich etwas zusammenbraute. Nach und nach fielen die Dominosteine, und endlich mal in die richtige Richtung. Edwards verlor an Boden und damit die Kontrolle. Erst über Avery, die Partei und nun Annie.

Das Verhältnis zum alten Eastbrook war angespannt, wie es mit den beiden weiterging, würde das Urteil entscheiden. Der Henry-Aspekt war ein Karrierekiller, bei einer Verurteilung würde Gouverneur Eastbrook sämtliche Ämter verlieren und seinen politischen Einfluss. Die Schlussplädoyers waren im Kasten. Die Jury hatte sich zur Beratung zurückgezogen. Theoretisch konnte das Urteil jede Minute gefällt werden, obwohl er mit einer langen Wartezeit rechnete – womöglich Wochen. Und in dieser Situation feierte Edwards eine Riesenparty.

Eigentlich konnte es für ihn nicht schlimmer kommen, doch weit gefehlt. Brads Leiche ist endlich gefunden worden – wurde auch Zeit. Der Typ war seit zehn Tagen kalt, doch die starke Strömung hat ihn aufs Meer rausgezogen. Tagelang war er verschwunden, Carter hatte schon befürchtet, dass er zu den Bahamas gespült würde.

Anfang der Woche haben sie ihn vom Strand der Biscayne Bay gefischt. Zu dem Zeitpunkt war er bereits so aufgequollen, dass sie seine Zahnabdrücke nehmen mussten, um ihn zu identifizieren. Seit gestern stand fest, dass es sich um Brad Eastbrook handelte, den Neffen von Gouverneur Eastbrook. Da der Körper so schnell wie möglich unter die Erde musste, fand die Beerdigung morgen im engsten Familienkreis statt. Aus diesem Grund flog Eastbrook in einer Stunde nach Florida, um seinem Bruder beizustehen, aber auch um Einblick in die polizeilichen Ermittlungen zu nehmen. Sein Sohn war im Knast, sein Neffe ermordet – Zac hatten sie immer noch nicht gefunden. Mal sehen, wann sie auf die glorreiche Idee kamen die Krankenhäuser abzuklappern.

Er warf die Kopfhörer auf die Konsole und goss sich einen Bourbon ein. Freitagmorgen würde Eastbrook zurückfliegen, und von dort weiter zu Edwards Geburtstagsfeier. Entweder war der Gouverneur ein kalter Fisch oder er gab keinen Pfifferling um das Leben seines Sohns – und Neffen.

Carter nahm einen Schluck der goldenen Flüssigkeit und schloss die Augen. Wenn er an seinen eigenen Vater dachte, war es wohl Letzteres. Astor Cunningham war Teil des elitären Clubs gewesen, dem die Edwards und Eastbrooks dieser Welt beiwohnten. Er war ein brutaler Bastard gewesen rücksichtslos und ohne Gewissen. Er hatte kein Herz von dem er wüsste und hat seine Kinder so weit es ging ignoriert. Ließ sich ein Kontakt nicht vermeiden, war er stets mit beiden Fäusten bei der Sache und hatte Avery bei mehr als einer Gelegenheit krankenhausreif geschlagen.

Carter war das Ergebnis seines Fehltritts gewesen, darum war er nach dem Tod der Mutter im Heim aufgewachsen. Ob er mit Avery tauschen wollte war fraglich. Er hatte seinen Anteil an Narben abbekommen, aber zumindest wurden sie ihm von Fremden zugefügt. Zahllose Prellungen, gebrochene Finger und Rippen waren verheilt. Von den Zigarettenabdrücken seines Pflegevaters waren Male geblieben, Brandnarben, die ihn täglich an die Zeit im staatlichen System erinnerten. Letzterer war ein gemeiner Bastard gewesen, dem Carter sich mit knapp fünfzehn Jahren in den Weg gestellt hatte. Abend für Abend hat er versucht diesen besoffenen Wichser daran zu hindern, ins Zimmer seiner leiblichen Tochter zu gehen. Meistens mit Erfolg. An schlechten Tagen war dieser Hurenbock nicht besoffen genug und landete genug Treffer, um ihn auszuknocken.

Innerlich schüttelte er den Kopf. Vermutlich war das der Grund, warum er später in die Sicherheitsbranche gegangen war.

In jedem Fall war dieser Grat von Gewalt vom eigenen Vater, dem Menschen, der sein Kind beschützen sollte, schwerer hinzunehmen. Er nahm an, dass Avery deswegen Anwalt wurde, um die Schwachen zu beschützen. Dass er später mehr und mehr Gaunern zur Freiheit verhalf war vermutlich Edwards Werk, der ihn früh auf die Politik vorbereitete.

Als er die Augen wieder öffnete und auf den Monitor blickte, sah er Walther Eastbrook das Haus verlassen. Er stieß den Atem aus, stand auf und streckte sich. Der Showdown stand unmittelbar bevor, das spürte er in den Eingeweiden. Sein Bauchgefühl sagte ihm zudem, dass es auf Edwards Party hinauslief.

Alle wären da, wie bei einem Agatha Christie-Plot: Eastbrook, Avery, Annie – selbst Allister Franklin.

Und Carter hatte vor ebenfalls zu erscheinen. Nicht,

dass er eingeladen war, doch diese Feier würde er um nichts in der Welt verpassen.

22

Ich genieße die Ruhe der Woche, jogge täglich, ernähre mich gesund und arbeite an meinen Fotoprojekten. Die Fotocollagen sind ein komplett eigenes Feld, das ich in diesem Jahr neu entdeckt habe. Als ich mich das erste mal zum Studium angemeldet habe, ging es mir im Kern darum mein Auge zu schulen. Zu lernen, mich auf ein Motiv zu konzentrieren und ein Gefühl für Licht und Schatten zu entwickeln, etwas, das mir bei der Malerei zugute kommt. Fotografiert habe ich immer, vor allem als ich jung war. Hauptsächlich Landschaftsbilder oder Schnappschüsse.

Allisters Studio hat alles verändert. Plötzlich steht mir eine überragende Technik zur Verfügung, Kameras, von denen ich vor einem halben Jahr nicht mal zu träumen gewagt hätte. Dazu ein Labor, das es mir erlaubt zu experimentieren – Fehler zu machen. Ich finde das wahnsinnig aufregend und kann die Dankbarkeit, die ich für dieses Geschenk empfinde, kaum in Worte fassen. Wenn ich dennoch versuche, winkt er ab und wechselt das Thema. Er will keine Dankbarkeit. Er hofft auf Liebe.

Gestern haben wir telefoniert und ich habe ihm von meinen neuen Projekten erzählt. Er fliegt dieses Wochenende nach Boston – heute Abend, um präzise zu sein. Ich freue mich auf ihn und unsere gemeinsame Zeit.

Letzte Nacht hab ich im Fotolabor verbracht, um herauszufinden, welches Entwicklungspapier sich am besten für Collagen eignet. Logan wollte es mir verraten, doch es war mir wichtig, es selbst herauszufinden. Von wegen Künstlerehre und so. Um halb drei hat Carter mich über die Schulter geworfen und aus dem Labor getragen. Hat mich gezwungen zu schlafen, ist das zu fassen? Hauptsächlich mit ihm, aber lassen wir das.

Als ich heute Morgen aufgewacht bin, war er bereits fort. Doch er hat mir einen Obstsalat bereitet und mir meine Lieblingscookies von der South End Buttery besorgt. Yum!

Dafür werde ich ihn heute Abend zum Dinner entführen.

Nach meiner üblichen Morgenroutine, Latte, Duschen, Essen, nehme ich die U-Bahn zur Uni. Obwohl ich nicht viele Vorlesungen habe wird das ein voller Tag. Die Werkstatt hab ich vor Wochen gebucht und hätte es beinah vergessen, hätte mir mein Messenger nicht einen Reminder aufs Handy geschickt.

Ich bin mir noch nicht sicher, wohin genau es mich in der Kunst zieht. Bisher finde ich alle Bereiche spannend, allen voran die Ölmalerei. Die Kombination mit Fotografie fasziniert mich. Der Materialmix, sowie die Tatsache, wie mit wenigen Farbakzenten etwas komplett Neues entsteht.

Heute versuche ich mich in der Bildhauerei. Es ist Jahre her, dass ich skulptural gearbeitet habe, und dann auch nur mit Ton. Wer hat schon die Möglichkeit, mit Hammer und Zahneisen auf einen Steinblock einzuschlagen? In einer Mietwohnung ist das nicht möglich, außerdem ist der Staub die Pest und legt sich wie Meltau über die ganze Wohnung. Es dauert Wochen, bis man den Dreck aus den Ritzen gepult hat.

Um elf ist meine Psychologie-Vorlesung bei Professor Garret. Das Thema lautet Missbrauch und der Verlust der freien Wahl. Während ihres Vortrags muss ich ein paarmal schlucken und blinzle Tränen fort. Da ich in der ersten Reihe sitze, entgeht ihr das nicht, was vermutlich der Grund dafür ist, dass sie mich nach dem Unterricht in ihr Büro bittet.

Weder ist es ungewöhnlich, dass sie außerhalb ihrer Sprechzeiten mit Studenten redet, noch ist es das erste Mal, dass wir uns unterhalten. Gleich zu Anfang des Studiums haben sich nach ihrer Vorlesung Gruppendiskussionen ergeben, zumal der Stoff keine leichte Kost ist.

Nach der Hotel-Episode mit Henry haben Garret und ich zwei Stunden in ihrem Büro verbracht. Ich bin regelrecht zusammengebrochen und habe mein Innerstes nach außen gekehrt. Ich hab ihr alles erzählt, angefangen von der Gruppenvergewaltigung, dass die Behörden die Beweise getilgt haben, wie wir verfolgt wurden, die Alpträume – alles. Dabei habe ich Henrys Namen ausgelassen, und die seiner Cousins. Wer es war hat nur für mich eine Bedeutung.

Professor Garret ist eine gute Zuhörerin, sensibel und einfühlsam. Ihre grauen Augen sind aufmerksam und lassen nicht durchblicken, was sie denkt. Ihr Gesicht zeigt Anteilnahme, aber kein Mitleid. Letzteres ist mir wichtig, ich will kein Mitgefühl – von niemandem.

Während ich ihr mein Herz ausgeschüttet habe, hat sie sich Notizen gemacht und ab und zu Fragen gestellt. Dabei ging es ihr darum herauszufinden, an was genau ich mich noch erinnern kann.

Obwohl es eine einmalige Gelegenheit war, hat es mir gutgetan, mir das mal von der Seele zu reden. Garret hatte vorgeschlagen, dass wir uns regelmäßig treffen, doch dazu bin ich noch nicht bereit.

Nachdem die letzten Studenten ihre Fragen gestellt haben, winkt sie mich in ihr Büro und schließt die Tür.

„Der Unterrichtsstoff heute hat dir zugesetzt“, beginnt sie ohne Umschweife und setzt sich auf die Schreibtischkante. Ich sitze vor ihr im Besucherstuhl und atme tief durch. Ihr Büro ist klaustrophobisch klein, dennoch hat sie es geschafft, Hunderte von Büchern in den Regalen unterzubringen, die den Raum wie eine Bordüre ummanteln und jede freie Stelle einnehmen.

„Wie geht es dir damit, Maya?“

„Eigentlich gut. Ich meine, solange ich nicht daran denke.“ An Henry.

Sie nickt und schweigt, ein Zeichen, dafür, dass ich fortfahren soll. Stellt sich die Frage, ob ich will.

„Es gibt Tage“, beginne ich leise, „da werde ich ohne Grund wütend und möchte jemanden verletzen.“

„Kannst du dich an die letzte Situation erinnern, als das passiert ist?“

„Eigentlich ist nichts passiert. Ich habe meine Arbeiten bei Professor Groskinsky abgegeben und danach nichts mehr von ihm gehört. Ein paar Tage später stehe ich in der Küche, trinke Kaffee und denke plötzlich an die Bilder. Ohne Vorwarnung packt mich ein irrer Zorn. Ich möchte zum Professor fahren und ihm die Leinwand über den Kopf ziehen, weil er sich so viel Zeit mit der Bewertung lässt. Das ist dumm, ich weiß, aber so was passiert mir in letzter Zeit öfter.“

„Sind das vermehrt Situationen, in denen du dich von Dritten abhängig fühlst?“

Ich nicke. Es treibt mich in den Wahnsinn, wenn ich abwarten muss und nichts tun kann.

„Missbrauchsopfern wurde die Wahl genommen, Maya. Die Täter haben sie für sie getroffen“, sagt sie, beugt sich vor und ergreift meine eiskalten Hände. „Es ist also nicht ungewöhnlich, dass du Wut in solchen Situationen empfindest. Du möchtest nicht mehr passiv sein, das ist verständlich.“

„Ich weiß, dass es sinnlos ist, aber ich frage mich immer wieder, wie er mir das antun konnte. Ich meine, wir waren ein Paar!“

„Die Täter kommen oft aus dem Umfeld des Opfers.“ Sie hockt sich vor mich und sieht mir in die Augen. „Du kannst nichts dafür.“

Ich schlucke und nicke langsam.

„Ich weiß“, flüstere ich.

„Es ist wichtig, dass du das begreifst.“ Sie hebt mein Kinn an, damit ich sie ansehe. „Es ist nicht deine Schuld.“

Mein Hals wird eng und ich blinzle die Tränen fort.

Wenn es so einfach wäre.

„Das Schlimmste ist nicht mal, dass es passiert ist“, ich nehme einen tiefen Atemzug und erwidere ihren Blick, „sondern, dass ich mich an nichts erinnern kann.“

Henry hat mich mit K.O.-Tropfen betäubt und mich zusammen mit seinen Cousins wie eine Puppe benutzt. Ich war ihr Spielzeug, ihnen willenlos ausgeliefert. Und sie haben das Ganze gefilmt. Das ist vermutlich sogar noch schlimmer als der eigentliche Missbrauch. Sie können es sich so oft sie wollen ansehen, mich jeden Tag neu vergewaltigen, wieder und wieder.

Ein Schauder schüttelt mich. Ich möchte nicht weinen, doch die Tränen lassen sich nicht aufhalten.

„Ich möchte kein Opfer mehr sein“, flüstere ich und bedecke das Gesicht mit den Händen.

Einatmen. Ausatmen. Ich schaffe das.

Professor Garret drückt mir eine Tasse Tee in die Hand und setzt sich wieder auf die Schreibtischkante. Obwohl mir Kaffee lieber wäre nehme ich einen Schluck. Es geht mir mehr um die Wärme als den Geschmack.

„Maya“, sagt sie leise. „Hast du schon mal darüber nachgedacht, eine Therapie zu machen?“

„Das habe ich alles schon hinter mir, das hat nichts gebracht.“ Unterm Strich hat mir mein Therapeut eine Wagenladung Beruhigungsmittel und Antidepressiva verschrieben, dazu Schlafmittel, und Muntermacher, damit ich morgens aus dem Bett komme. Die Liste der Nebenwirkungen reichte von hier bis Florida, darum habe ich das Zeug ohne zu Zögern durchs Klo gespült. Wenn das die Lösung sein soll verzichte ich lieber.

„Mit dem richtigen Therapeuten ist es wie mit dem richtigen Mann. Es dauert, bis man den Passenden gefunden hat.“

Ich schüttle den Kopf. „Ich weiß nicht …“

Vor Fremden einen Seelenstrip hinzulegen ist nicht mein Ding.

„Vertraust du mir?“, fragt sie sanft und hockt sich wieder vor mich. Darüber muss ich nicht nachdenken, darum nicke ich.

„Ich habe einen Platz frei, und könnte mit dir arbeiten.“

Für einen Moment weiß ich nicht was ich sagen soll. Als sie mir das erste Mal eine Therapie vorgeschlagen hat, dachte ich, sie würde mich an einen Kollegen weiterreichen.

„Ist das Ihr Ernst?“

Professor Garret ist eine Koryphäe auf diesem Gebiet, ich kann nicht fassen, dass sie vorschlägt mich persönlich zu behandeln. Außerdem ist sie eine Frau. Ich könnte nie mit einem Mann über all das reden.

Ein Lächeln huscht über ihre Züge. „Heißt das, du bist einverstanden?“

„Wow. Ich meine, ja!“

Sie nickt zufrieden und erhebt sich.

„Gut. Du musst dich allerdings nach meinem Terminkalender richten, der, fürchte ich, gut gefüllt ist. Wie flexibel bist du?“

„Ich habe eine Reihe Aufträge, aber die Daten stehen langfristig fest, um die kann ich herumplanen.“

„Wunderbar.“ Sie gibt ein paar Hm-Laute von sich, während sie in ihrem Filofax blättert.

„Wie wäre es nächsten Freitag nach der Vorlesung?“

„Klingt gut.“

Sie kritzelt etwas in ihren Kalender und schenkt mir ein Lächeln.

„Ich bin froh, dass du einverstanden bist. Um ehrlich zu sein habe ich mit mehr Widerstand gerechnet.“

Mit Henry vor Gericht, kurz vor der Urteilsverkündung könnte das Timing kaum besser sein. Die Schuld, die ich spüre, ist nicht die des Opfers, sondern die, ihn nicht selbst hinter Gitter gebracht zu haben. Stattdessen hab ich das Blutgeld angenommen, das mir sein Vater angeboten hat, aus Angst vor den Konsequenzen, wenn ich es nicht tue.

Aber was blieb mir übrig? Die Beweise des Verbrechens waren wie durch Zauberhand verschwunden, DNA-Proben kontaminiert. Ich wurde isoliert und stand plötzlich wie der Täter da, während meine Mutter von heute auf morgen ihren Job verlor. Sie haben unser Haus angezündet und uns wie tollwütige Hunde aus der Stadt gejagt. Wir standen vor dem Nichts.

Professor Garret reicht mir die Hand. Ihr Griff ist warm und fest.

„Dann sehen wir uns nächsten Freitag?"

„Okay." Mit einem Nicken verabschiede ich mich und wage erst wieder zu atmen, als ich aus dem Gebäude bin.

Bevor ich zur Werkstatt gehe mache ich einen Abstecher zu Starbucks und versorge mich mit Koffein. Einem Impuls folgend lasse ich mir vier extra starke Kaffees zum Mitnehmen aufbrühen, die der Barista in eine Coffee-to-go-Tragehilfe aus grauer Pappe steckt. Zwar gibt es im Flur zu den Ateliers Kaffeeautomaten, aber das Zeug schmeckt wie gezuckerte Batteriesäure.

So kommt es, dass ich die neue beste Freundin meiner Kommilitonen bin, als ich in eine Wolke aus Kaffeearoma gehüllt den Werkstattraum betrete. Wir haben ungefähr ein Dutzend Künstlerateliers an der Uni, jedes ist riesig. Dennoch werden sie mit maximal vier Personen belegt, um den Studenten buchstäblich Raum zu geben, sich zu entfalten. Dank der großzügigen Fensterfronten sind die Räume lichtdurchflutet und bieten ideale Arbeitsbedingungen. Es gibt kein besseres Licht als die Sonne, das habe ich bei Logan gelernt.

Meine Ytongblöcke stapeln sich in der Ecke vor den Werkzeugschränken, die nutze ich als Kaffeeablage.

„Ist das, was ich glaube, dass es ist?", fragt Tyler, den ich aus meinem Malereikurs kenne.

Ich hatte keine Ahnung, dass er sich auch für Bildhauerei interessiert. Mit den tiefliegenden dunklen Augen, seiner schwarzen Strubbelfrisur und dem Wornout-Look sieht wie ein Rockstar am Morgen danach aus.

„Das steht doch auf den Bechern, du Blindgänger."

Das kommt von Ruby, die Architektur studiert. Ruby ist ihr Spitzname, der vermutlich ihrem tomatenroten Haar geschuldet ist. Meistens steckt sie es mit Pinseln zu einem lockeren Dutt hoch, damit es ihr nicht im Weg ist.

„Kaffee!" Melissa klatscht in die Hände und hüpft wie ein Flummi durch den Raum, bis sie uns erreicht. Dann stutzt sie und sieht mich mit gerunzelter Stirn an. „Starbucks?" Sie klingt entsetzt. „Warum warst du nicht bei Equal Exchange? Die roden keine Urwälder und beuten ihre Händler nicht aus." Trotz ihrer quirligen Art wirkt Melissa wie eine Buchhalterin, zumindest was ihr Äußeres angeht. Glattes, aschblondes Haar, graue Augen, graue Klamotten. Ich hab sie noch nie in Jeans gesehen. Meistens trägt sie Bundfaltenhosen oder Röcke im Pencil-Stil – als wäre die Uni ein Bürojob.

Als ich den Blick auf ihre Arbeit richte klappt mir allerdings der Mund auf. Ihr Werk ist alles andere als angepasst. Auf einem Steinsockel befindet sich eine Figur aus ausgewaschenen Holzplanken, die einen Engel darstellen soll. Für die Flügel hat sie rostige Nägel verwendet. Sie sind fingerdick und mindestens fünfzehn Zentimeter lang. Die Meisten sind verbogen und wirken durch die rostige Patina beinah blutig.

„Oh Mann!" Das kommt von Tyler. Er schnappt sich seinen Becher, schließt die Augen und nimmt einen Schluck, als würde er einen seltenen Wein trinken. „Shit, das tut gut!"

„Aber …", setzt Melissa an.

„Ist mir schnuppe, ob die Bohnen von kolumbianischen Drogendealern stammen, das Zeug schmeckt klasse." Er nickt mir kurz zu und verkrümelt sich zurück an seinen Steinblock, der wie ein erigierter Penis aussieht, kein Scherz.

Ruby lacht, Melissa murmelt etwas, das verdächtig nach ignoranter Idiot klingt. Den Kaffee nimmt sie dennoch.

Ich arbeite bis sieben, danach bin ich unterzuckert, aber zufrieden. Die Ateliers sind bis zehn geöffnet, ich hätte also noch drei Stunden Zeit, aber für heute reicht es mir. Danach suche ich im Belegungsplan nach einem neuen Termin und bin überrascht einen in zwei Wochen zu finden. Nachdem ich mich eingetragen habe mache ich mich auf den Weg zur U-Bahn Station.

Statt nach Hause zu fahren nehme ich die Bahn Richtung Downtown. Ich möchte Carter zum Dinner ausführen, immerhin hat er mir heute Morgen ein Frühstück gezaubert und Cookies besorgt.

In seinem Büro erfahre ich von Jessica, dass er gar nicht da ist. Mist, ich hätte vielleicht mal mein Handy anstellen sollen. Leise vor mich hinmurmelnd gehe ich zurück zum Lift, als ich plötzlich mit jemandem zusammenstoße.

„'tschuldigung", murmle ich und trete zur Seite.

„Maya?"

Ich sehe auf und stutze.

„Blake? Was machst du denn hier?"

„Arbeiten und du?"

„Du arbeitest hier?" Ich sehe mich um, als würde ich erwarten, dass plötzlich ein Schreibtisch vom Himmel fällt. „Wo?"

Blake lacht. „Bei Lawson Security, hast du das nicht gewusst?"

„Ich hatte keine Ahnung." Carters Personal ist handverlesen und so weit ich gehört habe, ist Blake ein Trinker. Würde Carter jemanden wie ihn einstellen? Aber vielleicht war das mit dem Alkohol-Problem auch übertrieben. Mit gerunzelter Stirn versuche ich mich zu erinnern, wer mir diese Info über Blake gesteckt hat, doch es fällt mir nicht ein.

Blake sieht nach Vielem aus, aber nicht wie ein Alki. Er

ist etwas größer als ich, hat pechschwarzes Haar und die gleichen veilchenblauen Augen wie seine Schwester Annie.

Ich habe ihn nur einmal getroffen, das war letzten Herbst auf der Spendenparty seines Vaters. Damals war er mein Retter und der einzig nette Mensch auf der Feier gewesen – abgesehen von Carter.

„Suchst du den Boss?"

„Ich wollte ihn zum Essen ausführen, aber er ist nicht da."

„Er ist auf Dads Party", sagt er und zieht eine Grimasse.

„Ist das heute?" Himmel, wo ist die Woche geblieben?

„Lass mich dich einladen, ich bin am Verhungern."

Ich auch, darum sage ich nicht nein. Allein zu Essen macht keinen Spaß und Blake scheint wirklich nett zu sein.

Im Fahrstuhl drückt er den Knopf für die Garage.

„Warum bist du nicht auf der Geburtstagsfeier deines Vaters?"

Blake lacht.

„Annie hat heute ihr Coming Out. Glaubst du ernsthaft, da will ich in der Nähe sein?"

„Feigling."

„Das Gleiche hat sie auch gesagt." Er zwinkert mir schmunzelnd zu. „Ich werde später vorbeischauen, wenn die erste Schockwelle verebbt ist."

Wir fahren zu Salvatores's, einem Italiener an der Waterfront, der die beste Pasta der Stadt macht. Das Lokal liegt direkt am Pier und ist schlicht und modern eingerichtet. Tische und Bänke sind aus umgebauten Europaletten, die Marco, der Inhaber weiß gestrichen und mit Glas und Metallapplikationen veredelt hat.

Über der Bar hängt ein Flachbildschirm, im Moment läuft Werbung. Sonntags ist der Laden rappelvoll, dann versammeln sich hier Sportbegeisterte und sehen sich die

Footballspiele an. Insgesamt erinnert mich der Laden ein bisschen ans Parkers. Nur, dass es hier nach Knoblauch und Zwiebeln riecht, nicht nach Bier und Fritten.

Wir bestellen Marcos berühmte Cannelloni und reden.

„Was genau machst du für Carter?"

Blake lässt sein Lächeln aufblitzen. „Ich suche nach Ordnung im Chaos."

„Hm?"

„Ich sitze vor meinem Rechner, scanne Algorithmen, erzeuge Rekursionen", er zuckt mit den Schultern. „So was eben."

Meine Brauen wandern in die Höhe. „Und was soll das sein?"

Er beugt sich vor, die gekreuzten Arme auf den Tisch gestützt. „Ich knacke Codes."

Oh.

„Und woran arbeitest du aktuell?"

„Willst du das wirklich wissen?"

„Ja?" Um ehrlich zu sein versuche ich eher meine Unwissenheit zu kaschieren. Ich hatte keine Ahnung, dass er so was kann.

„Wie viel Zeit hast du?"

„Wie es aussieht den ganzen Abend." Ich spiegle seine Haltung und sehe ihn herausfordernd an.

Plötzlich verschwindet das Lachen aus seinen Augen. Er lehnt sich zurück und seufzt.

„Ich arbeite seit ungefähr drei Jahren für Carter. Er hat mich während meines Studiums angeworben, und mir ein Angebot gemacht, das ich nicht ablehnen konnte." Ein trauriges Lächeln umspielt seine Lippen.

„Jede Menge Kohle?", frage ich um ihn aufzuheitern. Es wirkt, denn seine Augen funkeln belustigt. „Geld hab ich genug. Was ich brauchte war Schutz vor meinem Vater." Er fährt sich mit einer Hand durchs Haar und seufzt tief und lang. „Ich habe gesehen, was er Annie angetan hat und konnte nichts dagegen tun. Seinetwegen ist sie von fünf Universitäten auf drei Kontinenten geflogen, nirgendwo war sie vor ihm sicher. Er ist der Grund dafür, dass sie so gut wie keine Freunde hat.“ Er nimmt einen Schluck Wasser. „Er wollte, dass ich Jura studiere oder Wirtschaftswissenschaften, nur deswegen hat er mich aufs MIT gelassen. Er hat bis heute keine Ahnung, was ich tatsächlich studiert habe.

Avery kennt den Dekan, er hat mich gedeckt und mir geholfen, meinen Vater zu täuschen. Er wusste, dass ich mich für Informatik interessiere. Dann kam Carter mit der Idee, mich zum Alkoholiker zu stempeln und mein Image als Vorzeigesohn zu ruinieren.“

Wow. Das muss hart gewesen sein. Versuchen wir nicht instinktiv uns schöner, klüger oder stärker zu machen? Sich zum Loser zu deklarieren hat ihn vermutlich einiges an Überwindung gekostet.

„Anfangs wollte ich bloß meine Ruhe vor ihm haben, darum hab ich geholfen, Carters Sicherheitssoftware zu entwickeln. Dann ist er zu weit gegangen.“ Er schüttelt langsam den Kopf, sein Blick verdüstert sich. „Erst will er Annie in eine Ehe mit Avery zwingen, dann steckt er dein Appartement an und beauftragt jemanden, eine Autobombe in deinem Wagen zu platzieren.“

„Kannst du das beweisen?“ Meine Stimme ist kaum mehr als ein Flüstern.

„Schön wär's. Keine Ahnung, was passiert wäre, hätte Annie das Telefonat nicht zufällig mitbekommen und mich danach angerufen, um dein Kennzeichen zu überprüfen.“

Ich erinnere mich an Annies aufgelösten Anruf, als wäre es gestern gewesen. Ich stand auf dem Parkplatz vor Averys Büro, als sie mich regelrecht angeschrien hat, zu rennen. Sie war in Panik, ich dagegen angepisst. Wenn ich mir vorstelle, wie lange ich vor meinem Pick-up gestanden (habe) und mit ihr diskutiert habe, wird mir im Nachhinein übel.

„Carter hat mich am Abend angerufen", reißt er mich aus meiner Erinnerung, „und meinem Vater den Krieg erklärt. Er war schon nach dem Wohnungsbrand auf hundertachtzig, aber der feige Anschlag war zu viel. Er hat ein Team zusammengestellt und deinen Vater kontaktiert." Sein Blick fixiert mich. „Um dich zu schützen."

Er hat Allister wegen meiner Sicherheit angerufen? Die Frage steht mir wohl ins Gesicht geschrieben.

„Als ehemaliger Ranger hat Carter Kontakte zu Kameraden, die wie er ausgestiegen sind. Aber ihm fehlt ein heißer Draht zur Regierung."

Und da kommt mein Dad ins Spiel, verstehe.

„Allister hat in den letzten Jahren eine starke Opposition geformt. Nach Carters Anruf hat er den politischen Druck auf meinen Vater erhöht, und zahlreiche Gesetzesentwürfe der Republikaner gekippt."

Meine Augen werden groß. Allister hat Edwards meinetwegen die Hölle heiß gemacht? Ich weiß nicht was ich sagen soll, doch ich fühle eine überwältigende Dankbarkeit.

„Annie war danach an einem Punkt angelangt, an dem es kein Zurück gab. Nachdem sie das Telefonat mitgehört hatte, wollte sie raus aus dem Haus, aus Dads Leben. Sie ist noch so lange geblieben, um die Wanzen in seinem Büro zu platzieren, danach …"

„Das hat sie getan?"

„Nicht zu vergessen die Mini-Kameras." Blake schmunzelt. „Obwohl ich nicht mehr dort wohne, hätte ich es selbst tun können. Aber Annie hat darauf bestanden. Sie wollte aktiv etwas gegen ihren Vater tun. Für sie hatte es einen symbolischen Charakter, etwas Befreiendes." Er zuckt die Schultern als wäre es keine große Sache, doch wir wissen es besser.

„Ich konnte an anderer Stelle ohnehin nützlicher sein", fährt er um einen leichten Ton bemüht fort, „was mich zu deiner Ausgangsfrage zurückbringt." Er lässt ein Grinsen aufblitzen und sieht plötzlich wie einen Schlingel aus.

„Aktuell knacke ich die Codes von Daddys Firewalls und infiltriere seine passwortgeschützten Dateien."

Er macht … was? Ich bedecke meinen Mund mit der Hand, auch, um zu verhindern, dass er aufklappt. Doch Blake ist noch nicht fertig.

„Das Sicherheitssystem auszuschalten, ohne dass ein stiller Alarm ausgelöst wird, ist knifflig, aber machbar."

Ausgerechnet jetzt wird unser Essen vom Boss höchstpersönlich serviert.

„Così, amici, hier kommt euer Essen." Marco schenkt uns ein Killerlächeln. „Lasst es euch schmecken!" Mit einem Zwinkern in meine Richtung verschwindet er zum Nachbartisch und begrüßt einen Gast, wie einen verlorenen Sohn.

Nachdem er außer Hörweite ist, muss ich mich räuspern, bevor ich die nächsten Worte rausbringe.

„H-hast du es geschafft?"

Blakes Mundwinkel zucken. „Was soll ich sagen, ich bin ein Genie." Er zwinkert mir zu und hebt sein Glas. „Auf Trojaner, die treusten Helfer, wenn man unbemerkt an Daten kommen will."

Das deute ich als ein Ja.

Während des Essens gehen mir tausend Gedanken gleichzeitig durch den Kopf. Ich war so mit meinem neuen Leben zwischen Uni und Filmset beschäftigt, dass ich nicht mal mitbekommen habe, dass sich meine Freunde gegen meine Feinde verbündet haben.

Mein Hals wird eng, mit einem Mal bekomme ich keinen Bissen hinunter. Die Dankbarkeit, die ich diesmal empfinde, ist jenseits von Worten.

„Hey!" Blake beugt sich vor und bedeckt meine Hand mit seiner.

„Ist das überhaupt sicher?", frage ich. „Ich meine, was, wenn er dir auf die Schliche kommt?" Datentransfers kann man zurückverfolgen, oder?

„Sicher sind nur der Tod und die Steuern."

Als er meinen Gesichtsausdruck sieht, drückt er meine Hand. „Keine Panik, der Wurm macht die Arbeit, den kann man nicht zurückadressieren. Die Daten, die wir aus den Rechnern ziehen laufen über Helsinki und werden auf einen Server in Kiew zwischengelagert, bevor sie über Istanbul und Santiago zu uns laufen. Selbst die NSA kann sie nicht verfolgen, zumal die Daten bei jedem Zwischenstopp neu chiffriert werden."

Schon besser. Ich nehme einen langen Atemzug und lege die Gabel zur Seite.

„Warum tust du das?"

„Hm?"

„Ich meine, wieso hilfst du mir?"

„Weil ich es kann."

„Blake, sei ernst! Weshalb riskierst du deinen Hals für mich?"

Er lehnt sich ins Polster und schürzt die Lippen.

„Mir ist es durchaus ernst." Das Lächeln, das seinen Mund umspielt, ist kalt und jagt mir einen Schauer über den Rücken.

„Mein Vater ist ein verlogener Wichser. Er besticht Senatoren, erpresst Abgeordnete und bedroht deren Familien." Eine Pause entsteht, in der er tief Luft holt.

„Und seit heute kann ich es beweisen."

Für einen Moment weiß ich nicht was ich sagen soll. Darf ich mich darüber freuen, dass Senator Edwards von seinem eigenen Sohn zu Fall gebracht wird? Auf der anderen Seite kann ich die Erleichterung, die mich bei seinen Worten überkommt, nicht verleugnen.

Der Senator hat nicht nur mir geschadet. Er hat seinen eigenen Kindern das Leben geraubt, die Möglichkeit ihre Zukunft selbst in die Hand zu nehmen. Wie von selbst wandern meine Gedanken zu Professor Garret und unserem Gespräch. Missbrauchsopfern wurde die Wahl genommen, hat sie gesagt. Als Kind ist es normal, dass unsere Eltern Entscheidungen treffen. Sie tragen die Verantwortung und wollen uns vor Schaden bewahren.

In Edwards Fall hat das jedoch nichts mit der Sorge um seinen Nachwuchs zu tun. Er ist mehr um sein eigenes Wohl besorgt und benutzt seine Kinder um seine Karriere voranzutreiben. Oder hat es zumindest versucht.

Blake hat sich ihm auf seine Art widersetzt und Annie breitet gerade ihre Flügel aus. Sie hat Seeluft geschnuppert und ist kurz vor dem Absprung.

Ich nehme einen Schluck Wasser, um die lästigen Tränen zurückzudrängen. Es berührt mich auf multiplen Ebenen, dass sich all diese Menschen für mich eingesetzt haben, ohne eine Gegenleistung zu verlangen – sie haben es nicht mal erwähnt. Ohne es zu wissen habe ich in den letzten Wochen mehr Unterstützung erfahren, als in den vergangenen zwanzig Jahren.

Avery ist einer davon. Es ist eine Sache, einen Job halbherzig anzugehen, doch Avery liebt seine Arbeit. Meinetwegen riskiert er seine Karriere, seine Anwaltslizenz, alles, wofür er so hart gearbeitet hat. Nicht zu vergessen sein politisches Amt. Warum ist er bereit, all das aufzugeben?

Ist das am Ende die Liebeserklärung, auf die ich so lange gewartet habe?

„Maya, bist du okay?“

Ging mir nie besser. Ich nicke und schlucke den Frosch runter, der mir den Hals zuquetscht. Nachdem ich ein paarmal durchgeatmet habe geht es wieder.

„Abgesehen von Amy hatte ich nie Freunde“, beginne ich leise. „Logan hat mir geholfen, auch wenn Carter der Ansicht ist, dass er meine finanzielle Notlage ausgenutzt hat, mich in die Akte zu drängen.“ Ich hebe die Schultern. „Keine Ahnung ob das stimmt, aber am Ende haben wir beide davon profitiert. Für mich wurde das Modeln zur Therapie, heute kann ich davon leben.“

Blake beugt sich vor und ergreift erneut meine Hand, drückt sie. Die stumme Sympathiebekundung tut gut, allerdings lässt sie meine Augen überquellen. Ich habe jedoch einen Punkt erreicht, an dem das keine Rolle mehr spielt, darum lasse ich es zu.

„Was ich damit sagen will“, ergänze ich nach einem weiteren tiefen Atemzug, „vielen Dank!“ Ich lege meine freie Hand auf seine. „Ich kann nicht sagen, wie sehr ich deine Hilfe zu schätzen weiß.“

„Hey, ich hab das auch für mich getan.“

„Mag sein, aber das ändert nichts an der Tatsache, was du riskiert hast.“

Weiter komme ich nicht, denn Marco eilt zu unserem Tisch, den Adlerblick auf unser Essen gerichtet, das wir nicht angerührt haben.

„Was ist los, amici, schmeckt es euch nicht?“ Sein entsetzter Blick wandert von Blake zu mir und wieder zurück. „Il Piccolo weint ja!“, schnauzt er in Blakes Richtung, der vergeblich versucht sein Lachen zu unterdrücken.

„Warum bringst du dein Mädchen zum Weinen, eh?“

Jetzt lacht er offen und nachdem ich kichernd darin einfalle wirkt Marco verwirrt. Das Lachen hat etwas Befreiendes, ich fühle mich leichter und kann wieder richtig atmen.

„Marco, würdest du uns das aufwärmen, ich fürchte, wir haben uns verquatscht."

Doch der Boss ignoriert ihn und wendet sich an mich. „Macht dir der Typ Ärger?"

Lächelnd schüttle ich den Kopf. „Er ist mein Freund und die Tränen", ich sehe zu Blake und lächle, „sind Freudentränen."

„Ahh, warum sagt ihr das nicht gleich, eh?" Er beäugt Blake misstrauisch. „Hat er dir einen Antrag gemacht?"

Blake schnaubt.

„Äh … nein, das war … etwas Geschäftliches." Keine Ahnung, warum ich das sage, aber ich möchte nicht, dass er uns für ein Paar hält.

Marco winkt einen Kellner heran, und spricht auf schnellem Italienisch auf ihn ein. Während unsere Cannelloni verschwinden wirft er uns einen strengen Blick zu.

„Beim Essen spricht man nur über Amore, niemals über Geschäftliches, klaro?"

Wir nicken unisono, und ich komme mir wie ein Kind nach einer Standpauke vor. Ich spüre ein Kichern wie Kohlesäure hervorsprudeln und stelle erleichtert fest, dass Blakes Mundwinkel ebenfalls zucken.

Kopfschüttelnd macht sich Marco auf den Weg zur Küche und murmelt etwas Italienisches, das nicht wie ein Kompliment klingt.

„Hör auf damit", flüstere ich und trete Blake unterm Tisch, als er eine Grimasse zieht.

Statt die Pasta aufzuwärmen bekommen wir neue. Wenn Blicke töten könnten, hätte Marco uns mit seinem niedergestreckt.

„Papa ist böse", murmelt Blake und grinst. Erst jetzt merke ich wie hungrig ich bin, bis eben hatte ich einen Knoten im Magen. Blake scheint es ähnlich zu gehen. Er verputzt die Cannelloni und stopft sich anschließend mit Knoblauchbrot voll.

Während des Essens erzählt er mir von seinen Plänen, sich irgendwann selbständig zu machen. Die Art, wie seine Augen leuchten macht klar, dass dies sein Traum ist.

„Du wirst es schaffen, da bin ich mir …“, beginne ich und schenke ihm ein Lächeln, das gefriert als mein Blick auf den Monitor über der Bar fällt. Die Nachrichten laufen und ein Foto füllt den Bildschirm aus. O Gott.

„Maya?“

Mein Herz setzt einen Schlag aus, und ich kann praktisch spüren, wie das Blut aus meinem Gesicht weicht.

„Du siehst aus, als hättest du einen Geist gesehen.“

Das trifft es ziemlich gut. Ich stehe auf und wanke zur Bar. „Können Sie das bitte lauter stellen?“, frage ich. Meine Stimme zittert, ich muss mich am Tresen festhalten, weil meine Knie weich werden.

„… die Leiche, die am Wochenende aus der Biscayne Bay geborgen wurde, ist nun offiziell identifiziert. Bei dem Opfer handelt es sich um Bradley Eastbrook, Neffe von Gouverneur Eastbrook und Cousin des wegen Mordes angeklagten Henry Eastbrook. Laut Insider-Informationen aus den Reihen der Polizei wurde das Opfer gefoltert und anschließend ermordet. Hinweise deuten in Mafia Kreise, doch das wollte der Polizeisprecher bisher nicht bestätigen.“

Brad Eastbrook ist tot? Ermordet?

„Sein Bruder Zachary hatte mehr Glück“, fährt die Nachrichtensprecherin fort. „Er überlebte einen Anschlag und befindet sich derzeit im St. Marie Hospital. Unser Korrespondent vor Ort weiß mehr dazu. Wessley, was sagen die Ärzte zu Zacs Zustand?“

Das Bild wechselt zu dem dunkelhaarigen Berichterstatter, der vor einem Schild mit dem Krankenhausemblem steht.

„Shiela, ich stehe hier vor dem St. Marie Hospital. Die Ärzte wollten sich nicht zu den Verletzungen äußern.

Laut einem Pfleger wurde Zac schwer verletzt und hat viel Blut verloren."

„Wie kommt es zu der Vermutung, dass die Mafia darin involviert ist?"

„Das liegt vermutlich an der Art der Verletzungen. Ihm wurden beide Kniescheiben zertrümmert sowie innere Verletzungen zugefügt …"

Der Rest des Beitrags geht im Dröhnen meines Herzschlags unter. Wie von selbst schließt sich meine Hand um das Medaillon um meinen Hals.

Brad ist tot und Zac liegt schwer verletzt in der Klinik. Ich hatte erwartet, Befriedigung zu empfinden oder zumindest inneren Frieden oder so etwas. Tausendmal habe ich mir vorgestellt, die beiden kalt zu machen und in meiner Fantasie war es nie brutal genug. Blutig genug.

Für das, was sie mir angetan haben, gibt es keine gerechte Strafe, das habe ich vor Jahren begriffen, aber das ändert nichts an der Tatsache, dass das Verbrechen nie gesühnt wurde. Im Gegensatz zu Henry haben weder Zac noch Brad auch nur einen Tag im Gefängnis verbracht.

Statt mich über die Nachricht zu freuen, legt sich eine Faust um mein Herz, ich fühle mich, als wäre ich aus Eis.

Ich kann Blake in meinem Rücken spüren. Obwohl seine Nähe etwas Tröstliches hat, nimmt mein innerer Aufruhr mit jedem Atemzug zu. Er verfolgt den Bericht mit gerunzelter Stirn, wahrscheinlich versucht er sich einen Reim auf meine Reaktion zu machen.

„… ist pikant, wenn man die Morde in Verbindung mit dem Eastbrook-Prozess bringt", sagt Shiela in diesem Augenblick. „Sieht die Polizei einen Zusammenhang?"

„Auch dazu hat der Polizeisprecher keinen Kommentar abgegeben. Natürlich gibt es in Insiderkreisen Spekulationen. Eine davon lautet, dass Henry von der Mafia hintergangen wurde, die versucht haben soll, ihm die Morde an den Mädchen zuzuschreiben. Das sind natürlich reine Hypothesen, doch die Gewalttaten lassen den Eastbrook-

Fall in einem anderen Licht erscheinen."
„Gibt es schon Reaktionen von Richterin Sanders zu diesen neuen Informationen?"
„Die Gerichtssprecherin hat sich bisher jeden Kommentars enthalten. Allerdings bezweifle ich, dass sich Judge Merciless davon beeindrucken lässt."
„Nun stellt sich die Frage", übernimmt Shiela wieder, „was die Eastbrooks mit der Mafia zu tun haben könnten."
„Das ist in der Tat ein heikler Punkt. Selbst wenn man den Gerüchten glauben sollte, wirft das insgesamt kein gutes Licht auf die Familie. Der Vater der Opfer, Richard Eastbrook, befindet sich im Moment im Krankenhaus hinter mir, die er über den rückwärtigen Eingang betreten hat, um die wartenden Journalisten zu vermeiden."
Das Fernsehbild wechselt auf den Haupteingang, vor dem mehrere Ü-Wagen von Nachrichtensendern stehen, unter anderem Fox News und CNN.
„Über seinen Anwalt hat er verlauten lassen, dass er Rücksichtnahme in dieser für seine Familie schwierigen Zeit erwartet."
Der Kameramann schwenkt zurück auf Wessley. „Allerdings ist das Problem damit nicht vom Tisch. Der Eastbrook-Fall genießt landesweites Interesse, nicht zuletzt durch die Verbindung zu Gouverneur Eastbrook, der sein Amt für die Dauer des Verfahrens ruhen lässt."
„Wann wird denn ein Urteil erwartet, konntest du darüber Näheres erfahren?"
„Offiziell gibt es hierzu keine Informationen. Unser Korrespondent bei Gericht ist jedoch zuversichtlich, dass eine schnelle Entscheidung fallen wird."
„Widerspricht das nicht den vorangegangenen Berichten, dass mit einer langen Entscheidungsphase gerechnet wird?"
„Das ist richtig, aber …"
Ich wende mich ab und renne zum Waschraum, als ich

die Übelkeit spüre, die sich einen Weg nach oben boxt. Während ich über der Kloschüssel hänge gefriert die Kälte in meinem Innern zu einem Eisblock, und ich beginne am ganzen Körper zu zittern.

„Maya!“ Sorge schwingt in Blakes Stimme, als er sich neben mich kniet und mein Haar zurückstreicht. „Was fehlt dir?“

Alles. Nichts. Ich muss hier weg.

Er hilft mir auf die Beine und ich schleppe mich zum Waschbecken, spüle den Mund aus und spritze mir Wasser ins Gesicht. Ich sehe wie eine Leiche aus, kalkweiß mit bläulichen Rändern unter den Augen.

Blake legt mir einen Arm um die Schulter.

„Komm, ich bring dich nach Hause.“

Es gibt nur einen Ort, an dem ich sein will, und das sind Carters Arme. Dazu muss ich allerdings in die Höhle des Löwen, und das ist kein leichter Gang, das ist mal klar.

Draußen schließe ich für einen Moment die Augen und atme die milde Frühlingsluft ein. Im Salvatores's werden wir erst mal nicht mehr essen können. Marco war tödlich beleidigt. Würde mich nicht wundern wenn er uns Hausverbot erteilt.

Auf dem Parkplatz klammere mich an Blakes Arm als er die Tür für mich aufhält. „Ich muss zu Edwards Party.“

„Was?“

„Es ist wichtig.“

Er fährt sich mit einer Hand durchs Haar. „Ich wollte sowieso hinfahren, aber dir würde ich raten zuhause ein heißes Bad zu nehmen und früh ins Bett zu gehen.“

„Bitte!“

Kopfschüttelnd hilft er mir in den Wagen. „Ich hoffe, du weißt was du tust“, murmelt er und umrundet das Fahrzeug.

Das hoffe ich auch.

Für eine Party bin ich eigentlich nicht gekleidet. Ich trage immer noch die Klamotten von heute Morgen, Skinny Jeans, rotes Shirt, schwarze Todds Slipper. Im Wagen binde ich meine Mähne zusammen und krame in meiner Handtasche nach einem Minzdrops, um den sauren Geschmack aus dem Mund zu verbannen.

„Willst du mir vielleicht mal sagen, was los ist?“ Blake klingt angespannt.

„Es tut mir leid.“ Ich seufze und wende mich ihm zu. „Aber ich muss zuerst mit Carter reden.“

„Hör zu, ich weiß nicht, was zwischen Henry und dir gelaufen ist, aber ich bin nicht blöd. Dass es nichts Gutes ist kann ich mir denken.“ Er nimmt die Straße Richtung South End und wirft mir einen kurzen Seitenblick zu. „Ich kenne Carter, seit er aus der Armee zurückgekommen ist, darum weiß ich, dass noch was anderes im Busch ist.“

„Wie meinst du das?“

Blakes Stirn legt sich in Falten, er sieht aus als würde er nach Worten suchen.

„Carter spricht nicht darüber, aber dass dieser Job zum Himmel stinkt muss mir niemand sagen. Diese Sache zwischen meinem Vater, Eastbrook und Avery – du bist der Schlüssel, oder?“

Eine Pause entsteht, die mit jeder Sekunde schwerer wird.

„Ich meine“, fährt er fort, „ich habe Riesendatenmengen von Dads PC abgesaugt, ich weiß also, dass etwas Schreckliches passiert ist, als du in der High School warst. Irgendwie waren Henry, Brad und Zac darin verwickelt, und jetzt ist einer von denen tot, ein anderer liegt im Krankenhaus und der dritte hockt im Knast.“ Er hält an einer Ampel und wendet sich mir zu. Im Schein des roten Lichts wirken seine blauen Augen violett.

„In meinem Leben spielen Einsen und Nullen eine

wichtige Rolle, weil ich mich auf sie verlassen kann. Sie lügen nicht, noch versuchen sie mich zu manipulieren. Das ist ja das Tolle an Informatik. Ich glaube an Fakten, Maya, nicht an Zufälle."

Als er über die Kreuzung fährt schlucke ich einen Kloß runter.

Wir schweigen, bis Blake in die Auffahrt zu Edwards Anwesen einbiegt. Als Sohn des Senators wird er an beiden Kontrollposten durchgewunken und parkt in einer gigantischen Garage, die einen eindrucksvollen Fuhrpark beherbergt.

Kaum hat sich das Tor hinter uns geschlossen stellt er den Motor ab und dreht sich zu mir.

„Rede mit mir."

Mist. Nach allem, was er für mich getan hat, kann ich ihm die Wahrheit nicht vorenthalten. Ich meine, vor weniger als einer Stunde habe ich seinen Mut gepriesen, jetzt wäre eine gute Gelegenheit ihm zu zeigen, wie sehr ich seine Hilfe zu schätzen weiß. Keine Lippenbekenntnisse, sondern die Wahrheit. Also erzähle ich sie ihm. Nicht die Details. Er muss nicht wissen, dass die Drei das Verbrechen gefilmt haben, nur die Highlights.

Von der High School, Henry und mir. Wie ich mich getrennt habe, weil er mehr von mir wollte als ich bereit war zu geben. Der Party danach. Den K.O.-Tropfen in meiner Cola und von seinen Cousins, die mich zusammen mit Henry auf die Motorhaube gelegt haben und wie Tiere über mich hergefallen sind.

Er wollte Fakten, er bekommt sie. Doch während ich sie ihm präsentiere, wird er so grün im Gesicht, wie ich mich fühle.

Das letzte Mal habe ich Professor Garret diese Geschichte erzählt. Es war ein emotionaler Moment und ich glaube, ich habe geweint. Diesmal fühle ich nichts außer einem Riesenloch in meinem Bauch. Eine seltsame Reaktion wenn man bedenkt, dass meine Feinde gerichtet wurden. Hingerichtet, um genau zu sein. Das Ganze kommt mir wie ein Bumerang vor, der ständig seine Kreise zieht und immer wieder zu mir zurückkehrt.

Während ich Blake meine traurige Geschichte erzähle, begreife ich, warum ich mich so elend fühle.

Ich habe Angst. Vor der Polizei, der Presse und davor, dass mein Fall wieder hervorgezerrt und mein Leben einmal mehr unter die Lupe genommen wird.

Carter hat gesagt, dass mein Vater die Akten vernichtet und alle Spuren getilgt hat. Dennoch existieren Fotos der Tat. Ich habe sie selbst gesehen, als Edwards mich damit erpressen wollte.

Meine größte Sorge ist jedoch, dass sich Carter meinetwegen mit einem Mord belastet hat.

24

Carters Firma war für die Sicherheit auf Edwards Party zuständig. Dazu gehörte nicht nur die Kontrolle der Gäste am Einlass und das Sichern der Eingänge. Das gesamte Gelände musste vor ungebetenen Eindringlingen geschützt werden, und das hatte zusammengenommen die Größe von drei Fußballfeldern. Hierbei stellte das Personal die größte Schwachstelle dar, da zu diesem Anlass zwei Cateringfirmen eine Armada von Mitarbeitern ins Haus schleppten.

Zur Sicherheit wurden sämtliche Etagen, vom Keller bis zum Dach, regelmäßig durchkämmt. Um die Besucher so wenig wie möglich zu beeinträchtigen mussten er und seine Crew sich die Gesichter der VIPs einprägen. Das hier war kein Rockkonzert, auf dem man den Gästen ein Badge verpasste. Die Damen kamen in voller Abendrobe, die Herren im Tux. Sie schätzten kein Plastikarmband neben ihrer Brillantrolex.

Es gab drei Sicherheitsstufen. Gäste der Gruppe Eins durften sich im Erdgeschoss und Garten frei bewegen, hatten jedoch keinen Zugang zu den oberen Geschossen. Besucher der Stufe Zwei durften sich auch dort aufhalten, einzig die Büroräume des Senators waren tabu. Stufe Drei galt für das ganze Haus, inklusive des Arbeitsbereichs. In die letzte Kategorie fielen gerade mal zwölf Personen, aber für die zweite Stufe waren achtundfünfzig Gäste freigegeben, die er und seine Leute auf Anhieb erkennen mussten. Natürlich trugen seine Mitarbeiter zur Sicherheit eine Liste bei sich, aber die galt als Backup für den Fall, dass sich Unbefugte in Zonen aufhielten, in denen sie nichts zu suchen hatten.

Die Stimmung im Haus war von Anfang an gespannt. Der schwelende Prozess um Eastbrooks Sohn, einem der ältesten und angesehensten Mitglieder der Republikanischen Partei warf Schatten auf das Fest. Dazu kam der

Mord an Brad Eastbrook. Selbst den hartgesottensten Parteigenossen fiel es schwer zu verstehen, warum der alte Eastbrook unter diesen Umständen eine Party besuchte. Zugegeben, Edwards war einer seiner ältesten Freunde, doch eben darum hätte er der Feier fernbleiben sollen, um ihm nicht zu schaden.

Wie sich das Blatt gewendet hatte. Vor dreißig Jahren war Edwards in Eastbrooks Windschatten gefahren, nun konnte der Gouverneur froh sein, wenn er noch zu einer Tombola eingeladen wurde. Das kam davon, wenn man seinem Sohn mit fünfzehn noch die Schnürsenkel zuband. Henry war zu einem verantwortungslosen Hurensohn herangewachsen, und Walther hatte es zugelassen. Das Gleiche galt für Brad und Zac, nur dass die unter der systematischen Vernachlässigung ihrer Eltern litten.

Da es zu seinen Spezialgebieten gehörte unterm Radar zu fliegen und im Hintergrund zu bleiben, konnte er peinliche Zusammentreffen mit Edwards und seinen Parteikollegen vermeiden. Einer der Vorteile dieses Jobs war, dass er freien Zutritt zu allen Bereichen im Haus hatte, und den nutzte er, während Edwards seine Rede hielt.

Carter zauberte ein Paar Vinyl Handschuhe aus der Innentasche seines Sakkos, zog sie über und fischte die Fotos, die Enzo ihm freundlicherweise überlassen hatte, aus dem Umschlag. Er verteilte sie auf dem Schreibtisch und presste die Klebestreifen mit Edwards Fingerabdrücken auf die Bilder. Danach öffnete er die oberste Schublade des Schreibtisches und schob die Fotos unter einen Haufen Akten. Dabei fiel ihm eine rote Mappe mit Mayas Namen ins Auge. Stirnrunzelnd öffnete er sie und fluchte, als ihm Berichte wochenlanger Observationen entgegenstarrten. Dazu zahlreiche Bilder von Maya und ihm, Logan und Avery. Wie von selbst bildete seine Hand eine Faust und öffnete sich wieder. Es kostete seine ganze Selbstbeherrschung, die Mappe dort zu belassen. Tatsächlich würde sie ihm bei seinem Vorhaben nützen.

Er atmete tief durch und stellte den W-LAN-Drucker an. Dann zückte er sein Handy und rief die Anlagen aus Blakes Nachricht auf. Der Junge war genial. Nicht nur hatte er die Schwarzgeldkonten gefunden, sondern auch den Schriftwechsel zwischen Edwards und seinen Partnern. Und was für Partner! Edwards hatte gleich mehrere Richter am Obersten Gerichtshof in der Tasche. Dazu William Bratton, den Police Commissioner von New York City, sowie Clay Manning, den Vorsitzenden des Haushaltsausschusses im Senat, um nur einige zu nennen.

Carter wusste schon lange, dass sie ihre Gegner systematisch eingeschüchtert und erpresst hatten, es zu beweisen hatte sich jedoch als Kraftakt entpuppt.

Er druckte die PDF-Anlage auf Edwards Drucker aus, und platzierte den Inhalt in eine weitere Schublade. Anschließend schaltete er den Drucker aus und zog sich so lautlos zurück, wie er gekommen war. Die Handschuhe warf er in den Küchenmüll, danach überprüfte er die Standpunkte seiner Männer und schmolz zurück in seine Arbeitsroutine.

Eine halbe Stunde später war das Dinner beendet und die Herren zogen sich ins Raucherzimmer zurück, während ihre Gattinnen in den Salon und die Waschräume strömten.

„Lawson." Langsam wandte er sich um und betrachtete die Hand von Gouverneur Eastbrook, die auf seiner Schulter lag. Obwohl er ihn bei einigen Gelegenheiten gesehen hatte, waren sie sich nie vorgestellt worden. Kein Wunder. In Eastbrooks Augen war er ein Angestellter. In seinen Kreisen mischte man sich nicht mit dem Personal. Umso erstaunlicher, dass er jetzt mit dieser Tradition brach.

Der Gouverneur zog seine Hand zurück und vergrub sie in der Anzugtasche. Er sah mitgenommen aus und um Jahre gealtert, seit er ihn das letzte Mal gesehen hatte. Wie eine verlebte Henry-Version. Schatten lagen unter den eisblauen Augen, das wächserne Gesicht wirkte zerknautscht, als hätte er in letzter Zeit wenig Schaf abbekommen. Die Knitterfalten passten zu den Furchen auf seiner Stirn, die aussahen, als wären sie permanent.

„Ich wusste nicht, dass Sie hier sind."

Carter schon. Er kannte nicht nur sämtliche Namen, sondern auch die Augenfarbe jedes Gasts. Aber das war auch sein Job.

„Kann ich etwas für Sie tun, Gouverneur?" Er nickte zu einem der Kellner, der Champagnerkelche verteilte. „Falls Sie einen Drink suchen, müssen Sie sich an ihn halten", sagte er und machte Anstalten ihn stehenzulassen. Eastbrook hatte ein Motiv ihn anzusprechen. Er wollte etwas, und Carter hatte keinen Grund, es ihm einfach zu machen.

„Kann ich Sie kurz sprechen?"

„Im Moment ist es ungünstig, ich arbeite. Sie können gern einen Termin in meinem Büro vereinbaren. Meine Sekretärin …"

„Es dauert nicht lange." Seine Stimme klang gepresst und er ballte die Hände zu Fäusten. Offensichtlich war er es nicht gewohnt abgewiesen zu werden oder um etwas zu bitten. Carter deutete in den Gang, der zur Bibliothek führte und ließ ihm den Vortritt. Normalerweise wäre er auf die Terrasse gegangen, geschlossene Räume und Dreckschweine vertrugen sich nicht mit ihm. Für den Fall, dass der Gute jedoch vorhatte, Infos preiszugeben oder ein Geständnis abzulegen, würden seine Jungs das Gespräch aufzeichnen. Doch so viel Glück hatte er nicht.

Kaum hatten sich die Türen der Bibliothek hinter ihnen geschlossen, kam er zur Sache.

„Ich habe gehört, dass Sie Kontakte zum Sicherheitspersonal bei Gericht haben."

Statt zu antworten taxierte Carter ihn mit ausdruckslosem Blick.

Eastbrook räusperte sich. „Falls dem so sein sollte würde mich interessieren, ob Sie Informationen haben."

Fragend hob er die Brauen, als wüsste er nicht, worauf er hinauswollte.

„Die Geschworenen. Irgendwas muss Ihnen doch zu Ohren gekommen sein." Ungeduld schwang in seiner Stimme und sein Hals rötete sich.

„Gouverneur, die Jury hat sich vor vierundzwanzig Stunden zur Beratung zurückgezogen. Das kann Wochen dauern, das wissen Sie."

„Ich bin nicht an einer offiziellen Proklamation interessiert, sondern an Insiderwissen." Die Röte kroch in sein Gesicht, bis es die Farbe überreifer Tomaten hatte.

„Es tut mir leid, Gouverneur, da kann ich Ihnen leider nicht behilflich sein." Vermutlich hätte er den Mund halten sollen und gehen, aber es reizte ihn zu sehen, ob er diesen Heuchler aus der Fassung bringen konnte. „Warum fragen Sie nicht William Bratton, der kann Ihnen bestimmt weiterhelfen."

Ein Muskel an seinem Kiefer zuckte, ansonsten zeigte er keine Reaktion, dass er jemanden von Edwards Payroll genannt hatte.

„Oder Richter Mills."

Carters Mundwinkel bogen sich nach oben während Eastbrooks Lippen eine dünne Linie bildeten, bis sie praktisch nicht mehr vorhanden waren.

„Sie könnten natürlich auch den Abgeordneten Kellys fragen …"

„Schweigen Sie!" Er atmete schwer, eine Ader an seiner Schläfe pochte wild.

Fuck, wenn er jetzt einen Infarkt bekam, würde ihm das den ganzen Abend versauen.

„Was würden Sie denn dafür springen lassen?" Carters Stimme war weich. „Und bedenken Sie, dass ich mich nicht mit fünf Riesen abspeisen lasse, wie Officer Clifford."

„Wovon reden Sie, Mann!"

Überrascht wandern seine Brauen in die Höhe. „Erinnern Sie sich etwa nicht mehr an den Sheriff von Hartford? Untersetzter Mann, schwitzt wie ein Schwein und riecht aus dem Mund wie …“, er machte eine wegwischende Handbewegung, „aber das wissen Sie ja selbst. „Er hat den Alvarez Fall unterm Tisch fallen lassen und die DNA-Probe auf der Polizei kontaminiert, damit das Mädchen nicht die geringste Chance vor Gericht hätte.“

Kopfschüttelnd kreuze ich die Arme vor der Brust. „Und mit fünfzigtausend Dollar gebe ich mich ebenfalls nicht zufrieden, der Kohle, die Sie Theresa Alvarez gegeben haben, damit sie sich in Luft auflöst.“

Zu seiner Überraschung gewann der Gouverneur schnell seine Fassung zurück – zumindest hatte er Arsch in der Hose.

„Das haben Sie von ihrer kleinen Freundin.“ Das letzte Wort klang als wäre es schmutzig.

Carter warf den Kopf zurück und lachte. „Schön wär's“, sagte er schließlich. „Aus ihr ist nichts rauszubekommen.“ Er schüttelte den Kopf und fixierte Eastbrook mit seinem Blick. „Ich war in Hartford und habe persönlich mit Officer Flachwichser geredet. Sie glauben gar nicht wie gesprächig der in Benjamin Franklins Gegenwart wird.“ Damit deutete er auf die hundert Dollar Noten, die das Konterfei des amerikanischen Gründungsvaters trugen.

Abermals ballten Eastbrooks Hände sich zur Faust. „Sie impertinenter Emporkömmling! Sie wissen nicht, worauf Sie sich …“

Sein Wutausbruch wurde von Carters Handy unterbrochen, das den typischen Signalton seiner Jungs in der Zentrale trug. Das bedeutete Probleme.

„Ich würde ja gern mit Ihnen plaudern, aber leider ruft die Arbeit.“

Das Smartphone gegen das Ohr gedrückt überließ er den Gouverneur seiner Wut und joggte in die zweite Etage.

„Wo genau?“, hakte er nach, während er die Treppe nahm.

„Edwards Büro“, sagte Raymond, der mit zweiundzwanzig das jüngste Mitglied seiner Crew war.

„Wie schlimm ist es?“

„Kann ich nicht sagen, sie liegt bewusstlos auf dem Boden.“

Shit! „Warum hast du mich nicht früher informiert?“, blaffte er in den Hörer.

„Boss, sie haben sich ganz zivilisiert unterhalten, im nächsten Moment stürzt er sich auf sie und schlägt sie K.O.“

Fuck.

~ * ~

Edwards Villa ist rappelvoll, keine Ahnung, wie ich Carter in dem Gedränge finden soll. Ich ziehe das Handy aus der Tasche und drücke seine Kurzwahltaste, erreiche jedoch nur die Mailbox. Na toll.

Um unsere Chancen zu erhöhen trennen Blake und ich uns. Er programmiert seine Mobilnummer in mein Smartphone und schickt sich selbst eine Mitteilung an den Messenger, damit er meine Nummer hat. Dann teilen wir uns auf. Er übernimmt das Herrenzimmer, den Billardraum und den Weinkeller und ich arbeite mich durch das Foyer, den Salon und die Waschräume.

Wie es aussieht, kommen immer dieselben Leute zu diesen Veranstaltungen, denn während ich durch die Eingangshalle pflüge, passiere ich zahlreiche bekannte Gesichter, die ich bereits auf Edwards Spendenparty gesehen habe.

Wie beim letzten Mal hat sich eine Gruppe Stahlmagnolien um ihre Führerin, Maria Wiehießsienoch geschart, deren kalter Adlerblick auf mir liegt. Als sie Anstalten macht mit einem boshaften Lächeln auf mich zuzugehen zeige ich ihr den Mittelfinger. Bei unserer letzten Begegnung hat sie mich auf jede erdenkliche Art beleidigt, das brauche ich jetzt wirklich nicht. Ihr geschockter Ausdruck befriedigt mich einige Herzschläge, bis ich feststelle, dass mir Maria und ihr gehässiger Club ausrangierter Lästerschwestern schnurzegal sind.

Carter dagegen ist mir ganz und gar nicht egal. Ich muss ihn finden und in seine Augen sehen, wenn ich ihn nach Brad und Zac frage.

Während ich mir einen Weg in den Salon bahne überschlagen sich meine Gedanken. Im Grunde hat Carter mir nie gesagt, was genau er bei den Special Forces gemacht hat. Ich bin immer davon ausgegangen, dass er schon damals mit Sicherheitsfragen beschäftigt war, weil ich mir nie vorstellen konnte, dass er einer Fliege etwas zuleide tun kann. Davon abgesehen ist er nicht der Typ, der jemanden foltert … oder? Bei der Vorstellung fährt ein Schauder meinen Rücken hinab.

Carter ist geradlinig, gütig und sanft. Er würde seine körperliche Überlegenheit niemals dafür missbrauchen, anderen Leid zuzufügen. Ich bin nicht so naiv zu behaupten, dass er nicht töten könnte. Um sich und die, die er liebt zu beschützen, würde er alles tun – und genau das ist der Knackpunkt.

Auf der anderen Seite haben weder Brad noch Zac eine akute Gefahr dargestellt, warum also habe ich diesen Knoten im Bauch?

Im Salon ist er nicht, also bahne ich mir unter vollem Ellbogeneinsatz einen Weg zurück ins Foyer. Im Gang zur Bibliothek halte ich kurz inne, um Atem zu holen. Die vielen Menschen, das süße Parfum und schrille Lachen der Frauen verursachen mir Kopfschmerzen. Vor mir steht eine Gruppe Männer, von denen ich John Roberts und Major Simson wiedererkenne. Blake hat mir gesteckt, dass Letzterer für seine feuchte Aussprache bekannt ist, darum sollte man ihn nicht dazu ermuntern, Geschichten vom Krieg zu erzählen.

Roberts ist Richter am Obersten Gerichtshof, was wie ein Witz klingt, wenn man bedenkt, dass seine Frau Ira Kleptomanin ist und sich bei Veranstaltungen dieser Art mit Wonne am Tafelsilber bedient.

Als ich die Männer passieren will, ergreift Roberts meinen Arm und drückt mir ein Glas Scotch in die Hand.

„Das Gleiche nochmal, Schätzchen, aber diesmal mehr Eis."

Ich starre erst das Glas und dann den Richter an.

„Und wenn es nicht zu viele Umstände macht, noch heute." Er macht eine Handbewegung, als wollte er eine Mücke verscheuchen. Also, mich.

Mit einem leisen Seufzen werfe ich das Glas über die Schulter, wo es klirrend auf dem Marmorboden zerschellt.

„Was zur ..."

„Ich habe gehört das soll Glück bringen, Richter Roberts."

Dass ich seinen Namen kenne scheint ihn zu irritieren. Stirnrunzelnd betrachtet er mich. Da ich das Klickern seiner Murmeln praktisch hören kann, nehme ich an, dass er versucht mich unterzubringen.

„Guten Abend, Major Simson, schön Sie wiederzusehen!", grüße ich den alten Haudegen und schenke ihm ein strahlendes Lächeln. „Ich wette, der Richter kennt noch nicht die Geschichte, wie Sie in den Irak einmarschiert sind und die Stützpunkte der Rebellen eingenommen haben."

Simsons Züge hellen sich auf, Roberts Augen dagegen weiten sich entsetzt. Irgend jemand murmelt, „Oh Nein", und zwei der Herren lösen sich eilig aus der Gruppe und suchen ihr Heil in der Flucht.

Mit einem zufriedenen Lächeln öffne ich die Tür zur Bibliothek, doch sie ist leer.

Mist. Diese elende Sucherei bringt nichts, was ich brauche ist einer von Carters Sicherheitsmännern, die wissen immer, wo sich ihr Boss gerade aufhält. Dummerweise haben seine Jungs die Angewohnheit nahezu unsichtbar im Hintergrund zu bleiben, dass ich erst mal einen finden muss. Wo sind Hulk und Michelin, wenn ich sie brauche?

Fluchend mache ich auf dem Absatz kehrt, um zur Haupttreppe zu gehen und halte mitten in der Bewegung inne. Ein Mann erhebt sich aus einem Ohrensessel vor dem Kamin. Oups, war ich wohl doch nicht allein. Ich hoffe nur, dass keine Partymaus vor ihm kniet und ihm einen Blowjob gegeben hat, dann wäre mein Tag perfekt. Glücklicherweise ist seine Hose geschlossen, einzig die Krawatte ist gelockert.

Als mein Blick zu seinem Gesicht wandert gefriert das Blut in meinen Adern. Die kalten Augen von Gouverneur Eastbrook bohren sich in meinen Blick. Henrys Augen. Seine Lippen bilden eine dünne Linie, sein Kiefer mahlt.

„Alvarez", flüstert er und umrundet den Sessel. „Sie haben vielleicht Nerven hier aufzukreuzen."

Ich hab Nerven? Echt jetzt? Der Knoten in meinem Magen zieht sich fester zusammen und ich schließe für einen Augenblick die Augen. Tief durchatmen, ich schaffe das. Ich bin keine Siebzehn mehr und er hat keine Macht mehr über mich und meine Familie.

„Ich hatte erwartet, Sie im Zeugenstand zu sehen."

Meine Lider fliegen auf und ich muss feststellen, dass er sich mir auf Armeslänge genähert hat. „Und der Jury tränenaufgelöst ihre kleine Geschichte erzählen. Was war los? Waren sie zu beschäftigt, die Betten zu wechseln? Kluger Schachzug übrigens, erst den Anwaltsschwanz zu lutschen, und sich danach den Sicherheitsexperten vorzunehmen."

Die Worte haben die gewünschte Wirkung. Zorn rötet meine Wangen und mein Herzschlag galoppiert. Tatsächlich trifft er einen Nerv, denn statt mich hinter Carters

Rücken zu verstecken hätte ich gegen Henry aussagen sollen. Ich hätte der Welt die Augen über ihn und seine feine Familie öffnen müssen, doch Carter hat es mir ausgeredet. Viel Widerstand hatte er ohnehin nicht, ich war nie erpicht darauf, mich ein weiteres Mal demütigen zu lassen. Diesmal vor einer breiten Öffentlichkeit.

Carter hält mich für mutig, weil ich darauf verzichtet habe, dem Gericht mein Bild von Henry zu vermitteln, aber so ist das nicht.

Ich habe es für Allister getan. Der Skandal hätte nicht nur seinen Aufstieg in der Politik verhindert, sondern möglicherweise seine Karriere beendet. Mit meiner Aussage hätte ich Alisha Jones nicht helfen können, sondern stattdessen den Fokus einmal mehr in die Politik gelenkt, statt auf den Mord. Ich brauche diesen Auftritt nicht, weder um mich zu rächen, noch für meine Psychohygiene. Garret kümmert sich um Letzteres, und zwar hinter verschlossenen Türen. Nicht, wenn zwanzig Kameras auf mich gerichtet sind, und ich mich von Henrys Anwälten zerfleischen lassen muss. Von Avery. Auch ihm konnte ich das nicht antun.

Meinen Vater reinzuziehen wäre Edwards größter Triumph gewesen, denn auf diese Weise wäre er einen seiner ärgsten Widersacher los. Ich schätze, er hat fest damit gerechnet, dass ich eine Show im Gerichtssaal abziehe, zumindest lese ich das in Eastbrooks sibirischem Blick.

Das Gute an seinem Hass ist, dass er mich aus meiner Schockstarre reißt. Ich beiße die Zähne zusammen, und trete vor, bis wir Nase an Nase stehen.

„Sie müssen sehr stolz auf sich sein", sage ich ruhiger als ich mich fühle. „Einen Sohn großzuziehen, der gegen jedes mir bekannte Gesetz verstoßen hat, muss anstrengend gewesen sein. Was haben Sie in Ihrer Freizeit getan? Hundewelpen ertränkt?"

Ich wende mich ab und öffne die Tür. Den Knauf in der Hand drehe ich mich noch einmal um. „Mein Beileid zu Brads Hinrichtung." Mein Ton strotzt vor Verachtung. „Bestimmt wird Ihnen Henrys Urteil ein Trost sein, immerhin darf er leben."

Eastbrooks Gesicht verzieht sich zu einer Maske aus Zorn. Er macht einen Satz auf mich zu, die Hand zur Faust geballt. Ich sehe sie auf mich zufliegen, und wappne mich für den Schlag … doch er bleibt aus.

Ich blinzle und erkenne Lincoln, der Eastbrooks Schlag abgefangen hat. Er packt den wütenden Gouverneur am Kragen und schleift ihn zurück zum Sessel. Blake, der zusammen mit Lincoln die Bibliothek betreten hat, pfeift anerkennend.

„Du verstehst es, einem Mann einzuheizen, das muss ich dir lassen!" Er zwinkert mir zu und entlockt mir den Umständen zum Trotz ein Lächeln.

„Überlass den Kerl ruhig Lincoln, der ist das gewohnt."

Er nickt zum Gang. „Ich weiß, wo Carter ist, lass uns verschwinden."

Statt zurück ins Gedränge der Eingangshalle zu gehen, lotst er mich über die Dienstbotentreppe, die während der Feier dem Sicherheitspersonal vorbehalten ist, in die zweite Etage.

„Woher wusstest du, wo ich bin?"

Blake grinst. „Ich könnte es dir sagen, aber dann müsste ich dich töten."

Sehr witzig. Andererseits. Wenn der Laden wirklich verwanzt und mit Mikrokameras bestückt ist, kann ich mir denken, wie er mich gefunden hat.

Zweimal passieren wir Sicherheitspersonal, das uns nach einem Blick auf Blake durchwinkt. Auf dem letzten Treppenabsatz hören wir laute Stimmen. Das ist Senator Edwards und … Avery. Ich merke erst, dass ich stehenbleibe, als Blake mein Handgelenk ergreift und mich mit sich zieht.

Nachdem wir in den Hauptgang einbiegen werden die Stimmen lauter. Edwards brüllt, so habe ich ihn noch nie gehört.

„… bin von Verrätern umgeben. Meine eigene Tochter wagt es, mir einen Dolch in den Rücken zu stoßen!"

Die Stimmen kommen vom Ende des Gangs. Dort befindet sich eine Doppeltür, deren Flügel geöffnet sind. Auf der Schwelle bleibe ich wie angewurzelt stehen und blinzle. Es dauert einen Augenblick, bis ich das Chaos vor mir sortiert bekomme.

Edwards Arbeitszimmer ist so groß wie mein Appartement am Dudley Square, wenn das mal hinkommt. Das dunkle Parkett in Kombination mit den holzgetäfelten Wänden und dem massiven Schreibtisch lässt es auf den ersten Blick wie ein Gutsherren-Büro zu Scarlett O'Hara-Zeiten aussehen. Der Eindruck verfliegt, sobald man den gigantischen Flat-TV entdeckt, der links vom Eingang die gesamte Wand einnimmt. Toastbrote tanzen über den Monitor, die sich selbst mit Butter bestreichen und Käse belegen – offensichtlich läuft gerade Werbung.

Der Ton ist abgestellt, darum wird meine Aufmerksamkeit auf das Drama gezogen, das sich vor der Chesterfield Sitzgruppe rechts von mir abspielt.

„Was zur Hölle!", flucht Blake.

Das Bild, das sich uns bietet, ist skurril und löst ein seltsam vertrautes Déjà-vu-Gefühl bei mir aus. Avery hat Edwards am Kragen gepackt, schüttelt ihn. Carter kommt aus dem Nebenraum, dem Anschein nach ein Bad. In der linken Hand hält er ein feuchtes Gästehandtuch, mit dem er sich auf den Boden kniet.

Dort liegt Annie zu einem Ball zusammengekrümmt, das Gesicht blutüberströmt.

25

Blake löst sich von mir und geht mit einem Wutschrei auf seinen Vater los. Carter stößt eine Verwünschung aus und drückt mir das Tuch in die Hand, um die beiden auseinanderzubringen.

Ich nehme einen tiefen Atemzug und knie mich zu der zitternden Gestalt auf dem Boden.

„Annie." Es kommt wie ein Schluchzen raus.

„Maya?"

Ich ergreife ihre Hand und drücke sie vorsichtig. „Alles wird gut." Meine Stimme bebt, genau wie meine Hände, als ich vorsichtig das Blut aus ihrem Gesicht tupfe.

„Es ist nicht so schlimm, wie es aussieht."

Ungläubig lache ich auf. Anscheinend hat sie das gleiche Déjà-vu wie ich. Damals habe ich diese Worte zu ihr gesagt, nachdem Avery mich geschlagen hat.

„Ich glaube, meine Nase ist gebrochen", flüstert sie.

„Das kriegen wir wieder hin." Ich lege den Arm um sie und helfe ihr, sich aufzurichten. „Schaffst du es zum Sofa?" Ich nicke zur dunkelgrünen Ledercouch hinter ihr.

„Wenn du mir hilfst sollte ich das hinbekommen."

Wir brauchen zwei Anläufe, dann setze ich sie auf das Polster und hocke mich vor sie. Stumme Tränen ziehen blutige Bahnen über ihr Gesicht. Die rechte Seite ist geschwollen, genau wie ihre Nase. Sie hat Recht, sie sieht gebrochen aus.

„Du Dreckschwein!" Blake gelingt ein Aufwärtshaken, der seinen Vater am Kinn trifft und ihn rückwärtstaumeln lässt.

Carter flucht und schält Blake von Edwards, der verstummt ist und sich das Kinn hält.

Avery scheint sich mit Blakes Eintreffen etwas beruhigt zu haben. Zumindest ist er so geistesgegenwärtig Eis aus der Bar vor dem TV zu holen. Nicht für Edwards, sondern für Annie. Er zieht ein Taschentuch aus der Brusttasche seines Anzugs, legt das Eis hinein und reicht es ihr.

„Hier, Kleines, drück es vorsichtig auf die pochende Stelle."

„Es pocht überall", krächzt sie.

Tränen schießen in meine Augen, ich sehe schnell weg, damit sie sie nicht bemerkt. Carter hat Edwards, der wieder zu sich kommt, zum Schreibtischstuhl geschleppt und hält Blake mit einem Arm auf Abstand.

„Das ist infam!" Edwards Stimme ist rau. „Jetzt auch noch mein Sohn. Ich werde kurzen Prozess mit euch machen und euch enterben!"

„Dann tu's endlich!" Annies Aufschrei überrascht uns alle. Ihre Stimme klingt durch das Tuch auf ihrer Nase gedämpft. „Und dann lass uns in Ruhe. Wir schreiben dir auch nicht vor, was du tun sollst. Glaubst du ich bin mit deinem Lebensstil einverstanden?"

Ich ergreife ihre Hand und drücke sie. Ich bin so stolz darauf, dass sie nicht klein beigibt, nicht mal nachdem Edwards sie so zugerichtet hat.

„Mein Lebensstil?" Edwards kocht. Okay, er war schon vorher auf hundertachtzig, aber jetzt sieht er aus, als würde sein Kopf jede Minute explodieren. „Mein Lebensstil hat deinen erst ermöglicht!"

„Ich habe dich nicht darum gebeten!" Annie steht mit wackligen Beinen auf und richtet den Zeigefinger wie eine Anklage auf ihren Vater. „Du hast meine Ausbildung boykottiert, mich daran gehindert meinen Abschluss an der Uni zu machen." Sie geht einen Schritt auf ihn zu, und obwohl sie mit ihrem blutbefleckten Kleid und dem geschwollenen Gesicht ein Bild des Jammers ist, strahlt sie Stärke aus. „Aber weißt du was, das ist vorbei."

„Keine Uni in den Staaten wird dich nehmen!"

„Weil du dafür gesorgt hast!" Sie schüttelt den Kopf. „Allerdings hast du dabei vergessen, in welcher Zeit wir leben."

„Was willst du damit sagen?"

„Ich bin seit einem halben Jahr an der University of London zum Fernstudium eingeschrieben und habe bereits die ersten Zwischenprüfungen abgelegt." Sie dreht sich zu mir und schenkt mir ein schwaches Lächeln. „Das war Amys Idee. Sie hat den Prospekt der Uni Boston in deinem Spint gesehen, die bieten auch ein Fernstudium an."

„Eine ausgezeichnete Idee", sage ich und nicke zustimmend.

„Du undankbares Luder ..."

„Was für eine Scheiße läuft hier eigentlich?" Walther Eastbrooks zornig zitternde Stimme lässt uns verstummen. Er hat mit zwei seiner Bodyguards das Arbeitszimmer betreten und bebt vor Wut. Er hält sein Smartphone in die Höhe, die Augen zu Schlitzen verengt. Dann fällt sein Blick auf den Flachbildschirm und er presst die Lippen zusammen. CNN hat das Programm unterbrochen für eine Sondersendung.

Am unteren Bildrand läuft ein Textband, auf dem es heißt: Breaking News! Die Jury ist im Eastbrook-Prozess zu einem Urteil gekommen!

Der Frostblick des Gouverneurs richtet sich auf Avery. „Ich dachte, die würden das ganze Wochenende beraten. Hast du nicht gesagt, eine schnelle Entscheidung wäre ungünstig?"

Avery hebt einen Mundwinkel. Der Blick seiner blauen Augen bohrt sich in Eastbrooks, dessen Pupillen sich weiten. Was immer er darin gesehen hat, lässt ihn einen Schritt zurücktaumeln.

„Du hast das gewusst, du Bastard", flüstert er.

Averys Gesicht ist wieder eine coole Maske, doch in seinen Augen brennt ein Feuer.

Plötzlich bricht die Hölle los. Eastbrook stürzt sich auf Avery, Edwards auf Blake, der vom Eintreffen des Gouverneurs abgelenkt war. Einer von Eastbrooks Bodyguards macht Anstalten, Avery auf den Boden zu pinnen, der andere geht auf Carter los, der seinem Bruder zu Hilfe kommt.

Das reicht.

Da Annie im Moment allein zurechtkommt, laufe ich in den Flur zur Haupttreppe.

„Lincoln, Rob, wir brauchen Unterstützung. Zweite Etage, Arbeitszimmer, sofort!“ Falls Carter das Büro verwanzt hat, wovon ich ausgehe, muss er seinen Männern die Anweisung gegeben haben, diesen Bereich zu meiden. Wahrscheinlich haben sie das Drama auf den Monitoren live und in Farbe mitangesehen. Jetzt läuft es allerdings aus dem Ruder und ich möchte nicht riskieren, dass noch mehr Blut fließt. Annies gebrochene Nase reicht für einen Abend.

Als ich zurück ins Büro trabe herrscht blankes Chaos. Blake ringt mit seinem Vater, Avery mit dem Gouverneur und dessen Aufpasser. Der zweite Personenschützer hat eine Waffe gezogen, die Carter ihm aus der Hand schlägt. Sie landet auf dem Schreibtisch, schlittert über die Platte und prallt an einem Ordner ab.

Annie steht mit schreckensweiten Augen im Raum, die Hände vor den Mund gepresst. Ich führe sie zurück zur Sitzgruppe und drücke sie mit sanfter Gewalt in den Chesterfield Sessel. Dann linse ich in den Flur, in der Hoffnung, dass die Kavallerie eintrifft, als mein Blick auf dem Monitor landet.

Dort steht Henry im Maßanzug im Gerichtssaal, die Hände vorn mit Handschellen fixiert. Das Bild wechselt zur Jury, die vollständig angetreten ist und ihre Entscheidung vorträgt. Mit wild pochendem Herzen gehe ich zu dem Monster-Fernseher und suche nach der Fernbedienung oder zumindest irgendwelchen Knöpfen. Verdammt nochmal, wo kann man bei dem Ding den Ton anstellen? Bevor ich fündig werde, ist der Sprecher der Geschworenen fertig, und die Kamera geht zurück auf eine brünette Reporterin mit Betonfrisur.

Mist, Mist, Mist!

Endlich finde ich den Knopf an der Seite des Geräts und drehe das Volume auf, aber der Tumult im Raum ist zu laut.

„RUHE!", rufe ich, und bin überrascht als es tatsächlich funktioniert. Wie in einem Comic halten alle Beteiligten inne und starren auf den Fernseher.

„… ist es amtlich", sagt Mrs Betonfrisur. „Henry Eastbrook wurde in allen Anklagepunkten für schuldig befunden. Das Strafmaß wird von Richterin Sanders festgelegt, Experten erwarten bis zu fünfundvierzig Jahre Haft für den Angeklagten. Weitere Prozesse inklusive zivilrechtliche Klagen der Eltern der Opfer wurden bereits angekündigt …"

Der Rest geht im markerschütternden Aufschrei des Gouverneurs unter, doch die Brünette ist noch nicht fertig.

„… haben wir soeben erfahren, dass im Zusammenhang mit Brad Eastbrooks Mord Material in der Wohnung des Opfers gefunden wurde, das Senator Edwards schwer belastet …"

Wie war das? Mein Blick fliegt zu Edwards, der Dolche in meine Richtung starrt.

„Du!", sagt er und macht einen Schritt auf mich zu, doch er wird von Carter blockiert. „Du verkommenes Miststück. Ich hätte dich von Anfang an ausschalten sollen. Seit du aufgetaucht bist, ist alles den Bach runtergegangen."

Avery macht einen Schritt auf ihn zu, doch Carter hält ihn mit seinem Wolfsblick zurück. Er lacht leise und schüttelt den Kopf. „An Ihrer Stelle wäre ich vorsichtig, was ich sage, vor allem wenn die Bundesbeamten kommen, um Sie abzuholen."

„Mach dich nicht lächerlich! Hast du eine Ahnung, wer ich bin?"

„Sie sind Abschaum." Carters Stimme ist so hart, dass

sie Granit schneiden könnte.

„Ich bin Senator der Vereinigten Staaten!“

„In diesem Fall sind Sie gewählter Abschaum.“

„Im Gegensatz zu dir komme ich nicht aus der Gosse. Ich habe diesem Land mein Leben gewidmet, ihm vierzig Jahre gedient.“

„Gedient? Sie meinten wohl sich bedient.“

„Dad?“ Das kommt von Annie, die in Edwards Richtung wankt. „Was hat das zu bedeuten?“

Statt zu antworten richtet sich der hasserfüllte Blick Edwards auf den Monitor, als könnte er allein mit seinen Gedanken die Nachrichtensprecherin dazu bringen, etwas anderes vorzutragen.

„Ersten Informationen zufolge wurde der Senator vom Opfer erpresst“, fährt diese ungerührt fort. „Aus Polizeikreisen sickerte durch, dass sich auf dem Konto des Opfers große Geldsummen befanden, die kürzlich von einem Schwarzgeldkonto des Senators transferiert wurden. Das Justizministerium ließ bisher lediglich verlauten, dass die Vorwürfe geprüft werden. Die Frage, ob eine Ermittlung gegen den Senator eingeleitet wird, möchte zu diesem Zeitpunkt niemand beantworten.“ Sie macht eine Pause und legt den Kopf leicht schief, bevor sie fortfährt. „Ironischerweise befindet sich Eric Holder, der Generalstaatsanwalt und Leiter des Justizministeriums heute im Haus des Senators sowie der Police Commissioner von New York City, William Bratton.“

Schritte im Gang werden laut, Männer mit Funkgeräten nähern sich, die Befehle wie Gewehrsalven bellen. Doch es sind nicht Carters Männer, die durch die Türen stürmen, sondern ein Dutzend Agenten des FBI. Das Schlusslicht bildet ein Mann in den Vierzigern mit graumeliertem Haar, der an der Seite meines Vaters den Raum betritt.

Was hat Allister hier zu suchen?

Wenn es überhaupt möglich ist, dreht Edwards jetzt

noch mehr auf. „Wer hat Sie in mein Haus gelassen?“, wütet er. „Haben Sie eine Ahnung, wer ich bin?“

„Senator Edwards?“, fragt der Mann neben meinem Vater.

„Ganz genau!“

„FBI. Ich bin Special Agent Wallice und das ist mein Team.“ Er deutet auf seine Kollegen. „Ich muss Sie bitten uns zu folgen, Sie sind vorläufig festgenommen.“

„Das ist eine Verschwörung“, tobt Edwards. „Haben Sie eine Ahnung, wie viele Anwälte sich derzeit in meinem Haus befinden? Sie können sich schon mal von Ihrem Badge verabschieden, ich genieße Immunität!“

Ein leises Lächeln umspielt Allisters Lippen. „Damit ist es seit einer Stunde vorbei“, sagt er leise. „Der Kongress hat Ihre Immunität vor einer Stunde aufgehoben.“

Bevor Edwards etwas erwidern kann liest einer von Wallices Agenten ihm die Rechte vor und hält ihm ein Dokument unter die Nase.

„Das ist ein Durchsuchungsbefehl, der es uns erlaubt, uns hier umzusehen.“ Er nickt zu den Beamten, die hinter Allister ins Büro strömen. „Officers, lasst uns keine Zeit verlieren.“

Dann geschehen mehrere Dinge gleichzeitig. Edwards greift zu der Waffe von Eastbrooks Bodyguard, die noch immer auf dem Schreibtisch liegt. Seine hasserfüllten Augen suchen mich, und mein Herz setzt einen Schlag aus, als er sie auf mich richtet und den Finger krümmt.

Obwohl mir klar ist, dass dies mein letzter bewusster Augenblick ist, werde ich ganz ruhig. Vielleicht breitet sich auch gerade deswegen diese innere Ruhe in mir aus. Ich höre meinen Herzschlag, spüre das Blut in den Adern, nehme jede Person im Raum wahr.

Blake, der Annie stützt, deren Blick tränenverschleiert ist. Gouverneur Eastbrook, der sich auf seinen Bodyguard stützt, eine Hand auf das Herz gepresst. Er sieht aus, als versuchte er die neuen Informationen zu verarbeiten. Sein Gesicht ist verzerrt, ob aus Schmerz oder Wut kann ich nicht sagen.

Und Avery. Er sieht so gut aus, dass es wehtut, ihn anzusehen. Mein Herz zieht sich bei seinem Anblick zusammen. Jetzt wird es doch nicht zu einer Aussprache zwischen uns kommen.

Schlimmer noch ist die Vorstellung, Carter auf diese Weise zu verlassen. Mein Blick sucht seine goldenen Augen, die sich entsetzt weiten.

Ich liebe dich, denke ich – vielleicht flüstere ich es auch, so genau kann ich das nicht mehr sagen.

Avery macht einen Satz nach vorn, Carter ebenfalls. Beide werfen sich gegen Edwards, doch es ist zu spät. Ein Knall zerreißt die Luft, und ein Sprühregen aus Blut sprenkelt die Wände. Einen Moment ist es mucksmäuschenstill, dann stößt Annie einen markerschütternden Schrei aus.

Blinzelnd sehe ich mich um und erstarre, als ich Avery und Carter auf Edwards liegen sehe – und das Blut.

O Gott. Ich gehe einen wackligen Schritt auf sie zu, dann noch einen, doch die Agenten des Federal Büros sind schneller. Sie versperren mir den Blick auf die beiden Männer in meinem Leben, die ich mehr als alles andere liebe. Avery in der Vergangenheit und Carter … er ist meine Zukunft. Zumindest habe ich das bis eben gehofft.

Ein Handgemenge zu meiner Rechten lenkt meine Aufmerksamkeit von meinen Männern ab. Zwei FBI Agenten drücken Walther Eastbrook zu Boden, der ebenfalls eine Waffe in der Hand hält, die noch immer raucht. Sie wird ihm abgenommen und in einen Plastikbeutel gesteckt.

„… haben das Recht zu schweigen …“, liest ihm einer der Beamten seine Rechte vor, während ihm ein anderer Handschellen anlegt.

Ich verstehe gar nichts mehr, was zum Teufel ist hier los?

Annie gibt ein Geräusch von sich, das wie ein verwundetes Tier klingt, doch außer den Blessuren, die ihr Vater ihr zugefügt hat, ist sie unverletzt. Blake wiegt sie im Arm, doch noch kapiere ich nicht, was passiert ist.

Die Agenten versperren den Blick auf Carter und Avery, plötzlich fällt mir das Atmen schwer.

„Carter?“, flüstere ich und sinke zu Boden, da mich meine Beine nicht mehr tragen. Ich schlucke, meine Kehle ist wie zugeschnürt. „Carter!“, versuche ich es abermals, doch niemand hört mich über den Tumult.

Meine Hände zittern, Angstschweiß rinnt meinen Rücken hinab. Ich presse die Lider zusammen und hole Luft.

„CARTER!“ Mein Schrei übertönt den Aufruhr, und dann höre ich das schönste Geräusch auf diesem Planeten.

„Fuck! Lasst mich durch! Maya, wo bist du?“

Die Erleichterung, seine Stimme zu hören, bringt mich über die Klippe. Ich bedecke das Gesicht mit den Händen und werde von einem Weinkrampf geschüttelt.

„Maya.“ Carter kniet neben mir und legt mir sein Jackett um. „Bist du verletzt?“

Statt zu antworten werfe ich mich in seine Arme und klammere mich an ihn, als könnte er sich jeden Augenblick in Luft auflösen.

Er hält mich und presst seine Lippen an mein Ohr.

„Bitte sag mir, ob du in Ordnung bist.“

Ich nicke und versuche das Gefühl der Reißnägel in meinem Hals loszuwerden. Carters Hand fährt beruhigend meinen Rücken auf und ab und tatsächlich hilft es, ich komme langsam aus meiner Schockstarre und kann wieder atmen.

„Avery“, bringe ich schließlich hervor und suche seinen Blick. „Was ist mit deinem Bruder?“

„Er ist da vorn und redet mit dem Einsatzleiter“, sagt er und nickt in die Richtung. Ich habe das Gefühl wieder

Luft zu bekommen, der Nebel in meinem Kopf lichtet sich.

„Er wurde nicht verletzt?“ Die Erleichterung in meiner Stimme ist greifbar.

Vorsichtig legt er mir eine Hand auf die Wange. „Avery wurde kein Haar gekrümmt, Prinzessin.“

„Aber …“ Ich schüttle den Kopf, um meine Verwirrung zu vertreiben. „Ich verstehe das nicht, was ist passiert?“

Carters Wolfsblick wandert zu Eastbrook, der in diesem Augenblick auf die Füße gezogen wird und mir einen mörderischen Blick zuwirft.

„Wie es aussieht hat Eastbrook den Senator erschossen.“ Mit dem Daumen wischt er meine Tränen fort und streicht mein Haar zurück. „Ich hatte keine Ahnung, dass der Mann so ein guter Schütze ist.“

Der Gouverneur hat Edwards erschossen? Das ergibt keinen Sinn, die beiden sind Verbündete.

„Bist du sicher, dass er nicht Avery treffen wollte? Ich meine, er ist Henrys Anwalt und hat ihn nicht freibekommen.“

„Auch wenn er es niemals zugeben würde glaube ich, dass Eastbrook froh ist, dass sein Sohn aus dem Verkehr gezogen wurde.“ Er steht auf und hilft mir auf die Beine. „Er wusste, dass seine Karriere beendet ist, der Mann war erledigt. All seine Freunde haben ihn fallengelassen, politisch wurde er zur Persona non grata erklärt. Edwards hat ihn heute Abend aufgefordert, seine Ämter niederzulegen und das Haus zu verlassen.“

„Das ist doch kein Grund, ihn umzubringen.“

Carter sieht Eastbrook nach, der von den Uniformierten abgeführt wird.

„Eastbrook hatte nichts mehr zu verlieren“, sagt er schließlich, legt mir seine Arme um und drückt mich an sich. „Edwards war ein kleiner Lokalpolitiker, bevor Eastbrook und mein alter Herr ihn rekrutiert und in das große Spiel der Staatskunst eingeführt haben. Edwards ist über Eastbrooks Rücken und durch die Kontakte meines Vaters groß geworden. Und nun hat er ihn fallengelassen, wie alle anderen."

Er küsst meine Schläfe. „Ich vermute, dass er darüber hinaus glaubt, dass Edwards mit Brads Tod zu tun hat", ergänzt er so leise, dass nur ich ihn hören kann.

„Hast du etwas mit seinem Tod zu tun?" Ich hätte nicht gedacht, dass er mich hören kann, doch er bringt ein wenig Abstand zwischen uns und betrachtet mich. Der Blick seiner goldenen Augen liegt wie eine Liebkosung auf mir, und berührt mich mehr als ich sagen kann. Carter sieht mich nicht an, sondern in mich hinein.

Nach einer gefühlten Ewigkeit beugt er sich vor, bis seine Lippen mein Ohr streifen. „Jemand ist mir zuvor gekommen."

Ich wende den Kopf um ihn anzusehen, doch sein Blick liegt auf Avery, der Annie im Arm wiegt, die völlig aufgelöst ist.

„Heißt das, dass du mit seinem Tod nichts zu tun hast?"

Er nimmt sich Zeit, bevor er mich ansieht, beobachtet stattdessen seinen Bruder. Als sich unsere Blicke treffen schüttelt er den Kopf. „Bedauerlicherweise nicht."

Das Gewicht auf meiner Brust lässt nach und ich atme befreit auf.

„Ich wünschte allerdings, ich wäre schneller gewesen", murmelt er und hüllt mich in eine innige Umarmung.

Keine Ahnung, was er damit meint. Ich vergrabe die Nase in sein Hemd und inhaliere seinen himmlischen Duft nach Rasierwasser, Bourbon und, nun ja, Carter ein und schmelze in seine Arme. Das erlösende Gefühl, das ich in diesem Augenblick empfinde, ist unbeschreiblich.

Carter küsst meine Schläfe. „Babe, kannst du dich um Annie kümmern? Ich muss mit Special Agent Wallice reden."

Richtig, Annie, wo bin ich mit meinen Gedanken? Ich gebe ihm einen sanften Kuss auf den Mund.

„Ich liebe dich“, sage ich und kann praktisch dabei zusehen, wie sich etwas Hartes in ihm löst. Der stählerne Blick seiner Raubtieraugen wird weich, seine Muskeln, die ganze Haltung. Ich warte nicht, ob er es zurücksagt, sondern drehe mich um und bahne mir einen Weg durch das blaue Meer aus Cops und Federal Agents.

Ohne Vorwarnung werde ich von hinten gepackt. Zwei Arme legen sich um meine Taille und ich werde gegen eine harte Brust gedrückt.

„Und ich liebe dich, Prinzessin. Mehr als du dir vorstellen kannst.“

Ein Lächeln breitet sich auf meinem Gesicht aus. Ich drehe mich in seinen Armen, und lege meine Hand auf sein Herz. „Danke für deine Liebe.“ Die Worte sind leise gesprochen, dennoch sieht er geschockt aus. Er blinzelt und räuspert sich.

„Sie gehört dir, Prinzessin. Immer.“ Nach einem letzten Kuss wendet er sich ab und verschwindet hinter der Wand aus Uniformen.

Epilog

Es ist ein warmer Juniabend, und wir sitzen im Garten von Allisters Stadthaus in Back Bay. Ach ja, es ist mein Geburtstag. Im wahrsten Sinne des Wortes, denn nach den letzten Wochen und Monaten fühle ich mich wie neu geboren.

Mein Vater hatte eine Riesenfeier geplant, glücklicherweise konnte Carter sie ihm ausreden. Nach allem, was geschehen ist, ist mir nicht danach, in großem Stil zu feiern.

Vor gerade mal sechs Wochen haben Annie und Blake ihren Vater sterben sehen, und das, nachdem er die Waffe auf mich gerichtet hatte. Wir werden wohl nie erfahren, ob er wirklich abgedrückt hätte, oder ob er eine Reaktion provozieren wollte. Blake hat später gesagt, dass er sich nicht vorstellen kann, dass sich sein Vater einer Gerichtsverhandlung gestellt hätte. Ob er damit sagen wollte, dass er die Waffe gegen sich gerichtet hätte, oder gehofft hatte, einer der Beamten würde ihn erschießen ist mir dabei schleierhaft.

Wirklich gekannt hat ihn wohl niemand, nicht mal seine Kinder. Obwohl er in so ziemlich jeder Hinsicht ein miserabler Vater war, hat Annie ihn geliebt, vermutlich auch Blake. Sie mochten ihn nicht, aber er war ihr Vater. Annie hat sein Tod schwer getroffen, ich bin froh, dass sie Amy hat, die nicht von ihrer Seite weicht.

Ich sage es nicht gern, aber dass er tot ist, ist vielleicht das Beste für alle Beteiligten, zumal das ganze Ausmaß seines Bestechungssystems wenige Tage nach der Beisetzung aufgeflogen ist. Zahlreiche hochrangige Staatsangehörige mussten ihren Hut nehmen. Haftbefehle wurden erlassen, ein Untersuchungsausschuss gebildet, sowie eine Reihe Amtsenthebungsverfahren eingeleitet. Einige Politiker sind nur deswegen auf freiem Fuß, weil sie bis zum Prozessbeginn eine mordsmäßige Kaution hinterlegt haben. Parallel dazu wurden nonstop Pressekonferenzen gegeben. Bis heute sorgt das Eastbrook-Edwards-Thema für Schlagzeilen.

Während Carter und das Nerd-Team um Blake den Senator auf seine Weise zu Fall gebracht haben, hat Avery sich von Anfang an ans FBI gewandt und mit ihm zusammengearbeitet. Als das durchsickerte avancierte er zum Helden. Kein Mensch sprach mehr vom verlorenen Prozess, der bei jedem anderen Anwalt ein Karrierekiller gewesen wäre. Selbst unter seinen Kollegen gilt er als Volksheld, der die Demokratie gerettet hat.

Obschon Avery der Hype unangenehm ist freue ich mich für ihn. Er hat es verdient. Letzte Woche haben wir uns getroffen, und endlich über alles geredet. Er wollte wissen, ob er noch eine Chance bei mir hat, und ich habe sie ihm gegeben.

Also, als Freund. Ich möchte nicht auf ihn verzichten, und vielleicht, irgendwann, öffnet er sich mir und erzählt mir was er unter seinem Vater erlebt hat. Es fällt ihm schwer darüber zu reden, darum dränge ich ihn nicht.

Apropos. Ich bin seit sechs Wochen bei Professor Garret in Therapie. Da Psychologie nur mein Nebenfach ist, gibt es ihrer Ansicht nach keinen Interessenskonflikt. Unter uns, ich würde eher das Fach wechseln, als auf die Sitzungen mit ihr. Was ich in den letzten Wochen über meine unterdrückte Wut, den bohrenden Schmerz in mir und die Angst davor zu lieben erfahren habe, ist wertvoller, als jedes Diplom. Ich habe das Gefühl, mich noch einmal neu kennenzulernen, und blicke vielleicht zum ersten Mal mit einem positiven Grundgefühl auf mein Leben zurück. Statt Scham empfinde ich Stolz, in seiner reinsten Form. Wenn ich bedenke, woher ich komme und wie schwierig die Umstände waren, habe ich das Beste aus mir gemacht.

Übrigens haben wir das Lenny Kravitz-Musikvideo Ende Mai gedreht. Amy wollte erst absagen, weil es Annie so schlecht ging, stattdessen haben wir Annie nach L.A. mitgenommen, um sie auf andere Gedanken zu bringen. Es hat funktioniert. Mit ihrem Audrey Hepburn-Lächeln hat Annie den guten Lenny um den kleinen Finger gewickelt, und drei Backstage Pässe für sein Oktober-Konzert in der Staples Arena eingesackt. Dass wir ihn überhaupt kennenlernen durften war ohnehin der Knaller. Ich meine Lenny Kravitz! Während Amy und ich zu Kreischgroupies mutiert sind, war Annie ganz Lady.

Da ich immer mehr Job Angebote bekommen habe, hat Allister mir einen Agenten zum Geburtstag geschenkt, ist das süß, oder was? Der Typ heißt Malcom Woodhouse, aber in der Branche wird er Rocky genannt. Warum, will mir niemand verraten, jedenfalls vertritt er mich jetzt.

Das wurde auch höchste Zeit, die arme Jessica war hoffnungslos überlastet. Kein Wunder, Dank Steven Craig und dem guten Lenny habe ich bereits zwei Rollen in Hollywood-Produktionen angeboten bekommen, ist das zu fassen? Sind zwar nur Mini-Rollen, mit gerade mal zwei Sätzen, aber was soll's, es ist ein Anfang.

Keine Ahnung, wohin mich dieser Weg noch führen wird. Solange Carter an meiner Seite ist, ist das nicht wichtig. Und eben der kommt gerade auf mich zu.

Plötzlich verstummen die Gespräche. Avery steht auf und entschuldigt sich, Amy und Annie tauschen einen Blick und Allister räuspert sich.

Nanu?

~ * ~

Carter schüttelte den Kopf und seufzte innerlich. Jetzt schleppte er den Klunker seit Wochen mit sich rum, und hatte nicht die Eier, ihn ihr zu geben. Was, wenn sie ihm einen Korb gab? Und was, wenn sie ihn nur deswegen annahm, weil sie nicht allein waren, und sie ihn nicht auflaufen lassen wollte. Sollte er warten, bis sie zuhause waren?

Die Frage erledigte sich jedoch, da ihre Gäste fluchtartig den Garten verließen. Also schön, eine Sorge weniger.

„Babe", sagte er und hockte sich vor sie.

„Oh-oh." Sie schürzte die Lippen und legte den Kopf schräg. „Sag mir nicht, dass du arbeiten musst."

Er kratzte sich den Nacken, und verzog einen Mundwinkel. Zum Teufel, das hier war schwieriger als er dachte, aber zumindest waren sie unter sich. Vorsichtig zog er die kleine schwarze Schachtel aus der Hosentasche und drückte sie in ihre Hand. Maya starrte erst ihn, dann die Box an.

„Ist das …", setzte sie an, doch weiter kam sie nicht. Er beugte sich vor, presste seine Lippen auf ihre und zog sie auf seinen Schoß, sodass sie ihre Beine um seine Taille wickelte. Genau da wollte er sein Mädchen haben.

Er küsste ihren Mundwinkel, glitt mit der Zunge über ihre Unterlippe, biss sie spielerisch. Maya stieß einen sanften Seufzer aus und legte die Arme um seinen Nacken.

Nachdem sie ihren Körper gegen seinen presste vertiefte er den Kuss, bis sie in seinen Mund stöhnte und er hart wurde. Shit, das musste warten.

Schweren Herzens beendete er den Kuss, lehnte seine Stirn gegen ihre und atmete tief durch.

„Babe", widerholte er, ergriff ihre Hand, die die Ringbox umklammerte, und gab ihren Fingerknöcheln einen sanften Kuss. Schließlich blickte er in ihre seelenvollen Augen und schluckte.

„Heirate mich", sagte er, und sah sie erwartungsvoll an. Ohne den Ring überhaupt gesehen zu haben, schenkte sie ihm ein Megawatt-Lächeln, das seine Befürchtungen in Luft auflöste. Sie wollte ihn. Ihn, nicht Avery, den polierten Hotshotanwalt, mit dem sie auf Dinnerpartys glanzen konnte, und der sie zweifellos mit Schmuck überschütten würde. Mit Avery wäre sie über Nacht Teil der High Society, und könnte in den angesagtesten Restaurants der

Stadt ohne Reservierung essen gehen.

Stattdessen zog sie den ungeschliffenen Bruder vor, der seine Abende in einem viel zu engen Van verbrachte und sie zum Frühstück ins Jerry's ausführte, einem Bistro am Hafen.

„Ich dachte schon, du fragst nie", flüsterte sie und umrahmte sein Gesicht mit beiden Händen. „Ich liebe dich, Honey, ich will dich mit oder ohne Ring."

Er nahm ihr Kinn zwischen Daumen und Zeigefinger und fuhr mit der Fingerspitze über ihre Unterlippe.

„Vergiss die Ohne-Ring-Version. Ich will, dass du gesetzlich dazu verpflichtet bist, jeden Morgen neben mir aufzuwachen."

Das Lächeln, das sie ihm darauf schenkte, verdoppelte seinen Herzschlag. Ihre dunklen Augen strahlten wie polierte Obsidiane, und was er darin sah ließ etwas Hartes in ihm schmelzen.

„Ich liebe dich", sagten sie gleichzeitig, lachten, dann küssten sie sich.

Carter war kein Idiot. Er wusste, dass sie noch etwas für seinen Bruder empfand, sie war ein Mensch aus Fleisch und Blut und hatte ihn geliebt. Auch Avery war nach der Trennung schwer angeschlagen gewesen, aber er würde zurechtkommen. Er war noch in Maya verliebt, aber er würde über sie hinwegkommen – früher oder später.

Er hätte nicht sagen können, wie lange sie dasaßen und sich Liebesschwüre zuflüsterten. Allisters Räuspern ließ sie die Köpfe wenden. Er hielt ein Päckchen und reichte es Maya, die sich von Carter gelöst hatte und aufstand.

„Das hier ist gerade abgegeben worden."

Als Maya Anstalten machte das Paket entgegenzunehmen schüttelt ihr Vater den Kopf. „Es ist für Carter."

Er reichte ihm das Paket, das in schwarzes Lackpapier eingewickelt war, mit einer blutroten Schleife.

Welcher Fucker würde ihm etwas in Allisters Haus senden?

„Wurde es gescannt?“ Er versuchte seine Stimme unbeteiligt klingen zu lassen um Maya nicht zu beunruhigen.

„Alle Sendungen an diese Adresse werden durchleuchtet, das ist Standard.“

Eine Sorge weniger. Allister hielt seinen Blick einen Moment gefangen, und sie tauschten eine unausgesprochene Warnung aus. Carter nickte, er hatte verstanden: Sollte meinem Mädchen etwas passieren, mach ich dich kalt und lasse es wie einen Unfall aussehen.

Mit einem letzten Blick auf Maya zog er sich ins Haus zurück und ließ sie allein.

„Von wem ist es?“

Das wüsste er auch gern. Maya setzte sich im Schneidersitz auf die Holzliege und beobachtete ihn. Shit, am liebsten hätte er das Teil Blakes Abteilung überlassen, damit sie es im Labor auseinandernehmen konnten. Er hatte keine Ahnung, wer ihm eine Sendung ins Haus seines zukünftigen Schwiegervaters schicken würde, noch dazu an Mayas Geburtstag.

Nach einem tiefen Atemzug zwang er sich zu einem Lächeln.

„Finden wir es heraus.“ Er kratzte sich den Nacken. „Babe, würdest du mir ein Bier besorgen? Ich bin am Verdursten.“

Maya wirkte für einen Augenblick verdutzt. „Ähm, klar.“

Nachdem sie im Haus verschwunden war öffnete er das Paket. Selbst wenn es keinen Sprengsatz enthielt, wäre es möglich, das es Säure beinhaltete, oder eine andere Sauerei, über die er gar nicht erst nachdenken wollte.

Doch weder eine Bombe noch sonst eine explosive Substanz lag in dem grauen Pappkarton, sondern ein auf Eis gelegter Fisch, der in eine Zeitung gewickelt war. Eine Schlagzeile stach heraus:

SENATOR EDWARDS RÄTSELHAFTER MORD

War am Ende doch die Mafia involviert?

Witzbold, dachte Carter und schüttelte den Kopf. Das war Enzos Art ihm zur Verlobung zu gratulieren, das war schließlich der Deal. Shit. Er würde diesen Gauner zur Hochzeit einladen müssen. Aber vorher würde er dieses Haus von Wanzen befreien, offensichtlich war Enzo besser informiert, als gut für ihn war.

Als Maya mit Getränken beladen zurückkommt folgen die anderen in ihrem Kielwasser.

Beim Anblick des Riesenviehs lächelt sie.

„Der sieht klasse aus, den legen wir nachher auf den Grill. Ihr mögt doch Fisch, oder?"

Während sie fragend in die Runde sieht lag Allisters Blick schwer auf Carter.

„Italienischer Fisch?", fragt er und hob eine Braue. Carter räusperte sich. „Bekommt man nicht überall."

Allister nickte. „Das kannst du laut sagen. Diese Fische sind allerdings auch bei uns bekannt. Vielleicht solltest du das nächste Mal woanders angeln."

„Ich habe nicht vor, noch einmal angeln zu gehen", gab er grimmig zurück.

Allister nickte. „Das wollte ich hören, mein Sohn."

Bevor er etwas darauf erwidern konnte wurden sie unterbrochen.

„Dad? Hast du eine Ahnung, wie man den Grill anwirft?"

„Darum wird sich Carter kümmern, soweit ich informiert bin ist er gut im Einheizen."

Carter stieß den Atem aus und schüttelte schmunzelnd den Kopf.

Sein Blick wanderte zu Maya, die ihre Hand hochhielt, damit Amy und Annie den Ring an ihrem Finger bewundern konnten, einen fetten Diamanten im Baguetteschliff. Der einzige andere Schmuck an ihr war das herzförmige Medaillon, das sie niemals ablegte.

Er ging zu ihr und legte ihr den Arm um.

„Happy Birthday, Baby“, sagte er und küsste sie.

Amy seufzte, Annie kicherte, und Allister gab einen Laut von sich, der eine Mischung aus Schnauben und Grunzen war. Er konnte es ihm nicht verübeln, dennoch beendete er den Kuss nicht.

Endlich hatte er ein Zuhause gefunden. Es war kein Ort, wie er überrascht feststellte.

Es war Maya.

Danksagung

Die Anteilnahme und das überwältigende Interesse an *Act of Passion* haben mich sehr berührt. Darum möchte ich an erster Stelle meinen Lesern danken, den Fans, Rezensenten und Bloggern. Vielen Dank für euer Interesse, ihr seid großartig!

Mein besonderer Dank gilt Johanna von Bücherwelt-World of books, sowie meiner Online-Community auf Facebook & Twitter (@AutorJC_Thomas). Zudem möchte ich den Lesern der Büchereule danken, auf Lovelybooks und Goodreads.

Danken möchte ich auch meinen Freunden und Betalesern, Sabine, Julia, Mella, Dany und Ka vom Happy-End-Bücher Magazin. Vielen Dank für eure Unterstützung, Kritik und Anregungen!

Ein Riesendankeschön geht an Jan Schaefer alias MacGyver, der mir mit seinen Computerkenntnissen und Word-Zauberformeln mehr als einmal den Hintern gerettet hat. Hierbei darf ich Anke Hüls nicht vergessen, die Word-Queen, die selbst komplizierteste Word-Quadraturen lösen kann.

Ich möchte auch Helen Hankele von audiocolours für die tolle Zusammenarbeit danken. Außerdem Denise Monteiro, die Maya im zweiten Band ihre Stimme verliehen hat. Ihr seid ein klasse Team, Danke für euer Vertrauen! Mein besonderer Dank gilt Martina und Antje sowie dem Team des Sieben Verlags.

Act of Passion und *Act of Love* habe ich zwei jungen Frauen gewidmet, Daisy Coleman und Amanda Todd, deren Schicksal mich tief bewegt-, und das die Richtung der Bände verändert hat. Sie sind Stellvertreterinnen für all die Kinder, Jungen und Mädchen, Männer und Frauen, die Ähnliches erlebt haben.

Mehr dazu findet ihr bei Interesse auf meinem Blog:

heartbeat-books.blogspot.de

Die Autorin

Jane Christo ist verrückt nach Latte Macchiato und American Football. Sie liebt Lakritz, lange Spaziergänge und das Meer. Eine Sache gibt es allerdings, die sie noch mehr mag, und das sind Happy Endings. Da es im wahren Leben oft zu wenig davon gibt schreibt sie ihre eigenen.

Ihre Romane handeln von Freundschaft, Leidenschaft, Verrat und der großen Liebe. Zusammen mit ihrem Schatz und einem albernen Goldfisch lebt sie abwechselnd in Köln und Frankreich.

Mehr über die Autorin und ihre aktuellen Projekte findet ihr auf Facebook oder ihrem Blog:

facebook.com/author.jc.thomas

heartbeat-books.blogspot.de